KB121835

중력의 임무

중력의 임무

Mission of Gravity

할 클레멘트 지음 | **안정희** 옮김

아작

차례

1
겨울 폭풍

바람은 마치 살아 있는 생물처럼 만을 향해 불어왔다. 바람이 바다의 표면을 갈가리 찢어놓아, 어디까지가 액체이고 어디서부터 대기가 시작되는지도 알기 어려웠다. 또한 바람은 브리호를 조그만 나무 조각처럼 바닷속으로 처박을 높은 파도를 일으켜보려고 했다. 그러나 파도는 30센티미터 높이로 솟아오르기도 전에 산산이 부서지며 무수한 물보라를 거칠게 날려 보낼 뿐이었다.

브리호의 선미용 뗏목 위에서 몸을 잔뜩 웅크린 발리넌 선장에게는 그저 물보라만 흩날려 왔다. 배는 오래전부터 해변에 안전하게 정박해 있었다. 선장은 겨울 동안 이 지역에 머물러야 한다는 것이 확실해지자마자, 즉시 그렇게 해두었다. 그렇지만 일말의 불안감을 느끼지 않을 수 없었다. 이 파도는 선장이 해상에서 경험한 어떤 파도보다 몇 배나 파고가 높았다. 파도가 해변을 향해 이토록 멀리까지 밀려온다면, 파도를 그토록 높이 솟구치게 한 그 약한 중력이 심각한 피해를 부르지 않으리라고 확신하기 어려웠다.

특별히 미신을 믿지는 않았지만, 발리넌 선장은 '세계의 가장자리'에 이토록 가까이 접근하면 좋지 않은 일이 일어날지도 모른다는 불안을 느꼈다. 어떻게 평가해도 상상력이 풍부하다고는 볼 수 없는 부하들조차 때때로 불안한 표정을 지어 보였다. "여긴 재수 없는 곳이야." 부하들은 투덜거렸다. '가장자리' 너머에 무엇이 살고 있든, 그리고 그 너머에서 이 세계 쪽을 향해 수천 킬로미터씩이나 몰아치는 무시무시한 겨울 폭풍을 불어 보내고 있는 것이 어떤 존재이든, 그 존재는 방해받는 것을 싫어하는 게 분명했다. 사고가 날 때마다 새로운 불평이 터져 나왔고, 그놈의 사고는 또 빈번히도 발생했다. 누구나 평생을 지녀 온 약 250킬로그램의 몸무게 대신에 1킬로그램이 되면 당연히 한 발 내디딜 때마다 실수하기 십상일 수밖에 없다. 하지만 그 점을 그대로 인정하는 데는 교육이, 혹은 적어도 논리적인 사고가 필요했다.

다른 누구보다 훨씬 더 그 점을 잘 알고 있어야 할 일등항해사 돈드래그머마저… 발리넌 선장의 긴 몸이 순간 빳빳이 굳었고, 좀 떨어진 곳에 위치한 두 뗏목에서 무슨 일이 일어나고 있는지 온전히 이해하기도 전에 거의 포효하듯 명령이 터져 나왔다. 일등항해사는 돛대 중 하나를 고정하던 참이었는데, 무중력에 가까운 상태임을 이용해 갑자기 갑판에서 자신의 몸길이만큼 위로 솟구쳤다. 브리호의 선원들은 그런 기술에 이미 상당히 익숙한 상황이었지만, 일등항해사가 공중으로 몸을 세우고 제일 뒷다리 여섯 개만 가지고 위태롭게 균형을 잡은 모습은 여전히 매혹적인 광경이었다. 하지만 발리넌 선장에게는 아니었다. 고작 1킬로그램의 몸무게로는, 무언가에 몸을 묶지 않으면 한 번의 돌풍으로도 날아가버릴 수 있었다. 그리고 누구든 여섯 개의 다리로 그런 동작을 취해서는 안 될 일이었다. 그때 돌풍이 밀어닥쳤다. 선장이 낼 수 있는 가장 큰 목소리로 고함을 질러대봤자 이미 어떤 명령도 들릴 만한 상태가 아니었다. 발리넌 선장이 자신과 사건 현장을 분리하고 있는 공간을 가로질러 미친 듯이 기어가려는 순간, 일등항해사는 들고 있던 밧줄을 자신의 벨트와 갑판에 연결하여 돛대에서 작업할 때만큼이나 안전하게 스스로를 고정했다.

발리넌 선장은 다시 한 번 안도했다. 선장은 일등항해사가 왜 그런 행동을 했는지 알고 있었다. 돈드래그머는 이 특별한 폭풍을 만들어낸 대상에게 반항하고 싶었을 테고, 그런 기분을 의도적으로 선원들에게 강하게 드러낸 것이다. '쓸 만한 친구야.' 선장은 생각했다. 그리고 다시 한 번 만을 향해 눈길을 돌렸다.

해안선이 어디인지 이제 아무도 정확히 말할 수 없었다. 하얀 물보라와 거의 하얀색을 띤 모래를 동반한 돌풍이 브리호 사방 백 미터 이상의 시야를 모두 가렸다. 이젠 메탄 방울이 총알처럼 세차게 때리며 눈까풀 위로 스며드는 바람에, 지금 타고 있는 이 배조차도 잘 보이지 않았다. 적어도 그의 많은 발아래에 놓인 갑판만은 아직 바위처럼 굳건했다. 선박이 아주 가벼워지긴 했지만 날려 갈 정도는 아닌 것 같았다. '그래서는 안 되지.' 선장은 우울하게 생각했다. 발리넌 선장은 이제 바닷속 깊이 내린 닻에 단단히 묶은 밧줄과, 해안에 점점이 흩어진 키 작은 나무에 고정한 밧줄의 개수를 떠올렸다. 그럴 리가 없지. 하지만 만일 그런 일이 생긴다 해도 브리호가 '가장자리' 근처를 탐사하던 중에 실종되는 첫 번째 배는 아닐 것이다. 날아다니는 인간들, 그러니까 '날것'에 대한 부하들의 의심에는 나름대로 이해가 되는 점도 있었다. 결국 그 이상한 존재들은 그가 겨울 동안 이곳에 머무르도록, 심지어 배나 선원들에 대한 보호는 전혀 약속하지 않은 채 어떻게든 선장을 설득하는 데 성공했던 것이다. 만일 날것이 그들을 다 죽여버리기로 마음먹었다면, 이런 속임수를 부리느라 시간을 낭비하는 것보다 훨씬 더 쉽고 확실한 방법은 얼마든지 있었다. 예를 들면, 중력이라는 것이 별 의미가 없는 이곳이지만, 날것이 타고 다니는 거대한 구조물이 브리호의 상공에 떠 있는 것만으로도 효과는 충분할 것이다. 선장은 다른 생각을 하기로 했다. 한순간이나마 단단한 물체 아래에 놓이는 것에 대해 일반적인 메스클린인이 느끼는 본능적 공포를 그도 고스란히 가지고 있었다.

선원들은 갑판 아래로 대피한 지 오래였다. 돈드래그머 일등항해사조차도 폭풍이 정말로 기승을 부릴 때는 작업을 중단했다. 선원 모두가 보호 천막 아래에 안전히 피해 있었다. 발리넌 선장은 아직 배 전체를 볼 수 있을 동안 천막 아래에 모인 머릿수를 미리 세어놓았다. 사냥하러 나간 선원은 아무도 없었다. 이런 경우 "폭풍이 다가오고 있다"는 날것의 경고조차 필요하지 않았기 때문이다. 선원 중 누구도 지난 열흘 동안 안전한 배에서 10킬로미터 이상 벗어나본 자는 없었다. 그리고 그 10킬로미터는 이 정도 중력에서는 여행이라 할 만한 거리도 못 되었다.

물론 저장된 식량은 충분했다. 발리넌 선장은 바보가 아니었을뿐더러 어떤 바보도 부하로 삼지 않기 위해 최선을 다해왔다. 그래도 음식은 역시 신선한 것이 좋았다. 선장은 얼마나 오랫동안 이 특별한 폭풍이 그들을 옴짝달싹 못 하게 할지 궁금했다. 폭풍이 다가올 때는 분명히 그 사실을 알려주는 조짐이 있지만, 언제 멀어져간다든지 하는 것을 알려주는 것은 없었다. 아마도 날것은 알지도 모른다. 어쨌든 배에 대해서 할 수 있는 조치는 다 해놓았다. 그러니 그 이상한 존재에게 말을 걸어보는 것이 좋을 것 같았다. 발리넌 선장은 아직도 날것이 준 장치를 볼 때마다 세상에 저런 물건이 존재하는 것이 믿어지지 않는 기분을 느끼며, 그 장치의 능력에 대해 늘 새롭게 자신을 납득시켜야 했다.

장치는 발리넌 선장의 옆에 있는 갑판의 뗏목 위, 독자적인 조그만 천막 아래에 놓여 있었다. 약 8센티미터 길이에 높이와 너비가 각각 약 1센티미터 정도 되는 벽돌 모양의 고체였다. 위쪽 면에는 마치 눈처럼 보이는 투명한 점이 하나 있을 뿐, 아무 장식 없이 밋밋했다. 그 점은 눈 역할을 하고 있음이 분명했다.

유일하게 존재하는 다른 장식은 긴 면 중 하나의 표면에 난 작고 둥근 구멍이었다. 벽돌은 눈이 있는 면을 위로 한 채로 놓여 있었고, 그 '눈'이 있는 면은 천막에 닿을 듯이 돌출되어 있었다. 당연하게도, 천막은 바람이 불어 가는 방향으로 개방되어 있었기 때문에 천막을 이룬 피륙은 이제 그 기계의 위쪽 표면에 팽팽하게 밀착되어 있었다.

발리넌 선장은 천막 아래로 팔 하나를 집어넣어 구멍을 찾을 때까지 이리저리 더듬다가 마침내 집게손을 구멍에 밀어 넣었다. 구멍의 안쪽에 스위치나 단추같이 움직이는 부분은 없었으나 선장은 그런 건 신경 쓰지 않았다. 지금까지 열이나 빛, 혹은 생체전류 전달 방식을 제외한 중계 장치는 한 번도 겪어본 적이 없었지만, 구멍 속에 뭔가 불투명한 것을 집어넣으면 그 사실이 어떻게든 날것에게 전해진다는 것을 경험해서 알고 있었다. 그일이 어떻게 일어나는가를 이해하려는 시도는 아무 소용 없다는 것도 알았다. 아마 열 살 난 어린아이에게 항해 기술을 가르치는 것과 같으리라는 슬픈 생각이 문득 들기도 했다. 아이에게도 지능이 있다. 그런 식으로 스스로 위로하는 것이 마음 편했다. 아이에게는 인생 경험이 턱없이 부족한 것뿐이니까.

"찰스 래클랜드예요." 발리넌 선장의 생각의 고리를 끊으며, 갑자기 기계가 말했다. "발리넌 선장님 맞습니까?"

"그렇습니다, 찰스." 선장은 날것의 언어로 대답했다. 선장의 날것 말은 점점 유창해지는 중이었다.

"반가워요. 작은 산들바람에 대한 우리 예보가 맞았나요?"

"당신네가 예측한 바로 그 시간에 왔습니다. 잠깐만요. 그래요, 눈도 함께 왔습니다. 눈이 오는 건 지금 알았군요. 하지만 아직 먼지는 없습니다."

"곧 올 거예요. 화산이 하나 터졌는데 사방으로 약 15제곱킬로미터까지 재가 퍼졌고 며칠 동안 계속 퍼지고 있거든요."

발리넌 선장은 대답하지 않았다. 문제의 화산은 아직 그들 사이의 논쟁거리였다. 그 화산이 위치하는 지점이 선장의 지리적 지식으로는 메스클린에 존재하지 않는 구역이기 때문이었다.

"찰스, 내가 정말로 알고 싶은 것은 이 바람이 얼마나 지속할 것인가 하는 점입니다. 당신네 종족은 이 바람을 위쪽에서 볼 수 있다는 것을 압니다. 이 폭풍이 얼마나 거대한 것인지 난 알아야겠습니다."

"벌써 문제가 생겼나요? 이제 막 겨울이 시작되었을 뿐인데요. 그 폭풍에서 빠져나오려면 수천 일은 걸릴 거라고요."

"그건 알고 있습니다. 양으로만 따지자면 식량은 충분합니다. 하지만 때로 뭔가 신선한 것을 먹고 싶습니다. 그러니 언제쯤 사냥조를 한둘이라도 파견할 수 있을지 미리 아는 것도 좋겠지요."

"무슨 말인지 알겠네요. 아무래도 상당히 주의해서 시기를 결정해야 할 것 같아요. 지난겨울에 나는 이곳에 없었지만, 그 기간에 폭풍이 이 지역에 끊임없이 불어닥친 것은 알고 있어요. 전에도 적도 지방에 와본 적이 있나요?"

"어디라고요?"

"그게 어디냐면… 당신네 표현으로는 '가장자리' 말이에요."

"아니요, 없습니다. 나 역시 한 번도 이렇게 가까이 와본 적이 없었습니다. 그리고 다른 사람들이 어떻게 이렇게 가까이 올 수 있었는지도 통 모르겠습니다. 만일 바다 쪽으로 더 멀리 나아간다면, 우린 모든 몸무게를 상실한 채 아무도 모르는 곳으로 날아가버릴 것 같은데 말입니다."

"위로가 될지 모르겠지만, 당신 말은 틀렸어요. 계속 나아간다면, 당신의 몸무게는 다시 무거워지게 돼요. 바로 지금 당신이 적도상에 있다면 말이죠. 적도는 중력이 최소인 지점이에요. 그게 바로 내가 여기에 있는 이유이기도 하고요. 하지만 왜 훨씬 먼 북쪽에도 육지가 있다는 것을 믿으려 하지 않는지는 이해할 것도 같아요. 그러고 보니 전에 우리가 그 문제를 토론할 때는 언어 장벽이 있었군요. 이제 당신도 이 행성에 대해 당신들이 어떻게 이해하고 있는지 말해줄 만큼은 충분히 우리말에 익숙해졌잖아요. 아, 그렇지. 지도도 있을 것 같은데요?"

"물론 여기 갑판 뗏목 위에 '사발 지도'를 가지고 있습니다. 안타깝지만, 지금은 보여줄 수 없을 것 같군요. 태양이 지금 막 져버린 데다가 제2의 태양 에스테스는 이런 구름 속에서는 등불 역할을 충분히 못 할 테니 말입니다. 태양이 다시 떠오르면 보여주겠습니다. 평면 지도는 별 도움이 안 될 겁니다. 평면 지도는 지형지물을 제대로 보여줄 만큼 충분한 영역을 포함하지 못해요."

"좋아요. 일출을 기다리는 동안, 말로만이라도 설명을 하면 어떨까요?"

"아직 그 정도로 당신네 언어에 능숙하지는 않지만, 한번 해 보겠습니다.

나는 학교에서 메스클린이 속이 움푹 팬 커다란 접시 모양이 라고 배웠습니다. 대부분 우리가 사는 곳은 그 접시의 바닥 부분으로, 그곳에만 제대로 된 중력이 존재합니다. 철학자들은 중력이 존재하는 건 메스클린이 놓인 커다란 평면 판이 접시를 잡아당기기 때문이라고 생각합니다. '가장자리'로 가까이 갈수록 중력이 작아지는 것은 그 평면 판에서 멀어지기 때문이라는 거지요. 그 판이 무엇 위에 놓여 있는지는 아무도 모릅니다. 문명화가 덜 된 몇몇 종족이 그 문제에 대해 내놓는 기묘한 미신적 설명을 당신도 많이 들어봤을 겁니다."

"내 생각을 말씀드리죠." 찰스가 끼어들었다. "만일 당신네 철학자들이 옳다면, 바닥을 벗어나 먼 지역을 여행한다면 언제나 높은 곳으로 올라가야 할 거예요. 그리고 모든 바다는 가장 낮은 지점을 향해 흘러내려려야 하겠지요. 당신네 철학자에게 그 점에 관해 물어본 적이 있나요?"

"어렸을 때 세계의 전체 모형도를 본 적이 있습니다. 스승들이 보여준 도표에는, 평면 판으로부터 많은 선이 뻗어 올라와 굽어지면서 메스클린 중심부 바로 위에서 만나게 되어 있었습니다. 그렇게 곡선을 이루기 때문에 선들은 사발의 곡면과 비스듬하게 만나는 것이 아니라 직각으로 통과했습니다. 스승들은 중력이 평면 판을 향해 곧바로 떨어지는 선이 아니라 이러한 곡선을 따라 변한다고 했었습니다. 내가 그걸 완전히 이해했던 건 아니지만, 어쨌든 설명은 되는 것 같았습니다. 스승들은 그것이 증명된 이론이라고 했습니다. 지도상의 측량된 거리에서 이론에 따라 예측한 중력값이 나타났기 때문이라는 겁니다. 그것이 내가 이해할 수 있는 점이었고, 또한 중요한 것이었습니다. 만일 그들이 생각했던 그런 형태가 아니라면, 어떻게 관찰된 거리에서 그런 중력값이 나타나는지 설명할 수 있겠습니까?"

"지당하신 말씀이에요. 당신네 철학자들이 기하학에 아주 능했다는 건 알겠어요. 내가 알 수 없는 것은 왜 그들이 그 현상을 설명할 수 있는 형태가 두 가지라는 것을 이해하지 못했나 하는 점이에요. 당신들은 메스클린의 표면 곡선이 아래쪽으로 꺾이는 것을 모르나요? 철학자들의 이론이 옳다면, 수평선은 분명히 위쪽에 있어야 할 거예요. 이 점은 어떻게 생각하시죠?"

"아, 그거요? 가장 원시적인 부족조차 세계가 국그릇 모양이라는 것을 아는 이유가 바로 그것이지요. 수평선이 다른 식으로 보이는 것은 바로 이 '가장자리' 근방에 있을 때뿐입니다. 난 여기에서 수평선이 아래로 처져 보이는 것은 뭔가 빛과 관련된 게 아닌가 생각하고 있습니다. 결국 여기선 여름에도 태양이 뜨고 지지 않습니까? 그러니 사물이 약간 기묘해 보인다 해도 그다지 놀랄 만한 일은 아닙니다. 왜, 있잖습니까, 당신이 그 '수평선'이라고 불렀던 것이 여기서는 동서쪽보다는 남북 쪽으로 더 가까이 다가와 있는 것처럼 보이기도 합니다. 동쪽과 서쪽으로는 훨씬 더 멀리 있는 배까지 볼 수도 있어요. 그건 다 빛 때문입니다."

"흠! 지금 당장은 반박하기 어렵군요." 날것의 목소리에 묻은 즐거운 듯한 기색을 눈치채기에는 아직 발리넌 선장이 날것의 언어에 충분히 익숙하지 않았다. 찰스가 이어 말했다. "난 그 뭐냐, '가장자리'에서 멀리 떨어진 곳은 가본 적이 없고, 나로서는 갈 수도 없어요. 당신이 묘사하는 식으로 사물이 보인다는 것도 몰랐고요. 당신이 화상 무전기를 우리의 길 잃은 작은 심부름꾼 위에 올려놓는 날이 오면 나도 그 현상을 보고 싶군요."

"그럼 나도 왜 우리 철학자들이 틀렸는지에 대한 당신의 설명을 듣는 날을 기다리도록 하지요." 선장이 예의 바르게 대답했다. "그러나저러나, 언제쯤이면 폭풍이 잠시라도 멈출지 알려주겠습니까?"

"몇 분이면 투리 기지에서 보고가 들어올 거예요. 해 뜰 무렵 다시 통화하지요. 그때쯤이면, 난 당신에게 일기예보를 해주고, 당신은 내게 '사발 지도'를 보여줄 만큼 날도 밝아지겠군요. 그러면 되겠죠?"

"좋습니다. 기다리고 있겠습니다." 그리고 발리넌 선장은 주위에서 폭풍이 비명을 지르듯 몰아치는 동안 내내 무전기 앞에 몸을 웅크리고 엎드려 있었다. 딱딱한 등껍질에 흩뿌려지는 작은 메탄 방울들은 그에게 큰 문제가 되지 않았다. 물론 위도가 더 높은 곳이었더라면 훨씬 아프게 내리쳤을 것이다. 선장은 때때로 뗏목 위에 얇게 쌓인 암모니아층을 밀어내려고 몸을 약간 움직였는데, 그 정도는 조금 귀찮은 일에 불과했다. 적어도 지금까지는 그랬다. 약 5천에서 6천 일이 지나서 올 동지까지 암모니아 눈은 완전한 태양 빛을 받아 계속 녹을 것이고, 그러고 나서는 곧바로 다시 얼어붙을 것이다. 제일 중요한 문제는 다음 결빙기가 오기 전에 암모니아 액체를 브리호 안에서 퍼내거나 그 액체가 배 안으로 들어오지 못하게 하는 것이었다. 조심하지 않으면 발리넌 선장의 부하들은 얼어붙은 바닷물을 깨고 2백 개의 뗏목을 떼어내야 할 판이었다. 브리호는 하천용 소형 배가 아니라 제대로 된 크기를 갖춘 대양 항해용 선박이었다.

발리넌 선장이 날것에게 요청한 정보를 얻는 데는 약속했던 몇 분밖에 걸리지 않았다. 만 위쪽을 덮은 구름층이 떠오르는 햇빛을 받아 환해지고 있을 때 날것의 목소리가 다시 한 번 작은 스피커에서 울려 나왔다.

"발리넌 선장님, 아무래도 또 내가 맞는 것 같군요. 잘못 본 게 아니에요. 당신에게는 아무 의미가 없는 지역이겠지만, 실제로 북반구 전체의 만년설이 데워져서 증발하고 있어요. 내가 보기에, 폭풍은 전반적으로 겨우내 지속할 것 같습니다. 그 폭풍이 남반구의 고위도 지역에 이를 때쯤에는 여러 갈래로 나뉘게 되는데, 그 이유는 그 폭풍들이 적도에서 멀어지면서 코리올리의 편향 효과에 의해 자그마한 바람 덩어리로 나누어지기 때문이에요."

"무슨 효과요?"

"어떤 물체를 공중으로 던지면 눈에 띨 정도로 왼쪽으로 휘면서 움직이게 만드는 힘 말이에요. 당신네 중력이 너무 커서 그런 광경을 볼 기회는 거의 없지만, 이 행성이라면 분명히 있어야 하는 효과지요."

"던진다는 게 뭡니까?"

"아차! 우린 그 단어를 한 번도 사용해본 적이 없군요. 음, 당신이 점프하는 것을…. 아! 이것도 본 적이 없지! 아무튼, 당신이 내가 있는 곳을 방문했을 때 그 단어를 쓰지 않았던가요?"

"아니요."

"흠, '던진다'는 것은, 어떤 물체를 잡아서, 그러니까 들어서 그 물체가 다시 지면에 닿기 전에 얼마간의 거리를 여행하도록, 당신에게서 아주 힘껏 밀어낼 때 쓰는 말이에요!"

"제정신을 가진 종족이라면 '던지는' 일을 하지 않습니다. 우리 행성에는 불가능하거나 아주 위험한 일들이 많이 있습니다. 만일 고향에서 누군가가 뭔가를 던지면 그 물체는 던진 당사자의 몸 위에 즉시 떨어지게 됩니다."

"이봐요, 던지는 게 힘든 일이긴 할 겁니다. 여기 적도 지방의 3g하에서만도 힘드니까요. 극지방에서는 중력이 거의 700g 정도 될 테고. 하지만 만일 근육이 충분히 견딜 수 있을 정도로 작은 물체라면, 왜 그것을 다시 받거나, 적어도 그것이 줄 충격을 견뎌내지 못하죠?"

"어떤 상황인지 머릿속으로 그리기는 힘들지만, 해답은 알 것 같습니다. '시간이 없다'는 것이겠지요. 만일 어떤 물체가 손에서 떠난다면, 그걸 던졌든 아니든 간에 그사이에 그 물체는 뭔가 다른 운동을 해보기도 전에, 땅에 부딪혀버릴 겁니다. 물건을 집어 들어 운반하는 것은 쓸모라도 있습니다. 기어가는 것도 마찬가지고요. 하지만 던지거나 뛰어오르거나 하는 일은 완전히 다른 이야기입니다."

"무슨 말인지 알겠네요. 아니, 대강 짐작은 돼요. 당연히 당신들이 중력에 맞는 반응 시간을 가질 것으로 생각했거든요. 하지만 그건 인간 중심의 사고방식이었을 뿐이라는 것을 알겠군요. 아니, 알 것 같아요."

"맞는 이야기입니다. 우리가 다르다는 것은 자명합니다. 서로가 얼마나, 그리고 어떻게 다른지는 결코 완전히 알지 못하겠지요. 적어도 서로 의사소통을 할 정도는 가능할 겁니다. 내 희망 사항이지만, 서로 생산적인 합의점을 도출할 정도로는 유사한 점이 충분한 것 같기도 합니다."

"그건 확실해요. 말이 나온 김에, 당신이 어디로 여행하고 싶은지 그 위치를 말해주시면 좋겠어요. 나도 당신이 어느 쪽으로 가기를 원하는지 '사발 지도'를 보고 가리킬 수 있을 테고요. 지금 그 '사발 지도'를 볼 수 있을까요? 탐지기로 볼 수 있을 만큼 날이 밝아진 것 같은데요."

"물론입니다. '사발 지도'는 갑판 속에 고정되어 있어서 이동할 수 없습니다. 그러니 이 기계를 움직여야겠습니다. 잠시만 기다리십시오."

발리넌 선장은 뗏목을 조금씩 가로질러, 갑판 위의 쐐기에 붙들어 매어놓은 더 작은 천막을 향해 다가갔다. 그가 천막을 벗겨 옆에 챙겨놓자 갑판 위로 깨끗한 지점이 드러났다. 그런 다음 몸을 돌려 무전기 주위에 밧줄 네 개를 단단히 묶은 뒤, 그

줄들을 주의 깊게 배열된 쐐기들에 고정하고 나서, 무전기의 덮개를 벗겨내고 갑판 위에서 밀기 시작했다. 무전기는 발리넌 선장보다 크기가 작았고 무게는 아주 약간 더 무거울 뿐이었다. 그러나 선장은 무전기가 날아가버릴지도 모르는 위험을 무릅쓰고 싶지는 않았다. 폭풍이 잠잠해질 기미는 조금도 없었고 갑판은 때때로 흔들렸다. 무전기의 '눈'이 달린 면을 '사발 지도'로 향하게 눕힌 후에 돛대용 목재 몇 개로 무전기의 반대쪽 면을 떠받쳤다. 그렇게 하면 날것은 아래쪽을 볼 수 있다. 그런 다음 선장은 '사발 지도' 반대쪽에 무전기를 마주 보는 곳으로 이동해 설명을 시작했다.

찰스는 '사발 지도'가 논리적으로 만들어졌으며 나름대로 상당히 정확하다는 것을 인정할 수밖에 없었다. 예상한 대로, '사발 지도'의 곡률은 행성의 곡률과 상당히 일치했다. 문제는 이 행성의 형태에 대한 원주민들의 관념을 그대로 반영하여, 지름 약 15센티미터, 중심에서의 깊이는 약 3센티미터 정도 되는 국그릇 모양으로 만들어졌다는 것뿐이었다. 지도 전체는 갑판과 같은 높이의 투명한 덮개로 보호되어 있었다. 찰스의 추측으로는 아마도 얼음 같았다. 이 때문에 발리넌 선장이 지도상의 세부 지점을 가리키려 시도할 때 약간 어려움이 있었으나, 얼음을 제거하면 '사발 지도'가 한순간이나마 암모니아 눈에 노출될 위험이 있었다. 암모니아 눈은 바람이 없는 장소라면 어디에든지 수북이 쌓이곤 했다. 해변은 비교적 깨끗한 상태로 유지되고 있었지만, 선장 역시 남쪽으로 해변과 평행하게 달리는 언덕의 반대쪽 사면에 무슨 일이 일어나고 있는지 모르지 않았다. 발리넌 선장은 자신이 선원이라는 사실에 은근히 기쁨을 느꼈다. 앞으로 몇천 일 동안은 이 지역의 육지를 가로질러 여행하는 일이 가벼운 산책이 되기는 어려울 테니 말이다.

"나는 계속해서 지도를 갱신하려고 노력해왔습니다." 발리넌 선장은 날것의 대변인 역할을 하는 물건의 맞은편에 자리를 잡고 말했다. "그러나 '사발 지도'에는 어떤 변경도 하지 않았습니다. 오는 길에 우리가 지도화한 새로운 지역들은 '사발 지도'에 표시할 만큼 크지 않았기 때문입니다. 사실 상세한 것까지 보이지 않아도, 우리가 이 지역을 벗어나면 어디로 가려고 계획하는지에 대한 일반적인 정보를 당신에게 알려주는 정도는 아무 문제 없습니다.

음, 사실 딱 못 박아둔 지역은 없습니다. 사고팔 수만 있다면 난 어디든지 갈 수 있어요. 그리고 지금 이 순간은 식량 말고는 배에 싣고 있는 물건도 별로 없습니다. 겨울이 끝날 무렵에는 그나마 있던 식량마저 바닥날 것이고, 그래서 말인데 내가 먼젓번에 이야기한 대로, 이쪽 낮은 중력 지역을 얼마간 항해하며 이 지역에서 얻을 수 있는 물건을 구해볼까 생각했습니다. 그 물건은 음식의 맛에 끼치는 영향 때문에 남쪽 지역에 사는 사람들에게는 가치가 상당히 높게 매겨진 물건입니다."

"향신료 말인가요?"

"그게 거기에 대응하는 단어라면, 그렇습니다. 나는 전에 그것을 운반해본 적이 있는데, 꽤 재미가 좋았습니다. 실제 효용

성보다는 희귀성 때문에 가치가 더 크게 매겨지는 상품들이 대개 그러하듯이 한 번의 선적만으로도 상당한 이윤을 올릴 수 있었습니다."

"그렇다면, 일단 여기서 그 물건을 선적하고 나면, 그다음에 딱히 어디로 갈지 생각해둔 바가 없다는 말인가요?"

"그렇습니다. 당신네 심부름으로 우린 '중심'에 가까이 가기도 하겠지요. 그것도 좋은 일입니다. 남쪽으로 갈수록 비싼 값을 받을 수 있을 테니 말입니다. 그리고 이미 동의했던 대로, 여행하는 동안에는 당신들이 도와줄 테니 특별히 위험한 일도 없을 것 아닙니까."

"그렇네요. 어쨌거나 멋진 생각이에요. 당신에게 그 보답으로 뭘 주면 좋을지 알 수 있으면 좋겠어요. 그러면 당신은 향신료를 얻느라고 시간을 낭비할 필요도 없을 텐데."

"음, 일단 우리는 먹어야 합니다. 당신네 몸은 우리와는 다르고, 따라서 먹는 음식도 우리가 먹는 것과는 아주 다른 물질이라고 했지요. 그래서 우리는 당신들의 식량을 이용할 수가 없습니다. 솔직히 나로서는 내 힘으로 쉽게 얻지 못할 원료나 재료가 당장은 생각나지 않습니다. 당신네 기계를 몇 개 얻는 게 제일 좋을 것 같지만, 당신네 기계가 우리 행성의 조건에서 기능을 제대로 수행하려면 모두 새로 만들어야 할 거라고 했었지요. 이런 상황이니, 우리가 도출한 합의가 지금까지는 제일 나은 선택인 것 같군요."

"지당한 말씀이에요. 당신이 가진 그 무전기조차 이 임무를 위해 특별 제작한 거예요. 게다가 당신은 그것을 수리할 수도 없잖아요. 당신네 종족은, 물론 내가 아주 크게 오해한 것이 아니라면, 적당한 연장을 가지고 있지 않은 것 같거든요. 이 문제는 여행을 계속하면서 다시 토론해요. 아마도 우리가 서로에 대해 더 잘 알게 되면 더 나은 보답의 길을 제시할 수 있겠죠."

"물론 그럴 겁니다." 발리넌 선장이 정중하게 대답했다.

물론 발리넌 선장은 자신만의 계획이 성공할 가능성에 대해서는 언급하지 않았다. 날것이 그 계획에 찬성해줄 것 같지가 않았다.

2
날것

　날것의 예보는 들어맞았다. 폭풍이 눈에 띌 정도로 잠잠해진 것은 약 4백 일이 지난 뒤였다. 그동안 날것은 발리넌 선장과 다섯 번 정도 무전기로 대화했다. 그들의 대화는 항상 처음에는 간단히 일기예보에서 시작했다. 한두 번은 좀 더 일반적인 주제로까지 발전해나가기도 했다. 이 이상한 종족의 언어를 공부하러 만 가까이에 있는 '언덕'을 개인적으로 방문했을 때, 선장은 이 생물이 이상할 정도로 규칙적인 바이오리듬을 가진 것을 일찌감치 깨달았다. 발리넌 선장은 날것이 언제 잠을 잘지, 그리고 언제 식사를 할지 등을 상당히 정확하게 추측해낼 수 있었다. 약 80일 정도의 주기인 것 같았다. 발리넌 선장은 철학자가 아니었다. 하다못해 철학자들을 비실용적인 몽상가들로 여기는 일반적인 통념도 갖고 있었다. 그래서 선장은 그런 사실을, 좀 기묘하기는 하지만 솔직히 흥미롭다고 할 이 생물을 유지시켜 주는 어떤 요소라고 여기고 간단히 넘겼다. 이 메스클린인이 가진 사고의 기저에는 자신의 행성이 축을 따라 자전하는 것보다 약 80배나 자전 시간이 긴 다른 세계가 존재하리라는 것을 추론해낼 만한 기본 지식이 전혀 없었다.

찰스와의 다섯 번째 통화는 먼저의 다른 통화와는 달랐다. 그리고 여러 가지 이유에서 훨씬 더 환영할 만한 것이었다. 다른 점이란, 부분적으로는 그 통화가 예정에 없던 일이라는 것이었다. 그리고 환영할 만한 요소는, 적어도 그 통화가 목을 빼고 기다리던 일기예보를 주된 용건으로 한다는 사실이었다.

"발리넌 선장님!" 날것은 거두절미하고 말을 시작했다. 찰스는 이 메스클린인이 항상 무전기 소리가 들리는 거리 범위 안에 있음을 알고 있었다. "투리 기지에서 몇 분 전에 연락이 왔어요. 비교적 맑은 대기가 우리 쪽으로 이동 중이에요. 기지에서는 바람이 어떻게 변할지는 모르지만, 맑은 대기를 통해 육지가 보인다고 했습니다. 그건 날씨가 맑다는 것을 의미해요. 당신들이 사냥을 나가고 싶다면, 날려 갈 염려는 없을 것 같습니다. 사냥을 나간 뒤 약 백 일 정도는 날씨가 아주 좋을 겁니다. 언제 배로 돌아오면 좋을지는 투리 기지에 있는 사람들이 충분히 시간 여유를 두고 알려줄 거예요."

"하지만 사냥조가 어떻게 당신들의 경고를 듣는단 말입니까? 내가 무전기를 그들에게 주어 보낸다면, 당신과 다른 일반적인 일들에 관해 이야기를 나눌 수 없게 됩니다. 그리고 무전기를 주어서 보내지 않는다면, 그들은 언제 철수를 하면 좋을지 알 방도가….”

“나도 그 문제를 생각하고 있어요.” 찰스가 끼어들었다. “내 생각에, 바람이 충분히 잠잠해지는 대로 당신이 여기로 올라오는 것이 좋겠어요. 다른 무전기를 하나 더 드릴게요. 당신이 무전기를 여러 개 가지고 있으면 여러모로 좋을 것 같군요. 당신들이 우리를 위해 수행할 여행이 어려울 걸 알아요. 또한 아주 오랜 여행이 되리라는 것도요. 까마귀가 날아가는 거리만도 5천 킬로미터 남짓 되니 당신들이 이동할 육로와 해로로는 얼마나 멀지 감도 못 잡겠네요.”

찰스가 사용한 수사적 표현 때문에 발리넌 선장이 대답하는 데는 시간이 걸렸다. 발리넌 선장은 ‘까마귀’가 뭔지 알고 싶었다. ‘날아가는 것’이 무엇인지도. ‘까마귀’는 무슨 뜻인지 이해하기가 훨씬 더 쉬웠다. 그러나 살아 있는 생물이 자신의 힘을 가지고 ‘난다’는 것은 발리넌 선장에게는 ‘던진다’는 것보다 더 상상하기 힘들었다. 공중을 여행하는 찰스의 능력은 발리넌 선장에게는 너무나 이질적이어서 결코 편안하게 느낄 수가 없었다. 찰스는 발리넌 선장의 그런 마음을 약간은 짐작하고 있었다.

“얘기할 것이 하나 더 있어요.” 찰스가 말했다. “안전하게 착륙할 수 있는 것이 확실해지면 곧 크롤러를 내릴 거예요. 아마 로켓이 착륙하는 광경을 보면, 당신도 ‘비행’이라는 개념에 익숙해지겠죠.”

“그럴 수도 있겠지요.” 발리넌 선장이 마지못해 대꾸했다.

"그렇지만 로켓이 착륙하는 것을 보고 싶은지 어떤지 난 잘 모르겠습니다. 당신도 알다시피, 난 전에도 한번 본 적이 있습니다. 그런데 아무래도 부하들은 그 자리에 없는 것이 좋겠습니다."

"왜요? 부하들이 너무 겁을 먹고 제대로 일도 하지 못할까 봐서요?"

"아니요." 메스클린인이 꽤 솔직하게 대답했다. "내가 두려워하는 모습을 그들에게 보이고 싶지 않기 때문입니다."

"이거 놀랐는데요, 선장님." 찰스는 일부러 익살스러운 말투를 내려고 애썼다. "하지만 알 것 같아요. 로켓이 당신 머리 위로 지나가게 하지는 않겠다고 약속할게요. 내가 있는 돔의 벽면에 바짝 붙어 기다리세요. 내가 조종사에게 무전으로 주의시킬 테니까."

"머리 위로 얼마나 가까이 접근할까요?"

"충분히 멀리 떨어지게 할게요. 약속해요. 사실 당신뿐만 아니라 내 안전을 위한 것이기도 하거든요. 적도 근처라 해도, 당신네 행성에 로켓이 착륙하려면 엔진을 상당히 강력히 분사해야 한단 말이죠. 게다가 실수로라도 내 돔에 로켓이 충돌하는 건 피하고 싶어요."

"좋습니다. 가겠습니다. 당신 말마따나, 무전기를 더 가지면 좋으니까. 그런데 좀 전에 말한 '크롤러'란 뭡니까?"

"배가 해변에 정박한 다음 그 배가 육지로 건너갈 수 있게 해주는 장치와 비슷한 역할을 하는 기계죠. 며칠 지나면 당신도 보게 될 거예요. 아니, 기껏해야 몇 '시간' 뒤에."

발리넌 선장은 어쨌든 찰스가 한 말의 의미를 충분히 이해했으므로 '시간'이라는 새로운 단어에 대해서는 질문을 않고 그냥 넘겼다.

"가겠습니다. 그리고 어떤 것인지 보도록 하지요."

메스클린 행성의 안쪽 달에 있는 날것의 친구들이 한 예측은 맞았다. 선장이 갑판에 웅크리고 앉아서 일출이 열 번 반복되는 것을 세고 나니, 어둠 속에서 번개가 치고 바람이 잠잠해지며 태풍의 눈이 다가올 조짐이 보였다. 날것이 말한 대로, 그리고 발리넌 선장 자신의 경험에 비추어 봐도, 이 고요함이 백 일에서 2백 일 정도는 계속되리라는 것을 충분히 알 수 있었다.

발리넌 선장은 만일 찰스가 그렇게 높은 진동수의 소리를 들을 수 있다면 고막이 찢겨나갈 만한 휘파람을 한 번 불어 선원들의 주의를 집중시키고는 명령을 내리기 시작했다.

"즉시 사냥조 두 조를 편성하도록. 한 조는 돈드래그머가 맡고, 다른 한 조는 메르쿠스가 맡는다. 두 조장은 조원을 아홉 명씩 선발하도록. 나는 배에 남겠다. 날것이 우리에게 '말하는 기계'를 몇 개 더 주겠다고 했기 때문이다. 나는 하늘이 맑아지는 대로 '날것의 언덕'으로 출발해 기계를 가지고 돌아올 계획이다. 날것의 다른 물건들과 마찬가지로, 기계들은 그의 친구가 '위'에서 가져다줄 것이다. 따라서 모든 승무원은 내가 돌아올 때까지 배를 벗어나지 말고 기다리고 있어라. 내가 떠나 있는 30일 동안 사냥 계획을 세우기 바란다."

"선장님, 그렇게 빨리 배를 떠나는 일이 현명하다고 보십니까?

바람이 여전히 거셀 텐데요." 돈드래그머가 말했다.

일등항해사가 던진 질문은 의도가 너무 좋아서 도저히 주제 넘다고는 볼 수 없었다. 비록 어떤 선장들은 자신의 판단에 대해 그런 식으로 의심하는 의견을 들으면 아주 싫어하겠지만 말이다. 발리넌 선장은 미소를 뜻하는 움직임으로 집게손을 흔들었다.

"자네 말이 맞아. 하지만 난 시간을 아끼고 싶은 거야. 그리고 '날것의 언덕'은 고작 1.5킬로미터 떨어졌을 뿐이고."

"하지만…."

"게다가, 바람을 등지고 가는 길이지. 우리 로커 안에는 수 킬로미터에 이르는 밧줄이 있어. 난 밧줄 두 개를 내 벨트에 붙들어 맬 작정이야. 그리고 선원 둘을 시켜서 내가 언덕까지 가는 동안 밧줄이 말뚝에서 풀리지 않도록 주의를 기울이게 할 거야. 자네 밑에서 일하는 터블라넨과 하스가 좋겠지. 그래, 어쩌면 내가 발을 헛디딜 수도 있을 거야. 하지만 잡고 있던 밧줄이 끊어질 정도로 바람이 강하게 몰아친다면, 아마도 브리호는 그때쯤엔 육지 위로 수 킬로미터나 끌려 들어와 있을 테니까 걱정하지 마."

"하지만 발을 헛디딜 뿐만 아니라, 공중으로 들려 올라가기라도 하신다면…." 여전히 돈드래그머는 매우 걱정되는 모양이었다. 그리고 일등항해사가 입 밖에 내어 말한 그 생각은 선장까지도 잠시 입을 다물게 만들었다.

"그리고 떨어진다면…, 맞아. 하지만 우리가 '가장자리' 근처,

아니 날것의 말에 따르자면 바로 정확히 '가장자리' 위에 있다는 점을 기억하자고. 자네들 몇몇은 알아차렸겠지만, 추락이라는 것은 여기선 아무 의미도 없어."

"하지만 저희에게는 보통의 중력에 있을 때처럼 행동해야 한다고 말씀하셨잖습니까? 그래야 원래 살던 지역으로 돌아갔을 때 위험할 수도 있는 습관이 형성되지 않는다고요."

"맞는 말이야. 하지만 이것은 습관이 되지는 않을 거야. 왜냐하면 중력이 제대로 된 곳이라면 바람이 내 몸을 위로 들어 올리는 따위의 일은 어디에서도 일어날 수가 없을 테니까. 어쨌든 이것은 우리의 직업이야. 터블라넨과 하스가 밧줄을 잘 감시하도록 해줘. 아니, 자네가 직접 해주면 좋겠군. 시간이 오래 걸릴 테니까.

자, 여기까지다. 천막 아래 있는 당직들은 쉬어도 좋아. 갑판 위에 있는 당직 선원들은 닻과 닻줄을 점검하도록." 갑판 당직인 돈드래그머는 그것을 해산 명령으로 받아들이고, 평소에 늘 그랬듯이 효율적인 태도로 명령을 수행했다. 또한 일등항해사는 해동된 눈이 다시 언 뒤에 생길 결과에 대해 선장이 생각했던 것만큼, 아니 그보다 더 정확하게 이해하고 있었는지, 선원들을 독려해 뗏목 사이에 낀 암모니아 눈을 치우게 했다. 발리넌 선장은 긴장을 풀었다. 그러고는 직면하자니 불쾌하고, 우아하게 등을 돌리기도 불가능한 상황으로 대화를 끌고 가는 자신의 버릇이 과연 어느 조상에게서 유래된 것일지 생각했다.

밧줄에 대한 아이디어는 그야말로 충동적으로 떠오른 것이었다. 게다가 일등항해사를 납득시키느라 벌인 논쟁의 어두운 그림자가 발리넌 선장의 마음속에서 가시기까지 여러 날이 걸렸다. 뗏목에서 내려 눈이 풀풀 날리는 눈밭 위로 상륙할 때도 그는 여전히 우울했다. 발리넌 선장은 가장 힘센 두 승무원과, 그들이 붙들고 있는 밧줄을 마지막으로 한 번 더 뒤돌아보고 나서 바람이 몰아치는 해변을 가로질러 나아가기 시작했다.

사실 그리 나쁜 상황은 아니었다. 선장이 출발한 지역에서는 배의 갑판이 육지보다 몇 센티미터 높은 곳에 위치하고 있었기 때문에, 밧줄이 발리넌 선장의 몸을 약간 위로 끌어 올려주었다. 그러나 해안의 경사 때문에 그 효과도 곧 상쇄되었다. 브리호를 계류시키는 지점으로서 고결한 역할을 수행해주고 있던 나무들도 그가 내륙으로 들어갈수록 점점 더 굵어졌다. 나뭇가지들은 촉수처럼 옆으로 넓게 퍼져 나지막하게 자라 있었고, 밑동은 아주 짧고 굵었다. 메스클린 남반구 높은 위도에서 자라는, 선장이 잘 아는 나무들과 일반적으로 유사한 모양새였다. 그러나 극 지역보다 백 배에서 2백 배 이상 약한 중력 때문인지 여기서는 둥글게 아치를 그리며 늘어뜨려진 가지가 때때로 땅에 닿지 않고 들려 있어, 상대적으로 자유롭게 움직이고 있었다. 결국, 가지들은 서로 뒤엉킬 수 있을 정도로 가까이 접근하여 자랐고, 얼기설기 얽힌 어두운 갈색 줄기들은 붙잡고 가기에 최적인 밧줄 역할을 해주었다. 발리넌 선장은 어느 정도 시간이 지나자, 앞 집게손으로 줄기 하나를 움켜쥐고, 뒤쪽 집게손으로는 잡고 있던 것을 놓으면서, 애벌레처럼 길쭉한 몸을 앞쪽으로 꼬며 거의 자벌레 같은 움직임으로 전진하면 언덕 위로 기어오를 수 있음을 알아냈다. 달고 온 밧줄이 좀 거치적거리긴 했지만, 밧줄도 나뭇가지들도 비교적 나긋나긋했기 때문에 심각한 어려움은 없었다.

처음 2백 미터를 전진한 다음에는 해안의 경사가 상당히 급해졌다. 가야 할 길의 반쯤을 지나왔을 때, 발리넌 선장은 브리 호의 갑판 높이보다 약 2미터 위에 위치하게 되었다. 그 지점부터는, 메스클린인처럼 눈이 지면에 상당히 가까이 붙어 있는 생물이라도 '날것의 언덕'을 볼 수 있었다. 그리고 선장은 전에도 몇 번 그랬듯이 그 언덕의 장관을 보기 위해 잠시 걸음을 멈추었다.

남은 1킬로미터는 방금 가로질러 온 지역과 거의 마찬가지로 어두운 갈색 나무 덩굴로 메워져 있었다. 식물군은 더 빽빽했고, 더 많은 눈이 덮여 있었기 때문에 맨땅은 거의 보이지 않았다.

'날것의 언덕'은 덩굴로 뒤덮인 평지 위를 굽어보며 서 있었다. 그것이 인공적인 구조물이라는 사실이 믿어지지 않았다. 한편으로는 엄청난 크기 때문이었고, 또 한편으로는 천막 외 다른 어떤 것으로 만들어진 지붕이라는 것이 메스클린인에게는 너무나 이질적인 건축 개념이기 때문이었다. '날것의 언덕'은 반짝이는 금속으로 만들어진, 높이 약 6미터, 지름 약 12미터인 거의 완벽한 반구형 돔이었다. 돔의 표면에는 커다랗고 투명한 부분들이 이곳저곳에 산재했고, 두 개의 원통형 돌출부가 튀어나와 있었으며, 그 속에는 입구가 있었다. 날것 말로는, 그 문들은 너무나 교묘하게 만들어져서 안쪽과 바깥쪽의 공기를 섞이지 않게 하며 문을 통과할 수 있다고 했다. 입구는 확실히 그 기묘하고도 거대한 생물이 통과할 수 있을 만큼 충분히 컸다. 낮은 곳에 있는 창 하나에는 임시 경사로가 설치되어 있었고, 발리넌 선장과 같은 크기의 생물이 창틀 위에 기어 올라가 안쪽을 들여다볼 수 있게 하는 역할을 했다. 선장은 처음에 날것의 언어를 배우는 동안 그 경사로 위에서 많은 시간을 보냈다. 발리넌 선장은 저 구조물 안에 가득한 기묘한 기기와 설비를 보았지만, 대부분은 어떤 기능을 지녔는지 이해하지 못했다. 날것은 수륙 양생 생물인 것 같았다. 적어도 액체가 가득한 탱크 속에서 둥둥 떠다니며 많은 시간을 보냈다. 이것은 그의 몸 크기를 생각해볼 때 충분히 납득이 갈 만한 일이었다. 발리넌 선장이 아는 한, 메스클린 행성의 생물 중에서 바다나 호수를 주거지로 삼은 생물 이외에 자신들보다 몸집이 큰 생물은 하나도 없었다. 몸무게 하나만 고려해보자면, 만일 그런 생물이 있다 하더라도 이미지의 '가장자리' 근처라야 존재할 수 있을 것 같았다. 발리넌 선장은 적어도 해안에 가까이 있는 동안은 그런 생물을 만나기 힘들 거라고 확신했다. 몸의 크기는 곧 몸무게를 의미했다. 그리고 몸무게에 대한 평생의 적응 경험이 그로 하여금 무게를 위험 요소로 간주하게 했다.

돔 근처에는 그전부터 있었던 식물들을 제외하면 아무것도 없었다. 로켓은 아직 도착하지 않은 것이 분명했다. 발리넌 선장은 로켓이 도착할 때까지 현 위치에 계속 있어볼까 하는 장난스러운 생각을 잠시 했다. 선장이 아직 도착하지 않은 줄 알면 날것은 착륙에 주의를 기울여, '언덕'에서 멀리 떨어진 위치에 로켓을 착륙시킬 게 분명하다. 그러나 하강하는 로켓이 발리넌 선장의 현재 위치를 지날 경우, 그의 머리 위를 지나치지 않도록 막을 방법은 없을 터였다. 찰스로서도 발리넌 선장이 어디에 있을지 알 도리가 없기 때문이었다. 길이 약 40센티미터, 몸통 지름 5센티미터 정도에, 지면에 바짝 붙어 기어 다니는 생물이, 그것도 덩굴이 우거진 나무들 사이에 있을 경우, 1킬로미터 거리에서 알아볼 수 있는 지구인은 거의 없었다. 역시 날것이 충고한 대로 돔 쪽으로 올라가는 것이 나을 것이다. 메스클린인 선장은 여전히 몸 뒤로 밧줄을 질질 끌며 계속 전진했다.

중간에 가끔 날이 어두워지곤 했기 때문에 좀 지체되긴 했지만, 발리넌 선장은 비교적 일찍 도착했다. 사실 그가 목적지에 다다랐을 때는 밤이었다. 그러나 여행이 끝날 즈음에 앞쪽의 창문에서 새어 나오는 빛 때문에 적절한 조명을 받을 수 있었다. 선장이 밧줄을 고정하고 아래쪽 창밖 경사로의 편안한 위치에 마침내 기어올랐을 때쯤 태양이 왼쪽 지평선 위로 솟아올랐다. 바람은 아직도 높게 불었지만 구름은 이제 거의 모두 걷혀 있었다. 돔 안쪽의 전등은 이제 꺼졌지만, 발리넌 선장은 창문을 통해 안을 들여다볼 수 있었다.

발리넌 선장이 들여다본 창문 안의 방에는 찰스가 없었다. 메스클린인은 경사로 위에 돌출한 작은 초인종을 눌렀다. 즉시 초인종 옆의 스피커에서 날것의 목소리가 울려 나왔다.

"잘 왔어요, 발리넌 선장님. 당신이 도착할 때까지 맥렐란에게 대기하라고 해두었습니다. 즉시 아래로 내려오라고 이르겠습니다. 아마 다음 태양이 뜰 때쯤이면 여기 도착할 겁니다."

"그는 지금 어디에 있습니까? 투리에 있나요?"

"아니요. 맥렐란은 겨우 천 킬로미터 위에 있는 행성 고리의 안쪽 가장자리 근처에 떠 있습니다. 폭풍이 잠잠해질 때부터 그곳에 있었어요. 그러니 너무 기다리게 했다고 미안해하지는 말아요. 기다리는 동안, 약속한 다른 무전기들을 내다 놓을게요."

"나 혼자 왔으니, 이번에는 하나만 가져가는 것이 좋을 것 같습니다. 그 물건은 운반하기가 까다롭습니다. 물론 무거운 것은 아니지만."

"그럼 크롤러를 기다렸다가 무전기들을 밖으로 가지고 나가는 게 좋겠군요. 크롤러가 도착하면 내가 당신을 배까지 태워줄게요. 크롤러는 단열이 아주 잘되어 있으니 당신이 그 위에 올라타고 가도 별로 해가 되지 않을 거예요. 어때요?"

"그거 좋군요. 그럼 기다리는 동안 대화를 더 나눌까요, 아니면 내게 당신네 고향 사진을 더 보여주겠습니까?"

"사진을 보죠. 영사기에 거는 데 몇 분 걸릴 거예요. 준비가 다 끝났을 때는 충분히 어두워질 테고요. 잠깐만 기다리세요. 내가 라운지 쪽으로 갈게요."

스피커에서는 더 이상 소리가 나지 않았다. 발리넌 선장은 창에 연결된 방의 한쪽 벽에 달린 문을 응시하고 있었다. 잠시 뒤, 날것이 모습을 드러냈다. 날것은 언제나 그렇듯이, '목발'이라고 부르는 인공 팔다리의 도움을 받으며 직립으로 걸어 들어왔다. 날것은 창가로 다가와 조그만 생물체를 향해 거대한 머리를 끄덕여 보였다. 그러고 나서 몸을 돌려 영사기를 향해 다가갔다. 그 기계가 향하고 있는 스크린은 창문 맞은편 벽에 걸려 있었다. 발리넌 선장은 인간의 움직임을 눈으로 좇으며 스크린을 더욱 편하게 볼 수 있는 위치에 자리를 잡았다. 그러고는 머리 위의 태양이 천천히 원을 그리며 움직이는 동안 조용히 기다렸다. 태양 빛을 온전히 받으며 그러고 있으니 기분 좋을 정도로 따뜻했다. 눈이 녹기 시작할 만큼은 아니었지만 말이다. 북반구의 만년설로부터 끊임없이 불어오는 바람 때문에 눈이 녹기는 힘들었다. 찰스가 기계에 필름 거는 일을 끝내고, '이완' 탱크에 어기적거리며 들어가 몸을 담그는 동안 발리넌 선장은 반쯤 졸고 있었다. 발리넌 선장은 인간의 옷을 마른 상태로 유지시키는 역할을 해주는, 액체 수면 위를 덮은 신축성 있는 얇은 막을 결코 알아차리지 못했다. 만일 알아차렸다면, 선장은 인간이 수륙 양생이라는 생각을 수정해야 했을 것이다. 찰스는 둥둥 떠 있는 위치에서 작은 판 조각 위에 손을 뻗더니 스위치 두 개를 내렸다. 방 안에 불이 꺼졌고 영사기가 작동하기 시작했다. 15분짜리 영사 릴이었기 때문에 필름이 다 돌아가기도 전에 로켓이 착륙한다는 소식이 왔다. 찰스는 다시 한 번 엄청나게 힘든 기색으로 인공 보조기를 움켜쥐고 몸을 일으켜야만 했다.

"맥렐란이 착륙하는 것을 보실래요, 아니면 릴이 끝날 때까지 사진을 보시겠어요? 필름이 다 돌아갈 때쯤 맥렐란이 착륙을 마칠 거예요." 찰스가 물었다.

발리넌 선장은 억지로 스크린에서 주의를 돌렸다. "사진을 계속 보고야 싶지만, 비행 장면에 익숙해지는 일이 아마 내게 훨씬 유익하겠지요. 로켓은 어느 쪽에서 오고 있습니까?"

"동쪽일 거예요. 맥렐란에게 이 근처의 지형에 대해 상당히 자세히 일러주었거든요. 녀석은 이미 지형 사진도 갖고 있어요. 내가 알기로 동쪽에서 접근하는 것이 제일 나아요. 아마 그렇게 조정해두었을 거예요. 걱정되는 것은 지금 이 시각이면 태양이 시선 방향에 있으니 잠시라도 당신의 시야를 방해하지 않을까 하는 건데…. 그런데 아직도 로켓은 60킬로미터 정도 위쪽에 있어요. 태양 위쪽을 잘 보세요."

발리넌 선장은 날것의 지시를 따랐고 기다렸다. 약 1분 정도 아무것도 보지 못했다. 그러나 선장의 눈은 떠오르는 태양 위로 약 20도 지점에 있는 금속의 반짝임을 곧 포착했다.

"고도 10킬로미터. 지평선으로부터의 거리도 거의 같네요. 이 망원경으로 포착했어요!" 발리넌 선장이 로켓을 포착한 그 순간, 찰스가 알려주었다.

반짝임은 점점 더 밝아졌다. 그리고 거의 완벽하게 한 방향을 유지하고 있었다. 로켓은 돔 쪽을 향해 거의 직선으로 날아왔다. 잠시 뒤, 로켓은 육안으로도 자세히 볼 수 있을 정도로 가까워졌다. 아니, 떠오르는 태양의 빛이 지금 이 순간 모든 것을 가리지 않는다면 그럴 것이라는 의미이다. 맥렐란은 잠시 돔 위쪽 1.5킬로미터, 그리고 동쪽으로 1.5킬로미터 거리에 정지했다.

주 태양인 벨느가 황도를 따라 좀 더 움직이자, 발리넌 선장은 그 원통형 동체의 창문과 배기 구멍까지 분명히 볼 수 있었다. 폭풍이 몰고 온 바람은 거의 완전히 가라앉았지만, 로켓의 배기 구멍이 지면을 내리치는 지역으로부터 해동된 암모니아의 희미한 냄새를 실은 따뜻한 바람이 불어오기 시작했다. 반액체 상태의 방울들이 발리넌 선장의 눈까풀에 날아와 부딪혔다. 하지만 선장은 천천히 하강하는 금속 덩어리를 계속해서 응시했다. 선장의 긴 몸에 있는 모든 근육이 최대한으로 긴장했다. 팔들은 옆구리에 바짝 붙었고, 집게손들은 금속 철사라도 싹둑 자를 만한 힘으로 단단히 조여져 있었으며, 몸의 분절마다 흩어진 모든 심장이 거칠게 펌프질을 해대고 있었다. 만일 인간이 지닌 호흡 기관과 비슷한 장기를 가졌다면 아마도 숨을 멈추고 있었을 것이다. 발리넌 선장은 그 물체가 추락하지 않으리라는 것을 잘 알고 있었다. 아니, 그럴 리가 없다고 계속 자신에게 되뇌었다. 하지만 단 15센티미터 높이에서 추락하는 것만으로도, 믿을 수 없을 정도로 튼튼한 메스클린인마저 치명적으로 파괴되는 환경 속에 평생을 살아온 경험 탓에, 감정까지 통제할 수는 없었다. 무의식 속에서는 그 금속 껍질이 시야에서 사라졌다가 형체도 알아볼 수 없을 정도로 납작해진 채 땅 위에 모습을 드러내리라고 기대하고 있었던 것이다. 결국, 로켓은 수십 미터나 높은 곳에 있으니….

로켓 아래로, 이제는 눈이 깨끗이 녹아 본모습을 드러낸 땅 위에 검은 식물군이 갑자기 불꽃을 일으키며 타올랐다. 검은 재가 착륙 지점으로부터 날려 왔고 지면은 금방 달아올랐다. 눈 깜짝할 사이에, 번쩍거리는 금속 원통이 벌거벗은 지역 정중앙에 내려앉았다. 몇 초도 지나지 않아, 메스클린의 태풍보다 시끄럽게 포효하던 천둥소리가 뚝 멈추었다. 발리넌 선장은 거의 고통스럽게 집게손을 폈다 쥐었다 하며 경련을 완화하면서 긴장을 풀었다.

"잠시 기다리시면 내가 무전기를 갖고 나갈게요." 찰스가 말했다. 메스클린인 선장은 알아차리지 못하고 있었으나, 날것은 이미 그 방을 떠나고 없었다. "맥렐란이 여기까지 크롤러를 운전해 올 거예요. 내가 장비를 갖추는 동안, 당신은 크롤러가 다가오는 것을 구경하세요."

사실 발리넌 선장은 크롤러의 일부만을 볼 수 있을 뿐이었다. 로켓의 화물칸이 열리고 그 안에서 탈것이 나왔다. 크롤러가 어떤 것이구나 하고 이해할 만큼은 충분히 잘 보였다. 애벌레 같은 크롤러의 움직임을 가능하게 만드는 원리가 무엇인지를 모른다는 점을 제외하면 말이다. 크롤러는 그 안에 너무 많은 기계를 채워 넣지 않는다면 날것 종족 여러 명을 태울 수 있을 정도로 아주 컸다. 돔과 마찬가지로 커다란 창이 여러 개 나 있었다. 발리넌 선장은 앞쪽의 한 창문을 통해 단단히 방호복을 차려입은 다른 날것의 모습을 볼 수 있었다. 그 날것이 크롤러를 조종하고 있음이 분명했다. 그 기계를 구동하는 장치가 무엇이든, 돔을 향해 몇 킬로미터의 거리를 이동하는 동안, 돔 근처의 발리넌 선장에게 들릴 만큼의 큰 소음은 내지 않았다.

크롤러가 얼마 다가오지도 않았는데 그만 태양이 져버렸다. 더는 크롤러를 자세히 볼 수 없게 되었다. 작은 태양인 에스테스는 여전히 하늘에 떠 있었고 지구의 만월보다 밝았으나, 발리넌 선장의 시력에는 한계가 있었다. 크롤러가 진행하는 길 앞으로, 즉 정확히 돔 방향으로 강력한 빛줄기를 뿜어냈지만 그것도 큰 도움이 되지 않았다. 발리넌 선장은 그저 기다릴 뿐이었다. 지금 크롤러는 대낮의 햇빛으로 보아도 자세히 관찰하기에는 어려울 정도로 먼 거리에 있었다. 게다가 태양이 다시 떠오를 때쯤이면 의심할 바 없이 '언덕'에 도착해 있을 테니까.

당연한 일이지만, 그 뒤에도 발리넌 선장은 아마 더 기다려야 할 것 같았다. 날것은 선장이 정말로 원하는 종류의 관찰은 찬성하지 않을 테니까.

3
허공으로

탱크가 도착하고, 찰스가 돔의 메인 에어로크로부터 나타나고, 주 태양 벨느가 다시 떠오르는 일은 모두 거의 같은 순간에 일어났다. 크롤러는 발리넌 선장이 웅크리고 기다리는 플랫폼에서 겨우 2미터 앞에 멈췄다. 운전자도 모습을 드러냈다. 두 날것은 메스클린인 옆에 서서 간단히 이야기를 나누었다. 메스클린인은 왜 두 생물이 돔 안으로 들어가 드러눕지 않는지 상당히 의아스러웠다. 둘 다 메스클린의 중력 조건에서 분명 매우 힘들어하고 있는데도 말이다. 그러나 새로 온 날것은 찰스의 초대를 거절했다.

"무례하게 생각하진 마." 새로 온 날것이 말했다. "솔직히 말할게, 찰스. 자네 같으면 이 끔찍스러운 진흙 행성에 단 한 순간이라도 필요 이상으로 오래 머무르고 싶겠어?"

"음, 투리에 있을 때나, 자유 궤도상의 우주선에 있을 때나 별다른 차이가 없는 게 아닐까?" 찰스가 응수하며 말을 이었다. "나는 개인적인 접촉을 상당히 중요하게 생각해. 발리넌 선장님의 종족을 더 많이 이해하게 되었어. 우린 그들에게서 받는 만큼 되돌려주고 있는 것 같지가 않아. 그리고 우리가 할 수 있는 일이 좀 더 없나 알아보는 것도 좋겠지. 게다가 발리넌 선장님은 매우 위험한 상황에 있어. 우리 중 누군가가 여기서 그를 도와준다면 상당히 도움이 되지. 양쪽 모두에게 말이야."

"그건 이해가 잘 안 되는군."

"발리넌 선장님은 부정기 화물선을 가지고 있어. 일종의 프리랜서 탐험가이자 장사꾼이지. 그는 자신의 종족이 사는 '보통 지역'을 완전히 벗어난 장소에 있고, 남반구가 겨울인 동안 여기서 머무르기로 작정하고 있어. 이 시기에는 북극의 만년설이 증발해 엄청난 폭풍을 만들어내지. 적도에 그런 폭풍이 닥치리라는 걸 우린 알고 있었어. 하지만 우리뿐 아니라 발리넌 선장에게도 무슨 일이 생겨서, 또다시 우리가 다른 누군가와 접촉을 해야 한다면 어떻게 되겠어?

잊지 말라고. 발리넌 선장님은 지구 중력의 거의 2백 배에서 7백 배나 되는 중력장에서 살고 있어. 우리는 그를 따라 그의 고향으로 갈 수가 없다고! 게다가 그곳에 발리넌 선장님과 같은 직업에 종사하거나, 고향에서 이토록 멀리까지 올 만큼 용감한 자가 몇백 명이나 대기하고 있는 것도 아니란 말이야. 설사 그런 자들이 있다 하더라도, 어떻게 우리가 그들을 만날 수 있겠어?

그들이 이쪽 대양에 자주 드나들긴 해도, 이 바다는 폭은 비록 좁아도 길이가 무려 1만 킬로미터에 너비 3천 킬로미터에 이르는 길쭉한 리본 모양이야. 거기다 해안선 굴곡은 엄청나게 심하고. 공중에서 바다 위나 해안에 떠 있는 배 한 척을 찾는 일이 얼마나 어려운지 알고 있어? 자, 발리넌 선장님의 브리호는 길이가 약 12미터고 너비는 그 3분의 1쯤 된단 말이야. 그런데도 이 행성에서 가장 커다란 대양 항해용 범선 중 하나야. 그뿐 아니라, 수면 위로 8센티미터 정도밖에 솟아 있지 않지.

아냐, 맥렐란. 우리가 발리넌 선장님을 만난 것은 그야말로 행운이었어. 나는 또 다른 만남 따위는 원하지 않아. 남반구에 봄이 올 때까지 약 다섯 달 동안 3g의 중력에서 지내는 일은 확실히 그만한 가치가 있어. 물론 자네가 20억 달러 상당의 기기를 회수해줄 다른 원주민을 찾아 폭 1천5백 킬로미터에 길이 25만 킬로미터가 넘는 행성 바다 표면을 샅샅이 훑겠다면….”

“무슨 말인지 알았어.” 새로 온 인간이 수긍했다. “그래도 여전히, 여기 있는 사람이 내가 아니라 자네라는 사실이 기쁘군. 물론 만일 내가 발리넌 선장에 대해 좀 더 안다면 어쩌면….” 두 인간은 허리 높이의 플랫폼 위에서 몸을 웅크린 조그만 애벌레 모양 생물에게 몸을 돌렸다.

“발리넌 선장님, 예의에 어긋나게도 웨이드 맥렐란을 아직 소개하지 않았군요. 맥렐란, 이쪽은 브리호의 선장이신 발리넌 선장님이야. 이 행성 최고의 뱃사람이지. 발리넌 선장님이 직접 그렇게 말하진 않았지만, 그가 여기 있다는 사실만으로도 증거는 충분한 셈이지." 찰스가 말했다.

"만나서 반갑습니다, 날것 맥렐란. 그리고 사과할 필요 없습니다, 찰스. 당신들의 대화는 나에게도 상당히 도움이 되었습니다." 발리넌 선장은 집게손을 열어 보였다. 일반적인 인사의 몸짓이었다. 그러고 나서 말을 다시 이었다. "나는 이미 우리를 만나게 해준 행운에 감사하고 있습니다. 그리고 당신들도 그러리라 확신하지만 나도 이 거래에서 내 역할에 최선을 다하겠습니다."

"우리말을 정말 잘하시는군요. 배운 지 6주도 안 되었단 게 정말입니까?" 맥렐란이 물었다.

"그 '주'라는 것이 얼마나 긴지는 모르겠습니다만, 내가 당신 친구를 만난 것은 3천5백 일이 좀 못 됩니다. 물론 나는 언어 감각이 꽤 좋은 편입니다. 사업을 하려면 꼭 필요하니까. 찰스가 보여준 필름도 상당히 도움이 되었습니다." 선장이 대답했다.

"당신네 성대 구조가 우리의 언어를 모두 발음할 수 있다는 것은 상당한 행운이지요. 우리는 때때로 그런 점에서 문제를 겪기도 했으니까요."

"바로 그 점 때문에, 당신들이 우리말을 배우는 대신 내가 당신네 언어를 배워야 했습니다. 우리가 사용하는 소리 중 많은 부분이 당신들의 성대로 발음하기에는 너무 높고 날카롭다고 알고 있습니다." 발리넌 선장은 자신들이 일반적인 대화의 상당 부분을 인간의 가청 한계를 넘는 영역에서 하고 있다는 사실은 언급하지 않았다. 찰스는 그 점을 아직 알아차리지 못했을 것이다. 아무리 정직한 장사꾼이라도, 자신의 패를 무작정 드러내기 전에 한 번 더 생각하는 법이다. "그렇지만 지금쯤 찰스는 대화 장면을 보거나 브리호에 있는 무전기를 통해 우리의 대화를 듣거나 해서 우리 언어를 약간은 이해할 거라고 생각합니다."

"아주 조금뿐입니다." 찰스가 고백하며 말을 이었다. "내가 본 바에 따르면, 물론 약간 본 정도이지만, 당신들은 아주 잘 훈련된 팀인 것 같았습니다. 그래서인지 선내 활동 중 상당 부분이 아무 명령 없이도 이루어지고 있었습니다. 그리고 당신이 부하들과 이야기를 나눌 때, 때때로 동작이 곁들여지지 않은 경우엔 한 마디도 알아듣지 못하겠습니다."

"돈드래그머나 메르쿠스와 이야기할 때를 말하는 건가요? 그들은 나의 일등항해사와 이등항해사입니다. 내가 가장 많은 대화를 나누는 대상이기도 하지요."

"기분이 상하지 않았으면 좋겠지만, 난 당신들이 누가 누구인지 구분할 수가 없어요. 개개인을 구별 짓는 특징을 알아차릴 만큼 충분히 익숙해지지 못한 탓이겠지요."

발리넌 선장은 웃음을 터뜨릴 뻔했다. "내 경우는 그보다 더 나쁜데요. 난 당신들이 인공적인 가리개를 착용하지 않는 모습을 본 적이 없으니 말입니다."

"음, 이야기가 옆길로 샜군요. 우린 지금 하루 동안 상당량의 햇빛을 낭비했습니다. 맥렐란, 자네는 서둘러 로켓으로 돌아가. 중력이라는 것이 아무런 의미를 갖지 않고, 인간들은 풍선이나 다름없어지는 곳으로 벗어나고 싶을 테지. 거기 돌아가거든, 무전기 네 대 각각의 송수신기를 한곳에 밀집시켜서 한쪽이 다른 쪽과 연결되도록 해줘. 송수신기 회로를 아예 연결할 필요까지는 없어도 당분간 서로 분리된 선원들 간의 연락을 위해 사용해야 하거든. 문제는 무전기들이 각기 다른 주파수대에서 작동한다는 점이야. 발리넌 선장님, 그 무전기들은 에어로크에 두고 왔어요. 나한테 좋은 생각이 떠올랐는데, 당신을 크롤러 지붕 위에 태우고 무전기를 크롤러 안에 실은 다음, 맥렐란을 로켓이 있는 곳까지 실어다주는 게 좋겠어요. 그러고 나면 당신과 기기들을 브리호까지 운반해드리겠습니다."

찰스는 누가 대답하기도 전에 이 말을 행동으로 옮겼다. 그것이 옳은 행동 방침이라는 거야 너무도 확실한 사실이었다. 그러나 그 결과 발리넌 선장은 거의 미쳐버릴 지경이 되었다.

방어 장갑을 낀 인간의 손이 뻗어 와 메스클린인의 작은 몸체를 '들어 올린' 것이다. 혼비백산한 짧은 순간, 발리넌 선장은 자신이 지면에서 꽤 떨어진 높이에서 대롱거리는 것을 느끼고, 또한 보았다. 그런 다음 탱크의 평평한 지붕 위에 자신의 몸이 놓였다. 집게손들로 절망적으로 긁어댔는데도, 매끈한 금속 표면에는 아무 소용 없었다. 열두 개인 발의 빨판 모양 발바닥으로 금속판 위에 본능적으로 찰싹 달라붙는 것이 고작이었다. 지붕 테두리까지의 거리는 몸길이의 단 몇 배에 불과했다. 선장은 그 너머의 허공에 대한 주체할 수 없는 공포로 눈을 번들거렸다. 족히 몇십 초는 될 긴 순간 동안(아마 1분은 되었을 것이다) 발리넌 선장은 목소리가 나오지 않았다. 경사로 위에서 들어 올려지는 순간부터 지적인 언어를 구사할 능력을 기대하기 어려운 상태였다.

그전의 경험으로 이미 잘 알고 있었다. 이 극한의 공포 속에서 조차 발리넌 선장은 만일 괴롭고 두려운 감정을 담은 사이렌 같은 비명이 터져 나올 경우 브리호에 있는 모든 선원에게 똑똑히 들릴 것이라는 사실을 잊지 않았다. 브리호에 남아 있는 또 하나의 무전기를 통해서 말이다.

그러면 브리호에는 새로운 선장이 생길 것이다. 발리넌 선장의 용기에 대한 존경심이야말로 폭풍이 끊임없이 몰아치는 이 '가장자리'까지 선원들을 데려올 수 있었던 유일한 원동력이었다. 비명을 지르는 날에는 발리넌 선장은 선원도 배도 모두 잃게 될 터였다. 가장 실제적인 의미로는 생명까지도. 다른 능력이 아무리 뛰어나도 대양을 항해하는 배에 겁쟁이는 용납되지 않는다. 그리고 고향이 지금 있는 육지와 같은 대륙에 있다 해도, 해안선을 따라 6만 킬로미터를 여행한다는 것은 일고의 여지도 없이 안 되는 일이다.

이 모든 생각이 발리넌 선장의 의식을 구체적으로 스쳐 가지는 않았지만, 찰스가 무전기들을 들여놓고 맥렐란과 함께 탱크 안으로 들어가는 동안 본능적인 직감이 그를 효과적으로 침묵시켰다. 문이 닫히며 발리넌 선장 아래의 금속이 약간 진동했다. 그리고 한순간 뒤, 탈것이 움직이기 시작했다. 그러자 이 비인간형 승객에게 어떤 특별한 일이 일어났다.

공포 때문에 미쳐버린 것인지도 몰랐다. 아니, 틀림없이 그럴 것이다. 발리넌 선장이 지금 처한 상황은, 비교하자면 인간이 보도 위 40층 높이의 창틀에 한 손만 걸치고 매달린 것과 다소나마 비견할 만할 것이다.

그러나 아직 선장은 미치지 않았다. 적어도, 흔히 말하는 의미로는 아니었다. 그는 이전과 똑같이 이성적으로 사고할 수 있었고, 그의 친구 누구라도 그의 본질이 바뀐 것을 눈치채지 못할 것이었다. 찰스가 메스클린인에 대해 좀 더 익숙했다면 선장이 약간 술에 취한 것이 아닐까 아주 잠시 동안 의심해볼 수도 있을 것이다. 하지만 그런 증상조차도 금방 사라졌다.

그리고 공포도 함께 사라졌다. 지면 위로 몸길이의 여섯 배 정도나 되는 높이에 있으면서, 발리넌 선장은 자신이 거의 조용히 웅크리고 있음을 발견했다. 물론 단단히 붙들고는 있었다. 나중에 돌이켜 보니, 매끄러운 금속 표면이 선장의 빨판 달린 다리를 위해 비정상적일 정도로 훌륭한 흡착력을 제공해주긴 했어도, 그 당시 바람이 사그라드는 중이었다는 것이 얼마나 다행스러운 일이었는지 모른다. 그 위치에서 보는 전망은 정말이지 놀라웠다. 그 전망을 즐길 수도 있을 것 같았다. 그랬다. 그는 즐겼다. 사물을 내려다본다는 것은 정말이지 유용한 일이었다. 땅 위의 상당 범위에 대해 놀랍도록 완전한 영상을 즉시 얻을 수 있었다. 그것은 마치 지도와 같았다. 그리고 발리넌 선장은 전에는 한 번도 위에서 내려다본 지도 같은 것은 생각해본 적이 없었다.

그롤러가 로켓에 다가가 마침내 멈추었을 때, 발리넌 선장은 거의 도취될 듯한 승리감에 가득 찼다. 탱크의 불빛에 반사되며 모습을 드러낸 맥렐란에게 즐거운 듯이 집게손을 흔들어주기까지 했다. 그리고 인간이 손을 마주 흔들어 오자 주체할 수 없을 정도로 기뻐해버리고 말았다. 탱크는 즉시 왼쪽으로 방향을 돌려 브리호가 있는 해안으로 향했다. 선장이 아무 보호 장치도 없이 지붕 위에 올라가 있다는 것을 기억하고 있던 맥렐란은 크롤러가 거의 1.5킬로미터 정도 멀어질 때까지 기다렸다가 로켓을 공중으로 부상시켰다. 분명 아무런 지지 도구도 없이 로켓이 천천히 위로 상승하는 장면은, 단지 아주 잠깐이지만 발리넌 선장에게 고전적인 공포를 다시 불러일으켰다. 그러나 발리넌 선장은 진지하게 투쟁하여 그 감정을 잠재우고, 로켓이 일몰 중인 태양 빛을 받으며 마침내 시야에서 사라질 때까지 그 모습을 의도적으로 끝까지 지켜보았다.

찰스 역시 지켜보고 있었다. 금속의 마지막 반짝임이 사라지고 나자, 그는 더 이상 시간을 낭비하지 않고 브리호 정박지까지 얼마 남지 않은 짧은 거리를 운전해 갔다. 찰스는 배로부터 멀찍이 약 백 미터 정도 떨어져 기계를 멈추었다. 그러나 그 거리는 발리넌 선장이 어떤 탈것의 지붕 위에 올라가 있는 것을 갑판 선원들이 충격 받은 표정으로 볼 수 있을 만큼 충분히 가까운 거리였다. 사실 찰스가 발리넌 선장의 머리통을 꼬챙이에 매달고 다가왔어도 그보다는 덜 당황했을 것이다.

선장까지 포함해 브리호의 선원 중 가장 지적이고 균형 잡힌 사고를 하는 돈드래그머조차도 오랜 시간 마비된 채로 움직이지 못했다. 그의 첫 번째 동작은 오직 두 눈을 통해서 나타났다. 돈드래그머는 외곽 뗏목 위에서 '오들오들 떨고 있는 자들'과 화염 발사 탱크를 애석한 눈으로 응시했다. 발리넌 선장에게는 실로 다행스럽게도, 크롤러가 바람이 불어가는 방향에 위치하지 않았다. 기온은 언제나처럼 염소 기체의 어는점 이하였다. 따라서 만일 바람만 허락했다면, 일등항해사는 선장이 살아 있다고 생각하지도 않고 탈것을 향해 포화 세례를 퍼부었을 것이다.

크롤러의 문이 열리고 우주복을 입은 찰스의 모습이 나타나자 운집해 있던 선원들 사이에서 희미한 분노의 덩어리가 자라나기 시작했다. 그들은 반은 무역, 반은 노략질이나 다름없는 생활방식 덕에 동료 중 누구라도 약간의 위협을 당하는 기미가 보이면 망설이지 않고 싸움을 벌이는 습관이 있었다. 겁쟁이는 진작에 낙오하고, 개인주의자는 죽임을 당하기 마련이었다. 선원들의 눈앞에 모습을 드러낸 찰스가 생명을 부지한 유일한 이유는 바로 선원들의 오래된 한 가지 습관 때문이었다. 백 미터를 도약한다는 것은 그들 중 가장 몸이 약한 자에게는 근육 중 가장 취약한 부분이 떨어져 나갈 수도 있는 위험을 감수해야 하는 상황이다. 평생을 그렇게 해왔듯이, 그들은 검붉은 폭포처럼 뗏목으로부터 떼 지어 '기어' 나와 외계인의 기계 쪽을 향해 해변을 가로질러 다가왔다. 찰스는 물론 그들이 다가오는 것을 보았다. 그러나 그들의 동기를 완전히 오해한 나머지 크롤러의 지붕 위로 손을 뻗어 발리넌 선장을 땅 위에 내려놓으면서도 서두르는 기미는 전혀 없었다. 그런 다음 찰스는 탈것 속으로 다시 돌아가 약속했던 무전기들을 가지고 나와 선장 옆의 모래 위에 내려놓았다. 그때쯤에서야 선원들은 그들의 선장이 살아 있으며 아무런 피해도 입지 않았음을 어렴풋이 알아차렸다. 몰려오던 선원들은 혼란스러워하며 걸음을 멈추고, 배와 탱크 사이의 중간쯤 되는 지점에서 우물쭈물하고 있었다. 그리고 무전기의 스피커가 낼 수 있는 가장 낮은 음에서 가장 높은 음 사이를 총망라하는 불협화음이 찰스의 우주복에 달린 수신기에서 꽥꽥거리며 터져 나왔다. 이전에 배운 원주민의 말을 떠올리며 지금 들리는 대화의 의미를 이해하기 위해 최선을 다했지만, 찰스는 선원들이 하는 말을 단 한 마디도 알아들을 수 없었다. 그편이 그의 정신 건강에도 좋았다. 지금 입은, 메스클린 행성의 8기압을 견딜 수 있게 해주는 우주복조차도 메스클린인들의 집게손 앞에서는 거의 아무 소용도 없다는 것을 찰스도 알게 된 지 오래였기 때문이다.

발리넌 선장은 높은 괴성을 내며 대원들의 소란을 중지시켰다. 무전기에서 흘러나오는 소리 때문에 부분적으로 차단되지 않았다면 찰스가 우주복을 통해 직접 들을 수도 있었을 만큼 큰 소리였다. 선장은 부하들의 마음속에 어떤 생각이 스쳐 지나가고 있을지 훤히 알고 있었으며, 찰스의 꽁꽁 얼어붙은 몸 조각이 해변 위에 흩어져 있는 꼴을 보고 싶은 생각은 조금도 없었다.

"조용히 하라!" 사실 발리넌 선장은 자신이 처한 명백한 위험에 대한 부하들의 반응을 보고 마음이 훈훈해지는 감동을 느꼈다. 그러나 지금은 그들을 고무시킬 시간이 아니었다. "중력이 없는 이곳에서 지금까지 우린 바보짓을 충분히 많이 했지만, 보다시피 난 전혀 위험하지 않다!"

"하지만 선장님이 금지시킨…."

"우리 생각에는…."

"선장님은 분명 높은 곳에…." 반대의 소리가 합창하듯 응수해왔으나 선장은 그들의 말을 재빨리 가로막았다.

"그런 행동을 금지한 것은 사실이다. 그리고 그 이유도 설명했었다. 우리가 제대로 된 지방으로 돌아갔을 때, 무의식중에라도 그와 같은 위험한 행동을 할 습관을 기르지 못하게 하기 위함이었다." 선장은 탱크의 지붕 쪽으로 집게가 달린 팔 하나를 흔들었다. "너희는 모두 적절한 중력이 우리에게 어떤 영향을 끼칠 수 있는지 알고 있을 것이다. 그러나 날것은 그렇지가 못하다. 너희가 날것이 나를 지붕 위에서 들어 내린 것을 보았듯이, 그는 그 점에 대해 생각조차 하지 않은 채 나를 저 위에 올려놓았다. 날것은 실제 중력이라고 거의 눈곱만큼도 없는 곳에서 온 사람이다. 그곳에서 그는 자기 몸길이 정도의 높이에서 떨어져도 상처를 입지 않은 경험이 여러 번 있었던 것 같다. 너희도 스스로 깨달을 수 있을 것이다. 만일 날것이 높은 위치에 대해 제대로 된 정상적인 감각이 있다면, 어떻게 '날아다니는 일'을 할 수 있었겠는가?"

선장의 청중들은 마치 이 연설을 좀 더 잘 들어보겠다는 듯이 그들의 짤막한 발들을 모래 속으로 더 깊이 파묻었다. 그들은 발리넌 선장의 말을 완전히 이해했을 수도 있고, 혹은 설사 완전히 이해했을지라도 의심할 수도 있었다. 그러나 적어도 찰스에게로 돌진해 가려는 마음만은 흔들린 것 같았다. 선원들 사이에 다시 한 번 희미한 웅얼거림이 터져 나오긴 했으나, 주된 분위기는 분노보다는 경악 쪽에 가까웠다. 다만 선원들과 약간 떨어진 곳에 엎드려 있는 돈드래그머만이 침묵을 지켰다. 그리고 선장은 이 일등항해사에게만은 실제로 무슨 일이 있었는지에 대해 훨씬 더 주의 깊고 완전하게 설명해야 하리라는 것을 이해했다. 돈드래그머의 지성은 상상이라는 요소를 강력히 통제했다. 그리고 돈드래그머는 최근의 경험이 발리넌 선장의 신경에 미친 영향에 대해 이미 의심하고 있음이 분명했다. 그 문제는 시간적 여유를 충분히 두고 처리할 수 있을 것이다. 그러나 선원들은 더 시급한 문제를 제기한 것이다.

"사냥조, 준비는 다 되었나?" 발리넌 선장의 이 질문은 다시 한 번 소음을 침묵시켰다.

"우리는 아직 식사를 하지 않았습니다. 하지만 그 외의 다른 것은 전부, 즉 그물과 무기 말입니다만, 준비되어 있습니다." 메르쿠스가 약간 불안한 듯 대답했다.

"식사 준비는 되었고?"

"하루 이내에 준비됩니다, 선장님." 요리사인 카론드라세는 지시 사항을 더 듣는 일 없이 배로 돌아갔다.

"돈드래그머, 메르쿠스. 너희는 각각 이 무전기를 하나씩 갖고 가. 내가 배에서 사용하는 걸 다들 보았을 거야. 자네들이 할 일은 어디서든 이것의 가까이에서 이야기만 하면 돼. 집게손을 이용하면 아주 효과적으로 이동시킬 수 있어.

돈드래그머, 난 계획대로 배에 남아 사냥을 지휘하진 않을 것 같다. 날것의 여행 기계 지붕에 있으면 상당한 거리가 시야에 들어온다는 것을 발견했어. 그래서 날것이 동의한다면, 탱크에 그와 함께 탄 채 가까운 곳에서 자네들의 작업을 감독하려고 해."

"하지만 선장님!" 돈드래그머는 대경실색했다. "그런 일을 하면 사냥감들이 놀라 달아나지 않을까요? 백 미터 떨어진 곳에서도 저 기계가 다가오는 소리가 들렸습니다. 또 보이기도 했습니다. 열린 공간에서는 얼마나 멀리까지 시계가 확장될지 모릅니다. 게다가…." 돈드래그머는 다음 말을 어떻게 표현해야 할지 난감해하며 말을 멈추었다. 그러나 발리넌 선장이 그를 도와주었다.

"게다가, 내가 그렇게 공중에 떠 있는 상황에선 아무도 사냥에 집중할 수 없을 것이다, 그 말인가?"

일등항해사는 동의의 뜻으로 집게손을 조금 움직였다. 그 움직임은 옆에서 대기하고 있던 다른 대부분의 선원 사이에서도 경쟁적으로 터져 나왔다.

선장은 그들을 논리적으로 설득해볼까 하는 유혹을 잠시 느꼈지만, 즉시 아무 소용 없는 일임을 깨달았다. 사실 발리넌 선장은 아주 최근까지 부하들과 공유했던 관점으로 다시 돌아갈 수는 없었지만, 지금 현재 자신이 '논리'라고 여기고 있는 것에 대해 얼마 전까지만 해도 자신조차 귀를 기울이지 않았으리라는 것을 이해했다.

"알았네, 돈드래그머. 그럼 그건 안 하도록 하겠다. 자네가 아마 맞을 거야. 난 무전기를 통해 연락하겠지만, 모습은 보이지

55

않도록 하지."

"하지만 선장님은 또 그 물건 위에 올라타실 거지요? 도대체 무슨 일이 있었던 겁니까? 이 '가장자리' 근처에서는 1미터 상공에서의 추락이라 해도 별 의미가 없다는 것을 알고는 있습니다. 그러나 저는 결코 의도적으로 그런 추락을 유발할 수 있는 행동은 할 수 없을 겁니다. 그리고 다른 이가 어떻게 그럴 수 있는지도 모르겠습니다. 저런 물건의 꼭대기에 저 자신이 올라가 있는 광경을 상상조차 할 수 없어요."

"자네는 얼마 전 몸체 길이의 반만큼이나 높은 돛대에 매달리지 않았나? 내가 맞게 기억하고 있다면 말이야." 발리넌 선장이 냉담하게 대답했다. "아니면, 돛대를 떼어내지도 않은 채로 상부 밧줄을 점검하던 건 누구 다른 선원이었나?"

"그건 다른 이야기입니다. 몸의 다른 쪽 끝은 갑판 위에 걸치고 있었다고요." 돈드래그머는 약간 불편한 듯 대답했다.

"자네의 머리는 여전히 추락할 정도로 높은 곳에 있었어. 다른 선원들도 같은 일을 하는 것을 몇 번 본 적이 있어. 자네들이 제대로 기억한다면, 우리가 처음 이 지역으로 항해해 들어왔을 때 내가 그런 일에 대해 뭐라고 했을 거야."

"네, 그러셨죠. 선장님. 그 명령들이 여전히 유효한지⋯." 일등항해사는 다시 말을 멈추었다. 그러나 남은 이야기는 이번에는 조금 전보다는 훨씬 더 명백했다. 발리넌 선장은 재빨리, 그리고 진지하게 생각해보았다. 그리고 나서 선원 전체를 향해 입을 열었다.

"그 명령에 대해서는 잊어도 좋다." 발리넌 선장은 천천히 말을 시작했다. "후에 위험할지도 모르니 그런 명령을 내린 것은 실로 당연한 일이었다. 그러나 만일 너희 중 누군가가 고중력 지방으로 다시 돌아갔을 때 그런 위험이 있을 수 있다는 것을 망각하여 사고가 발생한다 해도, 그것은 너희 각자의 잘못이다. 지금부터는 그 문제에 대해 스스로의 판단에 따라 행동해도 좋다. 지금 나와 동행하고 싶은 사람 있나?"

강력한 거부를 뜻하는 말과 몸짓이 터져 나왔다. 그러나 돈드래그머가 보여준 거부의 몸짓은 다른 선원들보다 느리고 애매했다. 발리넌 선장은 만일 적절한 신체 기관만 가지고 있었다면 미소를 지었을 것이다.

"사냥 준비를 마치도록. 나는 진행 상황을 무전기로 듣고 있겠다." 발리넌 선장은 대원들을 해산시켰다. 선원들은 순순히 명령에 복종하여 브리호를 향해 줄지어 돌아갔다. 그리고 선장은 몸을 돌려 찰스에게 방금 대원들과 나눈 대화의 내용을 적당히 삭제해 가며 설명해주었다. 발리넌 선장은 선원들과 대화를 나누면서 지금 막 마음속에 떠오르기 시작한 몇 가지 새로운 아이디어 때문에 이야기에 제대로 집중하지 못했다. 그러나 그 생각들은 나중에 휴식을 취하면서 검토할 수 있을 것이다. 지금 당장은 다시 한 번 탱크의 지붕 위에 올라타고 싶을 뿐이었다.

4
폭발

브리호가 정박해 있는 남부 해안의 만은 길이가 약 30킬로미터에 입구의 폭이 약 3킬로미터 정도 되는 작은 하구였다. 이 하구는, 대략적인 형태가 비슷한 약 4백 킬로미터 길이의 더 큰 만의 남쪽 해안으로부터 밀려 들어와 있었다. 그리고 이 더 큰 만은 북반구 쪽으로 무한히 펼쳐진 넓은 대양의 일부분이었다. 또 그 대양은 영원히 얼어붙어 있는 극지방의 만년설과 구분할 수 없을 정도로 합쳐져 있었다. 바다의 작은 덩어리들은 동서쪽으로 이리저리 뻗었고, 비교적 좁은 반도들로 북쪽 사면에 있는 더 큰 바다와 분리되어 있었다. 브리호가 위치한 지점은 발리년 선장이 생각했던 것보다 훨씬 좋은 장소였다. 만을 둘러싼 양쪽 반도들이 북쪽에서 불어오는 폭풍을 막아주었던 것이다. 그러나 서쪽으로 30킬로미터가량 떨어진 곳에 이르면, 그나마 이 지점이 가진 이점도 사라졌다. 그리하여 발리넌 선장과 찰스는 그 좁은 만의 입구가 그들을 구해준 것에 감사했다. 선장은 다시 한 번 탱크 위에 자리 잡았다. 이번에는 무전기를 옆에 끼고 있었다.

오른쪽으로는 바다가 자리했고, 만을 보호하는 입구 너머로 멀리 수평선이 펼쳐져 있었다. 뒤쪽으로는 해안이 있었는데, 밧줄 모양의 검은 가지를 늘어뜨린 모양에 메스클린 행성의 상당히 많은 부분에 군생하는 식물군이 완만한 경사로 펼쳐진 모래밭 위에 점점이 흩어져 있는 등, 여러모로 브리호가 정박하고 있는 해안의 모습과 비슷했다. 그러나 앞쪽으로는 그런 식물군이 완전히 자취를 감추었다. 경사는 훨씬 더 완만하고, 모래톱은 훨씬 더 넓은 선을 그리며 펼쳐져 있었다. 뿌리가 깊은 식물은 없지만, 완전히 텅 비어 있는 것은 아니었다. 하지만 최근에 불어온 폭풍의 잔재들이 모래톱 위 여기저기에 흩어져 있을 뿐이었다.

몇몇은 거대한 해초 덩어리, 또는 상상력을 조금 절제해서 표현하면 어떤 수생식물의 덩어리였다. 다른 것들은 바다 생물들의 사체였다. 그중 몇몇은 훨씬 더 거대했다. 찰스는 약간 놀랐다. 바다 생물들이 살아 있을 때는 체중을 떠받치는 액체에 떠다녔을 것이므로 크기 때문에 놀란 것은 아니었다. 그가 놀란 것은 사체들이 누워 있는 위치와 해안선으로부터의 거리 때문이었다. 한 거대한 괴물이 내륙으로 8백 미터나 들어와서 사지를 뻗고 죽어 있었다. 그래서 이 지구인은 엄청난 중력장 속에서도 메스클린 행성의 바람이 얼마나 엄청난 일을 할 수 있는지를 이해했다. 그 바람이 한 번에 백 킬로미터 길이의 파도를 망망대해에서 일으킨다면 어떻게 되겠는가 말이다. 그는 반도들에 둘러싸이지 않은 다른 해안은 어떤 상황인지 알고 싶었지만, 그러려면 150킬로미터 이상을 더 이동해야 했다.

"발리넌 선장님, 만일 이곳에 밀어닥친 파도가 배를 강타했다면 어떻게 되었을까요?"

"파도의 종류가 어떤 것이냐, 그리고 우리가 그때 어디에 있었느냐에 따라 다르다고 할 수 있습니다. 만일 망망한 바다 위에 떠 있었다면 별문제 없이 그 파도들을 탈 수 있었을 겁니다. 그러나 지금 브리호가 정박한 위치였다면 배는 산산조각이 나고 말았을 겁니다. 물론 나는 이 '가장자리' 구역에서 얼마나 높은 파도가 밀어닥칠 수 있는지 이해하지 못했었습니다. 이제 생각해보면, 설령 더 높은 파도가 몰려온다고 해도 비교적 해를 덜 끼치고 끝날 것 같습니다. 무게가 없으니 말입니다."

"여기서 중요한 점은 무게가 아닌 것 같은데요. 그러니 산산조각이 난다는 그 말이 아무래도 옳을 거예요."

"물론 피신해 있는 동안 마음속에 그런 생각이 간간이 떠올랐습니다. '가장자리'에서 실제 어느 정도 크기의 파도가 밀려올 수 있는지에 대해 몰랐었다는 점은 인정합니다. 많은 탐험가가 이 위도 부근에서 종종 실종되곤 했던 것이 결코 놀라운 일이 아니었습니다."

"너무 걱정할 상태는 아니에요. 두 번째 곳이 있잖습니까. 만일 내가 사진을 맞게 기억하고 있다면 말이지만."

"두 번째 곳? 난 그런 게 있는 줄은 몰랐습니다. 저 반도 너머로 보이는 것이 또 하나의 다른 만일 뿐이라는 뜻입니까?"

"맞아요. 당신의 눈이 지면 근방에 있다는 것을 깜빡했네요. 선장님은 서쪽으로부터 이 지점까지 해안선을 따라 이동해 왔죠. 그렇죠?"

"맞습니다. 이 바다에 대해서는 거의 알려지지 않았습니다. 아마 당신도 알고 있으리라 생각되지만, 우리가 서 있는 이 해안은 서쪽으로 5천 킬로미터나 뻗어 있습니다. 나는 이제 위쪽에서 본다는 것이 어떤 효과가 있는지 감탄하기 시작했습니다. 어쨌든 해안선은 점차 남쪽으로 꺾어지게 됩니다. 계속 그런 것은 아니에요. 가다 보면 다시 약 3천 킬로미터 동쪽으로 향하는 곳이 나옵니다. 내 생각으로, 배가 현재 정박해 있는 지점과 내 고향 항구 사이의 직선거리는 2만6천 킬로미터 정도 될 것 같습니다. 물론 해안선을 따라가면 훨씬 더 먼 거리겠지요. 그러고 나서 서쪽으로 2천 킬로미터 정도 공해를 지나면 내 고향에 당도하게 됩니다. 물론 그곳의 바다는 아주 잘 알려져 있습니다. 따라서 어떤 항해자라도 바다에서 일반적으로 겪을 수 있는 사소한 문제를 제외하면 별 어려움 없이 가로지를 수 있습니다."

그들이 이야기를 나누는 동안, 탱크는 최근의 폭풍 때문에 죽어 널브러져 있는 그 엄청난 바다 괴물 쪽을 향해 해안선 쪽으로 느릿느릿 나아갔다. 물론 찰스는 그것을 자세히 조사해보고 싶었다. 지금까지 메스클린 행성의 어떤 동물도 실제로 본 적이 없었기 때문이다. 그리고 발리넌 선장 역시 기꺼이 그러고 싶었다. 평생을 여행하는 동안 바다에서 떼 지어 다니는 많은 괴물을 보아왔지만, 이번 것은 전에 한 번도 본 적이 없는 종류 같았다.

괴물의 형태는 둘 모두에게 그리 놀라운 것이 아니었다. 아마도 특이할 정도로 유선형을 띤 고래 종류이거나 상당히 뚱뚱한 바다뱀인 것 같았다. 지구인이 보기에는 그의 행성에서 3천만 년 전에 바다에 출몰했었다는 제우글로돈이 연상되었다. 하지만 지구상에 살았으며, 인간들이 연구할 수 있도록 화석까지 남겨준 그 생물의 어떤 종류도 이 정도 크기는 아니었다. 180미터 길이의 몸통이 모래땅 위에 누워 있었다. 살아 있었을 때는 몸통 지름이 24미터가 넘는 원통 모양이었을 것이다. 그러나 그 생물이 살던 바다가 지탱해주던 힘을 잃은 지금에 와서는 태양 아래 너무 오래 노출된 밀랍 인형처럼, 비슷한 모양을 겨우 유지하고 있을 뿐이었다. 아마도 지구 생물의 반 정도 되는 밀도를 지닐 뿐이겠지만, 톤수를 계산해보면 찰스가 멈칫할 정도로 엄청났다. 그리고 지구 중력의 세 배나 되는 메스클린의 중력이 거기에 한몫 보탰다.

"바다에서 이런 녀석을 만나면 어떻게 하죠?" 찰스가 발리넌 선장에게 물었다.

"모르겠습니다." 메스클린인이 담담하게 말했다. "전에 이와 비슷한 녀석을 아주 가끔 본 적이 있을 뿐입니다. 이런 동물은 보통 수심이 훨씬 깊은, '영원한' 바다에 머무릅니다. 바다 표면에 떠오른 모습을 본 것은 단 한 번뿐입니다. 이 녀석처럼 물 밖에 완전히 나와 있는 것은 네 번 정도 봤을 겁니다. 무엇을 먹는지는 모르겠지만, 바다 아주 깊은 곳에서 먹이를 찾는 것이 분명합니다. 이 녀석들에게 배가 공격당했다는 이야기는 들어보지 못했습니다."

"당연하겠네요." 찰스가 핵심을 찌르듯 대답했다. "그런 공격을 받았을 경우 생존자가 있을 것 같지는 않으니까요. 만일 이 생물이 내가 온 행성에 있는 어떤 고래 종류처럼 식사한다면, 당신네 배를 한입에 삼켜도 티가 나지 않을 거예요." 그리고 다시 탱크에 시동을 걸고 그 거대한 몸체의 머리 부분처럼 보이는 곳을 향해 운전해 갔다.

그 생물은 입이 하나였고, 일종의 두개골 같은 것이 있었다. 두개골은 생물 자신의 무게 때문인지 심하게 부서진 상태였다. 그래도 찰스가 식사 습관에 대해 추측한 것을 바로잡을 정도로는 형태를 유지하고 있었다. 이빨의 모양으로 볼 때, 분명 육식성일 수밖에 없었다. 처음에 찰스는 그것이 이빨이라고는 생각하지 않았다. 갈비뼈라기엔 너무 이상한 위치에 존재하고 있었기 때문에 겨우 깨달을 수 있었던 것이다.

"당신들은 안전해요, 발리넌 선장님." 찰스가 마침내 입을 열었다. "이 녀석은 당신들을 공격할 꿈은 꾸지 않을 거예요. 식성을 고려하건대, 당신들의 선박은 삼키려고 노력할 가치도 없을 테니 말입니다. 크기가 브리호의 백 배 정도 되는 물체가 아니면 그 존재를 알아차릴 수나 있을지 의심스럽네요."

"수심이 깊은 바다에는 이런 고기가 많이 헤엄치고 다닐 게 틀림없습니다. 하지만 우리가 잡을 수 있을 것 같지는 않습니다." 메스클린인이 생각에 잠겨 대답했다.

"당연하죠. 그런데 조금 전에 당신이 말한 '영원한' 바다는 무슨 이야기죠? 다른 종류의 바다도 있나요?"

"겨울 폭풍이 시작되기 직전까지도 바다로 존재하는 지역을 말한 겁니다. 대양의 수위는 겨울 폭풍이 끝나는 초봄 무렵 최고치가 됩니다. 폭풍이 겨울 동안 대양저(大洋低)를 채우지요. 1년의 나머지 기간에 수위는 다시 줄어들게 됩니다. 해안선이 상당히 가파른 여기 '가장자리'에서도 그다지 큰 차이가 없습니다. 하지만 중력이 있는 저 위쪽 지역에서는 봄과 가을 사이에 무려 3백 킬로미터에서 5천 킬로미터까지 해안선이 움직이게 됩니다."

찰스는 낮게 휘파람을 불더니, 반쯤은 혼잣말처럼 중얼거렸다. "바꾸어 말하면, 당신네 남쪽 바다는 우리 행성의 햇수로 따지면 약 4년 동안 꾸준히 증발해서 북극의 만년설 지역에서 고체메탄으로 얼어붙었다가, 북반구가 봄에서 가을이 되는 다섯 달 동안 모두 다시 남쪽으로 돌아간다는 말이군요. 이 거대한 폭풍이 이젠 더 이상 놀랍지 않네요." 찰스는 좀 더 다급한 문제로 주의를 돌렸다. "발리넌 선장님, 나는 이 깡통 속에서 밖으로 나갈까 해요. 메스클린에 동물이 있다는 것을 알고 난 뒤로 언제나 조직 표본을 얻기를 바랐거든요. 그런데 내가 조직을 떼어내는 일에 능숙하지 못해요. 이 동물의 고기는 죽고 나서 시간이 오래 지나면 심하게 변질되나요? 선장님은 그 점에 대해 조금이라도 알고 있을 것 같습니다만."

"아직 우리가 먹기에는 완벽한 상태일 겁니다. 당신이 말한 바에 따라 추론해보면, 당신네는 결코 이걸 소화시킬 수 없을 것 같지만 말입니다. 고기는 건조시키거나 다른 식으로 보존하지 않으면 죽은 지 몇백 일 정도 지나면 유독한 물질이 생성됩니다. 그동안 고기 맛도 점점 변하게 되지요. 당신이 원한다면 내가 한번 먹어보겠습니다."

대답을 기다리거나, 혹은 부하 중 이쪽을 보고 있는 자가 없는지 꺼림칙한 마음으로 흘긋 돌아보지도 않은 채, 발리넌 선장은 탱크의 지붕에서 탱크 바로 옆에 있는 거대한 생물의 몸통 쪽으로 뛰었다. 그러나 계산을 상당히 잘못한 나머지 거대한 몸통을 완전히 뛰어넘어 버렸다. 선장은 아주 잠깐 통상적인 공황 상태에 빠졌다. 그러나 반대쪽 지면 위에 착륙하기 전에 완전히 자신을 회복했다. 발리넌 선장은 다시 뒤로 도약했다. 이번에는 거리를 훨씬 더 잘 계산했다. 그리고 찰스가 탈것의 문을 열고 모습을 드러내기를 기다렸다. 탱크에는 에어로크가 없었다. 인간은 여전히 압력복을 입고 있었고, 헬멧을 닫은 뒤에야 메스클린의 대기가 탱크 속으로 들어가도록 허용했다. 하얀 결정으로 된 희미한 소용돌이가 그의 뒤를 따라 나왔다. 그것은 이산화탄소의 결정으로, 안에 있던 지구형의 공기가 밖으로 흘러나오며 메스클린의 낮은 온도 속에서 얼어붙은 것이었다. 발리넌 선장에게는 후각 기관이 없었지만, 희미한 산소가 바람에 날려 그에게 닿자 호흡 구멍 속에서 타는 듯한 감각을 느꼈다. 선장은 다급히 뒤로 물러섰다. 찰스는 정확한 원인을 알아채고, 적절한 경고를 해주지 않은 점에 대해 깊이 사과했다.

"신경 쓰지 마십시오, 찰스. 내가 그 점을 미리 생각했어야 했습니다. 전에도 이와 똑같은 감각을 느낀 적이 있습니다. '언덕' 안에서 당신이 나왔을 때 말입니다. 게다가 당신네가 호흡하는 산소가 우리의 수소와 어떻게 다른지 내게 충분할 정도로 자주 설명을 해주었습니다. 기억하겠지만, 내가 당신네 언어를 배울 때 말입니다." 선장이 대답했다.

"사실이긴 하지만, 다른 행성이나 다른 대기가 있다는 생각에 익숙해지지 않은 존재가 언제나 그 사실을 염두에 둘 수 있다는 것은 기대하기 힘든 일이잖아요. 그러니 이건 역시 내 잘못이에요. 그래도 그다지 해를 끼치진 않은 것 같군요. 나는 아직도 메스클린 생물의 화학적 대사에 대해 잘 모르겠어요. 산소가 당신에게 어떤 식으로 영향을 끼치는지 여전히 감도 못 잡겠네요. 그래서 이 생물의 조직 표본을 원하는 거고요."

찰스는 우주복 겉에 달린 망사 주머니 속에 상당히 많은 장치를 가지고 있었다. 압력 장갑을 낀 지구인이 자신의 기구들과 씨름하는 동안, 발리넌 선장은 첫 번째 표본을 떼어내는 작업을 진행했다. 집게손 네 개로 피부의 한 부분을 찢고, 그 아래에 있는 조직을 떼어낸 다음 입속으로 넣었다. 그러고는 잠시 음미하듯 우물우물 씹더니 마침내 입을 열었다.

"전혀 나쁘지 않습니다. 실험용으로 이것 전부가 필요한 게 아니라면, 우리 사냥조를 여기로 부르는 것이 좋을 것 같습니다.

다시 폭풍이 몰아치기 전에 모두 처리할 시간이 있을 겁니다. 그리고 확실히 이 고기는 다른 곳에서 얻을 수 있는 것보다 훨씬 더 많은 양일 겁니다."

"좋은 생각이에요." 찰스가 끙끙대며 말했다. 그는 반쯤 건성으로 응수하고 있었다. 대부분의 관심은 앞에 있는 덩어리에다가 해부용 메스를 찔러 넣는 문제에 쏠려 있었다. 이 거대한 덩어리 전체를 실험용으로 사용할 수도 있다는 발리넌 선장의 제안조차도(이 메스클린인은 유머 감각이 있었다) 그의 주의를 분산시키지 못했다.

물론 이 행성에 사는 생물체의 조직이 극단적으로 딱딱하리라는 것은 알고 있었다. 발리넌 선장과 그의 종족은 몸의 크기가 작기는 하지만, 그들의 살이 조금이라도 지구에 있는 생물들과 비슷했더라면 메스클린 행성의 극지방 중력 조건에서는 종잇장처럼 납작해져버렸을 것이다. 괴물의 피부 속에 장비를 찔러 넣는 일이 쉽지 않으리라는 건 짐작하던 바였다. 그러나 그 점을 다소 과소평가했다. 찰스는 이제 자신의 실수를 깨닫고 있었다. 고기의 내부는 마치 티크 원목처럼 단단했다. 가져온 외과용 메스는 근육 조직 정도는 아무 문제가 되지 않게 자를 수 있는 초강도 합금이었다. 그러나 도무지 그것을 살 속에 찔러 넣을 수가 없었고, 겨우 표면을 긁어내는 일이 고작이었다. 수집병 속에는 살점 부스러기 몇 개밖에 들어갈 게 없었다.

"좀 더 조직이 부드러운 부분은 없나요? 투리에 있는 친구들을 만족시키려면 이 녀석의 살점을 충분히 뜯어낼 만한 강력한 장비가 필요하겠는데요." 찰스는 작업 중에 고개를 들고, 흥미롭게 쳐다보고 있는 메스클린인에게 물었다.

"입속은 좀 더 다루기 쉬울 겁니다. 하지만 당신을 위해 내가 조직을 떼어내주는 것이 훨씬 낫겠군요. 원하는 크기와 부위를 말만 하세요. 내 말대로 하겠습니까, 아니면 당신의 과학 시험을 위해서는 그 금속 장비를 이용해 조직을 채취해야만 하는 이유가 몇 개 있는 겁니까?" 발리넌 선장이 물었다.

"내가 아는 한 그렇지는 않아요. 이거 정말 고맙습니다. 만일 저 위에 있는 녀석들이 당신이 도와주는 걸 꺼린다면, 자기들이 내려와서 떼어내 가라지. 자, 시작합시다. 당신이 말한 다른 쪽 제안도 시험해보지요. 입속에서도 어느 정도 채취합시다. 난 아무래도 이 녀석의 피부에 구멍이라도 낼 수 있을지 확신이 안 서는군요." 찰스가 대답했다.

찰스는 고통스럽게 어기적거리며, 널브러져 누운 괴물의 머리를 한 바퀴 돌아, 중력 때문에 비뚤어진 입술 밖으로 이빨과 잇몸, 그리고 아마도 혀로 추정되는 부위가 드러난 곳으로 다가 갔다.

"이 병들에 들어갈 만큼의 작은 조각만 채취하도록 하죠."

지구인은 다시 한 번 시험적으로 메스를 갖다 대보았다. 혀는 이전에 시험해본 다른 부분보다는 다소 부드러웠다. 그러는 동안 발리넌 선장은 찰스가 원하는 크기로 살점을 조각내 놓았다. 일하는 도중 때때로 몇 조각은 발리넌 선장의 입속으로 들어갔다. 정말로 배가 고픈 것은 아니었지만, 어쨌거나 이건 신선한 고기였다. 발리넌 선장이 고기를 좀 축내긴 했어도 병은 금세 가득 찼다.

찰스는 마지막 남은 병 하나를 챙겨 넣으면서 몸을 일으켰다. 그러고 나서 기둥 모양의 이빨들을 탐욕스러운 눈길로 응시했다. "이것을 하나라도 떼어내려면 폭발성 젤라틴이라도 필요하겠군." 찰스가 다소 슬픈 듯 중얼거렸다.

"젤라틴이 뭡니까?" 발리넌 선장이 물었다.

"말하자면 폭발물인데, 급격히 가스로 변하면서 커다란 소음과 충격을 일으키는 물질이에요. 보통 땅을 파거나, 탐탁지 못한 건물, 혹은 자연 일부를 제거하거나, 때로는 싸움을 할 때 그런 물질을 사용하죠."

"저 소리가 바로 그 소리인가요?" 발리넌 선장이 물었다.

한순간 찰스는 아무 대답도 하지 못했다. 원주민은 폭발이라는 것이 무엇인지에 대해 알지도 못하고, 그게 무엇인지 아는 인간이라고는 아무도 없는 이 행성 위에서, 아주 강력하게 "꽝!" 하는 소리가 들려왔던 것이다. 매우 당혹스러운 일이었다. 더욱이 그런 일이 절대 일어날 것 같지 않은 때에 일어났다는 점에서 더 그랬다. 찰스가 그 때문에 놀랐다고 말하는 것은 상당히 부드러운 표현일 것이다. 그는 폭발이 일어난 곳까지의 거리나, 얼마 정도 크기의 폭발이었는지조차 판단할 수가 없었다. 그 소리를 발리넌 선장의 무전기와 그 자신의 청각 기관을 통해 동시에 들었기 때문이다. 그러나 1, 2초 정도 지나자 어떤 명확하고도 불길한 추측이 마음속에 떠올랐다.

"분명 폭발 소리와 아주 비슷하게 들리는군요." 찰스는 메스 클린인의 질문에 한참 만에 대답하고는, 죽은 바다 괴물의 머리를 다시 어기적거리며 돌아서 탱크가 있는 곳으로 향하기 시작했다. 찰스는 어떤 광경이 기다리고 있을지 차마 상상하기 두려웠다. 발리넌 선장은 그 어느 때보다 호기심에 넘쳐서 자신의 훨씬 더 자연스러운 이동 방법, 즉 기어가는 것으로 찰스를 따랐다.

탱크가 시야에 들어오자, 찰스는 잠시 깊은 안도감을 느꼈다. 그러나 탱크의 문 앞에 이르자, 그 안도감은 곧 같은 강도의 충격으로 변했다.

탱크의 바닥에 남은 것이라고는, 위로 구부러진 얇은 금속 조각들뿐이었다. 금속 조각 중 어떤 것은 아직도 벽면에 붙어 있었고, 다른 몇몇은 조종 장치와 다른 내부 기기들 사이에 얽혀 있었다. 바닥 아래의 추진 기계는 거의 완전히 모습을 드러냈고, 힐끗 한번 본 것만으로도 그 기계가 되돌릴 수 없을 정도로 망가졌다는 것을 알아차릴 수 있었다. 발리넌 선장은 이 전체 상황에 깊은 흥미를 느꼈다.

발리넌 선장이 한마디 했다. "탱크에 폭발물을 운반해 왔던 모양이군요. 그 동물로부터 원하는 부분을 얻는 데 왜 그것을 사용하지 않았습니까? 그리고 왜 아직 탱크 안에 있을 때 그것이 작동한 겁니까?"

"어려운 질문을 잘하시는군요. 첫 번째 질문에 대한 답은, 나는 어떤 폭탄도 가져오지 않았어요. 그리고 두 번째 질문에 대해서는, 나도 당신만큼이나 답을 알고 싶네요."

"하지만 이건 뭔가 당신이 가져온 물건과 관련된 것이 분명합니다. 나조차도 당신의 탱크 바닥 아래 있던 것에 무슨 일인가가 일어났다는 것을 알아차릴 수 있습니다. 그리고 그것은 스스로 밖으로 나오기를 원했습니다. 우리 행성에는 그런 식으로 행동하는 물건이 없습니다." 발리넌 선장이 지적했다.

"당신의 논리가 맞다 해도, 나는 이 바닥 아래에서 폭발할 만한 것이 어떤 것인지 감도 잡히지 않습니다. 전기 모터나 모터의 축열기는 폭발할 물건이 아니에요. 폭발물이 컨테이너 속에 있었다면, 자세히 조사해보면 흔적을 찾을 수 있을 것이 분명해요. 탱크 밖으로 나간 파편은 없는 것 같으니 말이죠. 하지만 먼저 해결해야 할 아주 다급한 문제가 하나 있어요, 발리넌 선장님."

"그게 뭡니까?"

"우주복 안에 넣어 온 것 말고 식량을 구하려면 식량 공급처까지 30킬로미터나 가야 해요. 탱크는 망가졌는데요. 혹시나 세상에 3g의 중력 조건에서 8기압의 뜨거운 우주복을 입고 30킬로미터를 걸을 수 있는 지구인이 존재할지도 모르지만, 그게 나는 아니에요. 숨 쉬는 공기는 광합성을 통해 풍부하게 산소를 공급해주는 조류(藻類)와 충분한 햇빛만 있다면 아무 문제가 없어요. 하지만 기지에 닿기 전에 난 굶어 죽고 말 거예요."

"두 개의 달 중에 빠른 쪽 달에 있는 친구들에게 연락해 로켓을 타고 당신을 데리러 오라고 할 수는 없습니까?"

"그럴 수 있죠. 이미 이 상황을 알고 있을지도 모르고요. 만일 누군가가 무전실에서 우리가 지금 나누고 있는 대화를 듣고 있다면요. 문제는, 내가 그런 도움을 청하면 로스텐 박사는 나를 겨울 동안 투리로 돌려보내고 말 거예요. 나는 여기에 머물게 해달라고 로스텐 박사를 설득하느라 이미 충분히 고생했어요. 결국에는 박사가 탱크에 일어난 일에 대해 보고를 들을 테지만, 그 일은 기지에 돌아가서 하고 싶군요. 그의 도움 없이 그곳에 돌아가서 말이에요. 그러나 이 근처에는 나를 돌려보낼 만한 충분한 에너지가 없어요. 그리고 비록 내 우주복 속의 용기에 당신네 대기가 들어오지 못하도록 하고서 식량을 더 채워 넣을 수 있다 하더라도, 그 식량을 가지러 당신이 내 기지 안으로 들어갈 수는 없잖아요."

"어쨌든 내 부하들을 부릅시다. 그들은 여기 있는 이 고기를 섭취할 수 있습니다. 사실 그들은 운반할 수 있는 것만큼이나 많이 먹을 겁니다. 그리고 그 밖의 다른 생각도 있습니다." 발리넌 선장이 말했다.

"지금 갑니다, 선장님." 돈드래그머의 목소리가 갑자기 무전기에서 흘러 나오는 바람에 찰스는 깜짝 놀랐다. 발리넌 선장이 각 무전기를 서로 연락 가능하도록 조정해두었다는 사실을 잊었던 것이다. 그리고 마찬가지로 일등항해사가 지구 언어를 그렇게 많이 익혔다는 것을 모르고 있었던 선장도 깜짝 놀랐다.

"기껏해야 며칠이면 그곳에 도착할 겁니다, 선장님. 이미 날 것의 기계가 향했던 방향으로 출발했습니다." 돈드래그머는 자기들 언어로 이 정보를 전했다. 발리넌 선장은 찰스에게 통역해 주었다.

"당신들은 당분간은 굶주리지 않을 것 같군요." 찰스는 그들 옆에 있는 산더미 같은 고기를 다소 슬픈 듯이 바라보며 말했다. "하지만 또 다른 생각이란 뭐죠? 그게 내 문제를 해결하는 데 도움이 될 것 같나요?"

"약간은요." 메스클린인은 만일 그의 입이 좀 더 유연했다면 아마 미소를 지었을 것이다. "내 몸 위에 올라타시겠습니까?"

찰스는 그 제안에 놀라 잠시 몸이 얼어붙었다. 어쨌든 발리넌 선장은 다른 어떤 존재보다 애벌레를 닮았다. 그리고 인간이 애벌레를 올라탄다···. 그는 긴장을 풀었다. 게다가 미소까지 지었다.

"좋아요, 발리넌 선장님. 내가 어떤 환경 속에 있는지 잠시 잊었네요." 메스클린인은 그동안 찰스의 발치까지 기어와 있었다. 찰스는 더 이상 망설이지 않고 요구된 한 걸음을 내디뎠다. 결국 어려운 점이라고는 한 가지밖에 없다는 것이 드러났다.

찰스는 몸무게가 70킬로그램 정도 되었다. 기계공학의 기적이라고 할 수 있는 그의 우주복은 훨씬 더 많이 나갔다. 그리고 메스클린의 적도 위에서, 인간과 그의 우주복을 다 합치면 대략 450킬로그램이나 나갔다. 그는 다리 부분에 달린 그 교묘한 보조 장치가 없이는 단 한 발짝도 움직이지 못했다. 450킬로그램이면 이 행성 극지방에서의 발리넌 선장 몸무게의 약 1.25배밖에 되지 않았다. 따라서 메스클린인이 그 정도의 무게를 감당하는 것은 아무 문제가 없었다. 그러나 간단한 기하학이 그 문제를 어렵게 만들어버렸다. 발리넌 선장의 몸은 길이 약 40센티미터에 몸통 지름이 5센티미터 정도 되는 원통형이었다. 따라서 우주복으로 무장한 지구인이 그의 몸 위에서 균형을 잡는다는 것은 물리적으로 불가능했다.

메스클린인이 비틀거렸다. 그러나 이번에 해결책을 낸 쪽은 지구인이었다. 탱크 내부의 폭발 때문에 탱크 아랫부분의 측면 판 몇 개가 튀어 올라 있었다. 찰스의 지시로, 발리넌 선장은 상당한 노력을 기울인 끝에 그중 하나를 완전히 떼어 낼 수 있었다. 그것은 너비 약 60센티미터에 길이가 2미터 정도 되는 금속 판으로, 발리넌 선장이 강력한 집게를 이용해 한쪽 끝을 살짝 구부렸다. 그 정도면 훌륭한 썰매가 될 것이었다. 그러나 행성의 이쪽 구역에서는 불과 1.5킬로그램 정도밖에 무게가 나가지 않는 발리넌 선장이 문제였다. 간단히 말해 그에게는 그 장치를 끌고 갈 만한 접지력이 없었다. 그리고 닻으로 이용할 만한 식물조차도 5백 미터는 떨어진 곳에 있었다. 찰스는 이 행성의 원주민에게 자신의 붉어진 얼굴이 아무런 의미가 없다는 사실에 속으로 안도했다. 이 시도가 대실패라는 것이 드러났을 때 마침 하늘에는 밝은 해가 떠 있었던 것이다. 폭풍 구름이 지나간 뒤의 맑은 하늘에서 작은 태양과 두 개의 달이 충분한 빛을 제공해주었기 때문에, 그들은 하룻밤과 낮 동안 내내 일한 후였다.

5
지도 제작

　며칠이 지나 선원들이 도착하자 찰스의 문제는 단번에 해결되었다.

　물론 원주민 몇 명만으로는 별로 도움이 되지 않았다. 메스클린인 스물한 명으로는 짐을 실은 썰매를 움직일 만큼 접지력을 얻기에 여전히 부족했다. 발리넌 선장은 각 모서리에 선원을 한 명씩 배치해 썰매를 끌게 하려고 생각했다. 하지만 평범한 메스클린인들이 거대한 물체 아래에 위치하는 것에 대해 갖는 두려움을 극복하게 만들어야 한다는 심각한 문제에 봉착했다. 마침내 이 문제를 해결하고 나자, 이번에는 그 노력마저 헛된 일이었음이 드러났다. 금속판은 그런 취급을 견딜 만큼 충분히 두껍지 못했다. 금속판은 우주복을 입은 인간의 무게 때문에 아래로 휘어져서, 메스클린인들이 떠받친 네 귀퉁이를 제외하면 다른 부분은 모두 땅 위에 밀착되고 말았다.

돈드래그머는 별 특별한 설명 없이, 일반적으로 사냥용 그물에 이용되는 밧줄들을 풀어 길게 연결하는 일로 시간을 보냈다. 밧줄을 연결하니 가장 가까이에 있는 식물에 닿고도 남을 만큼 충분히 길다는 것이 드러났다. 그리고 일반적으로 메스클린의 바람이 가할 수 있는 최악의 세기에도 견딜 수 있는 이 식물들의 뿌리는 필요한 모든 지지대 역할을 해주었다. 4일 뒤, 탱크에서 회수한 모든 금속판을 그러모아 만든 썰매 기차가 찰스와 엄청난 양의 고기를 싣고서 브리호를 향해 출발했다. 그리고 1시간에 1.5킬로미터 정도의 상당히 느린 속도로 61일 만에 브리호에 도착했다. 우주복을 입은 찰스는 브리호와 그의 돔 사이에 있는 식물군을 지나 안전하게 에어로크에 도달했다. 그다지 일찍 도착한 것은 아니었다. 바람이 이미 강해지고 있었기 때문에 찰스를 운반했던 선원들은 브리호로 돌아가는 길에 나무들 사이에 매어둔 밧줄을 붙들어야 할 정도였다.

찰스는 탱크 사고에 대해 공식적인 보고를 올리기 전에 먼저 식사부터 했다. 그는 좀 더 완전한 보고를 할 수 있기를 원했다. 어쨌든 그 탈것에 실제로 무슨 일이 일어났는지를 알기는 알아야 한다고 느꼈다. 투리에 있는 누군가가 부주의하게도 탱크의 바닥 밑에 플라스틱 폭탄을 남겨두었다고 생각하기는 어려울 것 같았다.

찰스는 기지 대 위성용 통신 버튼을 누른 순간에야 비로소 해답이 머리를 스쳤다. 그리고 로스텐 박사의 주름진 얼굴이 화면에 나타났을 즈음에는 정확히 뭐라고 말해야 할지도 알게 되었다.

"박사님, 탱크에 문제가 좀 있었어요."

"알고 있어. 그런데 전기 문제인가, 아니면 기계 문제인가? 심각한 상태야?"

"기본적으로 기계 문제라고 할 수 있겠죠. 전기 시스템도 한 역할을 하긴 했지만요. 그리고 탱크는 완전히 잃어버린 것 같아요. 잔해는 여기서 서쪽으로 30킬로미터가량 떨어진 바닷가에 버려져 있고요."

"아주 잘했네. 이 행성은 이래저래 돈을 많이 잡아먹고 있어. 도대체 무슨 일이 일어난 거야? 자네는 어떻게 기지로 돌아왔고? 그 중력 조건에서 우주복을 입은 채로 30킬로미터를 걸어서 돌아왔다고는 하지 말고."

"물론 아니죠. 발리넌 선장과 그의 부하들이 이곳까지 끌고 와주었어요. 탱크에 일어난 일에 대해서는, 제가 아는 한으로는 조종실과 엔진실 사이를 나눈 바닥 부분이 공기 밀폐에 완전히 성공하지 못한 것 같아요. 제가 뭔가를 조사하기 위해 밖으로 나갔을 때, 메스클린의 대기, 즉 고압의 수소가 스며 들어가 바닥 아랫부분의 일반 공기와 뒤섞인 거죠. 물론 그 점은 조종실도 마찬가지였지요. 하지만 조종실은 완전히 열린 문을 통해 산소가 많이 빠져나간 뒤였기 때문에 이미 위험 수위 이하로 산소가 희석되었다는 점이 달라요. 그런데 바닥 아래에서는 산소가 채 빠져나가기도 전에 스파크가 일어난 겁니다."

"그랬군. 그런데 스파크가 일어난 원인은 뭐야? 엔진을 가동한 채 밖으로 나갔어?"

"물론이죠. 조종 서보 장치, 발전동기, 기타 등등 모두 다 켜놓은 채 나왔습니다. 그리고 그렇게 해놓길 다행이었어요. 만일 그러지 않았다면, 탱크로 돌아가 다시 가동한 다음에 폭발이 일어났을지도 모르니까요."

"흠, 그래, 꼭 밖으로 나갔어야 했나?" '회수 위원회'의 의장은 약간 언짢은 듯한 표정이었다.

찰스는 로스텐 박사가 생화학자라는 행운에 감사했다. "꼭 그럴 필요까지는 없었죠. 해변에 누워 있는, 몸통 길이가 180미터나 되는 거대한 고래의 표본을 채취하려고 했습니다. 혹시 누군가는 관심이 있을지도 모르고…."

"그걸 가지고 돌아왔나?" 로스텐 박사는 찰스가 말을 끝맺는 것도 기다리지 않고 불쑥 끼어들었다.

"네, 언제 시간이 나시면 이리로 내려와 가져가십시오. 그런데 다른 탱크를 또 받을 수 있을까요?"

"그러지. 하지만 겨울이 끝날 때쯤 자네에게 줄까 생각 중이야. 그때까지는 돔 안에 얌전히 있는 것이 여러모로 안전하겠지. 그런데 표본은 어디에 보관했나?"

"특별한 보존액이 있는 것은 아니에요. 그냥 수소 기체죠. 이곳 공기 말입니다. 우리가 일반적으로 사용하는 방부제는 박사님의 관점으로 보자면 표본을 망치는 일이 될 수도 있으리라고 생각했어요. 그러니 가능한 한 빨리 가지러 오시는 게 좋을 거예요. 발리넌 선장이 말하길 몇백 일 정도 지나면 고기 속에 유독한 성분이 생긴다고 했거든요. 아무래도 이 행성에도 미생물이 있는 것 같아요."

"없는 게 더 말이 안 되지. 이상. 2시간 뒤에 갈게." 찰스로서는 고맙게도, 로스텐 박사는 부서진 탱크에 대해서는 더 이상 추궁하지 않고 통신을 끊었다. 찰스는 침대로 갔다. 그는 거의 24시간 동안 한숨도 자지 못했었다.

찰스는 로켓이 도착하는 소리에 반쯤 잠이 깨었다. 그리 놀랄 만한 일은 아니었지만, 로스텐 박사는 혼자서 왔다. 박사는 우주복을 벗지도 않았다. 그러고는 찰스가 산소에 의한 오염위험을 최소화하기 위하여 에어로크에 놓아두었던 수집병들을 그대로 낚아채 갔다. 그리고 찰스를 한번 쓱 훑어보고 나서는 상태를 알아차리고 침대로 다시 돌아가라고 퉁명스럽게 명령했다.

"이 물건은 아마도 탱크를 날릴 만한 가치가 있었을 거야." 로스텐 박사는 짧게 말했다. "그럼 가서 계속 자게. 그리고 자네가 해결해야 할 문제가 몇 가지 더 있는데, 자네가 내 말을 기억할 만한 때가 오면 다시 이야기하도록 하지. 잘 있게." 에어로크의 문이 박사 뒤로 스르르 닫혔다.

찰스는 사실 로스텐 박사가 떠나며 던진 말을 별로 기억에 담아두지 않았다. 그러나 잠을 자고 나서 다시 한 번 식사할 정도로 시간이 지난 다음에 결국 기억이 났다.

"발리넌 선장이 여행할 엄두도 내지 못하는 이 겨울은 이제 석 달 정도 지나면 끝나네." 로스텐 박사는 다짜고짜 말을 시작했다. "이 위에는 지도화되지 않은 채로 기록해놓은 엄청난 분량의 원거리 사진이 있어. 일반적인 위치 정도는 대충 짝지어놓기는 했지만 말이야. 해석상의 어려움 때문에 진짜 지도는 만들수가 없었어. 남은 겨울 동안 자네는 발리넌 선장과 함께 그 사진들과 씨름해 쓸 만한 지도로 만들어봐. 그 지도를 가지고, 발리넌 선장이 우리가 구하려는 물건에 가장 가까이 접근할 수 있는 노선을 결정해보라고."

"하지만 발리넌 선장은 그곳에 서둘러 가고 싶어 하지 않아요. 그에게는 이 여행이 탐험 겸 무역을 위한 것이니까요. 우리를 만난 것은 그들에게는 우연한 사고에 불과하다 이겁니다. 그가 그토록 많은 도움을 주는 것에 우리가 보답할 방법은 일기예보를 제공하는 것뿐이에요. 즉 발리넌 선장의 본업을 돕는 것이지요."

"나도 알고 있어. 그게 바로 자네가 그 아래에 있는 까닭이잖나. 자네는 일종의 외교관 역할을 하게 되어 있다 이 말이야. 난 기적을 바라지 않아. 우리 중 누구도 그런 것은 기대하지 않는다고. 발리넌 선장이 오랫동안 우리와 같이 행동해주기를 원하고 있어. 하지만 극지방을 떠나지 못하는 그 로켓 속에는 20억 달러나 나가는 특별한 장치들이 있어. 또한 도저히 값어치를 따질 수도 없는 중요한 기록들이…."

"알아요. 저도 최선을 다할 거고요." 찰스가 끼어들었다. "하지만 그게 얼마나 중요한 임무인지를 원주민들에게 도저히 명확히 납득시킬 수가 없었어요. 발리넌 선장의 지적 능력을 얕잡

80

아 보는 것이 아니에요. 단지 기초가 부족할 뿐이니까요. 잘 보고 계시다가, 겨울 폭풍이 잠시 멈추는 시기가 오면 즉시 알려주세요. 그럼 가능할 때마다 발리넌 선장이 이리로 올라와 사진을 같이 연구할 수 있을 테니까요."

"창 바로 밖에 은신처를 하나 파서 날씨가 나쁠 때도 계속 머무르게 할 수는 없을까?"

"전에 그런 제안을 해보았지만, 그렇게 안 좋은 때에 배와 부하들을 떠나 있을 수는 없다고 하더군요. 저는 그의 입장을 전적으로 이해해요."

"나도 이해해. 음, 할 수 있는 모든 노력을 다해봐. 자네도 이게 무슨 의미인지 잘 알 거야. 그 물건들을 얻으면 우린 아인슈타인 이후로 누구보다 중력에 대해 많은 것을 배우게 될 거라고." 로스텐 박사가 통신을 마쳤다. 그리고 겨울 폭풍이 다시 기승을 부리기 시작했다.

메스클린의 남극 근처에 원격 조종으로 착륙했다가 데이터를 기록한 뒤 다시 이륙하는 데 실패한 것으로 추정되는 그 연구용 로켓은, 내장된 원거리 송신기 때문에 그 위치가 알려진 지는 오래되었다. 그러나 브리호의 현 겨울 정박지로부터 그곳까지 가기 위해서 해로 혹은 육로를 결정하는 것은 다른 문제였다. 대양으로 여행하는 것은 나쁘지 않았다. 해안선을 따라 약 6, 7만 킬로미터를 여행하면(그중 거의 절반은 이미 발리넌 선장의 종족에게 잘 알려진 지역이었다) 선원들을 이 특별한 바다의 사슬 끝, 도움을 기다리는 그 기계에 최대한 가까이 데려다줄 것이다.

불행히도 문제는 나머지 6천 킬로미터였다. 그리고 해안 근처에는 육로 이동 거리를 상당히 줄여줄 만한 커다란 강이 하나도 눈에 띄지 않았다.

목표 지점에서 80킬로미터 이내를 지나는, 또 브리호 같은 커다란 배도 쉽게 통과할 만한 강이 하나 있긴 했다. 그러나 그 강이 흘러들어 가는 바다는 발리넌 선장이 지금까지 항해해 온 바다와 아무런 연결점이 없었다. 브리호가 현재 위치한 바다는 길고 좁으며 아주 불규칙한 고리 모양의 바다였다. 바다의 고리는 찰스의 기지가 있는 적도 근처의 약간 북쪽으로부터 시작해, 중간에 남극에 상당히 가까이(다시 말하면 메스클린 기준으로, 상당히 가까이까지) 접근했다가, 행성의 거의 반대쪽 적도에까지 연결되어 있었다. 로켓 근처에 있는 그 강이 흘러들어 가는 다른 쪽 바다는 좀 더 넓었고 경계선도 좀 더 규칙적이었다. 문제의 강 하구는 그 바다의 최남단 지점 근처였다. 또한 그 바다는 적도 부분까지 확장되었고, 적도를 지나 마침내는 북반구의 만년설과 연결되어 있었다. 바다는 발리넌 선장이 위치한 고리형 바다의 동쪽 가장자리까지 확장되어 있었으나, 그곳에서 극과 적도까지 연결된 좁은 지협이 두 바다를 분리하는 것 같았다. 사실 좁다는 것 역시 메스클린의 기준으로 보아 그렇다는 의미였지만 말이다. 사진들을 점차 연결해감에 따라, 찰스는 그 지협의 너비가 약 3천 킬로미터에서 1만 킬로미터까지 다양하다고 결론지었다.

"발리넌 선장님, 이쪽 대양과 다른 쪽 대양을 연결하는 통로를 찾아야겠어요." 어느 날 찰스가 말했다. 창밖의 경사로 위에 편히 엎드려 있던 메스클린인이 조용히 동의의 몸짓을 보였다. 이제 겨울의 반은 지나갔다. 그리고 큰 태양 벨트가 빠르게 가로지르는 하늘의 길은 점점 북쪽으로 기울어졌고, 태양 자체는 눈에 띌 정도로 희미해지고 있었다. "선원 중에 통로를 알 만한 사람이 하나도 없는 게 확실한가요? 무엇보다도, 이 사진들은 대부분 가을에 촬영한 것이거든요. 선장님은 대양의 수위가 봄에는 훨씬 더 높아진다고 했잖아요."

"어떤 계절에라도 그런 통로가 있는지는 알지 못합니다. 당신이 이야기하고 있는 그 바다에 대해서는 약간 들어본 정도에 불과합니다. 그쪽과 접촉을 많이 하기에는 사이에 놓인 땅에 너무 많은 나라가 있습니다. 대상(隊商) 한 사람이 2년은 걸리는 여행이에요. 그리고 대상들은 일반적으로 그렇게 멀리 여행하지도 않습니다. 그런 여행에서는 상품이 많은 사람의 손을 거치게 되고, 지협의 서쪽 항구에서 우리 장사꾼들이 그 물건을 만져볼 때쯤이면 원산지가 어디인지조차 알기 어렵습니다. 만일, 당신이 원하는 그 통로가 존재한다면 아마도 거의 탐사된 적이 없는 이 '가장자리' 근처일 겁니다. 우리의 지도는 아직 거기까지는 완성되어 있지 않습니다. 어쨌든 가을 동안 남쪽 지방에 그런 통로는 없었습니다. 당시 내가 해안선 전체를 따라 항해해 온 것을 기억할 겁니다. 바로 이 해안선이 그대로 건너편 바다로 이어질 가능성도 있다고 생각합니다. 우린 동쪽으로 수천 킬로미터를 해안선을 따라서 왔습니다. 간단히 말해, 결국 얼마나 더 멀리까지 뻗어 있는지는 모르는 거지요."

"발리넌 선장님, 내가 알기로 이 해안선은 바깥쪽 곶을 지나 3천 킬로미터 정도 더 나아가면 북쪽으로 방향이 바뀌어요. 물론 내가 그것을 보았던 때는 역시 가을이었어요. 아무래도 당신네 행성에 대해 쓸 만한 지도를 만드는 작업은 상당히 까다로울 것 같네요. 지형이 너무 많이 바뀌거든요. 최소한 우리가 만든 지도를 사용할 수 있으려면 다음 가을까지 기다리는 것이 낫겠다는 생각마저 들어요. 하지만 그렇게 되면 우리 햇수로 4년이나 지난 먼 훗날일 테고, 난 그렇게까지 오랫동안 여기에 머무를 수는 없어요."

"당신네 행성에 돌아갔다가 그때까지 기다리면 되잖습니다. 물론 난 당신이 떠나는 것이 섭섭하긴 합니다만."

"발리넌 선장님, 그건 상당히 긴 여행입니다."

"얼마나 먼데 그럽니까?"

"음, 당신이 사용하는 거리 단위는 별 도움이 안 될 거예요. 음, 이렇게 생각해봅시다. 빛은 메스클린의 '가장자리' 주위를, 그러니까 0.8초 동안에 한 바퀴 돌 수 있죠." 원주민이 흥미롭다는 듯 쳐다보는 동안, 찰스는 손목시계로 그 시간 간격, 초를 보여주었다. "똑같은 빛이 여기서 내 고향까지 도달하는 데는 우리의 햇수로 따지면 11년 이상 걸려요. 당신네 햇수로는 2.25년 정도겠죠."

"그럼 당신네 고향 행성은 너무 멀어서 볼 수도 없습니까? 전에는 그런 이야기를 한 번도 하지 않았잖습니까?"

"우리가 언어 장벽을 극복할 수 있을지 자신이 없었어요. 그래요, 우리 행성은 여기서는 보이지 않아요. 하지만 이 겨울이 지나 우리가 당신네 행성의 적당한 위치로 이동하면 당신에게 우리의 태양을 보여줄 수는 있을 거예요."

이 마지막 문장을 발리넌 선장은 하나도 이해하지 못했다. 일단 그냥 넘어가기로 했다. 그가 알고 있는 유일한 태양은, 떠올랐다 졌다 하며 낮과 밤을 만드는 밝은 태양인 벨느와, 지금 이 순간 밤하늘에 있는 더 희미한 태양 에스테스뿐이었다. 한 해의 절반이 약간 못 되는 기간 동안, 즉 동지 무렵이면 두 태양은 하늘에서 서로 가까이 접근하고, 그러면 희미한 쪽은 육안으로는 보이지 않게 되었다. 하지만 발리넌 선장은 그것들이 운동하는 이유를 알아내고자 골머리를 앓아본 적이 한 번도 없었다.

들고 있던 사진을 내려놓은 찰스는 깊은 생각에 잠긴 듯 보였다. 그의 방은 바닥 대부분이 이미 대략 맞춰놓은 사진들로 뒤덮여 있었다. 발리넌 선장이 잘 아는 지역은 이미 지도화되어 있었다. 그러나 인간의 탐사 로켓이 위치한 지역이 그 속에 포함되려면 아직 갈 길이 멀고도 멀었다. 인간은 잘 맞아떨어지지 않는 사진들 때문에 고전하는 중이었다. 메스클린이 지구나 화성처럼 구형 혹은 구형에 가까운 모양이기만 했어도 찰스는 방의 한쪽 구석에 있는 탁자 위를 덮은 더 작은 지도 위에 거의 자동으로 적절하게 투사 교정을 실행할 수 있었을 것이다. 그러나 메스클린은 어떻게 말해도 구형이라 하기는 어려웠다. 찰스가 이미 오래전에 인정한 대로, 브리호에 있는 메스클린식 지구본인 '사발 지도'는 대략이나마 옳았다. '사발 지도'는 지름 15센티미터에 깊이 3센티미터였고, 곡률은 완만했지만 절대로 균일하지는 않았다.

사진 연결 작업이 어려운 이유는, 행성 표면 대부분이 뚜렷하게 지형이라고 할 만한 것이 없는 비교적 완만한 모습이기 때문이었다. 산이나 계곡이 존재하는 곳이라도 인접한 사진들의 음영이 달라서 비교 작업이 한층 까다로웠다. 밝은 태양이 한쪽 지평선에서 반대쪽 지평선까지 가로지르는 데 9분도 채 걸리지 않는 바람에, 사진 촬영 과정을 심각할 정도로 교란시켰다. 같은 필름 연결 선상에 있는 연속 사진들이 거의 반대 방향에서 조명을 받는 경우가 허다했다.

"이래서는 아무것도 제대로 될 것 같지 않아요, 발리넌 선장님." 찰스가 힘없이 중얼거렸다. "혹 지름길이라도 있다면 시도해 볼 가치가 있겠지요. 하지만 그런 게 없다는 건 당신도 잘 알잖습니까. 당신은 뱃사람입니다. 대상을 이끄는 것이 아니에요. 육로로 6천 킬로미터씩이나 여행하는 것은 곤란하지 않겠어요?"

"당신들의 비행 기술로 문제를 해결할 수 없습니까?"

"없어요." 찰스는 미소를 지었다. "남극에 착륙한 우리 로켓에 담긴 기록이 나중에 도움이 될 수도 있겠죠. 로켓을 그리로 보낸 이유도 바로 그 때문이고요. 발리넌 선장님, 당신네 행성의 극지방은 지금까지 우리가 접촉한 행성 중에서 표면 중력이 가장 거대한 곳이에요. 당신네 행성보다 훨씬 무겁고, 우리 고향과 훨씬 가까운 다른 많은 행성이 있지만 그것들은 메스클린처럼 빠르게 자전하지는 않았습니다. 즉 그런 행성들은 거의 구형에 가까운 형태를 띠고 있지요. 우린 엄청난 중력장 속에서 측정하는 장치를 만들었어요. 거의 모든 종류의 측정 장치가 다 들어갔죠. 그 탐사를 위해 특별히 설계한 기기들의 값어치는 우리 둘 다 알고 있는 어떤 수치로도 표현할 수 없을 정도로 막대해요. 만일 로켓이 이륙 신호에 반응을 못 하면 열 개의 행성 정부가 심각한 붕괴 위기에 봉착할 겁니다. 우린 그 데이터를 꼭 회수해야 해요. 브리호를 보내기 위해 반대쪽 바다까지 운하를 파는 한이 있더라도."

"도대체 그 장치들은 어떤 겁니까?" 발리넌 선장이 물었다. 하지만 그 말을 입 밖에 내자마자 후회했다. 날것은 그런 종류의 호기심에 경계심을 품을 수도 있었다. 그러나 찰스는 일상적인 질문으로 여기는 모양이었다.

"안됐지만 설명하기 어렵군요. 당신이 '전자'라든지 '중성미자' 혹은 '자기장', '양자' 같은 단어의 의미를 이해할 기초가 전혀 없으니 말이에요. 로켓의 추진 구조에 대해서라면 좀 더 이해하기 쉬울지도 모르지만, 그것도 쉽지 않을 거예요."

찰스가 경계심을 품지 않는 것은 분명했지만, 발리넌 선장은 그 문제를 더 캐묻지 않기로 했다.

"이 동쪽 바다의 해안과 내륙 지역을 찍은 사진을 찾기가 어려울 것 같습니까?" 발리넌 선장이 물었다.

"아직 그 두 바다가 만나게 될 가능성은 있어요. 가을에 본 지역을 전부 다 기억하고 있지는 않으니까요. 아마도 만년설 근처까지 따라간다면…. 그런데 당신들은 추위를 어느 정도까지 견딜 수 있죠?" 찰스가 물었다.

"바다가 얼어붙는 지역에서는 우리도 다소 불편합니다. 하지만 견딜 수는 있습니다. 그보다 훨씬 더 추워지지만 않는다면. 그건 왜 묻습니까?"

"북반구의 만년설에 상당히 가까이 접근해야 할지도 몰라서요. 어쨌든 조만간 확실해지겠죠." 날것은 발리넌 선장의 몸길이보다 훨씬 더 높이 쌓인 종이 더미를 뒤적이더니, 마침내 얇은 사진 한 묶음을 뽑아냈다. "이것들 중에…." 그의 목소리가 잠시 잦아들었다. "음, 여기 있군. 발리넌 선장님, 이것은 1만 킬로미터 이상의 상공, 즉 고리의 내부 가장자리에서 협각 망원렌즈로 촬영한 것입니다. 주요 해안선, 커다란 만 그리고 커다란 만의 남쪽 면에 있는 여기, 브리호가 정박해 있는 작은 하구가 나타나 있습니다. 이것은 이 기지가 건설되기 전에 찍은 것입니다. 어차피 기지까지는 보이지도 않겠지만, 자, 다시 조립을 시작해봅시다. 이 사진의 동쪽에는…."

찰스는 다시 말꼬리를 흐렸다. 그리고 메스클린인은 자신이 아직 가보지 못한 육지들이 읽을 만한 지도로 조합되어 형태를 만들어가는 동안 홀린 듯이 내려다보고 있었다. 얼마 동안은 그들이 실망하게 될 것처럼 보였다. 찰스가 예상한 대로 해안선이 점차 북쪽으로 꺾이고 있었기 때문이다. 사실 서쪽으로 약 2천 킬로미터, 북쪽으로 6백에서 8백 킬로미터 정도를 가다가 바다가 끝나버릴 것처럼 보였다. 그런데 해안선은 다시 서쪽으로 꺾였다. 이 지점에서 거대한 강 하나가 그곳으로 흘러들어 왔다. 그리고 찰스는 처음에는 그 강이 동쪽 바다로 연결되리라는 희망을 가지고 하천의 상류 지역을 포괄하는 사진들을 맞추어 나가기 시작했다. 그는 약 4백 킬로미터 상류에서 상당한 범위를 차지하는 일련의 급류 무리를 발견하자 재빨리 그 생각을 고쳤다. 그 급류들의 동쪽으로 거대한 강이 급격히 축소되었다. 수많은 지류가 그 강으로 흘러들고 있었다. 그 강은 이 행성의 넓은 지역을 포괄하는 배수로의 주 동맥인 것이 분명했다. 그 강이 지류로 나누어지는 속도에 흥미를 느낀 찰스는 계속해서 동쪽으로 지도를 맞추어나갔다. 발리넌 선장은 그 모습을 흥미롭게 지켜보았다.

판독할 수 있는 범위에서, 주요 강줄기는 더 남쪽으로 향하며 천천히 방향을 틀고 있었다. 그쪽 방향으로 사진을 계속 맞춰본 결과, 상당히 규모가 큰 산맥을 만나게 되었다. 지구인은 슬픈 듯이 절레절레 고개를 흔들며 머리를 들었다. 발리넌 선장은 이 동작의 의미를 이미 알고 있었다.

"아직 멈추지 마세요! 좁은 반도인 내 고향 중심부 근처에도 비슷한 지역이 있습니다. 적어도 강줄기가 어떻게 산맥 반대편으로 흘러가는지를 알 수 있을 만큼은 사진들을 연결시켜봐요." 선장이 강경하게 타일렀다.

낙관적인 기분은 아니었지만 찰스는 원주민의 충고에 충실히 따랐다. 찰스는 고향 행성의 남아메리카 대륙을 또렷이 기억하기 때문에, 메스클린인이 기대하는 것 같은 일이 있으리라 여기지는 않았다. 강폭은 꽤 좁아져서, 대략 동북에서 시작해 서남 향으로 뻗어나갔다. 그리고 인간에게는 상당히 놀랍게도, 산맥의 반대편에서 수많은 '물줄기', 즉 메탄의 강들이 재빨리 합쳐지는 경향을 보이기 시작했다. 그리고 마침내 넓은 강폭을 가진하나의 커다란 강으로 변해버렸다. 이 강은 그 지역을 따라 거의 평평하게 이어졌고 강폭도 점점 넓어졌다. 다시 한 번 찰스의 마음속엔 희망이 자라나기 시작했다. 강은 8백 킬로미터 하류에서 절정을 이루더니 동쪽 대양의 '바닷물'과 분리할 수 없을정도로 합쳐진 거대한 하구가 되었다. 메스클린의 무자비한 중력 조건에서는 무엇보다 절실하다고 할 수 있는 먹고 자는 일도잊고 찰스는 미친 듯이 작업을 계속해나갔다. 그리고 마침내 방바닥은 하나의 새로운 지도로 가득 메워졌다. 동서로 약 3천 킬로미터, 남북으로 약 1천5백 킬로미터 가량의 지역을 나타내는직사각형 모양의 지도였다. 큰 만과 브리호가 정박한 작은 하구는 지도의 서쪽 끝에 명확히 나타나 있었다. 동쪽 끝은 동쪽 대양의 별 형태 없는 바다 표면이 넓은 지역을 차지했다. 그리고그 사이에 육지의 장벽이 놓여 있었다.

지협은 상당히 좁았다. 적도 북쪽으로 약 8백 킬로미터가량떨어진 가장 좁은 부분에서는, 한쪽 해안에서 반대쪽 해안까지1천3백 킬로미터가 조금 못 되었다. 만일 이용 가능한 주요 강줄기가 끝나는 지점부터 시작되는 지점 사이만 잰다면 그 거리는 훨씬 줄어들 터였다. 브리호가 최종 목적지까지 이어지는 비교적 수월한 항로에 도달하는 것을 방해하는 거리는 약 5백 킬로미터가(일부는 산악 지역이었지만) 전부일 것 같았다. 거대한 메스클린 행성에서 5백 킬로미터는 엎어지면 코 닿을 거리였다.

불행히도 메스클린의 뱃사람에게는 엎어져도 코가 닿을 거리가 아닌 것은 분명했다. 브리호는 여전히 '잘못된' 대양에 있었다. 찰스는 앞에 놓인 사진들의 모자이크를 오랫동안 말없이 응시하고 나서, 마침내 작은 친구에게 자기 생각을 말했다. 대답을 기대하지는 않았다. 아니, 기껏해야 풀 죽은 동의가 고작일 것이라고 여겼다. 누가 봐도 결론은 자명했으니까. 하지만 원주민은 찰스의 예상을 뒤엎었다.

"괴물의 고기와 당신을 태우고 왔던 때보다 금속판을 더 많이 구하지 못한다면 어림도 없겠는데요!" 발리넌 선장이 바로 대답했다.

6
썰매

찰스는 창문을 통해 뱃사람의 눈을 오랫동안 응시했다. 그 작은 생물이 한 말의 의미가 머릿속으로 천천히 들어왔다. 찰스는 경악하면서, 만일 중력이 허락만 한다면 펄쩍 뛰기라도 할 듯이 단단히 긴장했다.

"그 말은, 당신들이 브리호를 썰매 위에 실은 채 끌고 가겠다는 의미인가요? 나를 끌고 왔듯이?"

"그렇게 말하지는 않았습니다. 배는 선원들을 전부 합한 것보다도 훨씬 무겁습니다. 전에도 그랬듯이, 견인 능력에 문제가 좀 있을 겁니다. 그래서 말인데, 나는 오히려 당신들이 끌고 가는 것을 생각하고 있습니다. 다른 탱크를 가지고 말이에요."

"아, 그래요…. 알겠네요. 지세가 험해 탱크가 지나갈 수 없는 경우가 아니면 아무 문제가 없을 거예요. 하지만 그런 여행을 기꺼이 해주겠어요? 당신네 고향에서 더 멀어지거나, 더 문제를 겪거나 하는 건 약소하나마 어떻게든 우리가 보상을 해드릴게요."

발리넌 선장은 미소의 의미로 집게손을 열어 보였다.

"사실 원래 계획했던 것보다 훨씬 잘된 일일 겁니다. 동쪽 대양의 해안으로부터 우리나라로 들어오는 무역품들이 몇 가지 있습니다. 육지에서 오랫동안 대상 여행을 거친 것입니다. 우리 쪽 바다의 해안에 그것들이 도착할 즈음이면, 이미 턱없이 비싸져 있단 말입니다. 정직한 거래로는 그런 물건을 사서 큰 이윤을 남기기 어려워요. 하지만 이런 식으로 해서, 만일 우리가 그 상품들을 직접 구할 수 있게 되면…. 음, 어쨌든 그건 나에게는 할 만한 가치가 있는 일입니다. 물론 우리가 돌아올 때, 지협을 가로질러 데려다주겠다고 약속해줘야 합니다."

"공정하기 이를 데 없는 제안이군요, 발리넌 선장님. 우리 측 사람들은 기꺼이 그렇게 해주리라 확신해요. 하지만 육로 여행 그 자체에 대해서는 어떤가요? 당신 말대로 여긴 당신들이 전혀 알지 못하는 지역이에요. 부하들이 미지의 육지나 그 위에 솟아 있는 높은 산들, 또는 훨씬 큰 동물을 두려워할 수도 있지 않을까요?"

"우린 전에도 위험을 이겨냈습니다. 나는 높은 장소에도 익숙해질 수 있었습니다. 그야 아직 탱크 꼭대기 정도뿐이지만 말입니다. 동물들에 대해서라면, 브리호는 화기로 무장하고 있습니다. 그리고 육지를 돌아다니는 동물 중 바다를 헤엄치는 동물

만큼 큰 동물은 없을 겁니다." 발리넌 선장이 대답했다.

"맞는 말이에요, 발리넌 선장님. 아주 좋네요. 맙소사, 난 당신의 용기를 꺾으려는 것이 아니에요. 하지만 계획을 실행하기 전에 당신이 제반 사항을 충분히 고려하기를 바랍니다. 아무래도 중간에 되돌아오기는 힘든 여행이니까요."

"그 점은 잘 이해하고 있습니다. 그러나 두려워할 필요는 없어요, 찰스. 나는 이제 배로 돌아가야만 합니다. 구름이 다시 모이고 있습니다. 선원들에게 앞으로의 일에 대해 말하겠습니다. 그리고 누군가가 무섭다는 생각을 하지 않도록, 항해에서 나오는 이윤이 계급에 따라 분배된다는 점을 상기시켜줄 생각입니다. 한몫 잡는 일에 공포를 앞세우는 뱃사람은 어디에도 없습니다."

"당신도 그런가요?" 찰스가 껄껄 웃으며 물었다.

"오, 난 두렵지 않습니다." 그 말을 던지고 나서 메스클린인은 어둠 속으로 사라져 갔다. 그래서 찰스는 그 정확한 의미를 물어볼 틈이 전혀 없었다.

새로운 계획에 대해 보고받은 로스텐 박사는 찰스가 탱크를 이용할 때 유의해야 할 점을 구구절절이 늘어놓았다.

"어쨌든, 그 계획은 잘될 것 같군." 로스텐 박사는 내키지 않은 듯 인정했다. "범선을 운반하기 위해 정확히 어떤 종류의 썰매를 만들어야 할 것으로 보나? 다시 말해, 얼마나 커야 하지?"

"브리호는 길이 약 12미터에 너비 5미터 가량 됩니다. 높이는 12센티미터에서 15센티미터 정도 될 거고요. 세로 90센티미터,

폭 45센티미터 정도의 수많은 뗏목으로 만들어진 배입니다. 뗏목들은 밧줄로 서로 연결되어 있지요. 따라서 각 뗏목은 꽤 자유롭게 움직일 수 있어요. 이 행성의 조건을 생각하면 이유는 쉽게 추측할 수 있죠."

"흠, 그렇겠군. 만일 그렇게 긴 배가 극지방에서 앞뒤 양 끝은 파도 위에 받쳐진 채 중간 부분이 공중에 떠 있기라도 하면 산산조각이 나고도 남겠지. 추진은 어떤 방식으로 하나?"

"돛입니다. 스물에서 서른 개의 뗏목 위에 돛대가 세워져 있어요. 제가 보기에, 어떤 뗏목에는 접었다 폈다 할 수 있는 하수용 골도 있을 겁니다. 그러면 배가 정박도 할 수 있게 되지요. 하지만 발리넌 선장에게 직접 물어본 적은 없습니다. 저는 이 행성의 항해 기술이 어느 정도 수준인지 잘 알지는 못하지만, 길게 뻗은 공해를 일상적으로 가로지른다는 그의 이야기로 보아 바람을 이용하는 법을 잘 알고 있는 것 같아요."

"그럴듯하군. 음, 우리는 여기 달에 있는 경금속으로 썰매를 만들겠네. 다 끝나면 그쪽에 내려보내주지."

"겨울이 끝나고 나서 가져오는 게 좋겠습니다. 지금 내륙에 내려놓으면 눈 속에 파묻혀버릴 것이고, 그렇다고 해변에 내려놓으면 봄쯤에는 누군가가 그것을 가지러 잠수해 들어가야 할 거예요. '수위'가 올라간다는 발리넌 선장의 말이 옳다면 말이죠."

"만일 그렇게 될 거라면, 왜 그렇게 오래 기다려야 하는 거지? 겨울은 이제 반 이상이 지났고, 투리에서 볼 수 있는 남반구의 어떤 지역에는 이미 엄청난 양의 응결이 있었어."

"왜 그런 걸 저한테 물으시죠? 스태프 중에는 기상학자들이 있잖아요? 그들이 이 행성을 연구하다가 모두 미쳐버린 게 아니라면요. 제 걱정거리만으로도 머리가 아프단 말입니다. 탱크는 언제 주실 겁니까?"

"자네가 그걸 사용할 수 있을 때. 즉 겨울이 끝나면 주지. 그건 이미 말했지 않나? 만일 이번에도 날려버리면 다른 건 이제 없어. 이곳에서 제일 가까운 곳에 있는 탱크는 바로 지구에 있으니까."

수백 일이 지난 뒤의 다음 방문에서, 찰스로부터 이 대화의 핵심 내용을 전달받은 발리넌 선장은 완전히 만족했다. 부하들은 제의받은 여행에 대해 열광하고 있었다. 아마 일이 끝난 다음에 얻을 이익에 현혹되기도 했을 것이다. 그러나 발리넌 선장을 이 미지의 지역까지 데려온 모험에 대한 순수한 열정이 선원들 사이에도 폭넓게 공유되어 있었다는 쪽이 더 맞는 설명일 것이었다.

"폭풍이 멈추면 지체하지 말고 출발합시다." 발리넌 선장이 찰스에게 말했다. "땅 위에는 여전히 눈이 많이 남아 있을 겁니다. 모래톱이 아닌 단단한 육지를 지날 때는 눈이 상당히 도움이 됩니다."

"탱크에는 별 차이가 없을 것 같은데요." 찰스가 대답했다.

"우리에게 상당한 차이가 있습니다. 이 근방에서는 고르지 않은 지면 때문에 갑판에서 떨어진다고 해도 그리 위험하지 않은 것은 인정하지만, 식사 중에 그런 일이 일어나면 짜증 날 겁니다. 그런데 육로에서 어느 코스가 최선일지 결정이 되었습니까?" 발리넌 선장이 물었다.

"계속 연구 중이에요." 인간이 노력의 산물인 지도를 가져왔다. "우리가 함께 발견한 대로, 최단 코스는 산악 지역을 통과해야 하는 단점이 있어요. 불가능하지는 않겠지만, 당신 부하들이 그 사실에 영향을 받을까 걱정이군요. 그 산들이 얼마나 높은지는 모르지만, 얼마나 높든 이 행성에서는 너무 높을 테니 말이죠.

그래서 이쪽 루트를 생각해봤어요. 빨간 선으로 표시된 곳입니다. 이 길은 산악 지역의 이쪽 면에 속한 커다란 만으로 흘러 들어오는 강을 2천 킬로미터 정도 따라가게 되거든요. 강에 있는 작은 만곡들은 계산에 넣지 않았어요. 그것들을 하나하나 따라갈 필요는 없을 것 같아요. 그런 다음 다시 6백 킬로미터 정도 내륙을 직선으로 가로지르는 겁니다. 그러고 나면 산 반대쪽에 있는 강 상류에 도달하게 되죠. 원한다면, 강을 따라 항해해서 내려가도 좋고, 아니면 내가 계속 끌고 가도 좋아요. 전자는 당신들을 더 편하게 해줄 것이고, 후자는 더 빨리 이동하게 해줄 겁니다. 어느 쪽이든 당신들이 원하는 대로 할게요. 이 코스의 최악의 단점은 중간에 적도 남쪽으로 3백에서 6백 킬로미터를 내려가야 한다는 점이에요. 나에게는 약 0.5g 이상의 중력이 더 가해지는 셈이죠. 하지만 그 정도는 견딜 수 있을 거예요."

"당신이 견딜 수 있다면, 사실 그 루트가 최선인 것 같습니다." 발리넌 선장이 지도를 주의 깊게 살펴본 다음 입을 열었다.

"당신이 끌고 가는 쪽이 더 빨라서 좋습니다. 더구나 그 강에서는 '바람 부는 쪽으로 배를 돌릴' 만한 강폭의 여유가 없을 것 같으니까요."

발리년 선장은 그 마지막 용어는 자신의 언어를 사용했다. 찰스는 그 의미에 대한 발리년 선장의 설명을 만족스럽게 경청했다. 발리년 선장 종족의 항행 기술 수준에 대해 그가 옳게 추측했던 것이다. 적어도 그렇게 보였다.

코스에 대한 합의가 이루어지자, 메스클린 행성이 다음 춘분점까지 궤도를 따라 태양 주위를 공전하는 동안 찰스에게는 할 일이 거의 남아 있지 않았다. 물론 그리 긴 시간은 아니었다. 남반구의 한겨울은 그 거대한 행성이 태양에 가장 가까이 다가가는 시점과 일치한다. 가을과 겨울 동안 궤도 운동은 아주 빨라서, 가을과 겨울은 지구 기준으로 각각 두 달 정도밖에 되지 않았다. 반면 봄과 여름은 지구로 따지면 각각 약 830일 정도로, 어림잡아 26개월은 되었다. 다음 겨울까지 여행을 할 만한 시간적 여유가 충분한 셈이었다.

찰스가 어쩔 수 없는 한가함에 몸부림치는 동안, 브리호의 승무원들은 눈코 뜰 새 없이 바빴다. 육로를 여행하며 부닥칠 다양한 상황에 대해 정확히 알고 있는 선원이 하나도 없어서 육지 여행 준비 작업을 방대하고 치밀하게 해야만 했다. 선원들은 긴 여행 끝까지 저장된 식량만으로 버텨야 할 수도 있었다. 도중에 식량뿐 아니라 무역품으로도 가치 있을 만한 뼈와 가죽을 제공해줄 동물군이 존재할 가능성도 물론 있었다. 뱃사람이 바다를 여행하며 으레 겪는 만큼의 위험밖에 없을지도 몰랐다. 혹은, 육지의 지세와 그곳에 사는 생물들 양쪽이 초래하는 위험에 부닥칠 수도 있었다. 지세에 대해서라면, 그들이 딱히 할 수 있는 일은 없었다. 그것은 날것 담당이었다. 그러나 생물에 대해서라면, 그들이 지닌 무기가 상당한 도움이 되어줄 것이다. 더 높은 위도에서는 하스나 터블라넨조차 휘두르기 힘들 만큼 커다란 곤봉이 제작되었다. 줄기 속에 염소(CI) 결정이 축적된 식물도 찾아내서 그 식물에서 얻은 연료로 화염 탱크를 채웠다. 물론 발사 무기는 없었다. 딱딱한 물체가 지지대 없이 공중에 떠 있는 것을 아무도 본 적이 없는(너무 빨리 추락해버리기 때문이다) 세계에서 그런 아이디어가 발달할 까닭이 없었다. 메스클린의 극지방에서 수평으로 발사한 50구경 총알은 단 30미터 만에 땅에 떨어져버릴 것이다. 발리넌 선장은 찰스를 만난 뒤로 '던진다'는 개념에 대해 어느 정도 이해하게 되었다. 날것에게 그 원리에 입각한 무기의 가능성에 관해 물어볼까 생각하기도 했다. 그러나 발리넌 선장은 좀 더 고전적인 무기에 만족하기로 했다. 한편 찰스도 육로를 지나는 동안 활과 화살을 개발한 종족과 맞닥뜨릴 가능성에 대해 약간 의심을 해보았다. 그는 그 의심에 대해 발리넌 선장보다는 적극적인 행동을 취했다. 그래서 로스텐 박사에게 상황을 설명해주고는, 썰매를 끄는 탱크에 소이탄용 테르밋과 포탄을 장착할 수 있는 40밀리 대포를 탑재하는 것이 어떻겠냐고 요청했다. 늘 그러듯이, 로스텐 박사는 약간 투덜거리면서도 승낙했다.

썰매는 신속하고 수월하게 완성되었다. 일단 많은 양의 얇은 금속판을 구할 수 있었고, 구조도 복잡하지 않았기 때문이다. 찰스의 충고에 따라, 썰매를 메스클린 행성의 표면으로 즉각 운반하지는 않았다. 아직도 폭풍이 기승을 부리면서 암모니아 섞인 메탄 눈송이들이 잔뜩 내리고 있었다. 분명 적도 부근에서는 아직 대양의 수위가 높아지지 않았다. 기상학자들은 처음에는 발리넌 선장의 신뢰성과 언어 능력을 의심하는 불쾌한 말들을 망설이지 않았다. 그러나 봄이 가까워지면서 태양 빛은 남반구에 점점 더 많이 닿았고, 가을 이후에 찍은 사진들과 새로 찍은 사진을 비교한 결과 기상 예보 담당자들은 점점 입을 다물게 되었고, 심지어 미친 듯이 혼잣말을 중얼거리며 달 기지 주위를 어슬렁거리는 모습이 목격되기도 했다. 원주민이 예측한 대로, 좀 더 높은 위도에서 대양의 수위는 이미 수백 미터나 높아져 있었다. 날이 감에 따라 눈에 보일 정도로 점점 더 높아만 갔다. 같은 행성에서 같은 시간에 바다의 수위가 이렇게 엄청난 차이를 보이는 것은 지구에서 훈련받은 기상학자들에게는 쉽게 받아들이기 힘든 기현상이었다. 또한 원정팀에 함께 참여한, 인간이 아닌 다른 과학자 중에서 누구도 그 문제를 시원하게 설명할 혜안을 가지고 있지 않았다.

기상 담당들은 태양이 매일 하늘에 그리는 호(弧)가 적도를 지나 남쪽으로 천천히 내려가고, 메스클린의 남반구에 공식적인 봄이 찾아올 때까지도 머리를 쥐어뜯고 있었다.

이 시기가 오기 전에 이미 폭풍은 강도나 빈도나 모두 엄청나게 수그러들었다. 한편으로는 행성이 극단적으로 납작한 모양을 한 탓에 동지 뒤에 북극의 만년설에 닿는 태양 빛이 급격히 줄었기 때문이었고, 또 한편으로는 태양에서 메스클린까지의 거리가 같은 시기 동안 50퍼센트 이상 늘어나 있었기 때문이다. 인간들에게서 그런 이야기를 들은 발리넌 선장은 천문상으로 봄이 도래함과 동시에 출발할 뜻을 분명히 밝혔다. 춘분경에 부는 돌풍에 대해서는 전혀 걱정을 드러내지 않았다.

찰스는 내부 달에 있는 기지에 원주민이 출발 준비를 마쳤다고 보고했다. 수송 탱크와 썰매가 지면으로 즉시 이송되기 시작했다. 모든 것이 수 주일 이내에 완료되었다.

썰매는 가벼웠고 수소 이온이 만들어내는 추진력도 엄청나게 강력했지만, 화물용 로켓은 두 번이나 왕복하며 짐을 날라야 했다. 일단 썰매를 먼저 가져왔다. 로켓이 탱크를 가지러 간 사이에 브리호의 선원들이 썰매 위에 브리호를 싣게 하려는 의도였다. 그러나 찰스가 배에 너무 가까이 착륙하지 말라고 경고한 바람에, 볼품없이 생긴 썰매는 해안으로 끌어줄 탱크가 도착할 때까지 돔 옆에 남겨지게 되었다. 탱크가 도착하자, 찰스가 직접 운전했다. 로켓에 타고 왔던 승무원들이 호기심에서, 또 필요하다면 도움을 줄 마음으로 근처에 대기하긴 했지만 말이다.

인간의 도움은 전혀 필요치 않았다. 지구 중력의 세 배 정도밖에 되지 않는 곳인지라, 메스클린인들은 원한다면 배를 번쩍 들어 올려 옮길 정도로 완벽한 신체 능력이 있었다. 그리고 물체 아래에 자신들의 몸을 일부분이라도 두지 않으려는 극복할 수 없을 것 같던 심리적 저항도, 배에 밧줄을 묶어 해변을 가로질러 끌어오는 일까지 방해하지는 않았다. 물론 각 선원이 뒤집게손의 양쪽 혹은 한쪽을 이용해 각자 나무 하나씩을 단단히 붙들고 줄을 잡아당겼다는 것은 말할 필요도 없을 것이다.

브리호는 돛을 말아 올리고 하수용골을 접은 채로 모래톱을 지나 쉽게 미끄러져 와서 반짝이는 금속판 위에 올라갔다. 발리넌 선장이 겨우내 눈을 부라리며 브리호가 해안에 정박한 채로 꽁꽁 얼어붙지 않도록 방지한 보람이 있었던 것은 분명했다. 또한 최근 2주 동안 훨씬 더 남쪽에서처럼 이곳에서도 대양의 수위가 올라가기 시작했다. 바닷물이 불어나며 배를 2백 미터 더 내륙으로 이동시켜주었는데, 배가 자유로이 움직일 필요가 있을 때가 오면 분명 이 바닷물이 암모니아를 녹여줄 것이었다.

멀리 투리의 썰매 제작자들은, 선원들이 브리호를 단단히 고정할 수 있도록 밧줄을 꿰는 고리와 밧줄 걸이를 충분히 제공했다. 찰스의 눈에는 선원들이 사용하는 밧줄이 너무 가늘어 보이긴 했지만, 그들은 자신들의 밧줄을 완벽하게 신뢰하고 있었다. '그러는 것도 당연하지.' 지구인은 생각했다. 그도 그럴 것이, 그 밧줄들은 찰스가 완전 무장하지 않고는 밖에 나와 걸어 다닐 엄두도 나지 않았던 엄청난 폭풍 속에서 겨우내 배를 해안에 묶어두었다. 메스클린인들이 사용하는 밧줄과 천막들이 지구 기온을 견딜 수 있을지 알아보는 것도 좋겠다는 생각이 들었다.

꼬리에 꼬리를 문 찰스의 상념은 발리넌 선장이 배와 썰매가 모두 준비 완료되었다고 알리기 위해 탱크 쪽으로 다가오자 중단되었다. 썰매는 예인 밧줄로 탱크에 연결되었다. 탱크 안에는 한 사람이 수일간 버티기에 충분한 식량이 실려 있었다. 계획에 따르면, 찰스에게 필요한 보급품은 필요할 때마다 로켓이 실어다 주기로 되어 있었다. 비행 로켓은 원주민들이 너무 불안해하지 않도록 멀찍이 떨어진 앞쪽에 착륙하기로 했다. 로켓 보급은 꼭 필요한 게 아니면 절대 남발하지 않기로 약속이 되었다. 첫 번째 사고 이후, 찰스는 탱크 내부를 외부 공기에 자주 노출하고 싶지 않았다.

"그럼 떠납시다, 작은 친구." 찰스가 발리넌 선장의 이야기를 듣고 나서 대답했다. "난 아직 상당 시간 동안은 잠을 잘 필요가 없어요. 내가 잠잘 때까지의 시간이면 상당한 거리를 전진할 수 있겠죠. 당신네 하루가 좀 더 길이가 적절하면 좋으련만. 어둠 속에서 눈 덮인 벌판 위를 운전하고 싶지는 않단 말입니다. 당신 부하들이 탱크를 구덩이에서 건져 올릴 수 있을 것 같지도 않군요. 비록 신체를 붙들어 매 고정할 물체를 찾아낸다 하더라도 말이죠."

"무게를 판단하는 능력이 이곳 '가장자리'에서는 상당히 무뎌지기는 했지만, 나 역시 어려울 거라고 봅니다." 선장이 대답했다. "하지만 구덩이에 빠질 위험은 별로 없습니다. 눈은 커다란 구멍 위를 살짝 덮어서 구멍을 은폐할 만큼 끈끈하지 않습니다."

"눈이 쌓여서 구덩이 하나를 완전히 채우는 경우도 있으니 걱정이군요. 아무튼 실제로 닥치면 걱정하기로 합시다. 모두 승선하십시오!" 찰스는 탱크 안으로 들어가 문을 밀봉하고 메스클린의 대기를 배출한 다음, 탱크 안에 미리 압축해두었던 지구 공기를 풀었다. 공기를 언제나 신선하게 유지하는 역할을 하는 조류가 들어 있는 작은 어항은 순환기가 기포를 뿜어내면서 희미하게 깜빡였다. 작은 분광 감지기가 공기 중의 수소 함량이 무시할 만한 수치라고 알려주었다. 찰스는 다시 한 번 그 사실을 확인하고는, 더 망설이지 않고 주동력 엔진을 가동했다. 그리고 탱크와 그 뒤에 달린 덩치 큰 짐을 끌며 동쪽으로 향했다.

하구 지역을 벗어나자 주위는 거의 평야에 가까운 평평한 땅으로 변했다. 찰스가 잠을 자기 위해 멈출 때까지 그들은 약 40일 동안 80킬로미터가량 이동했다. 그리고 백 미터 정도 높이의 둥근 언덕 지역에 도착했다. 썰매를 끄는 일이나 그 위에 타고 오는 일, 어느 쪽에도 문제는 발생하지 않았다. 발리넌 선장은 무전기를 통해 부하들이 여행을 즐기고 있으며, 이 흔하지 않은 무료함 때문에 지루해하는 선원은 아직 없노라고 알려왔다. 탱크와 썰매의 속도는 시속 약 8킬로미터 정도로, 메스클린인들이 기어가는 것보다 훨씬 더 빨랐다. 그러나 메스클린인들에게는 무시할 정도로 낮은 중력이었으므로, 선원 중 몇몇은 뱃전에서 다른 이동의 방법을 시험해보고 있었다. 아직 누구도 실제 점프하는 일은 하지 않았지만, 발리넌 선장은 추락에 대한 무관심을 자신과 공유할 동료를 오래지 않아 얻게 될 것 같았다.

아직 동물은 눈에 띄지 않았다. 그러나 눈 위에는 브리호의 선원들이 겨울 동안 식량으로 얻기 위해 사냥했던 동물들과 비숫한 종류에 속하는 것이 분명한 작은 발자국들이 때때로 눈에 띄었다. 식물군은 현저히 차이를 보였다. 어떤 곳에서는 풀처럼 보이는 식물이 끝 부분을 드러낸 채 눈에 덮여 있었다. 둥지가 상당히 굵은 관목을 닮았다고 찰스가 생각한 식물을 보고 선원들은 때때로 깜짝 놀라곤 했다. 메스클린인들은 지면 위로 그렇게 높이 자란 식물을 한 번도 본 적이 없었다.

찰스가 좁은 선실 속에서 불편하게 잠을 자는 동안, 브리호의 선원들은 주변 지역으로 산책하러 나갔다. 부분적으로는 신선한 음식에 대한 욕구가 동기였으나, 사실은 팔 수 있는 물건을 찾아보려는 것이 더 큰 이유였다. 그들은 찰스가 '향신료'라고 부르는 것을 만들어내는 다양한 종류의 식물에 대해 잘 알고 있었다. 그러나 주위에는 그런 종류의 식물이 하나도 없었다. 근처의 식물들은 대부분 잎처럼 생긴 부속 기관과 뿌리를 가지고 있었다. 문제는 이 식물들의 맛이 좋은지는 고사하고 먹어도 안전한지 알아낼 방법이 없다는 데 있었다. 발리넌 선장의 부하들은 한 번도 본 적이 없는 식물의 맛을 본다거나 할 만큼 무모하거나 순진하지 않았다. 메스클린에는 독을 품고 자신의 몸을 효율적으로 보호하는 무서운 식물군이 아주 많았다. 이런 경우 일반적인 시험 방법은, 메스클린인들이 애완용으로 기르는 동물들의 감각을 믿는 수밖에 없었다. '파스크'나 '터니'가 먹을 수 있는 것은 그들도 먹을 수 있었다. 불행히도, 브리호에 승선 중이던 유일한 애완동물은 지난겨울을 넘기지 못하고 말았다. 아니, 더 정확히 말하면, '적도' 지역의 환경을 이겨내지 못했다. 주인이 딱 한 번 단단히 묶어두지 않은 바람에 겨울 폭풍에 날아가 버렸다.

사실 선원들은 '희망적으로 보이는' 수많은 표본을 가지고 배로 돌아왔다. 그러나 누구도 자신들이 발견한 물건을 어떻게 할 것인가에 대한 실용적인 제안을 내놓지 못했다. 돈드래그머만이 성공적인 산책이었다고 정의할 만한 어떤 일을 했다. 동료들보다 훨씬 상상력이 풍부한 그는 사물의 '아래'를 살펴볼 생각을 했다. 그리고 수많은 자갈을 뒤집어 보았다. 처음에는 약간 바보 같은 짓이 아닐까 걱정했으나, 이 불안은 곧 말끔히 사라졌다. 대신 새로운 오락에 대한 순수한 열정이 그를 사로잡았다. 그는 상당히 무거운 바위 아래에도 많은 사물이 존재하는 것을 발견했다. 그리고 모든 선원이 "알이 분명하다"고 동의한 물건을 상당수 배로 운반해 가지고 왔다. 카론드라세가 그것들을 인수했다. 동물성 식품이라면 어떤 종류라도 먹는 것을 두려워하는 자는 없었다. 예상은 옳았다. 그것은 분명 알이었다. 그리고 아주 맛이 좋았다. 알을 모두 먹어치운 다음에야, 누군가가 알이 부화하면 어떤 동물의 알인지 알 수 있을 것이라는 생각을 떠올렸다. 그리고 선원이 그 생각을 얘기하자, 돈드래그머는 알이 부화하면 '터니'가 비운 자리를 대신할 수도 있으리라고 제안해 한 걸음 더 발전시켰다. 이 생각은 열렬히 환영받았고, 이번에는 조를 편성해 다시 한 번 알을 찾아 나섰다. 찰스가 일어났을 즈음에는 브리호는 알 부화실로 변해 있었다.

모든 선원이 브리호에 승선한 것을 확인한 찰스는 탱크를 다시 출발시켜 동쪽으로 계속 나아갔다. 다음 며칠 동안은 언덕의 고도가 점점 높아졌다. 운 좋게도 폭이 좁아 썰매가 양쪽 기슭에 걸렸던 메탄의 강을 하나 건넜을 때 고도는 두 배로 높아져 있었다. 다행히 언덕의 경사는 완만했다. 아래를 내려다볼 때마다 선원들 사이에서는 희미하게 불안한 기운이 감돌았다. 그러나 불안감은 점점 줄어들고 있다고 발리넌 선장이 알려주었다.

여행의 두 번째 단계를 시작한 뒤 약 20일 정도가 지났을 즈음에는, 탈것 두 대에 나누어 탄 외계인과 원주민의 주의를 완전히 사로잡는 일이 일어난 탓에, 그나마 남아 있던 높이에 대한 공포도 완전히 사라져버렸다.

7
바위 방어

지금까지는 대부분의 언덕이 경사가 부드럽고 완만했다. 울퉁불퉁한 부분은 풍화 때문에 오래전에 닳았기 때문이다. 출발 전에 찰스가 다소 걱정했던 구멍이나 지표면의 갈라진 틈은 없는 것 같았다. 언덕의 정상 부분은 모두 완만하고 둥근 모양이었다. 그래서 정상을 지날 때는 비록 속도가 더 빨라졌어도 그게 정상 부분이라는 것은 거의 알아차리지 못했을 것이었다. 그러나 이제 그런 언덕 중 하나의 오르막길을 올라 앞에 펼쳐진 풍경이 눈에 들어오자 다음번 언덕의 차이점이 모든 이의 시선을 사로잡았다.

그것은 지금까지 지나온 어떤 언덕보다 정상까지의 경사로가 길었고, 언덕이라기보다는 산등성이에 더 가까웠다. 가장 큰 차이점은 꼭대기에 있었다. 다른 언덕과 같은 완만하고 풍화된 곡선 대신에, 그 언덕의 꼭대기는 첫눈에 보아도 들쭉날쭉한 톱니 모양이었다. 더 자세히 살펴보니 일련의 바위들이 규칙적인 간격을 띄우고 배열된 것을 알 수 있었다. 지성을 가진 존재가 만든 배열이 틀림없었다. 바위는 찰스의 탱크만큼 거대한 것에서부터 농구공만 한 것까지 다양했다. 그리고 대부분 거의 구형을 띠고 있었다. 찰스는 즉시 탱크를 멈추고 망원경을 집었다. 그는 우주복을 갖춰 입고 있었으나 헬멧까지 쓰고 있지는 않았다. 발리넌 선장은 부하들의 존재도 잊고 탱크와 브리호 사이의 20미터 거리를 훌쩍 도약해 탱크 지붕 위에 단단히 자리를 잡았다. 발리넌 선장의 편의를 위해 그곳에는 오래전부터 무전기 하나가 고정되어 있었다. 그래서 사실 지붕에 거의 착지하기도 전에 발리넌 선장은 벌써 말을 던지는 중이었다.

"저게 뭡니까, 찰스? 당신네 행성에 있다는 도시 같은 겁니까? 당신이 보여준 사진과는 별로 닮지 않았군요."

"오히려 당신이 내게 알려주셔야겠는데요. 도시가 아닌 건 확실해요. 그리고 성벽이나 요새라고 보기에는 바위 사이의 거리가 너무 벌어져 있습니다. 바위 주위에 움직이는 것이 보이나요? 이 쌍안경으로도 잘 보이지가 않아요. 하지만 당신의 시력이 더 좋을 수도 있으니까요."

"난 언덕 정상이 불규칙적이라는 것만 보입니다. 만일 꼭대기에 있는 물체들이 느슨하게 배열된 바윗덩어리라면, 더 가까이 다가가 보기 전에는 당신 말을 그대로 믿을밖에요. 확실히, 움직이는 것은 하나도 보이지 않습니다. 어쨌든 나 정도의 눈 크기를 가진 생물은 저렇게 먼 거리의 사물은 볼 수 없습니다."

"나는 이 망원경이 없어도 저 거리에 있는 당신이 보일 거예요. 하지만 눈이나 팔의 개수 같은 것은 분간할 수 없겠지요. 쌍안경으로 보면, 저 언덕 꼭대기에 아무도 없는 것은 분명해요. 마찬가지로, 그 바위들이 우연히 저기에 올라 있는 것이 아니란 것도 확실하죠. 저것들을 저렇게 배치한 자가 누구이든 사방의 경계를 단단히 하는 것이 좋을 것 같습니다. 당신 부하들에게 경고해주십시오."

찰스는 발리넌 선장의 시력이 약하다는 사실을 마음속에 잘 접어두었다. 그는 원주민들의 눈 크기만 보고 시력을 측정할 수 있는 물리학자는 아니었다.

2, 3분가량, 그전에는 그림자가 졌던 대부분 지역에 빛을 던지기에 충분할 만큼 태양이 이동하는 동안 그들은 꼼짝 않고 계속 관찰했다. 그러나 그림자의 위치가 바뀐 것을 제외하고 움직이는 건 없었다. 마침내 찰스는 다시 탱크를 출발시켰다. 언덕을 내려가는 동안 태양이 졌다. 탱크는 서치라이트를 하나밖에 가지고 있지 않았다. 그리고 찰스는 진행하는 길의 지면 위로 서치라이트의 초점을 계속 고정했다. 따라서 저 위의 바위 사이에 뭔가가 나타났다 하더라도 그들은 그것을 볼 수 없었다. 일출이 다가왔을 때는, 또 하나의 시내를 지나고 있었다. 이제 다시 한 번 다음 언덕의 오르막으로 향하게 되자 긴장감이 높아졌다. 1, 2분 동안은 아무것도 보이지 않았다. 태양이 여행자들의 바로 앞쪽에 있었기 때문이다. 곧 태양은 앞을 명확히 볼 수 있

을 만큼 하늘 위로 높이 떠올랐다. 언덕 꼭대기를 주시하고 있던 어떤 눈도 그 전날 밤의 모습과의 차이점을 포착해내지 못했다. 찰스는 어렴풋이 돌의 개수가 좀 많아진 것 같다는 느낌을 받았고, 메스클린인들도 마찬가지였다. 그러나 아무도 그 전날 돌의 숫자를 세어보려고 시도하지 않았던 터라 확신할 방도는 없었다. 여전히 눈에 띄는 움직임은 없었다.

시속 8킬로미터의 탱크가 언덕을 다 오르는 데는 5, 6분 정도가 걸렸다. 따라서 그들이 꼭대기에 도달했을 때, 태양은 일행의 뒷전에 위치하게 되었다. 찰스는, 비교적 큰 바위들 사이의 간격 중 몇 군데가 탱크와 썰매가 통과할 만큼 충분히 넓은 것을 발견했다. 그래서 산마루의 꼭대기에 다가가며 이 간격 중 하나를 향해 탱크를 몰았다. 탱크가 자갈밭 위를 지나며 털털거리자, 배 위에 올라타고 따라오던 돈드래그머는 자갈 때문에 탱크가 손상을 입은 것이 틀림없다고 잠깐 생각했다. 탱크가 갑자기 멈춰버렸기 때문이다. 발리넌 선장은 여전히 탱크 위에 있었고, 그의 모든 눈은 아래쪽에 펼쳐진 광경에 고정되었다. 물론 찰스에게는 발리넌 선장의 그런 모습이 보이지 않았다. 잠시 뒤 브리호의 일등항해사는 날것 역시 운전하던 것을 잊을 만큼 언덕 너머의 계곡에 흥미로운 것이 있음이 분명하다고 결론지었다.

"선장님! 무슨 일입니까?" 돈드래그머는 무기 담당 선원들에게 화염 무기 옆에 대기하라는 몸짓을 하며 질문을 던졌다. 나머지 선원들은 아무 명령 없이도 곤봉, 칼, 창을 들고 재빨리 외부 뗏목들을 따라 스스로 자리를 잡았다. 오랫동안 발리넌 선장은 아무 대답도 하지 않았다. 그래서 일등항해사는 배 밖으로 내려간 몇몇 선원들에게 탱크를 포위하라고 막 명령을 내리려던 참이었다. 돈드래그머는 찰스의 처분하에 있는, 임시로 급조한 대포의 능력에 대해서는 아는 바가 없었다. 그때 선장이 몸을 돌렸고, 무슨 일이 진행되었는지를 보고는 안심하라는 동작을 취해 보였다.

"모두 괜찮다. 내 판단으로는 그렇다. 움직이는 건 아무것도 보이지 않는다. 하지만 저건 아무래도 작은 마을 같다. 잠깐 대기하라. 그러면 날것이 너희를 앞으로 끌어 배에서 내리지 않고도 마을이 보이게 해줄 것이다." 발리넌 선장이 이렇게 말하고 나서, 지구어로 다시 바꾸어 찰스에게 이 요청을 전달했고, 찰스는 즉각 수락했다.

사실 찰스가 맨 처음에 본 것은(물론 발리넌 선장은 찰스보다 훨씬 덜 또렷하게 보았다) 현재 그들이 올라와 있는 것과 같은 형태의 여러 언덕으로 완전히 둘러싸인 넓고 얕은 국그릇 모양의 분지였다. 찰스의 느낌에 맨 아랫부분에는 호수가 있음이 분명했다. 비나 눈 녹은 메탄이 빠져나갈 만한 길은 전혀 보이지 않았다. 그런 다음, 그는 언덕의 안쪽 경사에는 눈이 그리 많이 쌓여 있지 않은 것을 알아차렸다. 그 안의 지형은 아무 군더더기 없이 매끈했다. 참으로 기묘한 지형이라고 할 수 있었다.

자연적일 가능성은 조금도 없었다. 산등성이 아래로 약간 떨어진 곳에서 넓고 얕은 수로들이 이곳저곳에서 시작되었다. 배열은 놀라울 정도로 규칙적이었다. 수로가 사라진 지역 바로 아

래에서 횡단면을 자르면 일련의 파도 같은 모양이 그려질 것 같
았다. 수로는 골짜기의 중심부를 향하여 아래쪽으로 내려감에
따라 점점 더 좁고 깊어졌다. 마치 빗물이 중앙 저수지로 모이
도록 설계된 것 같았다. 그러나 실제로 수로들은 중심부에서 만
나지 않았다. 비교적 평평하고 좁은 골짜기 바닥 부분까지 모두
도달하기는 했지만, 중앙 부분까지 이르지는 않았다. 수로보다
흥미로운 것은 그 수로들을 분리하는 양쪽 융기였다. 융기는 수
로가 깊어짐에 따라 더욱 도드라졌다. 언덕 경사의 위쪽 절반
구역에서는 완만하고 둥근 형태를 띤 융기에 불과했으나, 아래
로 내려갈수록 융기의 양 사면은 더욱 뾰족해지더니 마침내 모
서리가 수로의 바닥과 직각을 이루었다. 이들 작은 수로의 벽
가운데 몇 개는 거의 골짜기의 중심부까지 확장되어 있었다. 그
러나 모든 수로가 같은 지점을 향해 나아가는 것은 아니었다.
수로는 부드러운 곡선을 그리면서 뻗어 있었다. 그 때문에 골짜
기 전체에 퍼진 수로들은 바퀴의 살 모양이라기보다는 원심 펌
프의 소용돌이 모양 날처럼 보였다. 그리고 각 수로 양옆의 융
기는 꼭대기 부분이 너무 좁아 인간이 그 위를 걸어갈 수는 없
을 것 같았다.

찰스는 각 수로와, 수로의 분리벽처럼 보이는 것이 멈추는 맨
끝 지점에서 수로 벽의 너비가 5, 6미터 정도라고 판단했다. 따
라서 벽 자체는 그 안에 들어가 누군가가 살 수도 있을 만큼(특
히 메스클린인 정도의 몸 크기라면) 충분히 두꺼웠다. 벽의 아래쪽
표면 위에 점점이 보이는 수많은 구멍은 그것들이 실제 주거용

주택이라는 추측을 더 강화해주었다. 망원경으로 보니, 벽의 바닥 부분에 직접 닿지 않은 구멍에는 경사로가 연결된 것을 알 수 있었다. 생물체라고는 하나도 보이지 않았지만 찰스는 눈앞에 보이는 것이 하나의 도시라고 확신했다. 도시의 주민들은 분리벽 속에서 사는 것이 분명했다. 전체 구조물은 빗물을 관리하기 위해 건설한 것으로 보였다. 홍수를 피하고 싶었다면 왜 언덕의 바깥쪽 경사면에 살고 있지 않은 것일까 하는 질문은 그에게 떠오르지 않았다.

찰스가 거기까지 생각했을 때, 발리넌 선장이 브리호를 끌어당겨 해가 지기 전에 부하들이 언덕 너머를 볼 수 있게 해달라고 요청했다. 탱크가 움직인 순간, 찰스가 문이라고 추측했던 구멍들 속에서 일단의 어두운 형체들이 나타났다. 멀어서 자세히 볼 수는 없었지만, 여하튼 생물임이 분명했다. 찰스는 탱크를 우뚝 멈추거나 다시 한 번 망원경을 잡아채려고 행동하지 않고 브리호를 전망 좋은 지점까지 끌어갔다.

서둘러야 할 이유는 없는 것 같았다. 형체들은 꼼짝도 하지 않고 그 자리에 서서, 탱크가 썰매의 견인을 끝낼 때까지 새로운 방문자들을 계속 바라보고 있었다. 일몰 때까지 남은 시간이면 찰스가 그 생물들을 자세히 관찰할 수 있을 터였다. 망원경을 대고 보았는데도 몇몇 세부 사항은 구분하기 어려웠다. 한 가지 원인은, 그들이 거처에서 몸 전체를 완전히 드러내고 있지 않은 탓이었다. 그러나 드러난 부분만을 보자면 주민들은 발리넌 선장의 종족과 같은 종에 속하는 것 같았다. 몸체는 긴 애벌레 모양이었으며, 여러 개의(그 거리에서 숫자까지 세는 것은 불가능했다) 눈이 최말단의 체절에 붙어 있었다. 발리넌 선장의 집게 손과 똑같지는 않다고 해도 상당히 유사한 모양의 사지 역시 뚜렷이 보였다. 몸 색깔은 빨강과 검정의 혼합이었는데, 브리호의 선원들과 마찬가지로 검은색 쪽이 좀 더 많았다.

발리넌 선장은 이 모든 것을 찰스만큼 자세히 볼 수는 없었다. 그래서 아래쪽의 도시가 황혼 속에서 희미해질 때까지 계속 찰스가 그에게 그때그때 설명해주었다. 찰스가 이야기를 멈추자, 선장은 긴장해서 기다리고 있던 부하들에게 그 자신의 언어로 요약해서 전달했다. 그 일이 끝나고 나자 찰스가 발리넌 선장에게 물어왔다.

"발리넌 선장님, '가장자리'에 이렇게 가까이 사는 종족에 관해 들어본 적이 있습니까? 혹시 같은 언어를 사용할 것 같나요?"

"그 점은 매우 의심스럽습니다. 당신도 알다시피, 우리 종족은 당신들이 '100g 선'이라고 부르는 곳보다 북쪽에서는 상당한 불편을 느끼게 됩니다. 난 여러 나라의 말을 알고 있지만, 여기에서 사용되는 말이 있을 것 같지는 않군요."

"그럼, 어떻게 해야 할 것 같습니까? 이 마을을 살금살금 몰래 돌아가거나, 사람들이 호전적이지 않을 것을 기대하고 중심부를 그냥 통과해 지나갈까요? 난 저 도시를 좀 더 가까이 다가가서 보고 싶은데요. 하지만 우린 중요한 임무를 수행하는 중이고, 성공 기회를 날릴 위험을 무릅쓰고 싶지는 않아요. 적어도 당신은 나보다는 당신네 종족에 대해 잘 알 것 아닙니까. 그들이 우리에게 어떤 반응을 보일까요?"

"그런 일에는 별 규칙이 따로 없습니다. 당신의 탱크를 보고, 혹은 그 위에 올라탄 나를 보고는 오줌을 찔끔할 정도로 겁을 먹을 수도 있겠지요. 뭐, 이곳 '가장자리'에 사는 그들에게는 높이에 대한 본능이 제대로 발달하지 않았겠지만 말입니다. 우린 세계를 방랑하면서 이상한 사람들을 아주 많이 만났습니다. 때로는 무역을 하기도 하고, 때로는 싸워야 했던 적도 있었습니다. 일반적으로, 무기를 눈에 띄지 않게 숨기고 무역품은 잘 띄는 곳에 둔다면 무작정 공격해 들어오지는 않을 것입니다. 나도 저기 내려가고 싶습니다. 그런데 당신은 이 썰매가 맨 아래쪽 수로의 좁은 바닥을 지나갈 수 있으리라고 보십니까?"

찰스는 잠시 말을 하지 않았다. "그 점은 생각하지 못했네요." 그는 잠시 뒤 입을 열었다. "어쨌든, 나는 먼저 그들을 더 주의 깊게 관찰했으면 좋겠어요. 아마 탱크가 단독으로 먼저 내려가는 것이 최선일 수도 있겠지요. 당신과 함께 지붕 위에 올라탈 다른 부하가 있다면 말입니다. 그런 식으로 하는 게 좀 덜 호전적으로 보일 것도 같아요. 그들은 당신 부하들이 가지고 온 무기를 벌써 보았을 것이 틀림없어요. 그리고 만일 우리가 무기들을 남겨 두고 간다면⋯."

"시력이 우리보다 월등히 뛰어나지 않는 한, 무기는 전혀 볼 수 없었을 겁니다. 그러나 탱크로 먼저 가서 관찰하자는 의견에는 찬성합니다. 골짜기를 빙 둘러 배를 먼저 반대쪽에 끌어다 놓고, 뒤로 돌아내려 가는 것이 더 나을 것도 같은데, 어떻습니까? 좀

은 수로들 틈에서 브리호가 위험을 무릅쓸 필요는 없으니까요."

"그거 좋은 생각이군요. 좋습니다. 그게 최선인 것 같아요. 부하들에게 우리가 결정한 바를 알려주고, 함께 내려가고 싶은 자가 있는지 물어보실래요?"

발리넌 선장은 그러겠다며 브리호로 되돌아갔다. 사실 누가 엿들을 위험은 없다고 생각했지만, 브리호에 가서 이야기하면 굳이 큰 소리로 말할 필요는 없을 것이다.

선원들은 배를 싣고 도시를 통과하는 것보다 빙 둘러서 가는 것이 바람직하다는 데는 대부분 수긍했으나, 그다음에는 약간의 난관이 있었다. 모든 부하가 마을을 보고 싶어 했고, 선장이 아무 사고 없이 탱크 위에 올라가곤 하는 것을 종종 보아왔음에도 불구하고 탱크 위에 올라타는 것은 질색했다. 몇 사람만 남아서 브리호를 지키고 나머지 선원들은 전부 탱크의 뒤를 따라 마을로 내려가자고 돈드래그머가 제의함으로써 곤란한 문제를 해결했다. 사실 굳이 올라타고 갈 이유는 없었다. 이제는 모두가 탱크가 내는 현재 속도 정도는 따라갈 수 있었기 때문이다.

이 토론으로 몇 분이 지나자 태양이 다시 한 번 지평선 위로 떠올랐다. 발리넌 선장의 신호에 따라, 찰스는 90도 방향으로 탱크를 돌려, 바윗돌로 만들어진 경계선 바로 아랫부분을 경유하여 계곡의 가장자리를 빙 둘러 가기 시작했다. 출발 전에 도시를 한 번 더 쳐다보았을 때는 생명체의 움직임이 보이지 않았다. 그러나 탱크가 다시 움직이는 순간, 작은 문들 사이로 머리들이 또다시 나타났다. 훨씬 많은 숫자였다. 이번에는 찰스도 운전에 집

중할 수 있었다. 운전을 끝내고 더 가까이서 관찰할 수 있을 때
까지 머리의 주인들은 여전히 그곳에 있을 것이다. 계곡의 반대
쪽 사면에 도달하는 데는 며칠밖에 걸리지 않았다. 그런 다음
견인 밧줄을 풀어내고, 탱크를 몰고 언덕 아래쪽으로 향했다.

조타 장치 따위는 사실 필요하지 않았다. 탱크는 첫 번째로
맞닥뜨린 수로를 따라 내려가는 경향을 보였다. 그런 다음에는
찰스가 가려고 생각하고 있던 지점을 향하여 스스로 굴러갔다.
진로 조정 따위는 일절 필요치 않았다. 브리호 승무원의 대략
반 정도가 그 뒤를 따랐다. 나머지 승무원들은 이등항해사의 인
솔 아래 배를 보호하기 위해 남았다. 발리넌 선장은 작은 크기
의 무역품 대부분을 쌓아 올린 채 언제나처럼 탱크 지붕 위에
올라타고 이동했다.

그들이 골짜기의 반대쪽 경사면으로부터 중심부로 접근해 가
는 동안 등 뒤에서 태양이 떠올랐고, 덕분에 전망을 관찰하기에
아주 적절했다. 볼 것이 아주 많았다. 이방인들이 접근해 오자
몇몇 주민들이 거처에서 완전히 몸을 드러냈다. 찰스도 발리넌
선장도 밖으로 나온 주민들이 위치한 곳이 공터의 건너편이라
는 사실에 뭔가 중요한 의미가 있음을 알아차리지 못했다. 다가
오는 여행자들에게 더 가까이 있는 거처들은 여전히 단단히 문
을 걸어 잠근 채였다.

거리가 좁혀질수록, 한 가지 사실이 분명해졌다. 그 생물들
은, 첫인상은 유사하다고 느꼈지만 발리넌 선장과 같은 종족이
아니었다. 그냥 비슷하게 생겼을 뿐이었다. 몸의 모양, 비례, 눈

의 개수, 팔, 다리, 이 모든 것들은 똑같았다. 그러나 이 도시의 주민들은 먼 남쪽 지방에서 온 여행자들보다 세 배 이상 몸이 컸다. 수로의 돌바닥 위에 몸을 뻗은 모습을 보니, 몸통 길이는 1.5미터 정도였고 너비와 두께도 그에 비례했다.

탱크가 점점 다가감에 따라 좀 더 잘 보기 위해 무척 애를 쓴 결과, 주민들의 긴 몸 중 앞쪽으로 3분의 1 정도는 공중으로 쳐들고 있는 것을 알 수 있었다. 그것은 발리넌 선장의 종족과 그들을 명확히 구분시켜주는 요소, 즉 몸 크기 이외의 또 다른 요소였다. 쳐든 앞부분은 옆으로 조금씩 흔들리고 있었다. 찰스가 지구에 있는 박물관에서 보았던 뱀과 다소 유사했다. 기묘한 금속 괴물이 수로의 바닥을 따라 천천히 기어가는 동안, 주민들은 알아차리기 힘든 미동을 제외하면 꼼짝도 하지 않았다. 도시 주민들의 집을 형성하고 있는 수로 양옆의 벽들이 점점 높아지자 그들의 모습은 거의 시야에서 사라졌다. 그리고 마침내 탱크는 그 너비로 보면 좁은 골목길이나 다름없는 곳을 통해 마을의 중앙 공터로 전진했다. 혹 그 생물들이 서로 무슨 말을 했더라도, 찰스나 발리넌 선장이 듣기에는 너무 조용한 말소리였을 것이다. 찰스가 알기로 메스클린인들의 대화에 상당한 역할을 차지하는 집게손이 달린 팔의 움직임조차 보이지 않았다. 그 생물들은 단순히 기다리면서 바라보고만 있었다.

선원들은 탱크 주위를 에워싸며, 그 생물들과의 사이에 마지막 남은 좁은 거리를 메웠다. 찰스는 이제 막 골목에서 겨우 빠져나온 참이었다. 선원들은 원주민들만큼이나 조용히 응시했다.

선원들이 알고 있는 집이란 변덕스러운 날씨에 대처하기 위해 천막 지붕에 약 8센티미터 높이의 벽으로 이루어진 것이 전부였다. 딱딱한 물체로 지붕을 덮는다는 생각은 아주 생소한 일이었다. 이 기묘한 구조물 안에 실제로 사는 거대한 생물을 자신들의 눈으로 직접 보지 않았다면 발리년 선장의 부하들은 그것을 뭔가 새로운 형태의 자연물로 생각했을 것이었다.

찰스는 조종간에 앉아서 이 도시의 집을 쳐다보며 깊은 생각에 잠겼다. 구조를 상상할 만한 충분한 데이터를 가지고 있지 않았기 때문에, 이것은 사실 시간 낭비였다. 그러나 그는 완전히 포기하고 놔두지 못하는 성격의 소유자였다. 그는 도시를 둘러보며, 이곳 주민들의 일상적인 생활에 대해 머릿속에 그림을 그려보려고 노력했다. 그러던 중 발리년 선장의 행동이 찰스의 주의를 끌었다.

선장은 시간을 낭비하고 싶지 않았다. 이 도시 주민들과 무역을 하고 싶었다. 그리고 만일 주민들이 무역을 원하지 않는다면, 계속 가던 길을 가고 싶었다. 찰스의 주의를 끈 행동은, 발리년 선장이 옆에 있던 포장된 무역품들을 지붕 아래로 던져 내리고 부하들에게 서두르라고 독려한 것이었다. 짐을 거의 다 던지고 나자 발리년 선장 자신도 마지막 꾸러미를 던져 내린 뒤 땅 위로 뛰어내렸다. 그 행동은 최소한 그들을 조용히 지켜보고 있는 거인들을 불편하게 하지는 않은 것 같았다. 발리년 선장은 곧바로 상품을 풀어놓는 일에 동참했다. 지구인은 흥미롭게 지켜보았다.

물품 중에는 옷감처럼 보이는 색색의 천이 한 필, 말린 뿌리 혹은 밧줄 더미 같은 것 몇 묶음, 뚜껑이 덮인 작은 항아리와 속이 빈 커다란 항아리, 그 외 여러 가지 품질 좋은 물건이 다양하게 있었다. 그러나 물건들 대부분은 대충 무슨 기능을 가진 것이려니 대략 추측할 수밖에 없었다.

물건이 모습을 드러내자, 원주민들이 앞으로 모여들기 시작했다. 호기심 때문인지 위협하려는 것인지 찰스는 알 수 없었다. 어떤 선원도 눈에 띌 만한 불안감을(이 감정을 알아차리는 데 그는 어느 정도 익숙해졌다) 드러내지 않았다. 선원들이 장사 준비를 끝냈을 때쯤에는 원주민들이 빼곡히 원을 이루며 탱크를 둘러쌌다. 탱크가 지나온 길만이 주민들이 긴 몸으로 에워싸지 않은 유일한 방향이었다. 이국 종족 사이에 침묵이 계속되었다. 찰스는 점점 불편한 기분이 들기 시작했다. 그러나 발리넌 선장은 무관심해 보였다. 아니면 감정을 숨기는 데 능숙하거나. 발리넌 선장은 지구인이 알아챌 만한 특별한 기준 없이 주민 중 한 사람을 상대로 고르더니 장사를 시작했다.

발리넌 선장이 어떻게 장사를 할 수 있는지 찰스는 전혀 이해할 수 없었다. 선장은 이 사람들이 자신의 언어를 이해하지 못할 것이라고 했다. 그러나 선장은 말을 했다. 즉 거리낌 없이 몸짓으로 말했다. 찰스에게는 무의미한 몸짓일 뿐이었다. 어떻게 그들 사이에 의사소통이 가능한지는 이 외계인에게 커다란 수수께끼였다. 발리넌 선장은 분명히 의사소통에 큰 어려움이 없는 모양이었다. 물론 문제는 찰스가 몇 달간 이 기묘한 생물들과 친교를 가지면서 그들의 심리에 대해 눈곱만큼도 이해하지 못한다는 점이었다. 찰스의 탓은 아니었다. 몇 년 뒤 전문가들도 여전히 그 점을 곤혹스러워하고 있었으니까. 메스클린인들의 행동과 몸짓의 많은 부분은 육체적 기능과 직접적으로 연결되어 있었기 때문에 같은 종에 속하는 개체들에게는 의미가 자명했다. 이 거대한 도시의 주민들은 엄밀히 말해 발리넌 선장의 종족은 아니었지만 신체 구조가 아주 비슷했기 때문에, 찰스가 걱정했던 것만큼 의사소통이 단절되는 것은 아니었다.

꽤 짧은 시간 안에 상당수의 주민이 거래하기를 원하는 다양한 물품을 가지고 집에서 몸을 드러냈다. 브리호의 몇몇 선원들도 거래에서 상당한 활약을 보였다. 거래는 태양이 하늘을 가로질러 밤 저편으로 떠났을 때도 계속되었다. 발리넌 선장은 찰스에게 탱크의 조명등을 켜달라고 부탁했다. 혹시 인공조명이 그 거인들을 불편하게 하거나 놀라게 했다 하더라도 발리넌 선장조차 어떤 낌새도 느끼지 못했다. 주민들은 당면한 사업에 완벽하게 집중하고 있었고, 가지고 나온 것을 다 팔거나 원하는 것을 다 얻은 자들은 집으로 돌아가, 다른 이들을 위해 자리를 비워주었다. 발리넌 선장이 가지고 온 물건들을 다 맞바꾸는 데는 단 며칠밖에 걸리지 않았고 새로이 얻은 물건들은 다시 탱크의 지붕 위에 실렸다.

대부분의 물건이 원래 발리넌 선장과 그의 선원들이 가지고 왔던 물건들만큼이나 찰스에게는 기묘한 것들이었다. 그중 두 가지 물건이 특히 주의를 끌었다. 크기가 너무 작아 자세히 볼 수는 없었지만 분명 살아 있는 생물이었다. 둘 다 가축으로 길든 동물로 보였다. 그 생물들은 자신들을 산 선원들 옆에 가만히 웅크린 채 도망가려는 기색을 전혀 보이지 않았다. 찰스가 추측하기를(나중에 맞았다는 것이 드러났지만) 아마도 식물성 식량의 가능성을 시험하기 위해 선원들이 키우기를 희망했던 종류의 생물들인 것 같았다.

"원하는 건 다 얻었습니까?" 마지막 손님이 탱크에서 물러서자 찰스가 물었다.

"우리가 할 수 있는 것은 이게 전부입니다. 이제 거래할 물건이 다 떨어졌습니다. 따로 또 할 일이 있습니까? 아니면 이제 여행을 계속할까요?" 발리넌 선장이 물었다.

"집의 내부가 어떻게 생겼는지 알고 싶은 마음이 굴뚝같군요. 하지만 이 우주복을 다 벗어도 난 저 문들을 통과할 수 없을 겁니다. 당신이나 부하 중에 저 안을 들여다봐줄 사람이 있을까요?"

"현명한 일이 아닌 것 같습니다. 여기 사람들은 상당히 평화롭게 거래에 참여해주었지만 뭔가 석연치 않습니다. 정확히 무엇인지는 감이 잡히지 않습니다. 아마도 우리가 부른 가격을 이상할 정도로 순순히 받아들이는 점 때문인 것 같습니다."

"당신은 그들을 믿지 않는다, 즉 자신들이 내놓은 물건을 다시 찾으려 할 것이라고 생각한다는 의미인가요?"

"꼭 그런 건 아닙니다. 이미 말했지만, 뭐라고 딱 꼬집어 말하기 어렵군요. 이렇게 합시다. 탱크를 몰고 골짜기의 가장자리로 돌아가 다시 배를 연결해 떠날 준비를 해놓는 겁니다. 그러면 이 물건들 때문에 말썽이 생기지는 않을 겁니다. 그런 다음, 내가 다시 이리로 내려와 저 건물 안을 들여다보겠습니다. 어떻습니까?"

발리넌 선장도 찰스도 이 대화를 나누는 동안 주민들에게 전혀 주의를 기울이지 않았다. 그러나 도시의 주민들은 그런 무관심을 공유하지 않았다. 가까이에 있던 거인들이 몸을 돌려, 호기심이 가득한 눈으로 찰스의 목소리가 흘러나오는 작은 상자를 쳐다보았다. 대화가 진행되는 동안 그들은 점점 더 가까이 다가와 귀를 기울였다. 그들이 보기에 지능을 가진 존재가 들어 있기에는 너무 작은 상자로 누군가와 대화를 나누는 모습은 찰스의 탱크조차 넘지 못했던 냉정의 벽을 처음으로 깨뜨렸다. 발리넌 선장의 제안에 대해 찰스가 대답한 마지막 동의의 말이 작은 스피커에서 울려 나오면서 대화가 끝났음이 분명해지자, 엿듣고 있던 거인들은 서둘러 집 안으로 모습을 감추더니 즉시 더 많은 물건을 가지고 다시 나타났다. 그들은 물건들을 내놓으며 이제는 선원들이 상당히 잘 이해하게 된 몸짓을 지어 보였다. 그들은 무전기를 원하고 있었다. 상당히 좋은 가격을 기꺼이 치르려 하면서.

발리넌 선장이 거절하자 그들은 당혹해했다. 그들은 계속 더 비싼 것들을 가지고 와서 차례로 거래를 시도했다. 마침내 발리넌 선장이 그가 할 수 있는 유일한 방법으로 확실한 거절의 뜻을 표시했다. 선장은 무전기를 탱크의 지붕 위로 던져 올리더니 자신도 뛰어올랐으며, 새로 얻은 물건들을 자기를 대신해 탱크 위로 계속 올리라고 부하들에게 명령했다. 거인들은 잠시 당황하여 어찌할 바를 모르는 것 같았다. 그러더니 곧 몸을 돌려 좁은 문으로 사라져버렸다.

발리넌 선장은 전보다 훨씬 더 불안해져서, 새로이 얻은 물건들을 받아 차곡차곡 정리하면서도 건물의 문들을 계속 감시하듯 지켜보았다. 그러나 위험은 그 건물 쪽에서 온 것이 아니었다. 그것을 본 자는 하스였다. 하스는 매우 부피가 큰 물건 꾸러미 하나를 던져 올리기 위해 원주민들을 모방하여 동료들 위로 몸을 반쯤 들어 올린 자세였다. 그러다가 우연히 그들이 타고 내려온 수로의 뒤쪽을 보게 되었다. 그리고 항상 찰스를 펄쩍 뛰어오르도록 놀라게 하는 고주파 비명을 질렀다. 이어서 지구인에게는 아무 의미를 갖지 못하는 고함을 비명과 함께 내질렀다. 발리넌 선장은 의미를 이해했고, 쳐다보았으며, 찰스가 그 의미의 핵심을 충분히 이해할 수 있는 영어로 말했다.

"찰스! 뒤쪽을 봐요! 어서 피해요!"

찰스는 돌아보자마자 이 도시의 기묘한 구조를 단박에 이해했다. 탱크 크기의 반은 되는 거대한 바위가 골짜기의 가장자리에 있던 제 위치에서 이동하여, 지금은 탱크가 지나온 수로의 커다란 입 부분 바로 위쪽에 놓여 있었다. 그리고 바위가 굴러오기 시작했다. 수로를 따라 천천히 높아지는 주위 벽들이 탱크가 따라온 바로 그 길을 따라 바위 덩어리를 똑바로 인도했다. 바위는 여전히 8백 미터 정도 떨어진 까마득히 높은 곳에 있었지만, 지구의 세 배에 이르는 중력을 가진 이곳에서 더욱 큰 가속도를 받으며 아래로 내려올수록 매 순간 속도가 증가하고 있었다!

8
고소공포증 극복

속도에 관한 한, 피와 살이 있는 살아 있는 생물은 나름의 한계가 있는 법이다. 그리고 찰스는 새로운 한계를 시험해야 할 찰나였다. 그는 바위의 도착 시각을 알아내려고 미분 방정식을 풀며 그 자리에 멈춰 있지는 않았다. 엔진을 가동하고는 아슬아슬한 순간에 탱크를 90도 각도로 틀었다. 그리고 그 거대한 운동체가 그를 향해 오도록 인도해주는 수로의 입구에서 벗어났다. 그리고 나서야 비로소 이 도시의 구조에 대해 진심으로 감탄하게 되었다. 알아차린 바와 같이, 수로들은 중앙의 공터로 직접 향하지 않았다. 대신에 너무나 잘 배열된 나머지, 적어도 두 개의 수로는 바위 하나를 광장 내의 어느 지점에든지 내려보낼 수 있었다. 그 행동으로 첫 번째 공격을 피할 수는 있었지만, 원주민들은 그 정도는 이미 예측하였던 모양이었다. 더 많은 바위가 이미 각 수로를 따라 내려오고 있었다. 잠시 찰스는 사방으로 주위를 둘러보았다. 그러나 끔찍한 낙하체 중 하나라도 피할 수 있을 법한 지점을 찾는 데는 실패했다. 찰스는 탱크의 기수를 수로 중 하나로 돌리고 언덕 위로 올라가기 시작했다. 그 수로에도 바위 하나가 내려오는 중이었다. 발리넌 선장에게는 그중에서도 가장 커 보이는 바위였으며, 매초 점점 더 커지는 것 같았다. 선장은 이 날것이 미친 게 아닌가 의심하며 탱크 위에서 뛰어내리려는 자세를 취했다. 그런데 자신의 성대로 내는 어떤 소리보다도 큰 폭음이 옆에서 들려왔다. 만일 발리넌 선장의 신경 체계가 대부분의 지구 생물처럼 반응했다면, 언덕 높이의 반은 펄쩍 뛰어올랐을 것이다. 그러나 그들 종족이 놀랐을 때 나타내는 반응은 꼼짝없이 얼어붙는 것이었다. 따라서 다음 몇 초 동안은 탱크의 지붕에서 그를 떼어내려면 중장비를 동원해야 할지도 몰랐다. 4백 미터 떨어진 곳에서 돌진해 오던 바위의 50미터 앞쪽에서 수로가 불꽃과 먼지를 일으키며 폭발했다. 찰스가 가져온 폭탄의 뇌관은 가볍게 스치는 정도의 충격에도 즉각 반응할 정도로 민감했다. 폭탄은 먼지 구름 속으로 돌진해 들어갔고 순식간에 다시 화염이 솟아올랐다. 이번에는 여섯 차례의 폭발음이 구분할 수 없을 정도로 연속해서 들려왔다. 이제 크기가 반 정도로 줄어든 바위가 먼지 구름 속에서 모습을 드러냈다. 어떻게 말해도 더는 구형이라고 할 수 없는 모양이었다. 폭탄의 에너지가 바위의 운동을 거의 정지시켰다. 남은 운동에너지는 탱크에 도착하기 오래전에 마찰력이 해결해주었다. 너무 많이 깎이고 파여서 더 구를 수가 없었던 것이었다.

그 수로에는 굴리려고 대기하던 바위들이 더 있었다. 그러나 내려오지 않았다. 거인들은 새로운 상황을 신속하게 분석할 능력이 있는 모양이었다. 그리고 그들의 방법으로는 탱크를 파괴할 수 없음을 이해한 것이었다. 찰스는 다음에는 원주민들이 어떻게 공격해올지 알 도리가 없었으나, 가장 분명한 가능성은 아마도 육탄 공격일 것 같았다. 원주민들은 확실히, 혹은 거의 확실히, 발리넌 선장만큼이나 쉽게 탱크 위로 올라올 수 있을 것이다. 그러고는 무전기뿐 아니라 팔았던 물건을 모두 되찾아 갈 것이다. 선원들이 어떻게 막을지는 알 수 없었다. 찰스는 이 생각을 발리넌 선장에게 말했다.

"사실 그들이 그런 시도를 할 수도 있습니다." 발리넌 선장이 대답했다. "그러나 탱크를 타고 위로 올라가려고 한다면, 우린 쳐서 떨어뜨릴 겁니다. 점프하려고 한다면, 우린 곤봉을 가지고 있습니다. 공중에 떠 있는 동안에 한 방 맞는다면 누가 당할 수 있겠습니까?"

"그러나 당신이 한 녀석을 막는 동안, 사방에서 떼를 지어 한 꺼번에 공격해오면 어떻게 하죠?"

"난 혼자가 아닙니다." 다시 한 번, 메스클린인에게는 미소를 의미하는 집게손 동작이 나왔다.

찰스는 머리를 위로 쳐들어야만 조그맣고 투명한 전망용 돔을 통해 지붕 위를 볼 수 있었다. 헬멧을 쓰고 있는 경우에는 그런 동작을 취할 수도 없었다. 결론적으로 그는 거인들이 발리넌 선장의 부하들을 공격했을 때, 그 간단한 '전쟁'의 결과를 보지 못하고 말았다.

불운한 부하들은 최초로 선장이 탱크 위에 타고 있는 모습을 보았을 때만큼이나 충격적인 상황에 직면해 있었다. 몸 위로 '떨어지는' 물체를, 그것도 아주 무거운 물체를 보았다. 당시 선원들은 광장에 연결된 한 수로의 수직 벽에 둘러싸여 있던 참이었다. 벽을 타고 기어오르는 것은 생각도 할 수 없는 일이었다. 메스클린의 겨울 폭풍 속에서도 그들을 지면에 잘 붙어 있게 해주었던 빨판 같은 발이 그 작업에서도 똑같이 적절한 효력을 발휘하겠지만 말이다. 그리고 이제는 선장이 하는 것을 여러 번 보기도 했지만, 점프한다는 것 역시 내키지 않기는 마찬가지였다. 그러나 육체적으로 불가능한 건 아니었다. 마음이 기대에 부응하지 못하면 때로는 몸이 자발적으로 판단하는 경향이 있다. 그래서 두 명을 제외한 선원 전원이 점프했다. 남은 둘 중 한 명은 '집'의 벽을 기어오르는 쪽을 택했다. 그는 빠르고도 멋지게 해냈다. 나머지 한 명은 첫 번째로 위험을 발견했던 하스였다. 아마도 뛰어난 육체적 힘에 대한 자신감 탓으로 다른 이들보다 공포에 느리게 반응한 모양이었다. 이유야 어찌 됐든 간에, 농구공만 한 크기의 바위 하나가 정확히 그의 몸 위로 날아왔을 때, 그는 여전히 지면 위에 있었다. 그 바위는 같은 부피의 생고무에 부딪히는 것과 충격이 비슷했다. 작은 메스클린인의 보호 '껍질'은 화학적으로나 물리적으로나 지구상에 있는 곤충들의 키틴질과 유사한 물질로 이루어져 있었다. 그리고 메스클린 행성의 다른 일반적인 생태군에 상응하는 수준의 경도와 신축성을 보유했다. 바위는 3g의 중력을 이기고, 바위를 굴렸던 수로벽을 완전히 넘기며 공중으로 8미터나 되튀어 올랐다. 그러고는 맞은편 수로 벽에 비스듬히 부딪히더니 다시 튀어 올랐다가 벽으로부터 털털거리며 떨어져 나가 운동에너지가 허락하는 데까지 새로운 수로로 굴러가서는 그곳에 빠졌다. 그 바위가 느린 속도로 공터에 돌아왔을 즈음에는 움직임이라고 할 만한 것은 완전히 끝난 상태였다. 하스는 광장에 남은 유일한 선원이었다. 나머지 대원들은 무서워했던 점프 기술에 어느 정도 익숙해지자 이미 탱크의 꼭대기, 즉 선장의 옆에 도달했거나 그곳으로 빠르게 다가가는 중이었다. 벽을 타고 올랐던 선원조차도 좀 더 빠른 도약으로 이동 방식을 바꾸었다.

이 행성의 기준으로 보아도 믿을 수 없을 정도로 튼튼한 신체를 지닌 하스조차도 방금 받아낸 종류의 징벌을 아무런 상처 없이 이겨낼 수는 없었다. 물론 호흡이 끊어지진 않았다. 허파가 없으니 당연한 일이지만. 어쨌든 하스는 긁히고 멍이 들었으며 충돌로 머리가 아찔해져서 족히 1분은 지난 뒤에야 몸을 추스르고 탱크에 다가가려고 시도할 수 있었다. 하스가 도중에 또 공격을 받지 않은 이유는, 찰스도 발리넌 선장도 하스 자신도 정확히 설명할 수가 없었다. 그런 공격을 받고 난 다음에도 하스가 움직일 수가 있었다는 사실에 도시 주민들은 또 한 번 시도할 생각을 아예 지워버릴 정도로 겁을 먹었을 거라고 지구인은 생각했다. 메스클린인의 심리에 대해 좀 더 정확하게 알고 있던 발리넌 선장은 그들이 죽이는 일보다는 훔치는 일에 관심이 있으므로, 혼자 남은 선원을 공격한다 해도 아무런 이득이 되지 않는다고 판단했으리라 생각했다. 이유야 어찌 되었든 간에, 하스는 늦지 않게 정신을 차리고 마침내 동료들과 합류했다. 찰스는 방금까지 일어난 일을 그제야 알아차리고는 멈춰 서서 하스를 기다리고 있었다. 하스가 탱크에 도착하자 선원 두 명이 지붕 위에서 내려와 그를 지붕 위로 던져 올려주어야만 했다. 지붕 위의 나머지 선원들이 즉각 응급 치료를 실시했다.

모든 승객이 안전하게 올라타기는 했으나, 너무 비좁은 탓으로 몇몇은 지붕의 가장자리에까지 밀려나는 바람에 난생처음 얻은 높이에 대한 냉정함이 다시 한 번 시험대에 올랐다. 찰스는 다시 언덕 위로 올라가기 시작했다. 그리고 선원들에게 포문에 너무 가까이 다가가지 말라고 경고하고 대포를 앞쪽을 향한 채로 계속 전진했다. 꼭대기에서는 아무런 움직임도 없었으며, 더 이상 떨어지는 바위도 없었다. 공격했던 원주민들은 도시로 통하고 있을 것이 분명한 지하 터널로 후퇴한 것이 확실했다. 그렇다고 다시 나오지 않으리라는 의미는 아니었다. 따라서 탱크 안과 위에 있는 모든 이들은 어떤 움직임이라도 놓치지 않겠다는 듯 날카로운 감시의 눈길을 놓지 않았다.

지금 타고 올라가는 수로는 내려왔던 수로와는 달랐다. 결과적으로 썰매가 있는 곳에 곧장 도달하지는 않았다. 그러나 탱크의 높이 탓으로 꼭대기에 다 올라가기도 전에 이미 어느 정도는 브리호가 시야에 들어왔다. 남겨두고 온 선원들은 여전히 그곳에 있었다. 모두 걱정이 가득한 눈으로 도시 쪽을 내려다보고 있긴 했지만 말이다. 바보처럼 사방을 잘 살피지 않는다고 돈드래그머가 모국어로 투덜거렸다. 발리넌 선장이 지구어로 그 말을 과장해 반복해주었다. 그러나 걱정은 부질없음이 드러났다. 탱크는 두고 온 썰매에 무사히 도착했고, 더 이상의 방해 없이 단단히 썰매와 탱크가 연결되었다. 다시 여행을 시작한 찰스는 마을의 거인들이 탱크가 가진 대포의 능력을 과대평가했음이 분명하다고 결론지었다. 그들이 상당히 가까운 위치에서 공격한다면, 예를 들면 바윗돌을 언덕 아래로 굴린 이들이 몸을 숨기고 있었을 것이 분명한 은밀한 터널 입구에서 불쑥 나타나 공격한다면 찰스의 무기는 무용지물이었을 것이었다. 고성능 폭발물도 테르밋도, 브리호나 브리호의 선원들이 가까이 있는 한 결코 사용할 수가 없기 때문이었다.

내키지는 않았지만, 찰스는 브리호가 동쪽 바다에 도착할 때까지는 더 이상 모험을 하지 말아야겠다고 결심했다. 찰스가 이러한 결심을 말하며 의견을 묻자, 발리넌 선장은 비록 마음속으로 다 찬성하는 것은 아니었지만 알았다고 동의했다. 날것이 자는 동안, 자신과 부하들은 따로 모험할 수 있을 테니까.

원정대가 다시 여정을 시작하고, 중단된 여정 동안 얻은 상당한 수확물을 메스클린인들이 도약해 가며 탱크의 지붕 위에서 배로 옮겨 싣는 동안 찰스는 투리에 연락을 취했고, 무슨 일을 겪었는지에 대해 로스텐 박사에게 말했다. 찰스는 이미 각오했던 꾸짖음에 겸허하게 귀를 기울이다가, 꽤 많은 식물 표본을

얻었으니 컨테이너를 내려보낸다면 곧 가져갈 수 있다고 말함
으로써 잔소리를 잠재웠다.

로켓이 메스클린인들의 신경계를 어지럽히지 않을 만큼 충분
히 멀찍이 떨어져서 앞쪽에 착륙하였다. 찰스 일행이 다가가 교
환을 마치고 로켓 이륙 시 일어나는 돌풍의 영향권에서 벗어나
려고 다시 멀어져 갈 때까지 상당히 많은 날이 지나갔다. 로켓
이 착륙한 지점을 제외하면 그동안은 비교적 길이 고르지 못했
다. 약 3, 4킬로미터마다 바위로 둘러싸인 높은 언덕이 눈앞에
나타났다. 그러나 원정대는 주의 깊게 그것들을 피해서 나아갔
다. 도시의 외곽에서 거인 종족이 눈에 띈 적은 한 번도 없었다.
찰스는 그 사실에 상당히 신경이 쓰였다. 거인들이 어디서 어떻
게 식량을 얻는지 상상이 되지 않았다. 집중할 일이라고는 비교
적 지루한 운전밖에 없었으므로, 찰스는 그 이상한 생물에 대해
많은 가설을 세워볼 수 있었다. 때때로 그 가설 중 몇 가지를 발
리넌 선장에게 말해주기도 했지만, 그의 작은 친구는 어느 가설
이 옳을지를 결정하는 데는 별 도움이 되지 않았다. 찰스 역시 그
리 큰 기대를 한 것은 아니었다.

한 가지 가설 때문에 찰스는 마음이 상당히 불편했다. 그는
왜 거인들이 도시를 그런 방식으로 건설했는지 의아했다. 탱크
나 브리호가 올 것을 예상하고 대비한 것은 아닐 것이다. 근처
의 비슷한 언덕도 같은 종족이나 타 종족의 침입을 막기 위한
것치고는 너무나 비실용적으로 보였다. 이웃의 종족들도 비슷
한 도시 구조를 보유하고 있으니, 상대를 놀라게 하는 것은 있

을 법하지 않은 일이었다.

한 가지 설명은 가능했다. 단지 하나의 가능성일 뿐이었다. 이 가설은 도시의 설계에 대해, 그리고 도시 외곽에 원주민이 하나도 없는 이유에 대해 설명해줄 수 있을 것 같았다. 도시 인근에 경작지로 짐작되는 어떤 장소도 보이지 않은 이유도. 이것은 수많은 가정이 포함된 가설이었다. 찰스는 이 가설에 대해 발리넌 선장에게 말하지 않았다. 그 가설이 이토록 멀리까지 아무 공격도 받지 않고 전진해 온 사실을 설명하지 못하기 때문이었다. 그 가설이 옳다면, 지금쯤 상당한 양의 폭탄을 사용해버렸어야 했다. 그래서 그는 아무 말도 하지 않았고, 단지 눈을 크게 뜨고 주위를 열심히 살필 뿐이었다. 그러나 하스가 부상을 입었던 도시로부터 약 3백 킬로미터 정도 전진한 즈음의 어느 날, 대열의 앞쪽에 있던 조그만 언덕이 코끼리처럼 굵은 다리 위로 갑자기 불쑥 솟아올랐다. 약 6미터 길이의 목 위에서 머리를 한껏 치켜들고 오랫동안 가만히 이쪽을 응시하고 있던 그것이 마침내 자신을 향해 다가오는 탱크와 마주하기 위해 육중한 몸을 어색하게 움직이며 다가오는 광경을 보고도 찰스는 기절할 것처럼 놀라지는 않았다.

그 순간 발리넌 선장은 언제나처럼 지붕 위에 있지는 않았지만, 찰스의 호출에 즉시 응답해왔다. 지구인은 탱크를 정지시켰다. 괴물의 현재 속도로 판단할 때 그들에게 당도할 때까지는 행동 방침을 결정할 몇 분의 시간 여유가 있었다.

"발리넌 선장님, 저런 녀석을 본 적은 한 번도 없겠지요. 이 행성의 생물들이 다 그렇듯이 저 녀석도 상당히 단단한 피부 조직을 가지고 있을 테지만, 저렇게 큰 몸을 적도에서 먼 곳까지는 끌고 가지 못했을 테니까 말이에요."

"맞습니다. 한 번도 본 적이 없습니다. 심지어 들어본 적도 없습니다. 그리고 저 녀석이 위험할지 어떨지도 잘 모르겠습니다. 직접 알아내고 싶은 생각도 없지만 말입니다. 하지만 저건 '고기'입니다. 어쩌면….."

"만일 저것이 육식성일지 초식성일지에 관해서 묻는 의미라면, 난 육식성이라는 데 걸겠어요." 찰스가 선장의 말을 가로챘다. "초식동물이 어떤 사물을 보자마자 자신보다 훨씬 커다란 물체를 향해 씩씩하게 다가오는 것은 아주 특이한 일이에요. 만일 저 녀석이 이 탱크가 자기네 종족의 암컷이라고 생각할 만큼 멍청하지 않다면 말입니다. 글쎄, 그렇게 멍청할지는 상당히 의심스럽군요. 또한 난 거인들이 자신들의 도시를 벗어나지 않은 이유와 그런 효과적인 덫을 도시 내부에 건설한 이유가 어떤 대형 육식 동물의 존재 때문이 아니었나 생각하던 참이에요. 그들은 아마도 언덕 꼭대기에 다가온 저런 녀석에게 자신들의 모습을 슬쩍 보이며 골짜기의 바닥으로 유인해서(우리에게 그랬듯이 말입니다) 탱크에 그랬던 것처럼 바위를 굴려 죽이는 전략을 취하는 것 같습니다. 현관 앞에 고기를 배달시키는 방법이지요."

"아마 당신 말이 다 맞을 겁니다. 하지만 지금은 그런 문제를 걱정할 시간이 없습니다." 발리넌 선장은 약간 초조해하며 말을 이었다. "저 녀석을 어떻게 처리하면 좋을까요? 바위를 박살 냈던 무기를 쓰면 죽일 수는 있을 겁니다. 하지만 그러고 나면 우리가 갈무리할 고기는 별로 남지 않을 겁니다. 반면, 우리가 그물을 가지고 앞으로 나서면 우리에게 문제가 생겼을 경우 당신이 그 무기를 안전하게 사용하기에는 너무 접근해 있을 것으로 생각합니다."

"그물을 가지고 저만한 크기의 동물을 사냥할 수 있다는 말인가요?"

"물론입니다. 우리 그물은 저 녀석을 옭아 넣을 수 있습니다. 확실합니다. 그물을 녀석에게 씌울 수만 있다면 말입니다. 문제는 녀석의 다리가 너무 커서 포획망 안에 들어가지 않는다는 것입니다. 게다가 우리가 보통 먹이를 그물 속으로 몰아넣을 때 쓰는 방법은 이 경우에는 잘 통하지 않을 것 같군요. 어떻게든 녀석의 몸뚱이와 사지를 그물로 에워싸야 할 것 같습니다."

"생각하는 방법이 있나요?"

"없습니다. 어쨌든 그런 생각을 해볼 시간도 별로 없을 겁니다. 녀석이 금세 당도할 테니 말입니다."

"뛰어내려서 썰매를 풀어내세요. 원한다면 내가 탱크를 앞으로 몰고 가 녀석을 잠시 붙들어둘게요. 나중에 녀석을 어떻게 잡을지 결정이 나면 내가 대포를 사용하는 상황까지 가기 전에 습격해야 할걸요."

발리넌 선장은 갑판의 후미에 연결된 매듭을 풀어내고, 견인 밧줄을 탱크에 연결해주는 갈고리를 단 한 번의 숙련된 동작으로 풀어내는 등 그 제안의 첫 번째 부분에 대해서 아무런 망설임이나 반론을 제기하지 않고 재빨리 실행에 옮겼다. 작업이 끝났다고 찰스에게 목청껏 고함을 한번 지르고 나서, 선장은 브리호 위로 올라가 재빨리 부하들에게 이 새로운 상황에 대해 자세히 설명했다. 발리넌 선장이 말을 마쳤을 즈음에는, 선원들도 그 광경을 직접 볼 수가 있었다. 날것이 탱크를 앞으로, 그리고 약간 옆으로 움직였기 때문에 그들의 시선이 거대한 동물에게 막힘없이 닿을 수 있었던 것이었다. 잠시, 선원들은 탱크가 살아 있는 적을 다루는 모습을 엄청난 흥미와 약간의 놀라움을 품고 쳐다보았으나, 공포라 할 만한 감정은 느끼지 않았다.

생물은 기계가 계속 자신을 향해 다가오자 멈춰 섰다. 괴물은 머리를 지면 위 1미터 정도까지 내렸다. 긴 목으로 처음에는 한쪽을, 다음에는 그 반대쪽을 크게 두리번거렸고, 여러 개의 눈으로 모든 가능한 각도에서 상황을 포착하려는 것 같았다. 녀석은 브리호에는 아무 주의도 기울이지 않았다. 조그만 몸집을 가진 선원들의 움직임을 알아차리지 못했거나, 탱크를 더 시급한 골칫거리로 여기는지도 몰랐다. 찰스가 적의 한쪽 옆구리를 향해 움직이자, 녀석은 탱크를 계속 정면으로 마주 보기 위해 탱크의 움직임을 따라 그 거대한 몸집을 계속 회전했다. 지구인은 녀석을 완전히 반대 방향인 180도로 회전시켜보면 어떨까 잠시 생각했다. 그러면 브리호와는 반대쪽을 향하게 될 것이다. 하지만 그렇게 되면 만일 불가피하게 대포를 사용해야 할 경우 브리호가 포탄이 날아가는 선상에 놓이게 되는 점을 기억해냈다. 그래서 찰스는 썰매가 괴물의 오른편에 위치하게 되었을 때 몸 주위를 돌던 것을 멈췄다. 안구 배열이 저런 모양이라면 녀석은 브리호 근처에서 일어나는 움직임을 정면으로 향했을 때와 마찬가지로 볼 수 있을 가능성이 크다고 찰스는 추측했다. 심지어 뒤쪽이라도.

찰스는 다시 한 번 괴물을 향해 다가갔다. 괴물은 찰스가 자신의 몸 주위를 돌던 것을 멈추자 땅에 배를 붙이고 엎드려 있던 참이었다. 녀석은 다시 한 번 수많은 다리로 딛고 일어나, 머리를 몸통 속으로 거의 완전히 집어넣었다. 분명 방어 자세인 것 같았다. 찰스는 다시 탱크를 멈추고 카메라를 들고 사진을 여러 장 찍었다. 녀석이 공격을 감행할 기미가 전혀 없자, 찰스는 1, 2분 동안 계속 이리저리 녀석을 관찰하고만 있었다.

괴물의 몸은 지구의 코끼리보다 약간 컸다. 지구에서라면, 아마 10톤 정도는 될 것 같았다. 그리고 전체 몸무게는 열 쌍의 다리 위에 공평하게 분산되어 있었다. 다리들은 짧았으며 엄청나게 굵었다. 찰스는 괴물이 이미 보여준 것보다 더 빨리 움직일 수 있을지 의심스러웠다.

찰스가 계속 그대로 기다리자, 괴물은 좀이 쑤시는지 조금씩 움직이기 시작했다. 머리는 몸통 속에서 약간 튀어나와, 마치 다른 적이 또 없나 살피려는 듯 앞뒤로 두리번거리기 시작했다. 녀석의 주의가 지금은 무방비 상태로 놓인 브리호나 선원들에게 향하는 것이 두려워진 찰스는 탱크를 전방으로 60센티미터 정도 더 이동시켰다. 이 적대적인 행동에 녀석은 다시 방어 자세를 취했다. 이 일이 여러 번 반복되었다. 그리고 각 과정의 간격은 계속 짧아졌다. 찰스의 위협 공격은 태양이 서쪽 언덕 너머로 가라앉을 때까지 계속되었다. 하늘이 점점 어두워지자, 괴물이 한밤에도 기꺼이 전투를 수행하려 하거나, 혹은 수행할 능력이 있는지를 알지 못하는 찰스는 탱크의 전등을 전부 켜 상황 변화를 조금이라도 막아보고자 했다. 적어도 그렇게 하면, 녀석이 설령 새롭고 미묘한 상황에 당당히 맞설 의도가 충분하다고 해도, 빛이 나오는 곳 너머의 어둠 속 물체는 보지 못할 것이다.

녀석이 전등 빛을 좋아하지 않는 것은 그야말로 자명했다. 괴물은 주 스포트라이트에서 나오는 빛이 눈 속을 찌르고 들어오자 여러 번 눈을 깜박였다. 찰스는 녀석의 거대한 동공이 수축하는 것을 볼 수 있었다. 그런 다음 괴물은, 탱크 지붕 위에 있는 스피커를 통해 울부짖는 듯한 소리를 전달하며 1미터가량 앞쪽까지 미친 듯이 뒤뚱거리며 다가와 탱크에 몸을 부딪혔다.

찰스는 자신이 그렇게 괴물에게 가까이 접근했다는 것을 알지 못했다. 아니, 더 정확히 말하자면, 녀석이 그렇게 멀리까지 몸을 뻗을 수 있다는 사실을 몰랐다. 처음에 생각했던 것보다 훨씬 길었던 그 목은 이제 완전히 제 길이로 뻗어 나와 거대한 머리통을 앞쪽 그리고 약간 옆쪽으로 운반했다. 녀석은 완전히 뻗은 머리를 약간 기울이더니 옆쪽으로 내리쳤다. 거대한 이빨 하나가 탱크의 외벽에 소리를 내며 충돌했고 주 스포트라이트가 그 순간 나가버렸다. 또 한 번의 소름 끼치는 쉭쉭 소리가 들려오며 이 괴물의 머리 어느 부분이 곧 불빛이 나오는 곳을 찾아 탱크 외벽을 향해 날아오리라는 것을 암시했다. 찰스에게는 자세히 상황을 분석할 시간이 없었다. 그는 선실의 전등을 끄면서 서둘러 후진했다. 상아만 한 이빨이 방금 상부 외벽에 가한 것 같은 힘으로 선실 부분을 내려치는 것은 원하지 않았다. 이제 탱크의 전방 아래쪽에 있는 야간등 몇 개만이 유일하게 주변을 비추고 있었다. 용기를 얻은 괴물은 다시 앞쪽으로 돌진해 와 야간등 중 하나를 쳤다. 지구인은 그것마저 없으면 완전히 장님이 될 판이므로 감히 야간등을 끌 엄두를 내지 못했다. 찰스는 무전기로 다급한 구조 신호를 보냈다.

"발리넌 선장! 그물은 준비되었나요? 당신이 빨리 행동에 나서지 않으면, 나는 고기야 어찌 되든 이 괴물에게 대포를 사용해야 할 것 같거든요. 내가 발포하면 당신들은 멀찍이 떨어져야 할 거예요. 녀석이 너무 가까이 다가와 있어서 강력한 폭탄은 탱크까지 피해를 주게 됩니다. 그래서 테르밋을 사용할까 해요."

"그물은 준비가 덜 되었습니다. 하지만 당신이 괴물을 몇 미터만 뒤쪽으로 유인한다면, 녀석은 배에서 바람이 불어가는 쪽에 위치할 겁니다. 그러면 놈을 처리할 다른 방법이 있습니다."

"좋아요." 찰스는 다른 방법이 무엇인지 알지 못했다. 그게 무엇이든 그 방법의 효력에 대해서도 상당히 미심쩍었다. 그러나 후퇴를 해 선장이 만족한다면 얼마든지 협조할 준비가 되어 있었다. 발리넌 선장의 무기가 탱크를 위험하게 할 수도 있다는 생각을 찰스는 단 한 순간도 하지 않았다. 역시 당연한 일이지만, 아마도 발리넌 선장 역시 그런 생각을 하지 않았을 것이다. 지구인이 신속하게 반복적으로 후퇴한 덕분에, 대체로 상아가 탱크의 외피에 닿지 않게 할 수 있었다. 한편 괴물은 이런 상황에서 효과적인 선제공격을 펼칠 만한 지능은 없어 보였다. 이 2, 3분간의 후퇴는 발리넌 선장을 상당히 만족시켰다.

발리넌 선장 역시 그동안 바빴다. 결투 중인 괴물과 탱크를 향해 바람이 불어가는 쪽의 뗏목 위에는, 바람통과 대단히 비슷한 네 개의 장치가 설치되었고 바람통의 분출구 위에는 커다란 깔때기가 있었다. 이제 각 바람통에 선원 두 명씩 배치되었고, 선장의 신호가 떨어지자 최대의 힘으로 펌프질하기 시작했다. 동시에, 세 번째 선원들이 깔때기를 조작하여 분출구에서 나오는 공기의 흐름에 미세한 가루를 실어 보냈다. 이 가루는 바람에 실려 전투 중인 괴물과 탱크 쪽으로 날아갔다. 어두워서 가루가 제대로 날아가는지 알아내기가 어려웠으나 바람에 대한 발리넌 선장의 판단은 옳았다. 펌프질을 시작한 지 얼마가 지나자, 그는 갑자기 또 하나의 명령을 내렸다.

깔때기를 다루는 선원들은 즉시 각자 배치된 바람통의 분출구에 어떤 조치를 가했다. 그러자 화염 구름이 포효하듯 브리호에서 아래쪽으로 퍼져 나와 불길이 괴물과 탱크를 뒤덮었다. 브리호의 선원들은 이미 방화 시트 뒤에 몸을 숨기고 있었다. 화염 무기의 사수들도 무기의 일부를 이루는 장막 뒤에 숨었다. 그러나 쌓인 눈 사이에서 싹을 틔운 초목들은 불구름을 견딜 만큼 키가 크지도, 군집해 있지도 않았다. 찰스는 발리넌 선장에게 한 번도 가르친 적이 없던 지구어를 황급히 쏟아내면서 현창 유리가 무사하기를 기도하며 불구덩이로부터 뒤쪽으로 물러났다.

피하느라 정신이 없었다는 점에서는 찰스와 마찬가지였으나, 괴물은 자기 통제력이 부족한 것 같았다. 녀석은 이리저리 피할 길을 찾아 좌충우돌하고 있었다. 불꽃은 탱크의 야간등 불빛에 반짝이는 희고 짙은 연기구름을 남기고 몇 초 안에 다 꺼졌다. 그러나 짧은 화재가 그렇게도 대단한 효력을 발휘했든지, 아니면 연기가 불꽃과 마찬가지로 치명적이었든지 간에, 괴물의 혼란스러운 동작은 점점 심해졌다. 다리에 힘이 빠져 거대한 몸통을 지지할 수 없게 되자, 괴물의 방향성 없는 발걸음은 점점 더 짧고 힘이 없어졌다. 그러고는 이내 비틀거리며 한쪽으로 넘어져버렸다. 긴 목이 짧아졌다가 다시 쭉 늘어나기를 반복하는 동안, 다리들은 미친 듯이 버둥거렸다. 엄니가 난 머리는 허공에서 미친 듯이 이리저리 움직이다가 지면에 부딪히기를 반복했다. 해가 다시 뜰 무렵이 되자 남아 있는 유일한 움직임은 때때로 머리나 다리를 실룩거리며 경련하는 것뿐이었다. 1, 2분 정도가 더 지나자, 거대한 생물의 움직임이 모두 정지했다. 브리호의 선원들은 이미 배 위에서 내려, 눈이 땅에서 끓어올랐던 어두운 지면을 지나 노획한 고기에 접근했다. 죽음의 흰 구름은 이제 바람이 불어가는 쪽으로 멀리 밀려가면서 지면에 차츰 가라앉고 있었다. 찰스는 구름이 지나간 자리에서 눈 위에 '검은' 먼지의 흔적을 발견하고는 깜짝 놀랐다.

"발리넌 선장님, 도대체 불구름을 만드는 데 사용한 물질이 뭐지요? 그 물질이 혹시라도 이 탱크에 나 있는 창을 통해 스며들지도 모른다는 생각은 전혀 하지 않았습니까?"

선장은 배 위에 남아 있기는 했으나, 무전기에 가까이에 있었기에 그 말에 답을 보내주었다. "미안합니다. 찰스. 당신네의 창이 무엇으로 만들어졌는지 몰랐습니다. 그리고 우리의 불꽃 구름이 그 위대한 기계에 조금이라도 위험이 되리라고는 꿈에도 생각하지 않았습니다. 다음번에는 좀 더 조심하겠습니다. 이 연료는 어떤 식물에서 얻은 가루입니다. 원래는 상당히 큰 결정 상태인데, 우리가 그걸 아주 조심히 분쇄해 가루로 만들었습니다. 그러고는 빛이 전혀 닿지 않는 곳에 보관했습니다."

찰스는 이 정보를 소화하면서 천천히 고개를 끄덕였다. 화학 지식이 풍부하지는 않지만, 그 연료의 성질을 추측해낼 정도는 되었다. 빛으로 점화되고 수소 기체 속에서 흰 구름을 남기며 연소되며 눈 위에 검은 가루를 남긴다. 그가 아는 한 맞아떨어지는 물질은 한 가지밖에 없었다. 염소는 메스클린 행성의 기온에서는 고체이다. 염소는 수소와 격렬하게 결합하고, 이 결합한 염화수소는 가루 상태에서는 희게 보인다. 땅에서 끓어오른 메탄의 눈은 이 욕심 많은 원소에 수소를 빼앗기고 탄소만 남았을 것이다. 이 행성이 자랑하는 흥미로운 식물군이라니! 투리에 보고할 건수가 하나 더 생겼다. 아니, 이 정보는 다음에 또 로스텐 박사를 화나게 할 경우에 대비해 소중히 간직하는 것이 나을 것도 같았다.

"탱크를 위험에 빠뜨려서 정말 미안합니다." 발리넌 선장은 사과해야 할 것 같은 기분이 가시지 않는 모양이었다. "앞으로는 당신이 무기로 처리하는 것이 좋겠습니다. 아니, 당신이 우리에게 무기의 사용법을 가르쳐줄 수도 있겠군요. 그것도 무전기처럼 메스클린 행성 위에서 작동하도록 특별히 만들어진 것입니까?"

선장은 너무 속 보이는 제안이 아닌가 걱정되었으나, 그럴 만한 가치가 있었다고 결론지었다. 선장은 찰스가 대답 대신 미소를 짓는 것을 볼 수도 없었고, 혹 보았다 해도 그게 무슨 뜻인지 이해할 수도 없었을 것이다.

"아니요, 이 대포는 행성용으로 만들어지거나 개조된 것이 아니에요, 발리넌 선장님. 이곳에서는 잘 작동하지만 당신네 나라에서는 아무 쓸모가 없을 겁니다." 그는 계산자를 들고, 잠시 계산을 해본 다음 한마디 더 덧붙였다. "이 대포로 당신의 고향에서 쏘아 맞힐 수 있는 최대 거리는 약 50미터에 불과하겠군요."

발리넌 선장은 실망한 나머지 더 이상 아무 말도 하지 않았다. 죽은 괴물을 해체하는 데는 여러 날이 걸렸다. 찰스는 로스텐 박사의 노여움을 살 경우에 대비해 괴물의 두개골을 챙겼고, 대열은 다시 여행을 재개했다.

탱크와 뒤따르는 썰매는 매일 매일 조금씩 위쪽으로 향했다. 여전히 그들은 '바위 굴리기' 도시를 가끔 만나곤 했다. 두세 번은 로켓이 찰스의 식량으로 그들의 진로에 미리 갖다 놓은 짐을 싣기도 했다. 그들은 커다란 동물과도 빈번히 마주쳤다. 어떤 것들은 발리넌 선장의 불구름으로 잡은 녀석과 상당히 비슷했으나, 크기나 몸의 형태에서나 아주 다른 녀석들도 많았다. 찰스에게는 상당히 신기하게도, 거대한 초식동물 두 종류가 그물

망에 걸려 선원들에게 고기를 제공해주었다. 동물들의 몸 크기는 지구의 코끼리와 코끼리를 사냥하는 아프리카의 피그미 족만큼이나 차이가 컸다.

앞으로 나아갈수록 지형은 더욱 높아졌고, 고도가 높아짐에 따라, 간헐적으로 만났다 헤어졌다 하며 그들이 수백 킬로미터를 따라온 강은 강폭이 줄어들며 수많은 더 작은 지류로 나뉘었다. 지류 중 두 개는 건너기가 상당히 까다로워, 브리호가 썰매에서 내린 뒤 탱크와 남은 썰매가 강바닥을 지나 운전해 가는 동안 견인 밧줄에 매달려 강 위에 떠서 나아갔다. 그러나 곧 지류는 폭이 아주 좁아져 썰매를 냇물 위로 걸칠 수 있었고, 따라서 그런 식으로 지연되는 일은 더 이상 없었다.

마침내, 브리호가 겨울을 보낸 곳으로부터 2천 킬로미터, 적도에서 약 5백 킬로미터는 족히 되는 남쪽 지역에 이르자(찰스는 0.5g 증가한 중력 조건에서 허덕대고 있었다), 지류는 그들이 여행하는 방향을 따라 점점 더 넓어졌다. 찰스도 발리넌 선장도 우선은 확신할 수 있게 되기를 희망하며 며칠 동안은 그 점을 입에 올리지 않았다. 그러나 이제 동쪽 대양으로 이어지는 분수령에 다다랐다는 점에는 더 이상 의심의 여지가 없었다. 한 번도 떨어져본 적이 없는 선원들의 사기는 눈에 띄게 더욱 높아졌다. 이제는 언덕의 꼭대기에 도달할 때마다 첫 번째로 바다를 보는 사람이 되려는 희망을 품고 탱크의 지붕 위에 올라가는 선원 몇 명이 언제나 있었다. 때로 욕지기를 느낄 정도로 지친 찰스조차도 눈에 띄게 표정이 밝아졌다. 그가 그토록 안도하고 있었던 탓에 충격과 경악의 강도가 비례해서 커질 수밖에 없었다. 그들은 아무런 예고도 없이 벼랑의 가장자리에 다다랐다. 약 20미터 높이의 완전한 수직 낭떠러지가 까마득히 먼 곳까지 끝없이 뻗어 있었다.

9

절벽 너머로

오랫동안 침묵이 이어졌다. 이 여행을 위해 그렇게나 주의 깊게 사진을 연구해 지도를 만들었던 찰스와 발리넌 선장은 둘 다 너무나 경악한 나머지 말이 나오지 않았다. 어차피 결정권이 있는 것은 아니었지만, 선원들은 절벽을 한 번 흘끗 쳐다보고 나서는 이 문제는 선장과 선장의 외계인 친구에게 떠넘기기로 다 함께 뜻을 모았다.

"어떻게 이런 일이 일어날 수가 있습니까?" 처음 말을 꺼낸 사람은 발리넌 선장이었다. "그 사진들을 찍을 때 당신네 로켓의 고도와 비교하면 이건 그리 높다고 할 수 없겠지만, 황혼 무렵이라면 저 아래에 있는 땅에 긴 그림자를 만들었을 것이 아닙니까?"

"그래요, 발리넌 선장님. 우리가 이걸 알아차리지 못한 이유는 딱 한 가지밖에 없겠네요. 당신도 기억하겠지만, 각 사진은 이 지역을 수 제곱킬로미터씩 찍은 겁니다. 우리가 이 근처에서 볼 수 있는 모든 풍경은, 아니 그 너머까지의 풍경이 오직 한 장의 사진에 들어 있었던 거죠. 이 지역을 담았던 그 사진은 일출과 정오 사이에 찍힌 것이 틀림없어요. 그래서 그림자가 하나도 생기지 않은 겁니다.”

“그럼, 절벽이 한 장의 사진을 넘는 범위까지 뻗은 것은 아니란 말입니까?”

“아마 그럴 거예요. 하지만 그것도 추측일 뿐이죠. 이 지역과 연결되는 두세 장의 사진이 모두 오전에 찍혔을 수도 있으니까. 나는 촬영 로켓이 어떤 경로로 날았는지 모릅니다. 이건 내 상상이지만, 만일 로켓이 동서 방향으로 지났다면, 이 절벽 위를 여러 번 같은 시간대에 지났다고 해도 그리 드문 우연은 아닐 것 같군요.

아무튼, 그 문제로 골머리를 썩이는 것은 쓸데없는 시간 낭비예요. 어차피 절벽은 존재하고 있으니까요. 중요한 것은 어떻게 여행을 계속할 것인가 하는 거죠.”

또다시 오랜 침묵이 이어졌다. 두 친구에게는 놀랍게도, 그 침묵은 일등항해사가 깨뜨렸다. “위쪽에 있는 날것의 친구들에게 절벽이 얼마나 멀리 옆으로 뻗어 있는지 물어볼 수 없습니까? 너무 많이 돌아가지 않고서도 쉽게 내려갈 수 있는 지점이 있을지도 모르지요. 첫 번째 찍은 사진이 이 절벽을 빠뜨렸다면, 새로 사진 한 장을 더 찍는 건 어려운 일이 아닐 텐데요.”

발리넌 선장은 자기네 언어로 표현된 이 제안을 찰스에게 통역해주었다.

찰스는 눈썹을 추켜올렸다. "당신 부하는 지구어로 말하는 것이 낫겠습니다, 발리넌 선장님. 우리 대화의 마지막 부분을 이해할 만큼 우리말을 잘 알아듣는 것 같습니다. 아니면, 내가 모르게 그에게 설명할 수 있는 다른 의사소통 수단이라도 있는 겁니까?"

발리넌 선장은 일등항해사에게 몸을 돌렸다. 놀랍고도 혼란스러웠다. 선장은 찰스와의 대화를 돈드래그머에게 말해주지 않았던 것이다. 물론 날것의 말은 사실이었다. 일등항해사는 지구어를 약간 배웠다. 날것의 마지막 말도 약간은 사실이었다. 발리넌 선장은 벌써 오래전부터 자신들의 성대가 만들어내는 많은 소리가 지구인의 가청 범위를 벗어난다는 사실을 알고 있었다. 비록 그 이유를 알지는 못했지만 말이다. 잠시 발리넌 선장은 돈드래그머의 능력을 밝히는 것이 나을지, 아니면 의사소통의 비밀을 고백하는 것이 나을지, 아니 만일 충분히 빨리 이야기할 수만 있다면, 둘 다 숨기는 것이 나을지 고민하며 머뭇거렸다. 발리넌 선장은 결국 자신이 할 수 있는 최선을 선택했다.

"돈드래그머는 내가 생각했던 것보다 영리하군요. 돈드래그머, 자네가 날것의 언어를 좀 배운 것이 사실인가?" 발리넌 선장은 이 말은 지구어로 했다. 찰스가 들을 수 있는 음역이었다. 그러나 선장은 그 말에 자신의 언어를 아주 고음으로 덧붙였다. "사실을 말하도록 하게. 하지만 그들이 듣지 못하는 음역에서 우리가 대화할 수 있다는 것은 가능하면 오래 숨기고 싶어. 할 수 있다면, 지구어로 대답하게."

일등항해사는 그 말에 복종했다. 선장조차 추측하지 못할 어떤 자신만의 이유가 있었지만 말이다. "난 당신네 언어를 많이 배웠어요, 찰스 래클랜드. 당신이 반대하리라고는 생각지 않았는데요."

"전혀 반대할 생각 없어요, 돈드래그머. 아주 기쁩니다. 그리고 솔직히 놀라기도 했습니다. 당신이 내 기지를 방문했더라면 선장만큼이나 기쁘게 당신도 가르쳤을 것입니다. 당신은 혼자 힘으로 배웠으니, 이제 제발 우리의 토론에 동참해줘요. 조금 전의 제안은 그럴듯했습니다. 즉시 투리 기지에 연락해보죠."

달에 있는 교환수는 즉시 응답했다. 이제는 상근 담당자 한 명이 메스클린의 바깥 고리에서 떠다니는 여러 중계 기지를 통해 들어오는 탱크에서의 주요 송신을 위해 배치되어 있었기 때문이다. 담당자는 문제를 이해했으며 가능한 한 빨리 조사하겠다고 약속했다.

그러나 '가능한 한 빨리'라는 것은 메스클린의 기준으로 상당히 여러 날이 지난 뒤를 의미하는 것이었다. 기다리는 동안 찰스와 선장, 그리고 일등항해사는 적당한 거리 내에서 절벽이 완만한 경사를 그리지 않을 경우에 대비해 다른 계획을 짜느라고 고심했다.

발리넌 선장에게는 걱정스럽게도, 한두 명의 선원이 기꺼이 절벽을 뛰어내릴 의사가 있다고 알려왔다. 이제 높은 곳을 오르거나 점프하는 일이 필요하면 모두 기꺼이 응하게 되기는 했지만, 발리넌 선장은 높이에 대한 공포를 완전히 잊어서는 안 된다고 느끼고 있었다. 찰스는 그 무모한 친구들을 설득하게 도와달라는 요청을 받고, 절벽 높이인 20미터에서 떨어지면 그들의 고향에서는 30센티미터 높이에서 추락하는 것과 같다고 계산해 주어 겨우 그들을 말릴 수 있었다. 찰스의 설명에 선원들은 어린 시절의 기억을 충분히 되살리고 그런 생각을 순순히 포기했다. 발리넌 선장은 뒤에 그 사건을 곰곰이 생각해보고는, 지금까지의 자신의 가치 기준으로 보자면, 모조리 정신병원에 처넣어야 할 부하들만 데리고 있다는 사실을 깨달았다. 물론 그 미친 환자 행렬의 제일 첫 번째는 그 자신이 되겠지만 말이다. 하지만 선장은 이런 일을 수행하려면 어느 정도의 광기가 필요하다는 것을 잘 알았다.

당분간 좀 더 쓸 만한 아이디어는 나오지 않았다. 찰스는 그토록 원하던 잠을 잘 기회를 놓치지 않았다. 그는 탱크 안에서 오랫동안 곤하게 깊이 잤다. 중간에 한 번 깬 것은 배가 고파 식사를 하고 싶었을 때뿐이었다. 탐사 로켓에서 연락이 왔다. 짧으면서도 우울한 소식이었다. 절벽은 현 위치에서 북동쪽으로 약 1천 킬로미터 이어진 후에 바다에 닿으며 위치는 거의 적도 상이었다. 남서쪽으로는 약 2천 킬로미터까지 뻗어 있는데 절벽의 높이가 아주 천천히 낮아지기는 하지만, 비교적 쉽게 통과할 수 있는 지점은 중력이 50g나 되었다. 그 절벽의 단층선은 양끝이 바다에 닿아 있는데 직선으로 뻗은 것이 아니었기 때문에, 말하자면 찰스 일행은 단층이 바다에서 가장 멀리 떨어진 지점 근처에 있는 셈이었다. 비교적 가까이에는 강 두 개가 절벽 너머로 떨어져 내렸다. 그리고 탱크는 그 둘 사이에 멋지게 갇혀 있었다. 따라서 상식적으로 판단하면, 브리호는 엄청난 폭포로부터 수 킬로미터 상류로 거슬러 올라가지 않고서는 어느 쪽 강도 건널 수 없었다. 폭포 중 하나는 남쪽으로 약 50킬로미터 떨어진 곳에 있었다. 다른 하나는 절벽의 만곡 지형을 돌아 동북쪽으로 약 150킬로미터 떨어져 있었다. 물론 로켓은 자신이 유지해야 하는 그 고도로부터는 벼랑의 전체 길이에 대해 완벽하도록 자세히 조사할 수는 없었다. 그러나 조사관은 어떤 지점에서든 탱크가 지날 만한 곳이 있을지 회의적이었다. 기대를 걸어볼 만한 곳은 두 폭포 중 하나의 근처일 것 같았다. 침식이 일어났던 흔적이 현저하니 아마도 적당한 통로가 만들어져 있을 가능성도 상당히 있었다.

"이런 절벽이 대체 어떻게 생겨났을까?" 찰스는 이 모든 설명을 듣고 나서 처량한 목소리로 중얼거렸다. "3천 킬로미터나 계속되는 절벽이 내려갈 만한 곳도 없이 계속되는 바람에 이대로 뛰어내리는 수밖에 없다니. 이 행성에선 이런 게 여기밖에 없을 거야."

"너무 확신하지는 마." 측량 기사가 말했다. "지형학 하는 친구들은 내가 이 이야기를 하니 기쁜 듯이 고개를 끄덕이더군. 한 친구는 자네가 다른 데서 이런 것을 한 번도 만나지 않은 것이 더 놀랍다는 걸. 또 다른 친구는 적도에서 멀어질수록 이런 게 많아질 거라고 했어. 그러니 전혀 놀라운 일은 아닌 거야. 그들은 내가 떠날 때까지도 계속 그 문제로 열을 올리더군. 그 작은 친구들이 자네를 위해 남은 여행 대부분을 해줄 거라면 자네에겐 행운이야."

"그것도 맞는 말이야." 찰스는 또 다른 생각이 떠오르는 바람에 말을 잠시 멈추었다. "이런 일이 그렇게 흔하다면, 여기와 바다 사이에 또 이런 것이 없는지 알려주면 좋겠어. 또다시 조사를 나가야 하나?"

"아니야. 이 일로 조사를 나가기 전에 지리학자들을 만났었어. 이 단계만 극복하면 이젠 별 어려움 없을 거야. 사실 자네 친구들이 절벽 아래에 있는 강 위에 배를 띄우기만 하면 그다음부터는 스스로 갈 수 있어. 이제 자네의 남은 임무는 배를 절벽 아래로 내려주는 것이 전부야."

"내려준다고…. 흠, 행크, 자네가 그 말을 아무 뜻 없이 한 건 알지만, 덕분에 중요한 걸 깨달았어. 고마워. 다음에 다시 이야기하자고."

찰스는 무전기에서 몸을 돌리고 탱크 바닥에 등을 대고 누웠다. 두뇌가 미친 듯이 회전하고 있었다. 그는 브리호가 물 위에 떠 있는 것을 한 번도 본 적이 없었다. 발리넌 선장과 처음 만났을 때는 이미 해안에 정박해 있었고, 최근에 탱크를 몰고 강바닥을 지나왔을 때는 브리호가 물 위에 떠 있기는 했으나 그는 탱크 속에 있었기 때문에 볼 수 없었다. 그래서 그는 브리호가 물 위에 떠 있을 때는 수면 위로 얼마나 높이 뜨는지를 알지 못했다. 액체 메탄의 바다 위를 떠다닐 수 있다면, 배는 상당히 가벼울 것이 분명했다. 왜냐하면 메탄은 물보다 비중이 반 이상 작기 때문이다. 또한 브리호는 속에 빈 부분이 있지도 않았다. 말하자면, 지구에 있는 쇠로 만든 배가 그러듯이 중심부에 공기가 들어가는 공간 덕에 배 전체의 평균 밀도를 낮춤으로써 물에 뜨는 것이 아니었다. 브리호를 제작한 '목재'는 메탄의 바다에 뜰 만큼 가벼우면서도 그 위에 탄 선원들과 상당한 양의 화물까지 감당했다.

따라서 뗏목 하나는 아마 60에서 80그램(이 행성의 조건에서는 1킬로그램) 정도밖에 나가지 않을 것이다. 그 정도라면, 찰스 혼자서 절벽 가장자리에 서서, 한 번에 뗏목 몇 개씩을 내려줄 수도 있다. 선원 두 명이면 아마 그 배를 직접 들 수도 있을 것이다. 물론 그들이 기꺼이 배 밑으로 들어가려고 할 경우의 이야기지만 말이다. 찰스에게는 탱크와 썰매를 묶는 데 사용한 것 말고는 밧줄이 하나도 없었다. 브리호에는 그런 것이 충분히 있을 것이었다. 분명 선원들은 이 상황에 필요한 기중기를 만들 수 있을 것이 틀림없었다. 아니, 그럴까? 지구에서라면 그런 일은 선원이 갖추어야 할 가장 기본적인 능력이다. 그러나 던지거나, 들어 올리거나, 뛰어오르는 등 높이에 관련된 일이라면 어떤 것이든 지레 거부감을 느끼는 메스클린에서는 상황이 달랐고 충분히 이해할 만했다. 흠, 발리넌 선장의 부하들은 적어도 매듭을 묶을 수는 있고, 뭔가를 끌고 간다는 생각도 이제는 그리 낯설지 않을 것이다. 따라서 그 문제도 분명 바로잡을 수 있을 것으로 보았다. 가장 까다로운, 그리고 마지막으로 남은 문제는 배와 함께 절벽 아래로 내려지는 것을 선원들이 반대할지도 모른다는 것이었다. 누군가는 이런 문제는 배의 선장에게 맡겨두어야 한다고 할 수도 있겠지만, 찰스는 이 문제 해결에 자신도 조금은 기여해야 한다고 여겼다.

아무튼, 이 시점에서는 발리넌 선장의 의견이 절실히 필요했다. 찰스는 무거운 팔을 힘들게 뻗어 조그만 무전기를 켠 다음 작은 친구를 불렀다.

"발리넌 선장님, 궁금한 게 있어요. 배를 밧줄에 매달고 절벽 너머로 내리는 것을 어떻게 생각하시죠? 한 번에 뗏목 하나씩 내린 다음 아래쪽에서 다시 조립하는 겁니다."

"당신은 어떻게 아래로 내려갈 작정입니까?"

"난 내려가지 않아요. 행크 스티어먼의 보고가 정확하다면, 여기에서 약 50킬로미터 떨어진 곳에 커다란 강이 있어요. 그 강은 바다로 곧장 연결됩니다. 내 제안은 당신들을 폭포까지 끌고 가서 브리호를 절벽 너머로 내리는 데 필요한 모든 도움을 주겠다는 거예요. 그러고 나면 당신들에게 행운을 빌어줄 뿐이지요. 다음부터 우리가 해줄 수 있는 것은 이미 합의한 대로 기상과 항해에 관한 정보를 제공하는 것뿐입니다. 그런데 뗏목의 무게를 견딜 만한 밧줄은 있나요?"

"물론입니다. 이 근처에서는 보통의 밧줄만으로도 배 무게 전체를 견딜 수 있습니다. 밧줄을 나무나, 당신의 탱크나, 혹은 비슷한 물체에 고정해야 할 겁니다. 선원들이 모두 달려들어도 그만한 힘으로 받칠 수가 없을 테니 말입니다. 그러나 어려움은 없습니다. 찰스, 당신 질문에 답이 된 것 같은데요."

"선원들 개개인은 어떤가요? 그런 식으로 아래로 내려지는 것을 좋아할까요?"

발리넌 선장은 잠시 생각에 잠겼다. "내 생각엔 별문제 없을 것 같습니다. 난 그들을 뗏목에 태워서 내려보낼까 합니다. 내려가는 동안 절벽에서 뗏목이 멀리 떨어지게 하는 일을 시키면 높이에 대해서는 걱정할 틈도 없을 겁니다. 그렇게 하면 내려가는 동안 바로 아래가 보이지도 않을 테고요. 어쨌든, 중력이 이렇게 없으니(이 부분에서 찰스는 작게 신음 소리를 냈다) 아무도 추락에 대한 두려움을 느끼진 않습니다. 내 말은, 원래 느껴야 할 만큼은 아니란 뜻입니다. 좋아요, 하겠습니다. 지금 당장 폭포로 출발할까요?"

"그러죠."

찰스는 힘들게 조종간 쪽으로 몸을 움직였다. 그의 역할은 이제 거의 끝나가고 있었다. 기대했던 것보다 훨씬 빨리. 그리고 그의 몸은 지난 일곱 달 동안 지고 다닌 끝없는 짐에서 놓아달라고 비명을 지르고 있었다. 아마도 겨우내 그곳에 머무르지는 말았어야 했는지 몰랐다. 그러나 비록 지치기는 했어도, 찰스는 그렇게 한 것을 후회하지는 않았다.

탱크는 오른쪽으로 방향을 돌리더니 다시 출발했다. 그리고 절벽 가장자리에서 2백 미터 떨어져 나란히 달려갔다. 메스클린인들이 높이에 대한 공포를 극복해가는 동안, 찰스는 이제 그런 두려움을 쌓아가는 중이었다. 게다가 메스클린의 동물과 첫 번째 전투를 벌인 이후에, 주 조명등을 고쳐보려고 한 적이 없었다. 그래서 주행등에만 의지한 채 절벽 끝에서 운전하고 싶지는 않았다.

약 20일 동안 한 번도 중간에서 쉬지 않고 달려 폭포에 도달했다. 원주민들과 지구인 모두는 도착하기 훨씬 전부터 폭포 소리를 들을 수 있었다. 처음에는 희미한 공기의 떨림 정도였으나, 점점 커지더니 약한 천둥소리를 거쳐 마침내는 메스클린인들의 목청도 무색해질 만큼 엄청난 포효로 변했다. 폭포가 시야에 들어올 정도의 거리에 이르렀을 때는 낮이었다. 찰스는 무의식중에 탱크를 멈추었다. 강은 폭포의 가장자리에서 8백 미터 정도의 너비로, 유리처럼 맑았다. 강바닥에 바위 같은 장애물은 없는 것 같았다. 폭포는 상류에서 절벽 끝으로부터 족히 1.5킬로미터 정도는 지형을 침식하며 내려왔다. 그리하여 절벽 아래에는 퇴적물로 이루어진 작은 계곡이 강을 둘러싸고 있었다. 폭포로 떨어지는 액체의 물살은 속도를 짐작할 수 없을 정도로 잠잠했으나, 아래에서 분출하듯 솟아오르는 물보라의 격렬함이 모든 것을 말해주었다. 이런 중력과 대기압 조건에서도 떨어지는 액체의 낮은 쪽 반은 영구적인 안개구름에 가려져 보이지 않았고, 그 안개구름은 액체가 내려치는 지점에서 멀어질수록 점점 옅어져, 폭포 아래에서 이어지는 강의 표면이 거칠게 소용돌이치는 것을 드러내 보여주었다. 폭포 자체가 만드는 바람 말고 다른 바람은 불지 않았다. 강의 흐름은 바다를 향해 나아갈수록 급격하게 유순해졌다.

브리호의 선원들은 탱크가 멈추자마자 배에서 내렸다. 가장
자리에 죽 늘어서서 퇴적 지역을 내려다보는 모습을 보아하니
하강에 대한 선원들의 사기는 문제없을 것 같았다. 이제 발리넌
선장은 부하들을 모두 배로 돌아오라고 불렀다. 즉시 작업이 시
작되었다. 선원들이 밧줄을 앞쪽으로 끌고 가 절벽의 정확한 높
이를 재기 위해 절벽 가장자리에서 아래로 연직선을 내리고 있
는 동안, 찰스는 쉬면서 기다렸다. 몇몇 선원은 각 뗏목에 달린
장치 중 느슨하게 풀린 것은 없나 점검하고 있었다. 처음 여행
준비를 할 때 그럴 염려는 없도록 단단히 묶었지만 말이다. 또
다른 선원들은 뗏목들 사이에 자리를 잡고 각 뗏목을 이었던 밧
줄을 풀어냈다. 또한 뗏목들이 적당히 떨어져 있게 해주는 완충
장치를 점검하는 일도 잊지 않았다. 그들은 일을 날렵하게 하는
친구들이었고, 뗏목은 하나하나 본체에서 분리되어 나갔다.

일이 착착 진행되자, 선장과 일등항해사는 아래로 내려가기
에 제일 적합한 지점을 파악하러 절벽 가장자리에 가까이 다가
갔다. 퇴적층이 있는 곳은 먼저 제외되었다. 강에 떠서 재조립
작업을 하고 싶기는 했지만 퇴적층 안쪽의 물살은 너무나 셌다.
그 외에는 절벽의 어느 지점이든 거의 비슷하게 적당하다는 것
이 드러났다. 그래서 그들은 퇴적층의 입구에 가장 가까운 지점
하나를 골랐다. 재조립한 배와 짐을 탱크의 도움 없이 강으로
끌고 갈 수 있어야만 했다. 필요 이상으로 그 여행을 길게 하는
것은 전혀 의미가 없었다. 절벽 가장자리 위에 돛대 하나를 걸
쳐 밧줄을 걸 곳을 마련했다. 밧줄이 절벽 면에 쓸릴 위험을 방

지하기 위해 돛대를 앞쪽으로 넉넉히 내밀었다. 그러나 돛대는 절벽 면에서 뗏목을 완전히 떨어지게 할 만큼 길지는 못했다. 찰스가 흥미로운 눈으로 보고 있자니, 도르래 장치가 돛대에 연결되었고 첫 번째 뗏목이 제 위치에 옮겨졌다. 뗏목은 수평으로 유지될 수 있도록 투석구에 연결되었고, 그 투석구에 주 밧줄을 고정한 다음 나무 주위를 감았다. 그리고 선원 여러 명이 밧줄을 붙들고 뗏목을 가장자리로 밀쳐냈다.

이 시점에서 일단 모든 작업이 중단되었다. 돈그래그머와 선장은 매우 주의 깊게 모든 부분을 점검했다. 그런 다음, 일등항해사와 선원 한 사람이 뗏목 위로 기어가 올라탔다. 뗏목은 가장자리 아래로 2센티미터 정도 처진 위치에서 약간 기울어진 채 매달려 있었다. 그들이 올라탄 다음, 잠시 모든 대원이 뭔가를 기대하듯 바라보고 있었다. 그러나 아무 일도 일어나지 않았다. 돈드래그머는 마침내 자신들을 내려달라는 신호를 보냈다. 밧줄을 붙들고 있지 않은 나머지 선원들은 가장자리로 몰려가 뗏목이 내려가는 것을 구경했다. 찰스도 보고 싶었지만, 탱크나 자신에게 위험할 수도 있는 일을 굳이 하고 싶지는 않았다. 그 자신이 높이에 대해 느끼는 불편한 감정 외에도, 메스클린인들이 사용하는 밧줄이 미덥지가 않았다. 그 밧줄은 지구에서도 1킬로그램짜리 설탕 자루도 견디지 못할 것 같았다.

흥분해서 내지르는 삑 하는 고성과 함께 가장자리에서 모두 물러서는 것으로 보아 첫 번째 뗏목이 무사히 아래에 도착한 모양이었다. 밧줄을 다시 끌어 올리는 동안 선원들이 다른 뗏목 위에 물건을 쌓아 올리는 모습을 보고 찰스는 어리둥절했다. 분명 그들은 더 이상 시간을 낭비하고 싶지 않은 모양이었다. 찰스는 발리넌 선장이 알아서 잘하고 있으리라 생각하고 있었지만, 갑자기 자신도 뗏목이 아래로 내려가는 것을 보고 싶어졌다. 그리고 막 우주복을 챙겨 입으려는 순간 그럴 필요가 없다는 것을 깨달았다. 찰스는 다시 긴장을 풀고는 발리넌 선장에게 소형 무전기 한두 개를 돌려서 '눈' 부분이 자신이 보고자 하는 쪽으로 향하게 해달라고 무전기로 요청했다. 선장은 즉시 수락했고, 부하 한 명에게 무전기의 '눈'이 위치한 부분이 아래쪽으로 향하도록 돛대에 매달아, 아래로 내려가기 위해 막 연결된 뗏목에 쌓인 짐의 꼭대기 부분을 볼 수 있게 설치시켰다. 찰스는 화면을 보면서 약간 마음이 불편해졌다. 그에게는 밧줄이 렌즈에서 50센티미터 정도까지만 보일 뿐, 그 이상 멀어지면 시야에서 사라져 마치 뗏목이 허공에 둥둥 떠 있는 것처럼 보였다. 또 한편 그는 절벽 표면이 지질학자들에게는 이루 말할 수 없이 흥미로울 것 같다는 생각을 하기도 했다. 하강 작업이 반쯤 진행되었을 때, 찰스는 투리 기지를 호출해서 흥미 있을 법한 사람들이 그 광경을 지켜보게 해야겠다는 생각이 떠올랐다. 지질학 분과는 즉각 응답해왔고, 나머지 하강 작업이 진행되는 동안 활발한 의견이 오갔다.

크게 주목할 만한 점 없이 짐을 내리는 일이 계속되자, 처음의 흥분도 점점 시들해졌다. 작업이 끝날 무렵에는 더 긴 밧줄이 돛대에 걸렸고, 이제는 하강 작업이 아래쪽으로부터 이루어졌다. 더 많은 선원이 아래쪽에 이미 내려가 있었기 때문이다. 그리고 찰스는 발리넌 선장이 작업 지휘를 그만두고 탱크 위로 올라오자 그 이유가 궁금했다. 지붕 위에 있는 무전기는 계속 그 자리에 있었고, 다른 기계들과 함께 아래로 내려가지 않았었다.

"이제 남은 짐은 두 가지밖에 없습니다, 찰스. 마지막 하나를 어떻게 내려야 할지 모르겠습니다. 우리는 가능하면 장비를 하나도 잃고 싶지 않습니다. 즉 하강 작업에 이용한 돛대를 풀어 아래로 내리는 일이 문제예요. 아래로 던지면 파손될 게 뻔합니다. 아래에 있는 땅은 돌투성이란 말입니다. 부탁이니, 우주복을 입고 밖으로 나와 마지막 짐을 직접 내려주시겠습니까? 내가 직접 그 짐을 싸겠습니다. 짐은 뗏목 하나, 돛대 몇 개, 활대, 도르래 그리고 나입니다."

찰스는 마지막 품목에 깜짝 놀랐다. "내가 이미 정상 중력의 3.5배나 되는 곳에 있는 데다 우주복 무게까지 짊어진 것을 알면서도, 당신을 무사히 내려줄 만한 힘이 있을 거라고 생각해요?"

"물론입니다. 우주복은 닻으로 사용할 수 있을 만큼 무겁습니다. 그리고 당신 몸에다 밧줄을 몇 바퀴 감고 나서 천천히 풀어내면 될 겁니다. 하나도 어려울 것 없습니다. 짐이라고 해봐야 다 합쳐서 1, 2킬로그램밖에 안 됩니다."

"그 정도라면 문제가 없겠네요. 그러나 마음에 걸리는 게 있는데… 당신들이 쓰는 밧줄은 사실 아주 가늘어요. 내 우주복에 달린 장갑은 투박해서 작은 물건을 다루기에는 불편합니다. 밧줄이 장갑 속에서 미끄러져버리면 어떡하죠?"

그 말에 발리넌 선장은 잠시 침묵했다. "찰스, 당신이 안전하게 다룰 수 있는 제일 작은 물체가 무엇입니까?"

"오, 돛대라면 될 것 같아요."

"그렇다면 아무 문제 없습니다. 돛대 주위에 밧줄을 감으면 됩니다. 그리고 당신은 그것을 권양기처럼 사용되면 되는 겁니다. 다 끝나면 그 돛대는 아래로 던져도 좋습니다. 부러진다 해도, 그 정도 손실은 감당할 수 있습니다."

찰스는 어깨를 으쓱했다. "중요한 건 당신의 안전이고, 당신의 재산이죠, 발리넌 선장님. 내가 굳이 조심하겠다고 말할 필요는 없을 거예요. 당신에게 무슨 일이 일어나는 것은 절대 원하지 않아요. 특히 그게 내 부주의로 인한 거라면 절대 안 되지요. 곧 밖으로 나갈게요."

만족한 발리넌 선장은 다시 땅 위로 뛰어내려 몇 명 남지 않은 선원들에게 필요한 지시를 내리기 시작했다. 마지막으로 남길 물건을 제외한 나머지 물건이 모두 그들과 함께 내려갔다. 잠시 후 지구인이 탱크 안에서 모습을 드러냈다.

발리넌 선장은 그를 기다리고 있었다. 하나 남은 뗏목이 절벽 가장자리에 있었다. 뗏목은 투석구에 연결된 채 떠날 준비를 마쳤다. 무전기 하나와 돛대 묶음이 그 위에 놓여 있었다. 선장은 밧줄을 감은 돛대 하나를 들고 있었다. 지구인의 움직임은 매 순간 쌓이는 근육의 피로 때문에 아주 느렸다. 그러나 찰스는 마침내 가장자리에서 약 3미터 떨어진 곳에 도달했고, 입고 있는 둔중한 우주복이 허락하는 한 절벽 너머로 팔을 내밀었다.

발리넌 선장이 돛대를 넘겨주기 위해 몸을 한껏 젖혔다. 돛대를 넘긴 후 한마디 주의나, 이 커다란 친구에 대한 불신을 나타내는 어떤 말도 하지 않은 채, 발리넌 선장은 몸을 돌려 뗏목으로 돌아가, 화물이 단단히 고정되었는지 다시 한 번 점검한 후에 설벽 바로 가장자리에 걸쳐질 때까지 뗏목을 밀었다. 그러고 나서 그 위에 올라탔다.

선장이 찰스에게로 마지막 시선을 보냈고, 지구인은 이 원주민이 윙크를 했다고 하늘에 걸고 맹세할 수 있었다. 그런 다음 무전기로부터 발리넌 선장의 말이 흘러나왔다. "꼭 붙들어요, 찰스." 그리고 선장은 위태위태하게 균형을 잡고 있는 뗏목의 바깥쪽 가장자리로 의도적으로 몸을 옮겼다. 발리넌 선장의 집게손들이 단단히 줄을 쥐고 있었고, 그 밧줄이야말로 뗏목이 다시 기우뚱하며 가장자리를 넘어 미끄러지는 동안 그를 작은 조각배 위에 고정하는 유일한 생명줄이었다.

찰스가 붙든 밧줄은 약 60센티미터 정도는 아래로 내려갈 수 있도록 미리 느슨하게 풀려 있었다. 그리고 뗏목과 그 위에 올라탄 승객은 금세 눈앞에서 사라졌다. 순간 갑자기 세게 당겨지는 느낌만이 밧줄이 여전히 제 기능을 하고 있음을 알려줄 뿐이었다. 한순간 뒤, 발리넌 선장의 즐거운 듯한 목소리가 같은 정보를 전달해주었다. "줄을 풀어요!" 찰스는 순순히 그 말에 따랐다.

연을 날리는 것과 상당히 유사했다. 적어도 찰스가 들고 있는 권양기의 모양은 그랬다. 막대기에 단순히 밧줄이 감긴 것 말이다. 그 때문에 어린 시절의 추억이 떠올랐다. 그러나 만일 이 연을 놓친다면, 실수를 만회하는 데는 훨씬 오랜 시간이 걸리리라는 것을 잘 알고 있었다. 있는 힘을 다해 돛대를 붙들고 있지는 않았다. 우선 안전을 기하기 위해 몸에 줄을 몇 차례 감으며 천천히 회전했다. 그러는 동안은 한 손에서 다른 손으로 돛대를 옮겨 잡는 동작이 필요했다. 그 일이 끝나자 그제야 만족한 찰스는 천천히 밧줄을 풀어나갔다.

발리넌 선장의 목소리가 간격을 두고 계속되었다. 항상 뭔가 용기를 북돋우는 말과 함께였다. 마치 이 작은 친구가 찰스의 불안을 이해하기라도 하는 것 같았다. "이제 반 내려왔습니다." "잘하고 있습니다." "알고 있겠지만, 이제는 아래를 내려다보는 것도 별로 무섭지 않을 정도까지 왔습니다." "거의 다 왔습니다, 약간만 더. 자, 이제 끝났습니다. 다 내려왔습니다. 부탁이니, 잠시만 도르래를 붙들고 있어요. 이 근방을 우선 깨끗이 치워야겠습니다. 그런 다음, 언제 나머지를 아래로 던져도 좋을지 알려주겠습니다."

찰스는 계속 발리넌 선장의 말에 순순히 따랐다. 기념품으로 가져가려는 생각에, 찰스는 밧줄 끝 부분을 약 30센티미터 정도 잘라보려 했으나, 장갑으로 무장한 손을 가지고도 불가능한 것을 알게 됐다. 다행히 우주복에 달린 잠금 고리의 모서리가 아주 날카로워 그 물건을 잘라낼 수 있었다. 그는 기념품을 팔에 감은 채, 동료가 마지막으로 요청한 일을 수행하기 시작했다.

"물건들을 다 치웠습니다, 찰스. 언제든 밧줄 끝을 놓고 돛대를 던져버려도 좋아요."

가느다란 밧줄은 주르르 미끄러져 금세 시야에서 사라졌다. 브리호의 주 돛대 중 하나인 25센티미터짜리 나뭇가지도 그 뒤를 따랐다. 물체가 세 배의 중력 조건에서 자유낙하하는 광경은 생각한 것보다 훨씬 끔찍했다. 아마도 극지방에서는 훨씬 더할 것이다. 낙하하는 물체를 눈으로 볼 수조차 없을 테니까. 3킬로미터 높이에서 단 1초 만에 떨어져버리는 곳에서는 절대로! 물체가 갑작스럽게 시야에서 사라져버리는 일은 신경에도 그만큼이나 대단한 영향을 끼칠 것 같았다. 찰스는 이런 생각을 애써 떨어내고 다시 탱크로 돌아갔다.

찰스는 무전기를 통해 브리호가 재조립되는 2시간 동안 작업을 구경했다. 넓은 강물의 흐름 속에 뗏목을 밀어 넣는 것을 보면서, 그도 함께 갔으면 하는 아주 희미한 아쉬움을 느꼈다. 발리넌 선장, 돈드래그머 그리고 나머지 선원들의 작별 인사를 무전기로 들었다. 선원들의 경우는 지구어가 아니었지만, 그 뜻을 짐작하지 못할 정도는 아니었다. 강물은 탱크가 있는 곳에서는 더 이상 자세히 보이지 않는 곳까지 금세 브리호를 멀리 싣고 가버렸다. 찰스는 잘 가라고 조용히 한 손을 들었다. 마침내 브리호는 조그만 점 모양이 되더니 저 멀리 바다를 향해 모습을 감춰버렸다.

오랫동안 그는 조용히 앉아 있었다. 그런 다음 투리 기지를 부르기 위해 몸을 일으켰다.

"와서 날 데려가. 이제 내가 이 행성 표면에서 할 수 있는 일은 다 했어."

10
속이 빈 배

거대한 폭포에서 멀어지면서 강폭이 넓어지고 유속은 느려졌다. 처음에는 폭포에서 내리치는 '물' 때문에 흐름이 멎어 있던 공기가 곧 바다 쪽으로 불어가는 산들바람으로 변했다. 발리넌 선장은 돛을 바람에 맞추라고 명령했다. 그러나 산들바람은 이내 다시 잠잠해졌고, 배는 오직 물살의 흐름에만 의존하게 되었다. 물살의 방향이 제대로이므로 아무도 불평하지 않았다. 육로 여행은 재미있었고 이윤을 남기기도 했다. 수집한 다양한 식물성 제품은 고향에 가지고 가면 고가에 팔릴 것이 분명했다. 그러나 다시 배를 타고 여행하게 된 것에 아무도 유감을 느끼지 않았다. 선원 중 몇몇은 눈으로 볼 수 있는 데까지는 폭포를 뒤돌아보기도 했다. 한번은 로켓이 다가오는 희미한 굉음이 들려 모든 선원이 서쪽을 응시해 로켓의 모습을 바라본 적도 있었다.

그래도 대체로 선원들은 그들은 앞으로 다가올 일에 대한 기대에 차 있었다.

계속 전진해 가면서 그들은 강 양옆의 둑에 점점 관심을 두게 되었다. 육로 여행 동안 선원들은 날것이 '나무'라고 부르는, 땅 위로 높이 자란 식물들을 볼 수가 있었다. 나무는 처음에는 호기심의 대상이었고, 다음에는 고향에 가지고 돌아가 팔 수 있는 음식 재료가 된다는 것을 알았다. 이제 나무들은 점점 수가 늘어가서, 선원들에게 훨씬 친숙한 형태인 덩굴을 뻗고, 밧줄 같은 가지를 늘어뜨리는 등의 형태로 식물군을 완전히 교체하려는 듯 보였다. 하지만 발리넌 선장은 이곳에서 생육하는 식물군조차 날것이 '전나무'라고 부르는 나무와 비견할 수 있을 것이라고는 여기지 않았다.

오랫동안, 그러니까 약 80킬로미터를 전진해 가는 동안에 지적 생명체는 한 번도 만나지 못했다. 상당한 수의 동물이 강둑을 따라 눈에 띄기는 했다. 강물 속에는 물고기도 풍부했다. 브리호에 위협이 될 만한 크기의 동물은 없었다. 마침내 양옆의 강둑은 나무들로 완전히 에워싸이게 되었다. 그 때문에 내륙이 얼마나 멀리까지 펼쳐져 있는지 알 수 없을 정도였다. 발리넌 선장은 호기심에 사로잡혀 '숲'이(물론 그의 언어에는 이에 해당할 만한 단어가 없었지만) 어떻게 생겼나 알아보기 위해 배를 기슭에 가까이 댄 채 나아가라고 명령했다.

나무들의 키가 큰데도 숲은 상당히 환했다. 지구에서와 마찬가지로 나무 꼭대기 부분에는 그리 넓게 가지가 뻗어 있지 않았기 때문이다. 어쨌든 그것은 충분히 기묘한 광경이었다. 브리호를 탄 채 기묘한 식물들이 드리운 그늘을 따라 이동하면서, 많은 선원에게는 머리 위에 딱딱한 물체가 있을 때 느끼는 고질적인 공포가 다시금 되살아났다. 따라서 다시 강둑에서 배를 떨어지게 하라고 선장이 조타수에게 명령하자 다들 안도감을 느꼈다.

만일 누군가가 저 속에 산다 해도, 그것은 그들의 사정이지 자기는 알 바 아니라고 돈드래그머가 큰 소리로 말하자, 선원들 사이에서는 동의하는 소리가 터져 나왔다. 불행히도 둑 위에서 엿듣는 자들은 돈드래그머의 말을 듣거나, 혹 들었다 해도 알아듣지는 못한 모양이었다. 아마도 그들은 실제로 브리호의 선원들이 자신들의 숲을 빼앗아 갈까 걱정하지는 않았을 것이다. 그러나 위험을 무릅쓰지는 않기로 한 것 같았다. 그리하여 높은 중력장 지역에서 찾아온 방문객들은 다시 한 번 발사체 무기에 공격받는 경험을 하게 되었다.

이번에는 창 공격이었다. 창 여섯 개가 강둑으로부터 조용히 날아와 브리호의 갑판에 부르르 떨며 꽂혔다. 두 개가 더 날아와 선원들의 등껍질을 스쳐 지나가 멧목 위에 덜커덕 소리를 내며 떨어졌다. 창에 맞은 선원들은 반사적으로 경련하듯 펄쩍 뛰었고, 그 바람에 둘 다 몇 미터 떨어진 강 속으로 곤두박질했다. 헤엄쳐 돌아온 그들은 누구의 도움도 받지 않고 스스로 배 위로 기어올라야 했다. 그도 그럴 것이 모든 선원이 이 신기한 공격의 원천 쪽으로 눈을 향하고 있었기 때문이다. 아무 명령이 없는데도, 조타수는 강 중심부 쪽으로 훨씬 더 빨리 닿을 수 있도록 배의 방향을 틀었다.

"누가 던졌지? 날것의 기계와 같은 것을 사용했을까? 하지만 날것의 기계가 내는 소리와는 다른 것 같은데." 발리넌 선장은 대답을 기대하지 않고서 반쯤 중얼거리듯 말했다.

터블라넨은 갑판에 꽂힌 창 하나를 빼내 딱딱한 나무로 된 끝 부분을 살펴보았다. 그런 다음 그는 시험적으로 멀어져가는 강기슭을 향해 그것을 되던져보았다. 던진다는 것이 그에게는 바위 굴리기와 마찬가지로 완전히 새로운 기술이었던 탓으로 그는 어린아이가 나무 막대기를 집어 던지는 것같이 창을 던졌다. 창은 양 끝이 빙글빙글 돌며 숲으로 돌아갔다. 발리넌 선장의 의문은 부분적으로나마 해답을 얻었다. 부하의 팔이 상당히 짧았지만, 그 무기는 쉽게 강둑에 도달했다. 육체적으로 보통의 체력을 가지고 있다면, 공격자들은 찰스의 총 같은 것은 필요하지 않았을 것이었다. 하지만 그것이 공격자들의 정체를 알려주는 것은 아니었다. 선장은 직접 알아내고 싶은 마음도 없었다. 브리호는 강 하류로 계속 내려갔다. 그동안 멀리 투리의 찰스에게 그 사건에 대해 알려주었다.

강이 점점 넓어지는 동안, 족히 150킬로미터 정도 숲이 계속되었다. 브리호는 숲속의 거주자들과 만난 뒤로 당분간은 강 가운데를 고수했다. 그러나 그런 노력도 소용없이 브리호는 문제로부터 완전히 멀어지지 못했다. 창 공격을 받은 지 단 며칠밖에 지나지 않아, 왼쪽 제방에 작은 공터가 눈에 들어왔다. 발리년 선장의 시점은 지표면에서 겨우 몇 센티미터 높이에 불과했기 때문에 원하는 만큼 잘 볼 수는 없었으나, 공터에는 자세히 조사해볼 만한 물체들이 많이 있었다. 그는 약간 주저한 다음 배를 기슭에 가까이 접근한 채로 몰라고 명령했다. 공터의 물체들은 나무와 약간 비슷한 모양이었지만 키가 작고 더 굵었다. 만일 발리넌 선장의 키가 좀 더 컸더라면, 지면 바로 위로 작은 입구가 보였을 것이다. 그리고 그것은 상당히 유익한 정보였을 것이다. 화면을 통해 보고 있던 찰스는 전에 본 적이 있는 아프리카 원주민의 오두막 사진과 그 물체를 즉시 마음속으로 비교해보고 있었다. 하지만 아직은 아무 말도 하지 않았다. 사실 찰스는 마을이라고 추측되는 공터 앞쪽을 흐르는 강 근처의 또 다른 물체에 흥미를 느끼고 있었다. 그 물체들은 상당히 수가 많았고, 반쯤은 강에 그리고 반쯤은 뭍에 걸쳐져 있었다. 거리가 멀어 정확히 보기가 힘들었으므로 통나무나 혹은 악어 같은 것일 수도 있겠지만, 찰스는 카누라고 추측했다. 브리호와는 극단적으로 다른 형태의 배에 대해 발리넌 선장이 어떻게 반응하는지 지켜보는 것도 흥미로울 것 같았다.

그 '통나무'들이 카누고, 공터 다른 쪽에 있는 물체는 집이라는 것을, 브리호에 있는 누군가가 이해하기까지 상당한 시간이 걸렸다. 매스클린인들이 사실을 모른 채 그대로 하류로 내려가 버릴까 봐 찰스는 잠시 걱정했다. 최근의 경험이 발리넌 선장을 매우 조심스럽게 만들기는 했다. 그러나 브리호가 그냥 지나가는 것을 바라지 않은 샤람은 찰스만이 아니었던 모양이다. 브리호가 점점 그 마을이 있는 유역으로 가까이 다가가자, 맞은편 마을에서 붉은색과 검은색이 얼룩덜룩 섞인 몸을 가진 생물들이 강둑 위로 마구 쏟아져 나와 지구인의 추측이 맞았다는 것을 증명해주었다. 그들은 통나무처럼 생긴 물체들을 강 속으로 밀어 넣고, 각 통나무에 족히 열두 명씩 올라탔다. 브리호의 선원들과 같은 종족인 것은 분명했다. 형태, 몸의 크기, 몸의 색까지 완전히 같았다. 그들은 브리호에 가까이 다가오면서, 찰스가 종종 들었던 작은 친구들이 내는 것과 똑같이 귀를 찢는 고함을 질러댔다.

카누는 통나무 배였으며, 속을 깊이 파냈는지 선원들의 머리 끝만 겨우 보였다. 찰스는 그 머리가 놓인 모양을 보고 그들의 집게손이 달린 양팔로 노를 젓고 있으며, 배 안에서는 헤링본 형태로 겹쳐져 엎드려 있으리라고 짐작했다.

브리호에는 화염방사기가 탑재되어 있었지만 발리넌 선장은 이런 조건에서 과연 효과를 발휘할 수 있을지 의심스러웠다. 군수 담당 주임인 크렌도라닉이 보관함을 미친 듯이 뒤져대고 있었지만, 그가 무엇을 찾고 있는지는 아무도 알지 못했다. 크렌도라닉의 전문 분야에서는 이런 상황에 대처할 기본 방침 따위는 없었다. 사실 바람이 전혀 없어서 배의 방어 체계는 완전히 무용지물이 되고 말았다. 지금의 사태는 공해상에서라면 거의 일어나기 힘든 일이었다.

설령 화염 가루를 효과적으로 사용할 수 있을 만한 어떤 기회가 있었다 해도, 카누 편대가 브리호를 사방에서 포위하며 점점 가까이 다가오는 바람에 그나마 사라져버렸다. 카누들은 브리호를 완전히 둘러싸고 2, 3미터 떨어진 곳까지 천천히 다가와 멈추었고, 처음 몇 분 동안은 오직 침묵만이 지배했다. 찰스에게는 분통 터지는 일이었지만, 바로 그때 해가 져버렸다. 따라서 진행되는 상황을 더는 보지 못하게 되고 말았다. 다음 10분 동안, 찰스는 무전기에서 들리는 소리만으로 어떤 상황인지 이해해보려고 애썼으나 그 누구도 그가 아는 언어로 말하지 않은 탓에 아무 소용도 없는 일이었다. 폭력적인 행동이 오가는 징후는 없었다. 어떤 대화도 자연스럽게 이어지지 않았으므로 서로가 아는 언어들을 이것저것 시험해 가며 소통을 시도하는 모양이었다.

하지만 다시 해가 뜨자, 찰스는 밤사이에 아무 일도 없었던 것이 아님을 알게 되었다. 브리호는 하류 쪽으로 조금 이동했고, 여전히 마을 맞은편에 있었다. 그런데 더 이상 강 중심부가 아니라 강둑에서 몇 미터 떨어진 곳에 있었다. 찰스가 발리넌 선장에게 왜 그런 위험한 일을 무릅썼느냐고, 어떻게 브리호를 그렇게 조종할 수 있었느냐고 막 물어보려다가, 선장도 이 사건에 자신만큼이나 놀라고 있을 거라는 데 생각이 미쳤다.

약간 화가 난 찰스는 옆에 앉아 있던 동료에게 몸을 돌리고 말했다.

"발리넌 선장은 벌써 곤경에 빠졌군. 그는 똑똑한 친구지만 5만 킬로미터나 갈 길이 남았는데, 첫 1백 킬로미터에서 벌써 발목이 잡히다니, 마음에 들지 않아."

"돕지 않을 작정인가? 그의 어깨에는 20억 달러가 걸려 있어. 그의 신망을 잃는 것은 말할 필요도 없겠지."

"내가 무슨 일을 할 수 있겠어? 난 고작 조언해줄 뿐인데, 그는 이미 나보다 상황을 잘 파악하고 있어. 나보다 잘 볼 수 있는 것은 물론이고. 게다가 지금 상대하는 자들은 그와 같은 종족에 속한단 말이야."

"내가 보기에는, 같은 종족이라고 해도 쿡 선장*과 그가 남태평양에서 만난 원주민만큼 차이가 있을 것 같은데? 저기 사는 자들이 발리넌 선장과 같은 종에 속하는 것은 인정하지만, 만일 식인종이라면 자네 친구는 뜨거운 항아리에 들어가게 생겼어."

"여전히 난 도울 수가 없어. 안 그래? 말도 통하지 않고, 직접 대면하지도 않은 상황에서 내 친구를 잡아먹지 말라고 어떻게 설득할 수 있지?"

상대는 눈썹을 약간 치켜세웠다. "내가 심리학자는 아니지만, 그런 경우라면 그들에게 겁을 주면 무슨 일이든 시킬 수 있을 것 같아. 인류학자의 한 사람으로서, 난 우리 지구를 포함해 많은 행성에는 말을 하는 상자를 보며 절을 하기도 하고, 주위를 돌며 춤을 추기도 하고, 심지어 희생물을 바치는 원시적인 종족들이 있다는 걸 확실히 알고 있지."

찰스는 잠시 그 말을 다시 곰곰이 생각해보고는 고개를 끄덕

---

* 제임스 쿡. 영국의 탐험가이자 항해가. 뉴질랜드, 오스트레일리아, 남극권 등 많은 곳을 탐험했다.

였다. 그러고는 화면으로 다시 몸을 돌렸다.

많은 선원이 여분의 돛대를 움켜쥐고 강바닥을 밀치며 흐름의 중앙으로 나아가려고 애써보았으나 허사였다. 돈드래그머가 외부 뗏목 주변을 조사해보고 나서, 브리호가 강바닥에 박힌 말뚝들로 둘러싼 덫에 갇혔다고 보고했다. 단지 상류 쪽 부분만이 열렸을 뿐이었다. 그 덫이 마침 브리호 정도의 배가 통과할 만한 크기였다는 것은 우연일 수도, 아닐 수도 있을 것이다. 그때 브리호를 둘러싼 카누들은 나머지 세 방향에서 바깥으로 물러나더니, 그 열려 있는 곳으로 다 함께 몰려들었다. 돈드래그머의 보고를 듣고 돛대로 강바닥을 지치며 북쪽으로 나아갈 준비를 하던 선원들은 발리넌 선장의 지시를 기다렸다. 선장은 잠깐 생각한 다음, 선원들에게 전부 브리호의 반대쪽 끝으로 가라고 지시하고 자신은 혼자서 카누 부대가 모여 있는 쪽으로 천천히 나아가기 시작했다. 그는 벌써 오래전에 어떻게 배가 이동했는지 알아채고 있었다. 어두워지자 카누에 타고 있던 자들 중 몇몇이 조용히 내려 브리호 아래로 잠수해 들어가서는 원하는 곳으로 배를 밀고 온 것이 분명했다. 그다지 놀랄 만한 일은 아니었다. 발리넌 선장 자신도 몇 번 강이나 바다의 수면 아래로 들어가본 적이 있었다. 물속, 그러니까 메탄 속에는 상당량의 용존 수소가 있다. 그가 걱정하는 것은, 왜 이 사람들이 배를 원하는가 하는 점이었다.

발리넌 선장은 식량 저장 상자를 지나다가 덮개를 벗기고 고기 한 조각을 꺼냈다. 그것을 들고 배의 끝 부분으로 다가가 이

제는 조용히 기다리는 포획자들에게 내밀었다. 이내 알아들을
수 없는 재잘거리는 소리가 그들 사이에서 터져 나왔다. 그런
다음 떠드는 소리가 가라앉고 카누 한 척이 앞으로 나오더니 맨
앞의 원주민이 고기를 향해 몸을 치켜세웠다. 발리넌 선장은 원
주민이 고기를 가져가게 했다. 원주민은 고기를 맛보더니 뭐라
고 평을 했다. 그런 다음 우두머리는(물론 그가 그런 위치에 있는
자라면 말이지만) 고기를 조각내어 뒤에 있는 동료들에게 넘겼
다. 그리고 자신을 위해 남긴 고기를 생각에 잠긴 듯 신중하게
먹어치웠다. 발리넌 선장은 용기를 얻었다. 우두머리가 혼자서
그 고기를 몽땅 차지하지 않은 것은 이 부족이 어느 정도는 사
회화되어 있다는 것을 암시했다. 발리넌 선장이 고기 한 조각을
또 내밀자 우두머리는 앞서와 마찬가지로 손을 뻗었다. 그러나
발리넌 선장은 이번에는 고기를 뒤쪽으로 단호히 감추고, 브리
호를 가둬둔 가장 가까운 말뚝으로 기어갔다. 그러고는 그것과
브리호와 강을 순서대로 가리켰다. 선장은 이것이 명백한 의사
표시라고 확신했다. 멀리 위쪽에 있는 인간들은 그 행동의 의미
를 확실히 이해했다. 비록 인간의 언어로 표현하지는 않았지만
말이다. 그러나 우두머리는 아무런 움직임도 없었다. 발리넌 선
장은 그 동작을 반복하고는 고기 조각을 다시 한 번 내미는 것
으로 끝냈다.

　우두머리가 지닌 사회성이 어떤 것이든 그것은 그 자신의 사
회와 엄격하게 연계된 것이 분명했다. 왜냐하면 선장이 두 번째
로 고기 조각을 냈을 때는, 마치 카멜레온의 혀처럼 창 하나가

불쑥 튀어나오더니 그것으로 고기를 찍어서 발리넌 선장의 손아귀로부터 눈 깜짝할 새에 채 갔기 때문이다. 깜짝 놀란 선원들은 미처 움직일 틈도 없었다. 어느새 우두머리는 짖는 듯한 소리로 명령을 한 번 내렸다. 그러자 카누에 타고 있던 선원 중 반이 앞으로 훌쩍 뛰어올랐다.

브리호의 선원들은 공중으로부터의 공격에는 전혀 익숙하지 않았다. 또한 선장이 협상을 시작하는 것을 보고 약간 긴장을 풀고 있던 참이기도 했다. 결과적으로, 싸움이라고 할 만한 일은 전혀 없었다. 브리호는 5초도 지나지 않아 완전히 점령되었다. 우두머리가 이끄는 위원단이 즉시 식량 저장 상자를 조사하기 시작했다. 비록 언어 장벽이 있었지만, 그들이 만족했다는 것은 누가 봐도 명백했다. 발리넌 선장은 고기가 갑판 위에서 끌려 나가는 것을 경악에 찬 눈으로 응시했다. 카누에 실으려는 것이 분명했다. 그리고 처음으로, 자신에게 충고해줄 수있는 자들이 있다는 생각이 뇌리에 떠올랐다.

"찰스! 계속 보고 있었습니까?" 발리넌 선장은 사고가 일어난 뒤 처음으로 지구어를 사용했다.

"그렇습니다, 발리넌 선장님. 무슨 일이 일어났는지 알고 있어요." 찰스는 걱정과 즐거움으로 뒤범벅이 된 채 즉시 응답했다.

찰스는 말을 하면서 브리호를 포획한 자들이 어떤 반응을 보이는지 살폈다. 실망하지 않아도 되었다. 무전기 쪽으로 얼굴을 향하고 있지 않던 우두머리는 깜짝 놀란 방울뱀처럼 꼬리를 부르르 떨더니, 인간이 당황했을 때 보이는 행동과 믿을 수 없도록 비슷한 태도로 그 목소리가 나온 곳이 어딘지를 찾아 두리번거리기 시작했다. 마침 무전기 쪽으로 머리를 향하고 있던 그의 부하 하나가 무전기를 가리켰다. 그러나 칼과 창으로 이 뚫을 수 없는 물체를 이리저리 찔러보고 난 우두머리는 부하가 틀렸다고 나무랐다. 지구인이 다시 말을 꺼내기로 선택한 시점이 바로 그때였다.

"발리넌 선장님, 이 무전기에 그들이 겁먹을 가능성이 있을까요?"

이때 우두머리의 머리는 스피커로부터 약 5센티미터 떨어진 곳에 있었다. 찰스는 볼륨을 낮추려고도 하지 않았다. 그 결과, 이제 소리가 나오는 곳이 어디인지는 의심의 여지가 없었다. 그러자 우두머리는 말하는 상자로부터 가만가만 뒤로 물러나기 시작했다. 자존심을 잃지 않을 정도로 충분히 느리게, 그러나 위험에 처하지 않을 만큼은 충분히 빠른 속도로 후퇴하고 있는 것이 분명했다. 그걸 본 찰스는 터지려는 웃음을 참느라고 애를 써야 했다.

발리넌 선장이 찰스의 물음에 미처 대답하기도 전에, 돈드래그머가 고기 더미에 다가가 고기 조각을 하나 집어, 할 수 있는 한 가장 공손한 자세를 취하며 무전기 앞에 놓았다. 그러느라 돈드래그머는 몸에 칼 두 개가 꽂힐 뻔한 위험까지 무릅썼다. 그러나 그를 지키던 자들은 이 괴상한 상황에 너무나 몰입한 나머지 돈드래그머의 움직임을 미처 제지하지 못했다. 찰스는 돈드래그머의 이 같은 행동을 이해하고 다음 역할을 연기했다. 이어서 하는 자신의 말이 카누 종족에게는 화가 가라앉은 것처럼 들리기를 기대하며 볼륨을 낮추고, 일등항해사의 행동을 진심으로 칭찬했다.

"잘했어요, 돈드래그머. 이제 당신들이 그런 행동을 할 때마다 나는 칭찬을 할게요. 그리고 새로 만난 사람들이 하는 일이 마음에 안 들면 미친 듯이 화를 내겠습니다. 어떤 것이 적절한 행동인가에 대해서라면 당신이 나보다 잘 알고 있을 거예요. 그러니 할 수 있는 모든 수단을 써서, 이 무전기는 만일 화가 나면 벼락이라도 내릴 능력을 갖춘 뛰어난 존재라고 그들이 믿게 만들어주세요."

"알겠습니다. 우린 우리 쪽 역할을 맡지요. 당신이 무슨 생각을 하고 있는지 알겠습니다." 일등항해사가 대답했다.

다시 한 번 용기를 낸 우두머리가 제일 가까이에 있던 무전기를 향해 창을 들고 돌진했다. 찰스는 조용히 있었다. 나무창 촉으로 찔린 부분이 상당히 손상되었을 것 같다. 그런데 선원들이 찰스가 제안한 이 게임에 기꺼이 동참했다. 선원들은 그 순간 모두 그 장면에서 몸을 돌리고 집게손으로 눈을 가렸다. 찰스에게는 외경에 가까운 공포의 행동이라고 생각되었다. 잠시 뒤 아무 일도 일어나지 않는 것을 보고 발리넌 선장은 고기 조각을 또 하나 갖다 바쳤다. 동시에 마치 이 무지한 이방인들의 생명을 구걸하는 듯한 몸짓을 해보였다. 강변 부족들은 감명을 받은 눈치가 역력했다. 그러자 우두머리는 약간 뒤로 물러나 부하들을 한데 불러 모아 이 상황에 관해 토론을 시작했다. 마침내 우두머리의 부관 중 한 명이, 분명 실험 차원의 행동인 것으로 보였지만, 들고 있던 고기 한 조각을 가장 가까이에 있는 무전기 앞에 갖다 놓았다. 찰스가 막 부드러운 감사의 표현을 하려는데, 돈드래그머의 목소리가 끼어들었다. "거절해요!" 그 이유는 모르지만, 어쨌든 일등항해사의 판단력을 상당히 신뢰하고 있었으므로, 찰스는 볼륨을 높이고 마치 사자와 같은 포효 소리를 냈다. 고기를 갖다 바친 자는 완전히 겁에 질려 얼른 뒤로 물러났다. 그런 다음 우두머리가 날카롭게 뭐라고 명령하자, 부관은 앞쪽으로 기어가 자신이 갖다 바친 고기 조각을 거두어 갔다. 그런 다음 갑판에 있던 고기 더미로부터 또 하나를 가지고 와 그것을 공손히 바쳤다.

"이건 괜찮아요." 다시 일등항해사가 말했다. 그러자 지구인은 스피커의 볼륨을 낮추었다.

"먼저는 왜 그런 거죠?" 찰스가 조용히 물었다.

"나라면 적이 가지고 있던 음식은 가축인 '타니'에게도 주지 않을 것입니다." 돈드래그머가 대답했다.

"당신네와 우리 종족 사이에는 최악의 상황에 대해서는 유사점이 상당히 많군요." 찰스가 입을 열었다. "밤에도 일이 이대로 잘 진행되면 좋겠지만, 난 어둠 속에서는 무슨 일이 벌어지고 있는지 볼 수 없습니다. 내가 반응해야 할 일이 발생하면, 부탁이니 알려주세요."

이 말이 끝나고 얼마 안 있어 해가 졌다. 발리넌 선장은 계속 상황을 알려주겠노라고 찰스에게 약속했다. 선장은 자신의 위상을 회복하고, 다시 한 번 상황을 통제하기 시작했다. 물론 포로이기 때문에 갖는 한계는 있었다.

우두머리와 카누 종족은 밤 내내 토의하며 보냈다. 우두머리의 목소리와, 부관들의 것이 분명한 다른 목소리가 멀리 위쪽의 지구인들에게도 똑똑히 전달되었다. 새벽 무렵, 우두머리가 한 가지 결론에 도달했음이 분명해졌다. 그는 부하들에게서 약간 물러서더니, 가지고 있던 무기를 내려놓았다. 햇빛이 다시 한 번 갑판을 비스듬히 비추자 그는 발리넌 선장에게로 다가갔다. 그러면서 발리넌 선장을 감시하던 부하들에게 물러가라고 손짓했다. 이자가 무엇을 원하는지 이미 마음속으로 상당히 확신을 가진 채, 선장은 그가 가까이 다가올 때까지 조용히 기다렸다. 우두머리는 자신의 머리가 발리넌 선장의 머리로부터 몇 센티미터밖에 떨어지지 않은 곳에 멈추더니 이야기를 시작했다.

당연하기 짝이 없는 일이었지만, 브리호의 선원들은 그자의 말을 하나도 알아듣지 못했다. 그러나 연설에 곁들여진 몸짓들은, 멀리 위쪽에 있는 지구인조차 의미를 이해할 만큼 대단히 명료했다.

단도직입적으로 말해, 그자는 무전기를 원했다. 찰스는 이 우두머리가 도대체 그 장치가 어떤 초자연적인 능력을 가지고 있으리라고 생각하고 있을지 느긋하게 유추해보았다. 아마도 그자는 무전기가 마을을 적으로부터 지켜주거나 사냥할 때 행운을 갖다주기를 원할 것이다. 그러나 현재 그것은 중요한 문제가 아니었다. 문제는 제안을 거부당했을 때 그가 어떻게 나올 것인 가 하는 점이었다. 아마도 상당히 적대적으로 변할 것 같았고, 그래서 찰스는 약간 걱정스러웠다.

발리넌 선장은, 그의 인간 친구들이 보기에는 상식적이지 않은, 무모함에 가까운 용기를 드러내며 우두머리의 긴 연설에 대답했다. 말 한마디와 간단한 몸짓. 찰스가 이미 오래전부터 그 의미를 알고 있는 대답이었다. "안 됩니다." 발리넌 선장이 하는 말은 찰스가 처음으로 배운 메스클린 말이었으니까. 이제 우두 머리도 처음으로 그 말을 배우게 되었다. 발리넌 선장의 대답은 명확하기 그지없었다.

다행스럽게도 우두머리는 어떠한 호전적인 행동도 취하지 않았다. 대신에 부하들에게 간단한 명령 하나를 내렸다. 그러자 부하들은 즉시 가지고 있던 무기들을 내려놓고, 빼앗아 갔던 식 량을 다시 브리호 위로 갖다 놓기 시작했다. 만일 브리호의 선원들에게 자유를 돌려주는 것으로 충분하지 않다면 마술 상자 를 얻기 위해 더 많은 대가를 치를 용의가 얼마든지 있어 보였다. 찰스와 발리넌 선장은 우두머리가 절실히 무전기를 소유하고 싶지만, 이제는 무력을 써서 원하는 것을 얻는 것은 겁내게 된 것은 아닌가 의심했다.

가져갔던 식량의 반을 돌려주고 나자, 우두머리는 그 요청을 반복했다. 이번에도 먼저와 마찬가지로 거절당하자, 일단 한발 물러서는 인간의 모습과 놀랄 정도로 닮은 몸짓을 지어 보였고, 부하들에게 나머지 식량도 마저 돌려주라고 지시했다. 찰스는 점점 불안해졌다.

"이번에도 거절하면 저자가 어떻게 나올까요, 발리넌 선장님?" 찰스가 부드러운 목소리로 물었다. 우두머리는 희망에 차서 무전기를 응시했다. 아마도 마술 상자가 우두머리에게 자신을 주라고 소유자에게 명령을 내리고 있는지도 모르니까.

"잘 모르겠습니다. 운이 좋다면 값을 더 쳐주려고 마을에서 뭔가를 더 가져다줄지도 모르지요. 하지만 운이 그렇게까지 계속될지는 잘 모르겠습니다. 무전기가 조금만 덜 중요한 물건이었더라면, 난 벌써 주어버렸을 겁니다."

"맙소사!" 찰스 옆에 앉아 있던 인류학자가 바로 그때 거의 비명처럼 외쳤다. "그럼 지금까지 싸구려 무전기 하나를 뺏기지 않으려고 당신과 부하들의 목숨을 위태롭게 하고 있었단 말입니까?"

"그리 싸다고 볼 수는 없지." 찰스가 투덜거리며 입을 열었다. "그 무전기들은 메스클린의 극지방 중력과 대기압, 메스클린인들의 거친 손길에도 견딜 수 있도록 제작되었거든."

"말꼬리 잡지 마!" 인류학자가 나무랐다. "정보를 얻기 위한 게 아니라면, 저 기계들을 뭐하러 아래에 내려보냈나? 하나는 그냥 포기해! 저기보다 나은 곳이 어디 있겠어? 저 이상한 종족을 계속 관찰할 방법으로 이보다 좋은 기회는 없단 말이야. 찰스, 난 가끔 자네를 이해할 수가 없어!"

"그러면 발리넌 선장에게는 세 개가 남게 되지. 그중 하나만이라도 극지방까지 꼭 가져가야 하고…. 자네 말이 무슨 뜻인지는 알아. 하지만 여행 초기에 이렇게 빨리 하나를 포기하자면, 아무래도 로스텐 박사의 승인을 받아야 해."

"왜 그래야 하지? 로스텐 박사가 무슨 상관인가? 박사가 발리넌 선장처럼 직접 위험을 겪는 것도 아니고, 우리 몇몇처럼 저 부족 사회를 관찰하고 싶은 것도 아닐 거야. 다시 말하지만, 그냥 줘버려. 발리넌 선장은 주고 싶어 한다고. 어쨌든 최종 결정을 내리는 사람은 발리넌 선장이 되어야 한다고 생각해."

이 대화에 계속 귀를 기울이던 선장이 마침내 끼어들었다. "찰스 친구분, 아무래도 이 무전기들이 내 소유가 아니라는 것을 잊고 계시는 것 같습니다. 찰스는 이 물건들을 내가 가져가도록 해주었지만, 어떤 사고로 나머지를 다 잃어도 하나만은 목표 지점까지 가져가야 한다는 전제가 있었습니다. 아무래도 최종 결정을 내릴 사람은 내가 아니라 바로 찰스라고 생각합니다."

찰스가 즉시 대답했다. "당신이 최선이라고 생각하는 대로 하세요, 발리넌 선장님. 결정은 바로 그곳에 있는 당신이 해야 합니다. 게다가 당신의 행성이나 그곳에 사는 종족은 당신이 우리보다 훨씬 잘 알고 있잖습니까. 그리고 당신이 무전기 하나를 그들에게 준다면, 이미 들은 것처럼, 오히려 아주 좋아하는 사람들도 있습니다."

"고맙습니다, 찰스." 날것이 말을 마치는 순간 발리넌 선장의 마음이 결정되었다.

다행히도 우두머리는 그들의 대화를 홀린 듯이 계속 듣고 있었던 모양이었다. 이제 발리넌 선장은 연극의 마지막 부분을 남겨두고 있었다. 그는 선원들을 불러 재빨리 몇 가지 명령을 내렸다.

선원들은 아주 신중하게 움직이며 결코 어떤 순간에도 무전기를 건드리는 일 없이 밧줄 투석구를 준비했다. 그런 다음 그들은 창을 이용하여 '안전한' 거리에 떨어져서 무전기를 위로 들어 올렸다. 무전기 아래에 투석구를 놓은 후 다시 무전기를 내렸다. 이 일이 다 되자, 무전기를 매단 투석구의 손잡이 하나가 발리넌 선장에게 아주 공손하게 건네졌다. 다음 행동으로 발리넌 선장이 우두머리에게 손짓해 가까이 오라고 불렀다. 우두머리가 다가오자, 발리넌 선장은 아주 귀중하고 깨지기 쉬운 물건을 다루는 몸짓으로 그 투석구 손잡이를 넘겨주었다. 그런 다음 발리넌 선장은 우두머리의 부하들을 가리키며, 다른 투석구 손잡이를 들려면 그들이 필요하다는 몸짓을 했다. 그들 중 몇몇이 아주 조심스럽게 앞으로 나왔다. 우두머리는 영광스러운 임무를 수행할 세 명을 그중에서 선발했다. 그리고 나머지는 다시 물러났다.

그들은 아주 천천히, 조심스럽게 무전기를 브리호의 제일 바깥쪽 뗏목 가장자리까지 옮겼다. 우두머리의 카누가 미끄러져 다가왔다. 그것은 길고 날씬한 배로, 숲속에 있는 나무의 밑동을 잘라 종이 정도의 두께만을 남기고 속을 파낸 것이었다. 발리넌 선장은 불안한 표정으로 카누를 응시했다. 뗏목 외의 배는 타 본 적이 없었다. 속이 빈 배라면 어떤 종류이든 낯선 것임은 당연한 일이었다. 발리넌 선장은 카누의 크기가 무전기의 무게까지 견디기에는 너무 작다고 믿었다. 그리고 우두머리가 카누 속에 있는 선원들에게 손을 뻗어 무전기를 받으라고 명령했을 때, 부정의 의미로 고개를 설레설레 흔드는 것과 같은 의미를 가진 동작을 거의 억제할 수가 없었다. 이제는 무전기를 이용한 위협도 끝장이라고 느꼈다. 그래서 새로운 짐을 실은 카누가 단지 약간만 흔들릴 뿐 끄떡없는 것을 보자 놀라서 말이 나오지 않았다. 잠시 그는 배가 수면 아래로 잠기기를 기다렸으나, 그런 일은 일어나지 않았다. 그리고 앞으로도 일어나지 않을 것이 확실했다.

발리넌 선장은 기회를 놓치지 않는 사람이었다. 몇 달 전 우연히 만난, 지구에서 온 방문자에게 협력하겠다고 망설임 없이 동의하고 그들의 말을 배운 것만 보아도 알 수 있었다. 만일 그 크기에 비해 훨씬 더 큰 무게를 견딜 수 있는 배를 만드는 것이 가능하다면, 그 기술은 해양 국가로서는 상당히 중요한 지식이 될 것이 틀림없었다. 그 지식을 얻을 수 있는 가장 논리적인 수단은 카누 중 하나를 얻는 것일 터였다.

우두머리와 부관 셋이 카누에 올라타는 동안, 발리넌 선장이 그 뒤를 따랐다. 그들은 발리넌 선장이 다가오는 것을 보자, 그가 원하는 것이 뭘까 의아해하며 카누를 뒤로 밀어내려다 말고 바라보았다. 발리넌 선장은 자신이 원하는 것이 무엇인지 잘 알고 있었으나, 그것을 얻기 위한 행동이 모처럼 얻은 안전을 위태롭게 하지 않을까 걱정스러웠다. 그러나 그의 부족에는, 지구로 따지면 "위험을 무릅쓰지 않으면, 얻는 것도 없다"라는 말에 해당하는 속담이 있었다. 그리고 그는 결코 겁쟁이가 아니었다.

발리넌 선장은 브리호와 카누 사이에 있는 약 1센티미터 정도의 강물 위로 몸을 내밀었다. 그리고 아주 조심스럽고 경건하게 무전기를 만졌다. 그러고는 말했다.

"찰스, 난 다시 돌아와 훔치는 한이 있더라도 이 배를 하나 갖고 싶습니다. 내가 말을 마치면, 무슨 말이든 해주세요. 아무 말이라도 괜찮습니다. 나는 이 사람들에게 무전기를 운반하는 배는 특수한 용도로밖에 사용할 수 없다는 생각을 심어줄 생각입니다. 그리고 브리호에서 이 무전기가 차지하던 역할을 변질된 카누가 대신해야만 한다고 말입니다."

"저런! 야바위꾼이 따로 없군요! 언젠가 때가 되면 '야바위꾼'이라는 말이 무슨 뜻인지 가르쳐줄게요. 그러나저러나 당신의 뻔뻔함이 존경스러울 따름입니다. 할 수 있다면 한번 해보세요. 하지만 제발 부탁이니 너무 지나치게 위험을 무릅쓰지는 말아요." 그러고 난 다음, 찰스는 입을 다물었다. 그리고 메스클린인 선장이 그의 이 몇 마디 말을 자신의 의도대로 고쳐서 옮기는 것을 '보고' 있었다.

그전과 마찬가지로 발리넌 선장은 신체 언어를 활용했다. 그의 몸짓은 지구인들에게도 어느 정도 이해가 갈 정도였다. 같은 종에 속하는 강 주민들에게는 유리알만큼이나 명료하게 전달되었을 것이다. 선장은 먼저 카누를 철저하게 검사하는 척했다. 그런 다음 근처에 있는 다른 카누에 멀리 떨어지라고 손짓했다.

아직 브리호 위에 남은 몇 안 되는 강 주민에게는 안전한 위치로 물러서라는 동작을 해 보였다. 그러고 나서 우두머리의 부관 하나가 가져왔다가 버려둔 것이 분명한 창 하나를 갑판에서 집어 들고 누구도 카누 주위로 그 창의 길이 이내에 들어와서는 안 된다는 것을 분명히 했다.

그런 다음 선장은 카누의 길이를 창으로 재어보고는, 무전기가 브리호 위에 원래 놓여 있었던 곳으로 갔다. 그리고 카누 크기만 한 면적을 온갖 허세를 부리며 깨끗하게 치웠다. 선장의 명령에 따라, 브리호의 선원들은 새로 얻을 재산을 둘 공간을 남기고 남은 무전기들을 재배열했다. 더 많은 설득 작업이 남아 있었지만, 그만 해가 저버렸다. 강가의 주민들은 밤 동안 계속 그곳에서 기다려주지 않았다. 다시 해가 떴을 때, 무전기를 실은 카누는 이미 몇 미터나 떨어진 곳으로 가서 이미 기슭에 끌어 올린 후였다.

발리넌 선장은 그것을 걱정스러운 눈초리로 바라보았다. 많은 다른 카누들도 역시 기슭에 올라 있었다. 아직 브리호 주위에 떠 있는 카누는 단 몇 척뿐이었다. 많은 주민이 몰려나와 기슭에서 기다리고 있었다. 그중 누구도 무전기를 실은 카누에 가까이 다가가지 않는 것을 보고 발리넌 선장은 대단히 만족했다. 그의 행동에 영향을 받은 것이 분명했다.

우두머리와 부하들은 주의 깊게 전리품을 배에서 내렸다. 그동안 나머지 부족원들은 계속 멀찍이 떨어져서 거리를 유지했다. 그 거리는 발리넌 선장이 요구한 창 길이의 몇 배에 해당했다.

둑 위로 무전기를 가져가자, 군중들은 그것이 지나도록 넓게 길을 터주었고 행렬을 따라 모습을 감추었다. 오랫동안 그곳에는 아무도 나타나지 않았다. 아직도 강에 떠 있는 몇 안 되는 카누의 선원이라면 덫으로부터 쉽게 밖으로 밀어낼 수 있을 것이다. 그러나 선장은 쉽게 포기하는 사람이 아니었다. 그는 시선을 강기슭에 고정하고 계속 기다렸다. 마침내 붉고 검은 몸을 가진 생물들이 떼를 지어 둑 위에 나타났다. 그들 중 하나가 카누로 다가갔다. 발리넌 선장은 그자가 우두머리가 아닌 것을 발견하고 경고의 고함을 질렀다. 원주민은 걸음을 멈추었고, 뭔가 토론이 진행되는 듯하더니, 찰스가 듣기에 발리넌 선장이 지른 어떤 소리보다도 크다고 여겨지는 고함이 릴레이처럼 울려 퍼졌다. 잠시 후 우두머리가 모습을 드러내고 똑바로 카누를 향해 다가갔다. 무전기 드는 일을 도왔던 세 부하 중 두 명이 뒤에서 카누를 강으로 밀어 넣고 브리호를 향해 다가오기 시작했다. 다른 카누들은 적당한 거리를 두고 그 뒤를 따랐다.

우두머리는 무전기를 실었던 바로 그 뗏목으로 카누를 갖다 대었다. 그러고는 즉시 브리호로 올라왔다. 발리넌 선장은 그 카누가 강기슭을 떠나자마자 부하들에게 명령을 내려두었다. 이제 선원들은 작은 배를 브리호 위로 끌어 올려 준비된 위치까지 옮겼다. 그러면서 계속 경건한 태도를 유지했다. 우두머리는 작업이 끝나기를 기다리지 않았다. 뒤따라왔던 다른 카누 위에 다시 올라타고는 때때로 뒤돌아보기도 하면서 기슭으로 돌아가버렸다. 그가 제방에 다시 올라갔을 때는 날이 어두워져 있었다.

"해냈군요, 발리넌 선장님. 나도 당신 같은 용기가 있었으면 좋으련만. 그랬다면 지금보다는 부자일 텐데 말이죠. 물론 어떻게든 목숨을 부지했을 경우의 일이지만요. 카누를 더 얻기 위해 내일도 이 근처에 있을 생각인가요?"

"지금 당장 떠날 겁니다!" 선장은 아무 망설임 없이 대답했다.

찰스는 어두워진 스크린을 떠나 여러 시간 만에 첫 수면을 취하러 자신의 방으로 향했다. 브리호가 강 마을에 잡힌 이후 65분, 메스클린의 하루로 치면 5일도 채 안 되는 시간이 지나 있었다.

11
태풍의 눈

브리호는 동쪽 바다를 향해 너무나 천천히 나아갔기 때문에 바다가 언제 그렇게 가까이 왔는지 아무도 정확히 알지 못했다. 바람은 브리호가 공해에서 항해하게 되기까지 날마다 속도를 높이고 있었다. 강폭은 수십 미터씩 넓어지더니 마침내는 수 킬로미터까지 늘어나서 더는 갑판에서 강둑을 볼 수 없게 되었다. 그러나 여전히 '민물'이었다. 말하자면, 거의 모든 대양을 다양한 농담(濃淡)으로 물들이며 우주에서 볼 때 이 행성에 깜짝 놀랄 정도로 웅장한 인상을 만들어내는, 떼 지어 몰려다니는 생명체가 거의 없다는 뜻이었다. 그러나 점점 바닷물 맛이 났고, 선원들도 스스로 그 사실을 확인하고는 엄청난 만족감을 느꼈다.

그들은 여전히 동쪽으로 가고 있었다. 날것의 말에 따르면 길쭉한 반도가 남쪽 방향을 막고 있기 때문이었다. 날씨는 좋았다.

일기에 변화가 있으면 외계인들이 충분히 빨리 경고해줄 것이다. 배에는 수중 생물이 우글거리는 비옥하고 깊은 바다에 도달할 때까지 버틸 식량이 충분했다. 선원들은 행복했다.

선장 역시 만족스러웠다. 한편으로는 스스로 조사하고 실험하고 다른 한편으로는 찰스로부터 설명을 들으면서 발리넌 선장은 카누처럼 속이 빈 배가 어떻게 뗏목보다 크기에 비해서 훨씬 많은 짐을 실을 수 있는지에 대해 배웠다. 발리넌 선장은 이미 속이 빈 커다란 배를 건조할 계획에 골몰해 있었다. 브리호만큼이나 큰 배로 말이다. 돈드래그머의 비관적인 태도는 발리넌 선장의 장밋빛 꿈에 전혀 그림자를 드리우지 못했다. 일등항해사는 비록 그 이유는 설명할 수 없지만, 어쨌든 고향 지역에서 그런 구조의 배가 지금까지 만들어지지 않은 것은 그럴 만한 이유가 있음이 틀림없다고 느끼고 있었다.

"너무나 간단한 이치입니다." 일등항해사가 계속 지적했다. "그렇게 단순한 원리로 될 것 같으면 오래전에 누군가가 생각해냈을 거라고요."

그 말에 발리넌 선장은 브리호 뒤쪽을 가리킬 뿐이었다. 그곳에는 밧줄에 매달린 채 전체 식량의 반을 싣고도 끄떡없이 따라오고 있는 카누가 있었다. 돈드래그머는, 말(馬) 없이 달리는 신형 마차를 보고 고개를 설레설레 젓는 마부처럼 고개를 흔들지는 않았다. 그러나 만일 그에게도 '목'이 있었다면 분명 그렇게 했을 것이다.

브리호가 마침내 남쪽을 향해 항해하게 되었을 때 돈드래그머의 표정이 밝아졌다. 그리고 새로운 생각 하나가 떠올랐다.

"제대로 된 중력을 만나자마자 조금씩 가라앉는 것을 보십시오! 저런 것은 '가장자리' 근처에 사는 생물에게는 쓸모가 있겠지요. 사물이 정상으로 돌아온 곳에서 필요한 건 단단한 뗏목인 겁니다."

"날것은 우리 고향에서도 카누를 쓸 수 있을 것이라고 했어. 보다시피, 뗏목이 고향보다 '가장자리'에서 무게가 가벼워진다고 해서 수면 위로 더 높이 뜨는 것도 아니잖아. 날것의 말에 따르면, '가장자리'에서는 메탄 역시 가벼워지기 때문이지. 내게는 그게 아주 논리적인 이야기로 생각되는군."

돈드래그머는 대답하지 않았다. 그는 자기만족적인 미소와 같은 의미를 가지는 동작을 취하며, 브리호의 주요 항해 장비 중 하나인, 단단한 나무 용수철저울과 추를 흘끗 쳐다볼 뿐이었다. 그 추가 아래로 축 늘어질 무렵이면, 선장이나 멀리 위쪽의 날것이 생각도 못한 일이 일어날 거라고 확신했다. 그것이 어떤 일일지는 알 수 없었지만, 어떤 일이 일어난다는 사실만은 확신했다.

그러나 카누는 무게가 점점 더 늘어가도 계속 떠 있었다. 물론 메탄의 비중은 물의 반도 되지 않으니, 여기서 '뜬다'는 말은 지구에서와 같은 높이를 의미하지는 않았다. 짐을 가득 싣고 있어도, '수면'은 용골에서 뱃전까지, 즉 배 높이의 약 반 정도에 닿아 있었다. 따라서 족히 10센티미터는 수면 아래에 잠긴 상태였다. 남은 10센티미터는 날이 계속 지나도 줄어드는 기미가 없었다. 일등항해사는 실망한 것 같았다. 결국은 발리넌 선장과 날것이 옳았던 모양이었다.

용수철저울은 '0' 지점에서 눈에 뜨일 만큼 아래로 처지기 시작했다. 그 저울은 중력이 지구의 수십 배에서 수백 배에 이르는 곳에서 사용되는 것이었다. 그리고 바로 그때 단조로움이 깨졌다. 실제 중력은 지구의 일곱 배에 해당하는 지역이었다. 투리 기지로부터의 정기적인 통신이 약간 늦어지고 있었다. 그래서 선장과 일등항해사는 남아 있는 무전기가 목적지에 도착하기도 전에 고장 난 것은 아닌지 걱정하기 시작했다. 통신자는 찰스가 아니라 이제 그들도 꽤 익숙해진 한 기상학자였다.

"발리넌 선장님." 기상학자가 아무런 서두 없이 입을 열었다. "당신들이 어느 정도의 폭풍이라야 대피를 할 생각인지 모르겠습니다. 기준이 상당히 높을 것 같으니까요. 근처에 태풍이 하나 다가오고 있는데, 나라면 12미터짜리 뗏목 위에서 그 폭풍을 맞고 싶지는 않을 만큼 꽤 강력한 태풍입니다. 지금까지 천5백 킬로미터 정도 계속 관찰한 바에 따르면, 아래쪽에 있는 물체를 전부 위로 끌어 올리기 때문에 그것이 지나가고 나면 바다의 색깔까지 변할 정도로 강력합니다."

"알겠습니다. 어떻게 피하면 좋겠습니까?"

"그게 문제인데요, 나로선 확신할 수가 없습니다. 아직 태풍은 당신들이 가고 있는 항로에서 아주 멀리 떨어져 있습니다. 녀석이 언제 브리호가 진행 중인 항로와 만날지 모르겠습니다. 당신네 항로를 스쳐 갈 보통 등급의 태풍이 두 개 정도 있는데 그것들이 당신들의 항로를 바꾸어놓아, 엄청난 녀석과 만나게 할 수도 있을 겁니다. 이걸 지금 알려주는 이유는 남동쪽으로 약 8백 킬로미터 지점에 상당히 큰 군도가 있기 때문입니다. 당신들이 그 군도 쪽을 향해 가면 어떨까 해서요. 태풍이 그 섬들을 덮칠 것은 분명하지만, 태풍이 지나갈 때까지 브리호가 피신할 만한 항구가 꽤 있을 것 같습니다."

"제시간에 닿을 수 있을까요? 그러지 못할 거라면, 난 그런 폭풍을 차라리 공해상에서 맞지 육지 근처에서 맞고 싶지는 않습니다."

"지금 속도대로라면, 충분히 도착할 뿐 아니라 괜찮은 항구를 고를 시간까지 있을 겁니다."

"좋습니다. 정확한 방향이 어디입니까?"

아무리 고성능 망원경이라 하더라도 대기층을 넘어 배를 내려다보는 것이 불가능했지만, 인간들은 영상 탐지기에서 전파를 보내는 방법으로 브리호의 위치를 아주 정확히 찾아낼 수 있었다. 기상학자는 선장이 원하는 방위를 어렵지 않게 알려주었다. 돛을 적절히 조정한 브리호는 새로운 항로로 항해를 시작했다.

바람은 강하지만 날씨는 여전히 쾌청했다. 태양은 어떤 것에도 방해를 받지 않고 하늘을 계속 가로질렀다. 그러나 어느 틈엔가 안개가 나타나더니 점점 짙어지기 시작했다. 이에 따라 태양은 금빛 원판에서 진줏빛 원판으로 금세 변했다. 그림자는 점점 희미해지다가, 하늘이 거의 균일하게 빛을 내는 돔처럼 변하자 마침내 완전히 자취를 감췄다. 이 변화는 여러 날을 사이에 두고 천천히 일어났다. 변화가 진행되는 동안, 브리호의 뗏목들은 수 킬로미터를 항해했다.

새로운 문젯거리가 나타나 닥쳐올 폭풍에서 선원들의 관심을 돌려놓은 것은, 군도까지 거리가 150킬로미터도 남지 않았을 즈음이었다. 바다의 색깔이 다시 옅어졌으나, 그 사실을 염려하는 사람은 누구도 없었다. 그들은 빨간 바다만큼이나 파란 바다에 익숙했다. 그 거리에서는 육지가 근접해 있을 거라는 징후는 아무도 발견하지 못했다. 콜럼버스에게 육지가 가까운 것을 알려주었던 조류의 변화나 새 같은 것이 메스클린에는 존재하지 않았다. 군도 위로 빈번히 나타나곤 하는 키 큰 적란운이라면 1백 킬로미터 이상의 거리에서도 보일지 몰랐다. 그러나 하늘을 덮은 안개층 때문에 비록 그런 것이 있다 해도 보기 어려웠다. 위쪽의 지구인들에게는 더 이상 군도가 보이지 않았기 때문에, 발리넌 선장은 맹인이 땅을 짚고 나아가는 것처럼 항해할 수밖에 없었다.

이상한 사건이 일어난 것은 하늘에서였다.

브리호 위로 까마득히 높은 곳에 까맣고 조그만 점 하나가 나타났다. 그것은 메스클린인들에게는 완전히 낯설고 지구인들이라면 아마도 매우 친숙할 듯한 어떤 운동, 즉 하늘에서 급강하하는 움직임을 보였다. 처음에는 아무도 그것을 보지 못했다. 마침내 선원들이 발견했을 때는 무전기의 렌즈로 포착하기에는 너무 멀고 수직으로 너무 높이 떠 있었다. 그 물체를 처음 발견한 선원은 놀랐을 때 보통 내는 경고의 비명을 올렸다. 그 소리에 투리에 있는 지구인들까지 깜짝 놀랐지만, 그들이 특별히 도울 길은 없었다. 서둘러 무슨 일인가 스크린을 이리저리 응시하는 지구인들에게는 브리호의 선원들밖에 보이지 않았다. 선원들은 마치 하늘을 처다보기라도 하듯 애벌레 모양의 몸 중 앞쪽 첫 번째 체절을 위쪽으로 잔뜩 치켜든 모습이었다.

"무슨 일입니까, 발리넌 선장님?" 찰스가 다급히 물었다.

"모르겠습니다. 처음에는 우리를 섬 쪽으로 정확히 인도하려고 당신들이 로켓을 내려보낸 게 아닌가 생각했는데, 저건 당신네 로켓보다 크기가 작고 형태도 아주 다릅니다."

"뭔가 날아다니는 것입니까?"

"그래요. 하지만 당신네 로켓에서 나는 것 같은 소음도 없이 조용히 날고 있습니다. 바람을 거슬러 부드럽고 규칙적으로 움직이지만 않았으면 바람에 날려 온 것으로 생각했을 겁니다. 어떻게 묘사해야 할지 모르겠습니다. 저것은 가로와 세로의 길이가 같고, 돛대 하나에 활대 여러 개가 직각으로 걸쳐진 것 같은 모양입니다. 그 이상은 자세히 보이지 않습니다."

"우리가 볼 수 있도록 탐지기 중 하나를 위쪽으로 돌려주시겠습니까?"

"해보겠습니다." 찰스는 즉시 전화를 걸어 기지 내에 있는 생물학자를 찾았다. "랜스, 발리넌 선장이 날아다니는 생물과 마주친 것 같아. 그것을 보려고 탐지기를 세우려는 중인데, 이리 내려와서 같이 보며 설명을 좀 해줄 수 있겠어?"

"바로 갈…." 생물학자의 목소리는 문장의 끝에 이르자 희미하게 들렸다. 말을 끝내기도 전에 이미 문을 나선 것이 분명했다. 생물학자는 선원들이 탐지기를 완전히 곧추세우기도 전에 스크린 룸에 도착해서 양해도 구하지 않고 의자에 몸을 묻었다. 발리넌 선장이 다시 말을 계속했다.

"물체는 때로는 직선, 때로는 원을 그리며 배 위를 왔다 갔다 하고 있습니다. 방향을 틀 때마다 몸체를 기울이지만 그것 말고는 아무런 변화가 없습니다. 막대기 두 개가 만나는 곳에 작은 몸통이 보이는 것 같기도…." 발리넌 선장이 설명을 계속했으나, 익숙하지도 않은 지구어로 그 물체를 적절히 묘사하기에는 일상적 경험에서 너무나 멀리 벗어난 모양이었다.

"물체가 스크린에 나타나면, 다들 눈을 가늘게 뜨도록 해." 기술자 중 하나가 끼어들었다. "고속 카메라로 스크린을 찍을 생각이야. 적정 노출을 얻기 위해 아주 강력한 조명을 터뜨릴 작정이거든."

"…긴 막대기를 따라 더 작은 막대기들이 직각으로 걸쳐져 있고, 막대기들 사이에는 아주 얇은 돛이 펼쳐진 것 같습니다. 다시 우리 쪽으로 돌아오고 있어요. 지금은 아주 낮게 날고 있습니다. 이번에는 '눈' 바로 앞으로 다가올 것 같은…."

관찰자들은 긴장했다. 사진기사의 손이 전극 막대를 단단히 움켜쥐었다. 스위치를 누르면 카메라가 작동되어 그 결과가 스크린 상에 나타날 것이다. 단단히 준비하고 있었긴 했지만, 기사가 미처 반응하기 전에 물체가 탐지기 상에 모습을 드러냈고

방 안에 있던 사람들은 갑자기 터진 밝은 빛 때문에 반사적으로 눈을 깜빡거렸다. 하지만 그들은 모두 매우 또렷하게 물체를 보았다. 모두가 충분히 뭔지 알 수 있을 만큼 말이다.

사진기사가 진동수 현상 장치를 가동하고 방의 빈 벽 쪽을 향해 카메라를 빙글 돌리면서 필름을 감고, 영사 스위치를 찰칵찰칵 누르는 동안, 방 안에는 아무도 입을 여는 사람이 없었다. 영사 준비가 되는 그 15초 동안, 모두 자신들이 본 것에 대해 생각에 깊이 빠져 있었다.

필름 영사는 모든 사람이 만족할 만큼 1초에 50장 정도로 충분히 느리게 돌아갔다. 발리넌 선장이 물체를 묘사하느라 진땀을 흘린 것도 놀랄 일이 아니었다. 선장은 몇 달 전 찰스를 만나기 전까지는 난다는 것이 가능하리라고는 꿈도 꿔보지 않았을 것이다. 그 자신의 언어에는 '비행'에 해당하는 말조차 없었다. 또한 그가 지금까지 배운 지구어 단어 중에도 '동체'라든지 '날개', 혹은 '꼬리 날개'라는 것은 포함되어 있지 않았다.

그 물체는 동물이 아니었다. 그것은 약 1미터 길이의 몸체, 즉 인간이 볼 때는 '동체'에 해당하는 것이었다. 발리넌 선장이 획득한 카누의 절반 정도 길이였다. 동체의 후방 쪽으로 1.5에서 2미터쯤 뻗은 가느다란 막대기 맨 끝에 제어 날개가 달려 있었다. 주 날개들은 6미터 가량 옆으로 펴져 있었고, 거의 투명한 천을 통해 중앙 골격인 주 돛대와 여러 개의 활대가 보였다. 사실 발리넌 선장은 여러모로 한계를 갖고 있었지만, 최상의 묘사를 해낸 셈이었다.

"어떻게 동력을 얻는 걸까?" 관찰자 중 한 사람이 갑자기 입을 열었다. "프로펠러나 제트 분사 같은 것은 눈에 띄지 않는데. 그리고 발리넌 선장은 조용히 난다고 했어."

"저건 일종의 '돛 비행기'야." 기상학 분야에서 일하는 사람이었다. "파도 전방에서 솟아오르는 상승 기류를 이용하지. 지구로 치면 갈매기의 비행 기술을 알고 있는 누군가가 조종하는 글라이더라고 보면 돼. 발리넌 선장 정도의 몸 크기인 사람을 둘 정도는 쉽게 지탱할 수 있을 거고, 식사하거나 잠을 자기 위해 아래로 내려가야 할 때까지는 오랫동안 공중에 머무를 수 있어."

한편, 브리호의 선원들은 약간 불안해지기 시작했다. 비행 기계의 완벽한 침묵, 누가 혹은 무엇이 그 안에 타고 있는지 볼 수 없다는 점 등이 그들을 괴롭혔다. 글라이더는 적대적인 움직임을 보이지 않았지만, 브리호의 선원들은 공중으로부터의 공격에 대한 기억이 아직도 생생했으므로 도무지 마음이 편하지 않았다. 선원 한둘은 갑판 위에서 구할 수 있는 딱딱한 물체를 가지고, 새로 배운 '던지는' 기술을 연습하고 싶다는 의사를 표시했다. 그러나 발리넌 선장은 이것을 단호하게 금지했다. 그들은 안개 낀 하늘을 일몰이 또다시 어둡게 물들일 때까지 계속 육지를 찾아 나아갔다. 날이 새로 밝아 비행 물체가 흔적도 없이 사라져버린 것이 드러나자 안심해야 할지 걱정해야 할지 알 수 없었다. 이제 바람은 더 강해졌다. 바람은 남동으로 향하는 브리호의 진행 항로를 거의 완전히 대각선으로 가로지르며 북동쪽으로부터 불어오고 있었다. 아직 파도는 그 바람을 따라 몰려오지 않았다. 그 결과 파도가 상당히 고르지 못했다. 처음으로 발리넌 선장은 카누의 단점을 알아차렸다. 뱃전으로 들어온 메탄은 밖으로 다시 나가지 않고 계속 배 안에 남아 있었다. 하루에 한 번씩 카누를 외부 뗏목 가장자리까지 끌어당겨 두 선원에게 고여 있는 메탄을 퍼내도록 하는 일이(이 작업에 필요한 적절한 도구에 해당하는 단어도 존재하지 않은 활동이) 필요한 것을 알게 되었다.

하루하루가 지나도 글라이더는 다시 나타나지 않았다. 그리하여 마침내 전망 감시 담당만이 계속 눈을 위쪽으로 향한 채 그것들이 다시 돌아오나 살폈다. 높은 안개층은 계속 짙어만 갔다. 그리하여 이내 바다 위 15미터 못 미치는 곳까지 낮게 깔린 구름층으로 변해버렸다. 발리넌 선장은 글라이더들이 날기에 좋은 날씨가 아니라는 정보를 '날것'로부터 들었다. 그래서 망보는 일을 그만두었다. 발리넌 선장과 인간들은 어떻게 첫 번째 글라이더가 밤에, 그것도 길잡이로 삼을 별도 보이지 않는 짙은 안개 속에서 방향을 찾을 수 있었는지 계속 의아해했다.

시야에 들어온 첫 번째 섬은 해발 고도가 꽤 높았다. 섬의 지면은 해수면 위로부터 급격히 솟아올라 구름층 위로 사라져 보이지 않았다. 처음 보았던 지점에서 보면 섬은 바람이 불어가는 쪽에 놓여 있었다. 발리넌 선장은 지구인들의 설명을 듣고 만든 군도의 위치도를 살펴보고 나서, 항로를 바꾸지 않고 계속 전진했다. 기대한 대로 첫 번째 섬이 시야에서 사라져 가물가물해질 무렵, 멀리 앞쪽에 또 하나의 섬이 나타났다. 발리넌 선장은 바람을 정면으로 맞지 않는 섬의 사면을 지나기 위해 배를 약간 돌렸다. 멀리 위쪽에서 관찰하는 사람들에 따르면 이쪽 면은 해안선이 상당히 들쭉날쭉해서 쓸 만한 항구가 있을 법했다. 또한 수색하는 데 필요한 며칠 밤을, 바람을 고스란히 맞는 섬 사면 쪽에서 보낼 생각은 전혀 없었다.

이 섬도 해발 고도가 상당히 높았다. 언덕 꼭대기 부분이 구름에 닿아 있을 뿐 아니라, 브리호가 섬 그늘에 들어서자 건너편에서 불어오는 바람이 미치지 않을 정도였다. 해안선은 번번이 나타나는 협만으로 가로막혀 있었다. 협만의 입구들을 일단 한번 둘러보고 그럴듯한 곳을 골라 들어가보자는 것이 발리넌 선장의 생각이었지만, 돈드래그머는 공해에서 멀리 떨어진 지점 하나를 정해 안으로 깊숙이 들어가는 것이 좋겠다고 우겼다. 안으로 깊숙이 들어가 있기만 하면 어떤 해변이라도 피신처가 되기에는 충분하다는 게 돈드래그머의 주장이었다. 발리넌 선장은 오로지 일등항해사의 생각이 틀린 것을 증명하기 위해 그의 의견을 수락했다. 발리넌 선장에게는 안된 일이었지만, 조사를 위해 처음으로 들어간 협만은 바다에서 약 8백 미터 들어간 곳에서 급격한 고리 모양으로 소용돌이치더니, 지름 약 백 미터 정도 되는 거의 완벽한 원형의 호수로 이어졌다. 호수 주위의 벽은, 브리호가 들어온 입구를 제외하면 안개구름 위로 높이 솟아 있었고, 그 입구에서 몇 미터밖에 떨어져 있지 않은 곳에 또 하나의 작은 입구가 있었으나, 그것은 내륙으로부터 흘러들어오는 시내의 하구였다. 유일한 해변이 그 두 입구 사이에 조그맣게 자리했다.

이렇게 되자, 배와 그 내용물들을 안전하게 붙들어 맬 시간이 상당히 많이 남게 되었다. 그 구름들은 주 폭풍이 아니라 기상학자가 언급한 두 개의 '보통급' 태풍 중 두 번째 것이었기 때문이다. 브리호가 항구에 도착한 지 며칠 안 돼 날씨가 다시 맑아졌다. 그러나 바람은 계속 거셌다. 발리넌 선장은 그 호수가 높이 30미터가 못 되는 그리 가파르지 않은 그릇 모양 계곡의 맨 밑바닥 부분인 것을 알 수 있었다. 계곡의 양 사면을 따라 약간 올라가면 작은 시내에 의해 잘린 틈을 통해 저 멀리 자리한 내륙을 볼 수 있을 것이다. 날씨가 맑아진 직후 그렇게 해본 발리넌 선장은 무엇인가를 발견하고는 당황스러웠다. 조개껍데기, 해초, 상당히 커다란 바다 생물의 뼈가 양쪽 언덕의 사면을 덮은 육지형 식물군을 따라 여기저기 흩어져 있었다. 좀 더 조사해본 결과, 현재의 해수면으로부터 족히 10미터는 되는 곳까지 계곡을 따라 상당히 유사한 모습을 보이며 그 현상이 계속되는 것을 발견했다. 대다수의 잔류물이 오래되고, 원래 무엇인지 알아볼 수도 없을 만큼 풍화되어 있었다. 그리고 어떤 것은 땅속에 반쯤 묻혀 있기도 했다. 이것은 해수면이 계절에 따라 변화하기 때문일 수도 있었다. 그러나 아주 최근 것으로 보이는 것들도 있었다. 따라서 그것이 암시하는 바는 명확했다. 어떤 상황에서 그 지점까지 바다의 수위가 올라갔던 것이었다. 브리호는 선원들이 믿고 있는 만큼 안전한 위치에 있지 않을 가능성이 컸다.

메스클린의 폭풍이 해상을 이동할 때, 일정 수준 이상 성장하지 못하게 방해하는 요소는 오직 하나였다. 메탄 증기는 수소보다 훨씬 밀도가 높다는 것. 지구에서는 수증기가 일반 공기보다 가볍다. 그리고 일단 태풍이 생성된 뒤에는 폭풍의 발달에 엄청난 역할을 담당한다. 그러나 메스클린에서는 그런 폭풍에 의해 바다로부터 끌어 올려진 메탄은 비교적 짧은 시간 안에 상승을 멈추는 경향이 있었다. 따라서 메탄 증기가 폭풍 구름을 형성하며 수축하는 과정에서 내놓는 열은 같은 양의 수증기가 내놓는 열의 약 4분의 1밖에 되지 않았다. 일단 태양이 태풍 생성의 초기 분발을 밀어주고 난 후엔 그 수축 열이야말로 태풍 성장을 위한 연료인데 말이다.

이런 여건인데도 메스클린의 태풍은 장난이 아니었다. 비록 메스클린인이기는 했지만, 발리넌 선장도 이 사실을 지금에야 갑자기 깨닫게 되었다. 시간이 허락하면 브리호를 시내의 상류 쪽으로 끌고 올라갈까도 신중히 고려했으나 그럴 필요가 없어졌다. 호수의 물이 갑자기 빠지더니 브리호를 해수면 가장자리에서 20미터는 떨어진 곳에 버려둔 것이다. 잠시 뒤 바람이 90도 방향으로 바뀌더니 속도를 높이기 시작했다. 배 위에 있던 선원들은 생명을 부지하려면 밧줄 고리를 부여잡고 매달려야 했고, 만약 배 밖에 있었다면 붙들 만한 식물을 잡고 의지해야 했다. 선장이 브리호 밖에 나가 있는 선원들에게 어서 배로 돌아오라고 소리를 질렀지만, 그 소리는 이미 바람에 묻혀 들리지 않았다. 그들은 집게손을 두 개 이상 사용하여 식물 줄기를 부여잡으며, 이미 바람에 휘말려 어느 순간이라도 날려 갈 것만 같은 배 위에 자신을 단단히 고정해놓은 동료들을 향해 나아갔다. 비가(더 정확히는 섬을 완전히 가로질러 날아와 흩뿌려지는 물보라가) 오랫동안 그들을 세차게 때렸다. 그러다가 비도 바람도 마치 마법처럼 그쳤다. 아무도 감히 그들을 묶은 줄을 풀 엄두는 내지 못했지만, 이제 가장 느린 선원들이 배를 향해 마지막 움직임을 재촉하고 있었다.

폭풍 덩어리는 해수면에서 지름 5킬로미터 정도 크기였다. 그리고 시속 약 1백 킬로미터 정도로 이동하고 있었다. 바람이 멈춘 것은 한순간일 뿐이었다. 그것은 태풍의 중심부가 계곡에 도착한 것을 의미했다. 또한 그곳이 저기압 지역이라는 것을 뜻했다. 협만의 입구 부분에 태풍의 중심이 도달하자 거대한 파도가 몰려왔다. 파도는 가까이 다가오면서 점점 더 속도를 높이며 거대해졌고, 호스에서 분출되는 수돗물처럼 협만으로 쏟아져 들어왔다. 들어온 바닷물은 절벽 주위로 몰아치며 소용돌이를 그렸고, 첫 번째 회전 때 브리호를 들어 올렸다. 배가 소용돌이의 중심부로 빠져들어 가는 동안, 호수의 수위는 더욱 높이 올라갔다. 5미터, 다음엔 6미터, 또 8미터 올라갔다. 그리고 다시 바람이 몰아쳤다.

돛대의 목재가 튼튼하기는 했지만, 뚝 부러진 지 오래였다. 선원 두 명이 사라지고 없었다. 돛대에 몸 묶는 일을 너무 서둘렀던 모양이었다. 돛대는 거의 남지 않았으나 배는 새로운 바람에 휘말렸다. 그 때문에 배는 소용돌이의 한쪽으로 밀렸다. 배는 이제 섬 내륙 쪽으로 이어지는 작은 강을 따라붙어 넘치고 있는 액체의 흐름을 타고 조그만 나뭇조각처럼 무력하게 솟구쳤다. 바람은 물 흐름의 한쪽 가장자리로 배를 몰고 갔다. 기압이 다시 한 번 올라가자, 홍수는 몰려온 만큼이나 급속히 후퇴해버렸다. 아니, 꼭 그렇지는 않았다. 브리호가 현재 떠돌고 있는 지점에서 다시 호수로 돌아가려면 물살에 밀려 타고 올라온 그 작은 강 외에는 다른 항로가 없었다. 그리고 그러려면 시간이 필요했다. 만일 낮이 지속되었다면, 브리호가 현재 처한 조건이라도 발리년 선장은 배가 여전히 물에 떠 있는 동안 흐름을 따라 돌아가도록 유도할 수 있었다. 그러나 태양은 마침 이 중요한 순간에 행성의 반대편으로 져버렸다. 발리년 선장은 어둠 속에서 잠시 우왕좌왕하게 되었다. 그 몇 초의 지연으로도 이미 늦었다. 바닷물은 후퇴를 계속했고, 태양이 다시 떠올라 뗏목 중의 하나가 지나가기에도 너무나 좁고 얕아져버린 시내에서 약 20미터 떨어진 곳에 무력하게 널브러진 브리호를 비추었다.

바다는 언덕 너머로 시야에서 완전히 사라졌다. 6미터 크기의 바다 괴물 하나가 시내 건너편에서 힘없이 뒹굴고 있는 모습은 이 중력 탐사대의 무력함을 그림으로 나타내듯 또렷이 보여주고 있었다.

12
바람을 타는 자들

투리에서는 상황을 내내 지켜보고 있었다. 무전기는 브리호의 갑판에 실린 다른 작은 물품들과 마찬가지로 제자리에 단단히 고정되어 있었다. 물론 소용돌이 속에서 배가 빙글빙글 도는 동안에는 시야를 분간하기 어려웠다. 그러나 브리호의 현재 상황은 일목요연했다. 스크린 룸에 남아 있던 사람 중에 뭔가 도움이 될 만한 말을 찾아낸 사람은 아무도 없었다.

마찬가지로 메스클린인들 역시 거의 입을 열지 않았다. 고향에서도 여름과 가을에 바다가 물러나 줄어드는 일이 종종 있었기 때문에 배가 마른 육지에 올라온 상황에는 익숙했다. 그러나 이렇게 갑자기는 아니었다. 해수면 위로 이렇게 높이 올라온 적도 없었다. 충격을 잔뜩 받은 발리넌 선장과 일등항해사는 살아남았어도 딱히 고맙게 여길 만한 기분은 들지 않았다.

하지만 그들에게는 여전히 식량이 충분히 남아 있었다. 비록 카누에 실려 있던 식량은 사라져버리고 말았지만. 보트의 양옆 뱃전에 높이 둘러싸여 있으니 카누에 있던 식량들이 안전할 거라 생각하고 주의 깊게 묶어놓지 않았던 걸 무시한다면, 돈드래 그머는 뗏목이 더 성능이 우수한 항해 수단이라는 것을 지적할 만한 좋은 기회를 얻은 셈이었다. 그 작은 카누는 여전히 아무 상처도 입지 않은 채로 견인 밧줄에 매달려 있었다. 카누의 재료였던 나무는 더 높은 위도에서 자라는 키 작은 식물의 탄성을 그대로 지니고 있었다. 유연성은 훨씬 덜하지만 비슷한 소재로 만들어진 브리호 역시 아무 상처 없이 무사했다. 둥근 계곡의 안쪽 경사면에 바위가 많았더라면 이야기는 상당히 달라졌겠지만 말이다. 브리호는 그 구조 탓인지, 뒤집히지 않고 제대로 위쪽을 향한 채 놓여 있었다. 발리넌 선장은 일등항해사가 뗏목의 장점을 또다시 지적하는 것을 기다리지 않고 스스로 그 점을 인정했다. 그들의 불만은 배가 부서졌다거나 식량이 없다거나 하는 것과는 전혀 상관이 없었다. 그들이 더 이상 바다 위에 떠 있지 않은 그 점이 문제였다.

"가장 확실한 방법은, 전에도 그랬듯이 배를 분해해 언덕 아래로 운반하는 것이겠군. 경사가 그다지 급하지 않을 뿐 아니라, 아직은 중력도 크지 않으니 말이야." 발리넌 선장이 오랜 생각 끝에 이렇게 제안했다.

"찬성입니다. 하지만 배를 길이 방향으로만 분리하면 시간이 절약되지 않을까요? 그렇게 하면 배의 길이만큼만 되는 뗏목의 행렬을 만들 수 있을 테니까요. 그러고 나서 들거나 끌고 가서 시내를 따라 흘려보내는 겁니다. 그러면 먼 거리를 운반하지 않고도 물 위에 띄울 수 있게 되는 거지요." 하스가 제안했다. 그는 한때 바위에 공격을 받았던 친구였다.

"좋은 생각이야. 하스, 자네는 시내까지의 정확한 거리를 알아와. 남은 사람들은 하스가 제안한 대로 해체를 시작하자고. 해체에 꼭 필요하면 짐을 내려놓도록. 화물이 밧줄에 걸릴지도 모르니까."

"비행 기계가 날기에는 아직 날씨가 나쁜 것일까?" 돈드래그머가 딱히 누구에게랄 것도 없이 질문을 던졌다.

발리넌 선장은 위쪽을 바라보며 대답했다. "아직 구름은 너무 낮게 깔렸고 바람이 강하군. 비행 기계에 대한 날것의 말이 옳다면, 사실 그들이 그 문제에 대해 잘 아는 것이 당연해 보이지만, 비행하기에는 날씨가 아직 적당치 않을 거야. 그러나 때때로 하늘을 올려다본다고 나쁠 것은 없겠지. 나는 그 비행 기계를 다시 보고 싶네."

"저는 그 일이 어찌 됐든 신경 쓰지 않습니다." 일등항해사가 건조하게 대답했다. "아무래도 선장님은 카누뿐 아니라 글라이더도 원하시는 것 같군요. 그렇다면 지금 분명히 말씀드리겠습니다. 극한 상황이 닥치면 저는 카누 속으로 들어갈 수도 있을 겁니다. 하지만 겨울 아침 하늘에 태양 두 개가 동시에 뜨는 일이 일어나지 않는 한 그 비행 기계 위에는 올라타지 않을 겁니다."

발리넌 선장은 그 말에 대꾸하지 않았다. 사실 수집품 중에 글라이더를 보내는 일을 의식적으로 고려한 적은 없었다. 그러나 듣고 보니 상당히 매혹적이었다. 비행 기계를 탄다고? 음, 그가 상당히 변하기는 했지만 역시 아직은 어려운 일 같았다.

날것들이 날씨가 갠다고 알려주었다. 다음 며칠 동안 구름은 순순히 물러났다. 이제 비행하기에 상당히 좋은 날씨가 되긴 했지만, 선원 중 하늘을 올려다볼 생각을 한 자는 거의 없었다. 모두 너무나 바빴다. 하스의 계획은 효율적임이 증명되었다. 시내는 뗏목들이 바다를 향해 몇백 미터 정도 떠내려갈 정도로 충분히 깊었고, 뗏목 한 줄이 지나갈 만큼 적당히 넓었기 때문이다. 그러나 추가로 늘어난 중력이 별문제가 되지 않을 것이라던 발리넌 선장의 말은 틀렸다. 그들이 찰스를 두고 왔던 곳보다 모든 물건이 두 배는 무거웠다. 게다가 장소에 상관없이, 선원들은 무엇을 들어 올린다는 일에 익숙하지 못했다. 그들의 힘이 세기는 했지만, 새로운 중력이 상당히 부담된 나머지 먼저 뗏목 위의 짐들을 내리고 나서 뗏목의 행렬만을 따로 시내까지 운반해야 했다. 뗏목을 일단 물속에 밀어 넣고 나자 일이 훨씬 편해졌다. 땅을 파는 분대가 시내에서 둑을 확장해 브리호가 놓여 있던 지점까지 이어놓자 일은 수월하다고 할 만해졌다. 다시 짐을 실은 길고 좁은 뗏목의 행렬이 바다를 향해 내려가기 시작할 때까지 몇백 일 정도 걸렸을 뿐이었다.

비행 기계들이 모습을 드러낸 것은, 배가 시내를 따라 막 골짜기 양 사면의 경사가 가장 급해지는 지점까지 흘러갔을 때였다. 즉 호수로 흘러들어 가기 바로 직전이었다. 카론드라세가 처음으로 발견했다. 다른 선원들이 노를 젓고 있는 동안 그는 갑판 위에서 식사 준비를 하고 있었기 때문에 좀 더 자유롭게 다른 것들에 주의를 기울일 수 있었다. 그가 낸 경고의 비명에 지구인들과 나머지 메스클린인들은 똑같이 놀랐으나, 보통 그러듯이 탐지기가 위쪽으로 조정되어 있지 않은 탓으로 지구인들은 다가오는 방문자들을 볼 수가 없었다.

발리넌 선장은 모든 것을 아주 분명하게 보았다. 여덟 대의 글라이더가 상당히 가깝게, 대형은 조금 흐트러진 채로 날아오고 있었다. 그들은 브리호 바로 위에 도달할 때까지 계곡 건너편에서 불어오는 바람이 만들어내는 상승 기류를 타고 똑바로 날아왔다. 그런 다음 항로를 바꾸어 브리호 앞쪽을 통과했다. 글라이더가 머리 위를 스쳐 지나갈 때마다 물체를 하나씩 떨어뜨리고는 방향을 틀어 고도를 다시 회복하기 위해 다시 원래 위치로 돌아갔다.

떨어지는 물체가 무엇인지에는 의심의 여지가 없었다. 선원들 모두 그것이 창이라는 것을 알았다. 그 모양이 강가에 살던 원주민들이 이용했던 것과 상당히 비슷했지만, 이번에는 훨씬 더 무거운 촉이 달려 있었다. 잠시, 추락하는 물체에 대한 예전의 공포가 선원들을 공황 상태로 몰아넣었다. 그런 다음 그들은 창이 앞쪽으로 얼마간 떨어진 곳에 추락할 것이고 그들을 맞히지 못하리라는 것을 알아차렸다. 잠시 뒤 글라이더들이 다시 습격해 왔다. 이번에는 더 심하게 공격을 퍼부으리라는 두려움에 휩싸였다. 그러나 이번에도 거의 같은 위치에 떨어졌다. 세 번째로 공격해 오자, 이내 그 표적과 목적이 분명해졌다. 모든 투사체는 좁은 시내 속에 떨어졌다. 그리고 창 길이의 절반 이상이 굳은 진흙 바닥 속에 박혔다. 세 번째 공격이 끝날 즈음에는, 창의 손잡이 부분으로 만들어진 두 다스의 말뚝이 브리호가 계속 시내를 따라 흘러가는 것을 효과적으로 봉쇄했다.

브리호가 바리케이드에 다가가자 폭격이 멈췄다. 발리넌 선장은 그들이 접근해 장애물을 치우지 못하도록 공격이 계속되리라고 생각했었다. 그러나 다가가 보니, 바리케이드는 수없이 많은 창으로 만들어진 것을 알 수 있었다. 창들은 강바닥에 박힌 채 꿈쩍도 하지 않았다. 7g 중력의 거의 30미터 상공으로부터 최상급의 조준 실력으로 떨어진 것들이었다. 동력 기계 없이는 도저히 뽑아낼 수 없을 것 같았다. 힘이 센 터블라넨과 하스가 5분 동안이나 헛되이 위쪽으로 잡아당겨본 결과 그 사실이 증명되었다.

"잘라버릴 수는 없나요? 당신들의 집게손은 상당히 강력할 텐데요." 찰스가 멀리서 물어 왔다.

"이것들은 나무예요. 무른 금속이 아니란 말입니다. 오히려 당신의 단단한 쇠톱이 필요할 것 같습니다. 당신은 쇠톱이 우리의 나무까지도 잘라낼 수 있다고 했었지요. 물론 뽑아낼 수 있는 기계를 가지고 있다면 더 좋겠지만." 발리넌 선장이 대답했다.

"하지만 나무를 끊어낼 수 있는 연장이 있어야 하지 않나요? 그런 게 없다면 배는 어떻게 만든 겁니까? 뗏목이 원래부터 그런 형태로 자랐던 것은 아니겠죠?"

"우리의 절단용 연장은 튼튼한 틀에 고정한 동물의 이빨로 만듭니다. 가지고 다니기 쉽지 않은 것이 대부분입니다. 물론 현재 가진 것을 사용하긴 할 겁니다. 그러나 시간이 넉넉할지 의심스럽습니다."

"공격자들을 화염 공격으로 계속 쫓아버리면 되지 않을까요?"

"그렇기는 합니다. 그들이 역풍을 받으며 내려온다면 말입니다. 하지만 저들이 그렇게까지 멍청할 것 같지는 않습니다."

찰스는 침묵을 지켰다. 그동안 선원들은 날카로운 날을 가진 연장들을 모두 가지고 나와 말뚝에 달라붙어 작업에 열중했다. 딱딱한 나무로 된 개인용 칼들은 창에 아무런 흠집도 내지 못할 것 같았다. 그러나 발리넌 선장이 넌지시 암시했던 대로, 뼈 몇 개와 상아로 만든 절단기도 있었다. 그들은 이것들을 사용해 믿을 수 없을 정도로 단단한 나무들을 잘라내기 시작했다. 연장을 지니지 않은 몇몇 선원은 파내는 일을 시도했다. 그들은 7, 8센티미터 깊이의 시내에 교대로 몸을 잠가 진흙을 느슨하게 파내고, 그 파낸 흙을 느린 물 흐름에 흘려보냈다. 돈드래그머는 잠시 이 일꾼들을 보고 있다가, 약 1미터 깊이로 박힌 스물네 개의 말뚝을 뽑아내느니 바리케이드 주위로 따로 수로를 파는 게 더 쉬울 것 같다고 지적했다. 이 제안은 연장이 없던 선원들에게 열렬한 지지를 받았고, 작업은 놀라울 속도로 진전을 보였다.

글라이더들은 그동안 계속 배 위를 빙빙 돌았다. 밤새도록 계속 그 자리를 지켰든지, 어두울 때 다른 글라이더들로 교대했든지 둘 중 하나였다. 어느 쪽인지는 알 수 없었다. 발리넌 선장은 어느 순간이든 육군이 나타나지 않을까 계곡의 양쪽 언덕 위를 예리하게 감시했다. 그러나 오랫동안 그곳에는 그의 부하들과 글라이더들만이 유일하게 움직이는 존재들이었다. 글라이더의 승무원들은 계속 보이지 않았다. 그 기계에 타고 있는 존재들이 어떤 자들인지, 그리고 그 수가 얼마나 되는지 아무도 알 수 없었다. 비록 인간들이나 메스클린인들도 그들이 발리넌 선장의 종에 속하리라는 것을 다소 당연하게 여기고 있긴 했지만 말이다. 글라이더들은 선원들이 바닥을 파는 것에 대해 불안하게 여기지 않는 것 같았다. 그러나 굴착 작업을 눈치채지 못하는 것은 아님이 마침내 드러났다. 작업이 4분의 3 정도 진행되었을 때, 글라이더들이 행동을 취해왔다. 새로 만든 수로에 또다시 창이 떨어졌다. 이전과 마찬가지로 선원 중에 창에 찔린 자는 아무도 없었다. 그러나 그 일은 개개인에 대한 공격이나 마찬가지의 좌절을 안겨주었다. 굴착 작업이 헛수고였다는 것이 명약관화해졌으며, 며칠간의 작업이 단 몇 분 동안에 수포로 돌아가고 말았다. 뭔가 다른 방안을 짜내야만 했다.

지구인들의 충고에 따라, 발리넌 선장은 벌써 오래전에 명령을 내려 부하들이 무리 지어 있지 못하게 했다. 그러나 이제 부하들에게 모조리 배 위에 올라오라고 한 다음, 시내 양 옆면을 끼고 긴 뗏목의 줄을 따라 느슨한 감시선을 치게 했다. 충분한 거리를 두고 배치되었기 때문에 공중에서 공격할 수 있을 정도로 만만한 목표가 될 수는 없었다. 그리고 실제 공격이 감행되면 서로를 엄호할 수 있을 만큼은 충분히 가까이 있다고 할 수 있었다. 이렇게 배치했으니, 이제 다음 행동은 글라이더에게 달려 있었다. 발리넌 선장은 자신의 그런 의도가 그들에게 명백히 전달되었기를 희망했다. 그러나 여러 날이 지나도록 전달된 기미가 보이지 않았다.

그러던 어느 날, 멀리서 얇은 천을 펼친 글라이더 열두 대가 더 나타났다. 그들은 브리호 위로 급강하해 오더니 두 그룹으로 나뉘어 계곡의 양쪽 언덕의 꼭대기에 각각 착륙했다. 날것이 예측한 대로, 착륙은 바람을 역으로 받으며 이루어졌다. 비행 기계는 접지 지점에서 1미터가량 미끄러지더니 마침내 정지했다. 각 비행 기계에서 네 명씩 모습을 드러내더니 곧장 날개 위로 훌쩍 뛰어올라서, 근처의 관목을 닻으로 이용해 서둘러 글라이더를 고정했다. 그동안 추측만 해온 사실이 확실해졌다. 그들은 형태, 크기, 몸 색깔에 이르기까지 브리호의 선원들과 완전히 똑같았다.

각 글라이더를 안전하게 고정하자, 승무원들은 바람이 불어오는 쪽에 조립식 구조물을 하나 설치하기 시작했다. 그러고는 갈고리가 달린 밧줄을 구조물에 고정했다. 그들은 그 장치로부터 가장 가까이에 있는 글라이더까지의 거리를 상당히 주의 깊게 측정하는 것으로 보였다. 이 작업이 완료되는 동안, 그들은 브리호와 브리호의 선원들에게는 눈곱만큼도 신경 쓰지 않았다. 한 번의 긴 외침 소리가 한쪽 언덕 위에서 다른 쪽 언덕을 향해 울려 퍼졌다. 작업이 끝난 것을 알리는 신호임이 분명했다.

그런 다음, 두 언덕 중 역풍 쪽에 있는 언덕 위의 글라이더 종족이 경사를 내려오기 시작했다. 그들은 착륙 직후의 행동과는 달리, 뛰어내리거나 하는 일 없이 발리넌 선장 측 사람들이 '가장자리'까지 탐사하러 오기 전에 알고 있었던 유일한 이동 방법인 애벌레 같은 움직임으로 기어 내려왔다. 그런데도 속도가 빨랐고 일몰경까지는 돌을 던져도 맞을 만한(일부 비관적인 선원들은 이 방법을 고려했다) 거리 안에 도달했다. 글라이더 종족은 그 지점에서 움직임을 멈추고 밤이 지나기를 기다렸다. 주위에는 대치한 양쪽 편이 상대편의 의심스러운 움직임을 감시할 만큼만의 빛이 있었다. 햇빛이 다시 그들에게 도달하자, 행군이 재개되었다. 마침내 새로운 방문자 가운데 한 사람이, 가장 가까이에 있던 브리호의 선원으로부터(비록 다른 동료들이 얼른 한두 걸음 뒤로 서둘러 물러난 까닭에 그렇게 된 것이지만) 단 1미터 떨어진 곳에서 걸음을 멈추었다. 그들 중 무기를 지닌 자는 아무도 없는 것 같았다. 발리넌 선장은 먼저 두 부하에게 탐지기를 접선 장소에 정확히 향하도록 명령하고 나서 그들을 맞이하러 앞으로 나섰다.

글라이더의 조종사는 시간을 낭비하지 않았다. 그는 발리넌 선장이 앞에 멈추자마자 말을 시작했다. 선장은 한마디도 알아들을 수 없었다. 몇 문장을 이야기하고 난 후 조종사도 그 점을 이해한 것 같았다. 그는 잠시 말을 멈추더니, 계속해서 발리넌 선장이 다른 언어라고 판단한 언어로 좀 더 천천히 말했다. 상대방 조종사가 양측이 다 아는 언어를 찾느라고 소비할 시간을 조금이라도 아껴주기 위해, 발리넌 선장은 이해를 못 하고 있음을 이번에는 소리 내어 알려 주었다. 상대는 다시 언어를 바꾸었다. 정말 놀랍게도, 그것은 상당히 느리고 발음도 형편없었지만, 발리넌 선장이 아는 한 분명 자신의 언어였다.

"너희 나라 말로 이야기해본 지는 오래됐다. 그래도 아직도 알아들을 만큼은 말할 수 있을 거다. 자, 내 말 알아듣겠나?"

"완벽하게 이해하고 있습니다." 발리넌 선장이 대답했다.

"좋아. 나는 마레니 무역부 장관님의 통역관 리자렌이다. 너희가 누구이고, 어디서 왔으며, 무슨 목적으로 이 군도 근처를 항해하고 있는지 알아내라는 명령을 받고 왔다."

"우린 무역 항해 중입니다. 특별한 목적지는 없습니다." 발리넌 선장은 자신이 다른 행성에서 온 생물들과 교류한다는 사실을 절대 알려주고 싶지 않았다. "우리는 이 군도가 존재하는 것도 몰랐습니다. 단지 '가장자리'를 충분히 둘러보았으므로 그곳을 떠나 남쪽으로 향하고 있었을 뿐입니다. 우리와 거래하고 싶다면, 기꺼이 응할 용의가 있습니다. 만일 아니라면, 우리가 여행을 계속하게 해달라고 요청할 따름입니다."

"우리의 배와 글라이더들은 이 바다 위에서 오랫동안 무역을 해왔지만, 다른 바다에서 온 장삿배는 아직 한 번도 없었다." 리자렌이 대답했다. "한 가지 이해할 수 없는 점이 있는데, 내게 너희 언어를 가르쳐주었던 남쪽 출신의 상인이 말하기를, 그는 서쪽 대륙을 횡단한 곳에 있는 먼 반대쪽 바다에 접한 나라에서 왔다고 했었지. 우리는 여기와 빙하 사이에, 그 바다와 이 바다를 연결하는 해협이 없는 것을 알고 있다. 그러나 처음 발견했을 때 너희는 북쪽에서 오고 있었다. 그것은 너희가 의도적으로 육지를 조사하며 이 바다를 왔다 갔다 하고 있었다는 뜻이지. 이 점을 어떻게 설명하겠는가? 우린 스파이를 좋아하지 않는다."

"우리는 이 바다와 우리의 바다 사이에 놓인 육지를 가로지른 뒤 계속 내려왔습니다." 비록 진실이지만 믿기 어려운 이야기로 들리리라는 것을 발리넌 선장은 알고 있었지만, 그럴듯한 거짓말을 생각해낼 시간이 없었다. 리자렌의 표정으로 보아 그의 짐작이 맞았다는 것을 알 수 있었다.

"너희 배를 보니, 분명 커다란 연장으로 만들어진 것을 알겠다. 하지만 이 배에 그 연장은 없군. 따라서 조선소에서 만들어진 것이 분명하다. 그런데 이 바다의 북쪽에는 어디에도 조선소는 없어. 배를 분리해 그 먼 길을 끌고 왔다는 말을 나더러 믿으란 말인가?"

"그렇습니다." 발리넌 선장은 빠져나갈 구멍을 찾았다고 느꼈다.

"어떻게?"

"그럼 당신들은 어떻게 하늘을 날 수 있습니까? 사람은 때로 상당히 믿기 힘든 일을 하기도 합니다." 상대의 반응으로 판단해보건대, 이 말은 희망한 것만큼은 좋은 선택이 아니었던 모양이었다.

"내가 네 질문에 대답하리라 기대하지는 않겠지. 우린 지나가는 항해자들은 참아주지만 스파이는 곱게 다루지 않아!"

선장은 서둘러 먼저 한 말을 변명했다. "질문에 답해달라는

217

것이 아닙니다. 단지, 우리가 육지의 장벽을 어떻게 넘었는지 묻지 말아달라는 것을 비유적으로 표현했을 뿐입니다."

"오, 하지만 난 물어볼 생각이야. 이봐, 이방인, 자신의 상황을 아직도 자각하지 못했나 본데, 너희가 나를 어떻게 생각하는지는 하나도 중요하지 않아. 하지만 내가 너희를 어떻게 생각하는가는 상당히 중요하지. 간단히 말해, 바라는 대로 이곳을 곱게 떠나고 싶다면, 자신이 위험한 존재가 아님을 내게 납득시켜야 할 것이다, 이 말이야."

"하지만 겨우 배 한 척에 탄 선원이 전부인 우리가 무슨 수로 당신에게 해를 끼친단 말입니까? 왜 우리를 두려워합니까?"

"우린 너희를 두려워하지 않아!" 통역관의 대답은 날카로우면서도 단호했다. "너희가 끼칠 수 있는 위험이란 자명하지! 단 한 사람이라도 우리가 결코 주고 싶지 않은 정보를 빼 갈 수 있는 법이니까. 물론 야만인들은 자세히 설명해주지 않는 한 비행의 비밀 따위는 이해할 수 없다는 것을 알고 있어. 내가 네 질문을 비웃은 것도 바로 그 때문이야. 어쨌든 너는 좀 입조심을 하는 것이 좋겠어."

웃음이라니, 발리넌 선장은 아무 웃음소리도 듣지 못했다. 그는 이 통역관의 종족이 어떤 성격의 사람들인지 눈치채기 시작했다. 발리넌 선장 측에서 고개를 조아리는 것처럼 보일 만한 절반의 진실을 털어놓는 것이 가장 좋을 것 같았다.

"사실 배를 육로로 끌고 오는 데는 많은 도움이 필요했었습니다." 목소리에 다소 시무룩한 기미를 띠며 선장이 입을 열었다.

"'바위 굴리기' 종족과 강 주민들로부터? 너희는 놀랄 만큼 설득력이 있나 보군. 우리는 그들에게서 돌과 창 세례 말고는 받은 것이 없는데." 다행스럽게도, 리자렌은 그 문제를 더 추궁하지 않았다. 통역관은 좀 더 화급한 문제 쪽으로 주의를 돌렸다. "그래, 우리와 거래하고 싶단 말이지. 좋아, 너희가 가진 물건이 뭔가? 거래하러 우리 도시에 가고 싶진 않고?"

발리넌 선장은 그 말이 함정이라고 느꼈다. 그래서 적당히 회피하는 대답을 했다. "우린 여기서든 어디서든, 당신들이 원하는 곳이면 어디든 가겠습니다. 물론 바다에서 멀리는 가지 않았으면 합니다. 우리가 지금 현재 가진 물건은 모두 지협을 지나오면서 얻은 식품류뿐입니다. 당신들이라면 의심할 바 없이 이미 그 정도는 가지고 있을 것 같군요. 그 비행 기계가 있으니까요."

"먹을 것은 보통 잘 팔리지." 통역관은 다소 모호하게 대꾸했다. "바다로 다시 나가기 전에 거래할 생각인가?"

"필요하다면요. 이미 말했다시피, 그게 꼭 필요한 일인지 몰라서 말이지요. 혹시 당신이 원하지 않는데도 우리가 떠나려 한다면, 당신들은 마음만 먹는다면 언제라도 그 비행 기계로 따라잡을 수 있을 것 아닙니까?" 혹 리자렌이 지금쯤은 의심을 내려놓고 있었다고 하더라도, 이 마지막 말이 완전히 되살려놓았다.

"아마도 그럴 거야. 하지만 내가 말할 성질의 이야기는 아닌 것 같군. 결정은 당연히 마레니 장관께서 하셔야 해. 어쨌든 너희는 여기서 배를 좀 가볍게 비울 계획을 세우는 것이 좋을 거야. 어떤 경우든 항만세는 내야 하는 것 아니겠어?"

"항만세라고요? 여기는 항구가 아니고, 난 여기 정박하지도 않았습니다. 그저 이리로 밀려온 것뿐입니다."

"이유야 어찌 됐든 외지에서 온 선박은 항만세를 내야지. 요금은 마레니 장관께서 결정하실 거야. 그리고 그분은 나를 통해서 너희에 대한 인상의 상당 부분을 얻게 되지. 그러니 좀 더 예의 바르게 행동하는 것이 좋을걸."

발리넌 선장은 성질을 꾹 누르고, 통역관의 말이 그야말로 맞는 소리라고 맞장구쳐주었다. 발리넌 선장은 상당히 길게 주절주절 이야기하여 그런 요지를 표현했고, 그런 태도가 상대를 어느 정도 달래주었음이 분명했다. 어쨌든 통역관은 (명시적이든 암시적이든) 더 으름장을 놓지 않고 자리를 떴다.

통역관의 부하 두 사람이 그를 따라갔다. 그리고 나머지는 뒤에 남았다. 통역관이 타고 오지 않은 다른 글라이더의 승무원들이 조립식 구조물에 연결된 밧줄 두 개를 서둘러 움켜쥐고는 잡아당기기 시작했다. 밧줄은 믿을 수 없을 정도로 길게 늘어나, 마침내 글라이더의 기수 부분에 있는 연결점에 고정되었다. 그런 다음 비행체를 놓아 보내자, 밧줄은 글라이더를 공중에 쏘아 보내면서 원래의 길이로 수축하였다. 발리넌 선장은 즉시 그 늘어나는 밧줄을 갖고 싶다는, 간절한 욕망을 느꼈다. 그런 말을 하자 돈드래그머도 공감했다. 옆에서 대화를 전부 들었기에, 무역부 장관의 통역관에게 느끼는 선장의 기분에도 공감했다.

"선장님, 저기, 그 자식의 콧대를 꺾을 수 있을 것 같아요. 한번 해보시겠습니까?"

"제발 그랬으면 좋겠지만, 우리가 멀리까지 가버리기 전에는 그를 화나게 하지 않는 것이 좋아. 지금이든 어느 때든, 놈들이 브리호 위로 창 세례를 퍼붓는 것은 곤란하니까."

"그를 화나게 하자는 것이 아닙니다. 두려워하게 만들자는 거지요. '야만인들'이라니. 우리가 그를 위해 특별한 일을 꾸미면 자기가 한 말을 집어삼키게 될 겁니다. 전제 조건이 좀 필요하긴 합니다. 날것은 글라이더가 어떻게 작동하는지 알고 있을까요? 그리고 우리에게 그걸 가르쳐줄까요?"

"아마 알고 있을 거야. 아주 오랫동안 훨씬 더 성능 좋은 것을 써온 탓에 저런 시시한 것에 대해서 잊어버리지 않았다면…."

"훨씬 더 좋은 성능, 그게 바로 제가 생각하는 것이죠."

"하지만 그들이 말해줄지는 잘 모르겠군. 지금쯤 자네는, 내가 이 여행에서 정말로 무엇을 얻으려는지 알고 있을 거야. 난 할 수 있는 한 날것의 과학을 모두 배우고 싶어. 그게 내가 '중심'에 있는 그들의 로켓을 찾으러 가는 이유야. 찰스는 그 로켓에 가장 진보된 과학 기계들이 많이 있다고 했어. 우리가 그것을 가지게 되면, 브리호를 건드릴 자는 하늘에서나 바다에서나 어디에도 없게 될 거야. 그러면 항만세 따위는 안녕이지. 그때부터는 만일 필요하다면 항만세를 받는 건 우리 쪽일 테니까."

"그러리라고 추측했습니다."

"그 때문에 날것이 자네가 원하는 것을 말해줄지 모르겠다는 거야. 그들은 내가 뭘 노리고 있는지 의심할 수도 있어."

"지나치게 걱정하시는 것 같습니다. 선장님이 훔치려고 하는 과학 정보에 대해 날것에게 하나라도 직접 물어보신 적이 있습니까?"

"물론이야. 하지만 찰스는 언제나 그게 너무 어려운 거라서 설명할 수 없다고만 하더군."

"아마 그게 사실일 수도 있겠지요. 찰스 역시 모를 수도 있고요. 어쨌든 전 글라이더에 대해 날것에게 물어보고 싶습니다. 리자렌이 엎드려 기는 것을 보고 싶거든요."

"자네의 그 아이디어란 무엇인가?"

돈드래그머는 마침내 말해주었다. 선장은 처음에는 회의적이었으나, 점점 열성적으로 변했다. 마침내 그들은 나란히 무전기를 향해 다가갔다.

13
말실수

　다행히도 리자렌은 여러 날이 지나도록 돌아오지 않았다. 통역관의 부하들은 여기에 남았다. 대여섯 대의 글라이더가 항상 머리 위를 날아다녔고, 나머지는 발사대 근처의 언덕 꼭대기에 그대로 있었다. 비행체의 수는 별로 변하지 않았다. 그러나 언덕 꼭대기에 올라오는 글라이더 종족의 수는 날이 갈수록 늘어났다. 멀리 위에 있는 지구인들도 돈드래그머의 계획에 열광적으로 동참했다. 발리넌 선장은 그들이 약간 즐거워하고 있지 않나 의심했다. 선원 중 몇몇은 이 일에 참여하기에는 눈치가 빠르지 못한 편이었다. 그래서 어떤 의미에서 보면 주 프로젝트에서는 제외되었다. 그러나 그들조차도 어떤 상황인지 대충은 이해했으므로 선장은 그들도 일정 부분 기여할 수 있으리라고 확신했다. 그래서 그들을 부서진 돛대를 복구하는 작업에 배치했다.

돛대 보수 작업은 적어도 그들을 배에 붙들어둘 수 있었다.

계획은 착착 진행되었다. 통역관이 돌아오기 훨씬 전에 예행 연습까지 끝나 있었다. 상급 선원들은 어서 계획을 실행하고 싶어 안달이 났다. 돈드래그머만은 그동안 또 하나의 프로젝트를 준비하며 무전기에 붙어 시간을 보냈다. 며칠 동안 잘 참았던 선장과 일등항해사는, 어느 날 아침 아이디어를 테스트해보고 싶다는 의욕이 넘쳐 글라이더들이 착륙해 있는 언덕을 향해 올라갔다. 그러나 어느 쪽도 각자의 의도에 대해 상대에게 한마디도 털어놓지 않았다. 날씨는 오래전에 완전히 개어 있었다. 비행을 돕기도 하고 방해하기도 하는 메스클린 행성의 바닷바람이 쉬지 않고 불고 있을 뿐이었다. 그리고 분명 바람은 비행을 돕고 싶어 했다. 글라이더들은 마치 살아 있는 생물처럼 자신들을 붙들어 맨 밧줄을 팽팽하게 잡아당기고 있었다. 글라이더 보초들은 날개 옆에 서서, 만일 필요하다면 밧줄의 역할에 자신들의 힘이라도 기꺼이 보탤 태세를 갖추고 주변의 관목들을 붙든 모습이었다.

발리넌 선장과 돈드래그머는 날카로운 정지 명령이 울릴 때까지 비행 기계를 향해 다가갔다. 그들로서는 명령을 내린 자의 계급이나 권한이 어느 정도인지 알 도리가 없었다. 그자는 아무런 계급장도 달고 있지 않았기 때문이다. 그러나 그런 문제를 가지고 왈가왈부하는 것은 계획에 들어 있지 않았다. 그래서 그대로 멈춰 섰다. 그러고는 승무원들이 상당히 호전적으로 그들을 마주 쳐다보는 동안, 30미터 정도 거리에서 별 관심 없다는 듯 비행 기계를 건너다보았다. 분명히 리자렌의 건방진 성격은 이 나라에서는 별로 드문 특성이 아닌 모양이었다.

"감탄하고 있는 것 같군, 야만인." 보초 하나가 짧은 침묵 뒤에 말을 던졌다. "우리 기계를 보는 것만으로 뭔가를 배울 수 있을 거로 생각한다면 꿈 깨시지. 사실 너희 행동은 상당히 유치해 보여." 보초는 발리넌 선장의 언어를 우두머리 통역관보다나을 것이 없는 형편없는 억양으로 말했다.

"저 비행 기계에서 별로 배울 게 있을 것 같지는 않은데요. '날개'의 앞부분을 아래로 구부리면 현재 바람 때문에 겪는 문제가 상당 부분 해결될 텐데, 그렇게 하지 않고 많은 동료가 힘겹게 바동거리게 내버려두는 이유가 뭡니까?"

발리넌 선장은 '날개'라는 말에 지구어를 사용했다. 자신의 언어에는 '날개'에 해당하는 어휘가 없었기 때문이다. 보초는 그말에 대한 설명을 요구했다. 그리고 발리넌 선장의 대답을 들으며 자신의 우월성이 잠시 사라져버린 것에 화들짝 놀랐다.

"전에도 글라이더를 본 적이 있어? 어디서?"

"한 번도 '당신들의 비행 기계' 같은 것은 본 적이 없습니다." 발리넌 선장이 대답했다. 비록 강세 때문에 오해를 유발한 것은 분명했지만, 그 말은 사실이었다. "'가장자리'에 이렇게 가까이 온 것은 이번이 처음이거든요. 이렇게 연약한 구조물들로는 훨씬 더 남쪽 지방까지 가면 늘어난 중력 때문에 추락해버릴 겁니다."

"어떻게…." 보초는 자신의 태도가 문명인이 야만인을 대하는 적절한 태도가 아님을 깨닫고 말을 멈췄다. 그리고 이 경우 어떤 태도가 좋을지를 생각해내려 애쓰며 잠시 침묵을 지켰다. 그런 다음, 그 문제는 더 높은 사람에게 떠넘기는 것이 낫겠다고 결정했다. "리자렌 통역관이 돌아오면, 당신이 제안한 그럴듯한 개선안에 흥미를 느낄 것이 틀림없어. 개선안이 충분히 가치 있는 것이라고 판단되면, 당신들의 항만세를 삭감해줄 수도 있을 거야. 그때까지는 글라이더에서 멀찍이 떨어져 있으라고 경고하겠다. 단지 보는 것만으로도 우리 글라이더의 더 나은 점에 대해 뭔가를 알아챌 수도 있으니까. 만일 그렇다면, 우리는 당신들을 스파이로 간주하는 수밖에 없어."

발리넌 선장과 일등항해사는 자신들이 연출한 효과에 완전히 만족해서 더 논쟁을 벌이지 않고 브리호로 후퇴했다. 그리고 그동안 나눈 모든 대화를 지구인들에게 한마디도 빼지 않고 보고했다.

"200g의 위도에서 날 수 있는 글라이더를 가졌다는 암시에 보초가 어떻게 반응하던가요? 당신 말을 믿던가요?" 찰스가 물었다.

"잘 모르겠습니다. 보초는 자기가 말을 너무 많이 했거나, 너무 많은 말을 들었다고 생각하는 것 같더군요. 그래서 상관이 돌아올 때까지 우리가 정해진 위치를 벗어나지 않게 하기로 했습니다. 그렇지만 연극은 제대로 막이 올랐습니다."

발리넌 선장의 말이 맞을 수도 있었다. 그러나 통역관은 돌아와서도 이렇다 할 증거를 보여주지 않았다. 다만, 그가 착륙한 시간과 브리호를 향해 언덕을 내려온 시간 사이에 약간 지연이 있기는 했다. 아마도 보초가 그 대화를 보고한 탓인 것 같았다. 그러나 통역관은 처음에는 전혀 그런 내색을 하지 않았다.

"마레니 무역부 상관께서는 당분간은 너희 의도를 불순하게 생각하지 않기로 했다." 통역관이 말을 시작했다. "물론 허가 없이 우리 해안에 들어오는 죄를 범했지. 하지만 너희가 당시에 큰 곤경에 처한 점을 이해해주셨다. 그래서 관대한 처분을 내리기로 한 것이야. 장관님은 너희 짐을 검사하고, 필요한 항만세와 벌금의 액수를 책정하는 권한을 내게 부여해주셨다."

"장관님께선 우리의 짐을 직접 보시고, 그 친절함에 대해 우리가 드리는 감사의 증표를 손수 받아주시지는 않을 생각입니까?" 발리넌 선장은 말투에서 비꼬는 투를 드러내지 않는 데 간신히 성공했다.

리자렌은 미소에 상응하는 동작을 해 보였다. "갸륵한 자세로군. 우린 서로 아주 좋은 관계를 맺게 될 것 같다. 안타깝게도 장관님은 다른 섬에 일정이 있으시다. 아주 여러 날이 지나야 오실 거야. 너희가 그때까지 여기에 머무른다면, 그분은 선물을 기꺼이 받으시리라고 확신한다. 그동안 우리의 사업을 진행하면 되겠지."

리자렌은 브리호를 조사하는 동안 내내 우월감을 감추지 않았다. 그러나 조사 과정 중에, 의식적으로 알려줄 바에는 차라리 죽음을 택했을 법한 어떤 정보를 발리넌 선장에게 알려주게 되었다. 물론 그는 눈에 보이는 모든 물건을 경멸했다. 그리고 아직 코빼기도 보지 않은 대단한 마레니 장관의 '자비로움'에 대해 끝도 없이 되풀이해서 주절거렸다. 그러나 발리넌 선장 일행이 지협을 통과하는 도중에 얻은 상당량의 '옥수수 열매'를 냉큼 챙겼다. 글라이더에게는 그리 먼 거리라고 볼 수 없으므로 그 정도 물건은 여기서는 상당히 쉽게 얻을 수 있어야 마땅했다. 사실 통역관은 그 지역 원주민들과 면식이 있음을 언급한 적이 있었다. 만일 리자렌이 정말 그 열매들을 가치가 있는 것으로 여긴다면, 그 말은 지협에 사는 '야만인'들이 통역관의 고도로 문명화된 종족에게는 좀 지나치게 야만적이라는 것을 의미했다. 그리고 이 문명인들은 주위에서 대접받고 싶은 만큼 전지전능한 존재는 아닌 모양이었다. 그것은 일등항해사의 계획이 성공할 가능성이 크다는 것을 시사해주었다. 통역관은 브리호의 '야만적인' 선원들에게 열등하게 보이느니 무슨 짓이든지 다 할 것 같았기 때문이다. 발리넌 선장은 이런 생각을 하며, 자신의 사기가 지구인의 로켓만큼이나 높이 치솟는 것을 느꼈다. 그는 리자렌을 애완동물 터니처럼 놀려댈 수 있을 것이다. 그는 자신이 지닌 모든 기술을 이 일에 걸었고, 부하들은 충실하게 보조해주었다.

일단 벌금을 걷고 나자, 언덕 위에 있는 구경꾼들이 떼를 지어 내려왔다. 나무 열매처럼 생긴 과일의 가치에 대한 발리넌 선장의 예상은 옳았다. 처음에 발리넌 선장은 그 물건을 전부 파는 것이 내키지 않았다. 고향에 돌아가서 정말로 높은 가격에 팔기를 바랐기 때문이다. 그러나 고향에 돌아가려면 과일의 공급 지역을 다시 통과해야 한다는 사실을 곧 기억해 냈다.

몰려온 구매자들은 전문적인 상인들이 분명했다. 그들도 상당히 많은 거래 물품을 가지고 왔다. 그중 몇몇은 먹을 수 있었다. 그러나 선장의 명령에 따라 부하들은 그런 것에는 거의 관심을 보이지 않았다. 이런 행동은 상인들에게는 자연스럽기 그지없는 행동으로 받아들여졌다. 결국 항해자들에게 식량이란 그다지 쓸모가 없는 것이니까. 항해자들은 식량을 바다에서 직접 공급받을 수 있을 뿐 아니라, 어떤 상태의 식량이든 고향에 가져가서 팔 수 있을 만큼 오랫동안 보관하기도 힘들었다. 반영구적으로 보관이 가능한 '향신료'라면 예외가 될 수 있었다. 그러나 이곳 상인들은 향신료를 내놓지는 않았다.

그래도 몇몇 상인은 흥미로운 물건들을 가지고 있었다. 놀랍게도 발리넌 선장이 관심을 가졌던 밧줄과 천도 둘 다 팔 물건으로 나왔다. 그는 천을 내놓은 상인과 개인적으로 거래했다. 선장은 천이 믿을 수 없을 정도로 얇으면서도 질긴 것을 알아차렸다. 얼마 뒤 그것이 글라이더의 날개를 만드는 데 사용되는 것과 같은 재료라는 것을 알고 더욱 만족스러웠다. 리자렌이 바로 옆에 있었기 때문에, 발리넌 선장은 신중하게 행동하는 것을 잊지 않았다. 발리넌 선장은 상인들로부터 그 천이 겉모습과는 달리 식물성 실로 직조되었으며(교활한 상인은 더 이상 자세한 언급은 거절했다) 천을 다 짠 다음에는 어떤 액체에 담가 부분적으로 실을 녹이고 그 구멍을 액체 속에 함유된 물질로 채웠다는 것을 배웠다.

"그럼 이 천은 공기가 통하지 않습니까? 이걸 고향에 가져가면 아주 잘 팔릴 것 같습니다. 지붕으로 쓸 만큼 튼튼하지는 않지만, 분명 장식적이고, 더구나 염색까지 돼 있으니까요. 이렇게 말하면 장사꾼으로는 손해 보는 것이지만, 솔직히 내가 이 섬에서 본 중에 가장 상품 가치가 높은 물건은 이 천입니다."

"튼튼하지 않다고?" 분개한 쪽은 상인이 아니라 리자렌이었다. "이건 다른 곳에서는 절대 만들 수 없는 물건이야! 글라이더의 날개로 쓸 수 있을 만큼 강하면서 가볍기까지 한 천이란 말이지. 너희에게 이걸 파는 것도 그런 목적에 사용할 수 없도록 작은 크기로만 주기 때문이야. 바보가 아닌 한 얼기설기 기운 날개를 믿고 날려 하는 자는 없을 테니."

"그렇지요." 발리년 선장이 순순히 동의했다. "나도 이 물건이 이 근방에서는 날개를 만드는 용도로 쓰이리라 짐작했습니다. 중력이 아주 작은 지역이니까요. 하지만 높은 위도에서는 아무 소용이 없습니다. 누군가를 공중에 들어 올릴 만큼 날개를 크게 만든다 해도, 그 날개를 들어 올려줄 바람을 맞는 순간 산산조각이 나버릴 테니까요." 발리년 선장의 이 말은, 왜 더 남쪽 지역에서는 글라이더를 한 번도 본 적이 없는가에 대해 인간 친구가 해준 설명을 그대로 옮긴 것이었다.

"물론 이 위도에서는 글라이더에 실리는 부담이 아주 작지. 글라이더를 더 튼튼하게 만들 필요도 없고. 그건 오히려 글라이더를 무겁게 할 뿐이니까." 리자렌이 동의했다.

발리년 선장은 상대가 별로 영리하지는 않다고 결론을 내렸다.

"그렇겠지요." 발리넌 선장이 맞장구쳤다. "사실 이곳의 폭풍을 겪고 보니, 당신들의 배는 훨씬 튼튼할 것이라는 생각이 드는군요. 당신들의 배는 우리 배처럼 내륙으로 밀려들어 가지 않지요? 바다의 수위가 이렇게 높이 올라가는 것을 전에는 한 번도 본 적이 없습니다."

"보통 태풍이 다가오면 예방 조처를 해두거든. 지금까지 관찰한 바에 따르면 중력이 작은 이쪽 낮은 지역에서만 바다가 그렇게 높이 올라가는 것 같다. 사실 우리의 배는 너희 배와 상당히 비슷하게 생겼어. 우린 다른 무기를 갖추고 있지만 말이야. 너희 무기들은 나에게 낯설어. 당연한 말이지만, 우리의 전쟁 철학자들은 너희 무기가 이 위도에서의 전투용으로 적당하지 않은 걸 알아냈다. 태풍으로 무기에 심각한 피해를 입었나?"

"아, 상당한 피해였습니다." 발리넌 선장은 거짓말을 했다. "당신들은 배에 어떤 무기를 갖추고 있습니까?"

발리넌 선장은 통역관이 자신의 질문에 대답할 것으로 기대하지 않았다. 그저 이전의 거만함이 되살아나리라 여겼을 뿐이었다. 그러나 리자렌은 딱 한 번 친절하면서 협조적인 태도를 보여주었다. 통역관은 언덕 위에 남아 있던 대원들에게 삑 하는 신호를 불었고, 그들 중 하나가 집게손에 특이한 물체를 하나 가지고 거래장으로 내려왔다.

물론 지금까지 발리넌 선장은 석궁은커녕 다른 어떤 투척 무기도 본 적이 없었다. 리자렌이 그것으로 석영 촉이 달린 화살 세 개를 약 40미터 떨어진 나무의 단단한 몸통에 15센티미터 화살 길이의 반 이상을 쿵 하고 일렬로 박아 넣는 것을 보고 큰 감명을 받았다. 덕분에 통역관의 협조적인 태도에 대해 놀랐던 것도 거의 잊어버렸다. 그 정도의 무기라면 브리호가 고향으로 돌아가는 길의 4분의 1 정도까지는 엄청난 위력을 발휘할 것이다. 다른 무엇보다 자신도 시험해보고 싶은 마음에, 발리넌 선장은 석궁을 하나 사겠다고 제의했다. 그러나 통역관은 석궁을 하나로 묶어 그에게 선물로 주겠다고 우겼다. 선장에게는 더할 나위 없이 즐거운 일이었다. 장사꾼으로서 발리넌 선장은 일반적으로 바보를 속이는 일을 즐겼다. 그런 일은 보통 상당히 큰 이윤이 남기 때문이었다.

발리넌 선장은 믿을 수 없을 정도로 많은 양의 날개 천 외에 상당한 길이의 탄력 밧줄을 챙겼다. 리자렌은 그것이 얼마나 되는 수량인지 확인하는 것을 잊었든지, 아니면 더는 그렇게 할 필요가 없다고 여겼든지 둘 중 하나였다. 최소한의 작업 공간과 식량 저장에 필요한 면적을 제외한 브리호의 모든 갑판에 지역의 다양한 특산물이 가득 실렸다. 그리고 화염방사기를 제외하고는 섬으로 가져온 팔 만한 물건을 전부 팔아치웠다. 리자렌은 비록 화염방사기가 일종의 무기인 것은 눈치챈 것이 분명했지만, 망가졌다는 얘기를 들었기 때문에 별다른 트집을 잡지 않았다. 발리넌 선장은 사실 그에게 화염방사기를 하나 줄까 하고 생각했으나(물론 염소 가루는 빼고) 그렇게 되면 작동법도 설명해 주어야 하고, 심지어는 시범까지 보여야 하리라는 사실을 깨달았다. 그런 일을 할 생각은 전혀 없었다. 이 사람들이 지금까지 그 무기에 대해 알지 못한다면, 앞으로도 그 무기에 대해 알게 되는 것을 원하지 않았다. 만일 그들이 잘 알고 있다면, 자신이 한 거짓말이 탄로가 나지 않기를 바랐다. 리자렌과 좋은 기분으로 작별을 고하는 편이 훨씬 더 나았다.

물건을 다 팔고 나자, 군중들이 하나둘 사라져 마침내 글라이더와 승무원들만이 남게 되었다. 승무원 중 일부는 브리호 근처에 있었고, 나머지는 비행 기계가 있는 언덕 꼭대기에 있었다. 발리넌 선장은 통역관이 늘 그렇듯 전자의 그룹에 속한 것을 발견했다. 리자렌은 선원들과 이야기를 나누는 데 많은 시간을 보냈다. 예상대로 리자렌은 그들 종족이 가진 비행 기술에 대해 알아내려고 했다고 선원들이 보고했다. 선원들은 모호하면서도 '지나가듯이' 항공 역학에 대한 상당한 지식을 드러내는 대답을 해, 게임에서 맡은 역할을 충실히 수행했다. 그들은 얼마나 최근에 그 지식을 얻었는지, 혹은 누가 가르쳐주었는지 등이 드러날 만한 어떤 힌트도 주지 않으려고 극히 주의했다. 발리넌 선장이 확신하건대, 이 시점에서 섬사람들은, 아니 최소한 공식 대표자는 발리넌 선장 종족에게 비행 능력이 있다고 믿게 되었다.

"주고받는 일이 모두 끝난 것 같습니다." 발리넌 선장은 리자렌의 주의를 끌고 나서 말했다. "우린 필요한 요금을 다 치렀습니다. 우리가 떠나는 데 이의 있으십니까?"

"이제 어디로 갈 생각인가?"

"남쪽으로, 중력이 제대로 된 곳으로 가려 합니다. 몇몇 육로 상인들에게 얻은 사소한 정보 외에는 이쪽 바다에 대해서는 아

233

는 것이 하나도 없습니다. 난 좀 더 알고 싶습니다."

"아주 좋군. 이제 가도 좋아. 분명 여행 도중에 우리 종족을
또 만나게 될 것이다. 나도 가끔 남쪽으로 가니 말이야. 폭풍을
만나지 않도록 주의하도록."

이제 친절의 화신처럼 변한 통역관은 몸을 돌려 언덕 위로 올
라가기 시작했다. "해안에서 만나도록 하지." 그가 뒤돌아보며
덧붙였다. "너희가 처음 들어왔던 협만을 항구 수준으로 이용하
자는 제안이 있었거든. 그래서 내가 그걸 조사해보려는 거야."

발리넌 선장은 배로 몸을 돌렸다. 상품들은 거래를 마치자마
자 얼른 배 위에 실어놓았다. 시내를 따라 속히 여행을 재개하
라는 명령을 내리려는 순간 글라이더들이 떨어뜨린 말뚝들이
길을 막고 있다는 사실이 생각났다. 통역관을 다시 불러 그것들
을 치워달라고 요청할까 하는 생각도 잠깐 들었지만, 곧 더 나
은 방법을 생각해 냈다. 사실 그런 요구를 할 만큼 아쉽지도 않
을뿐더러, 리자렌은 그런 요청을 받으면 다시 거만을 피울 것이
분명했기 때문이다. 브리호의 선원들은 스스로 말뚝을 치워야
했다.

발리넌 선장은 배 위에 올라, 작업 명령을 내렸다. 선원들이
다시 절단기를 손에 쥐었다. 그러나 돈드래그머가 막고 나섰다.

"사실 그동안 말뚝 뽑는 일에 정력을 낭비하지 않아서 다행
입니다." 일등항해사가 말했다.

"뭐라고? 자네가 지난 50일 동안 혼자서 뭔가를 꾸미는 건 알
았지만, 너무 바빠서 미처 캐물을 시간이 없었네. 우리는 그동

안 자네 없이 거래를 마쳤어. 도대체 무엇을 하고 있었나?" 선장
이 물었다.

"처음 여기에 갇혔을 때 어떤 아이디어가 떠올랐었습니다. 선
장님이 날것에게 말뚝을 뽑아낼 기계에 관해 묻는 것을 듣고 생
각한 겁니다. 나중에 우리가 이해하기에 너무 어렵지 않은 그런
기계가 있겠느냐고 물어보았더니, 그들은 잠시 생각을 해본 다
음, 그런 것이 있다고 하더군요. 그리고 제게 만드는 방법을 알
려주었습니다. 제가 하던 일이 바로 그겁니다. 저 말뚝 중 하나
로 삼각대를 설치할 수 있다면, 어떻게 작동하는지 보여드리겠
습니다."

"하지만 어떤 기계인가? 날것의 기계는 모두 금속으로 만들어
졌다고 생각했었는데? 금속으로 뭔가를 만들어내려면 엄청난 열
이 필요하므로 우린 다룰 수가 없지 않은가."

"이겁니다." 일등항해사는 작업 중이던 물체 두 개를 보여주
었다. 하나는 그냥 단순하게 가장 기본적인 디자인의 도르래였
다. 바퀴의 폭은 꽤 넓었으며, 바퀴에는 갈고리가 하나 달려 있
었다. 다른 쪽 물건 역시 비슷한 모양으로, 두 바퀴로 된 이중 도
르래였다. 두 바퀴 면에는 톱니 같은 이빨이 튀어나와 있었다.
바퀴들은 단단한 나무 조각을 쪼아서 만들어졌고, 두 개가 같은
방향으로 돌았다. 첫 번째 단일 도르래처럼, 이것 역시 갈고리가
달렸다. 게다가 양 바퀴에는 가죽끈이 하나 매달려 있었다. 가죽
끈에는 갈고리의 이빨에 맞도록 작은 구멍이 여러 개 뚫렸고, 가
죽끈의 끝 부분을 죔쇠로 채워 연속적인 이중 고리를 이루었다.

전체 배열에 대해 메스클린인들은 전혀 이해하지 못했다. 돈드래그머까지 포함해서 말이다. 그는 아직 그 장치가 왜 작동하는지 이해하지 못했다. 심지어 실제 작동할지도 확신하지 못했다. 돈드래그머는 장치를 무전기 앞으로 가져가서 갑판 위에 펼쳐놓았다.

"맞게 조립된 겁니까?" 돈드래그머가 지구인에게 물었다.

"그렇습니다. 끈이 충분히 튼튼하다면 반드시 작동할 겁니다." 무전기에서 대답이 돌아왔다. "빼내고 싶은 말뚝에 단일 도르래의 갈고리를 연결해요. 말뚝에 밧줄을 묶어 갈고리에 매달 수 있을 겁니다. 이중 도르래는 삼각대 꼭대기에 단단히 고정해야 합니다. 그런 다음에 어떻게 하는지는 이미 말해주었지요?"

"그래요, 압니다. 하지만 도르래가 단단히 감긴 뒤에 그걸 다시 원 상태로 돌리려고 많은 시간을 쓰느니 쬠쇠를 풀고 끈을 다시 거는 편이 나을 거라는 생각이 드는군요."

"그것도 가능할 겁니다. 지지해야 할 짐을 그사이에 당신이 들고 있지만 않으면 말입니다. 행운을 빌어요, 돈드래그머." 지구인이 대답했다.

선원들은 즉시 말뚝으로 다가갔다. 그러나 발리넌 선장은 그들에게 기다리라고 했다.

"파고 있던 수로에는 장애물이 별로 없네, 돈드래그머. 날것이 그 장치로 말뚝들을 뽑아내는 데 얼마나 걸릴지 말했나?"

"그도 확신하지는 못했습니다. 말뚝이 얼마나 깊숙이 박혔는지 혹은 우리가 기계를 얼마나 빨리 조작할 수 있을지 알지 못하기 때문이지요. 그러나 하루 정도 걸릴 거라 추측하고 있습니다. 말뚝을 잘라내는 것보다 훨씬 빠르지요."

"하지만 자네가 필요한 인원을 선발해 말뚝을 뽑는 동안, 다른 사람들은 수로 파는 일을 마저 하면 훨씬 더 시간이 절약될 것이지. 말이 나왔으니 하는 말이지만, 그 물건을 뭐라고 부르던가?"

"차동 도르래라고 하더군요. 도르래는 말은 익히 알지만, '차동'이라는 말은 어떻게 옮겨야 할지 모르겠습니다. 제게는 의미 없는 잡음이나 다름없습니다."

"내게도 마찬가지야. '차동'으로 그냥 두자고. 자, 일을 시작하지. 자네는 도르래를 맡고, 나는 수로를 맡겠네."

선원들은 그 말을 실행했다.

수로 작업이 먼저 끝났다. 대부분의 선원이 그 일에 매달릴 수 있음이 금세 드러났기 때문이다. 약간의 시간 간격을 두고 교대로 도르래를 맡을 선원 두 명이면 단단한 지면으로부터 아주 천천히 창을 뽑아내기에 충분했다. 창의 촉까지 안전하게 달려 나오자 발리넌 선장은 아주 만족했다. 따라서 작업이 끝났을 때는 아주 쓸모 있어 보이는 여덟 개의 창이 생겼다. 발리넌 선장의 부족은 암석을 가지고는 거의 물건을 만들지 않았다. 따라서 그 석영 촉들은 말할 수 없이 값어치가 있을 거라고 판단했다.

장벽을 통과하자 호수까지의 거리는 비교적 짧았다. 호수에 도착하자, 그들은 브리호를 보통의 형태로 재조립하기 위해 정지했다. 재조립 작업은 아주 빨리 끝났다. 사실 선원들은 이제 그 일에 전문가나 다름없었다. 멀리 위쪽에 있던 지구인들은 다 함께 안도의 한숨을 내쉬었다. 그러나 이것은 상당히 성급한 행동이었음이 곧 드러났다.

글라이더들은 브리호가 여행하는 내내 이리저리 왔다 갔다 하며 위를 날아다녔다. 혹 그들이 창들을 뽑아내는 데 사용한 기술을 보고 깜짝 놀랐다 하더라도 그러한 내색은 전혀 없었다. 물론 발리넌 선장은 그들이 그 장면을 보았기를 원했다. 그리하여 발리넌 선장 부족의 우월성에 대한 목록에 한 가지 항목이 더 추가되기를 희망했다. 협만 입구 근처의 해변에 열두 대의 글라이더가 있는 것을 보고도 발리넌 선장은 그다지 놀라지 않았다. 조타수에게 배를 그 지점으로 갖다 대라고 명령을 내렸다. 최소한 섬사람들은 그가 창들을 아무 손상 없이 회수한 것을 눈으로 보게 될 것이다.

리자렌은 브리호가 해변에서 2, 3미터 거리에 닻을 내리자 앞으로 나와 반겨주었다.

"너희 배는 다시 항해할 수 있는 상태로 복구되었군. 나라면 다음 폭풍을 만날 때는 육지로부터 아주 먼 곳에 떨어져 있겠다."

"맞습니다." 발리넌 선장이 동의했다. "바다에서의 어려운 점은 그런 경우 어디에 있는 편이 나을지 판단하기 어렵다는 데 있습니다. 혹시 우리에게 이 바다에 있는 육지들의 위치를 알려주실 수 있습니까? 혹은 지도도 같이 줄 수 있을까요? 이 질문을 미리 해야 했는데 그만 깜빡했습니다."

"이 섬들의 지도는 기밀이다. 하지만 대략 50일 이내에 이 군도를 벗어나게 될 것이다. 그다음 남쪽으로 수천 일을 항해해 가는 동안 육지는 하나도 없다. 너희 배가 어느 정도 속도를 내는지는 난 몰라. 따라서 언제 육지가 있는 곳에 다다를지는 추측하기 어렵다. 일단 육지가 나타나면 처음에는 대부분이 섬일 것이다. 그런 다음에는 너희가 횡단한 지협의 해안선이 동쪽으로 꺾이게 된다. 남쪽으로 계속 직진해서 나아가면, 육지를 만나게 되는데, 대략….” 그는 용수철저울의 눈금을 나타내는 용어를 말했다. 그리고 그것은 약 45g에 해당하는 중력을 가지는 위도의 중력에 해당했다. "해안선을 따라가다 만날 많은 나라에 관해 얘기해줄 수도 있지만, 그럼 무척 시간이 오래 걸리겠지. 짧게 말하자면, 아마도 그 나라들은 싸우기보다는 무역을 선호할 것이다. 물론 일부는 자신들이 얻은 물건값을 제대로 지급하지 않으려 할 것이 분명하지만 말이야.”

"우리를 스파이로 모는 나라도 있을 것 같습니까?" 발리넌 선장이 익살스럽게 물었다.

"그런 위험은 항상 존재하지. 훔칠 만한 비밀을 지닌 나라는 거의 없겠지만 말이야. 사실 오히려 너희 비밀을 훔치려 들 것이다. 너희가 뭔가 비밀을 가지고 있다는 것을 알아챘다면 말이지만. 그곳에 있는 동안은 비행 기술에 관한 이야기는 입 밖에 내지 않는 게 좋아.”

"그럴 계획은 전혀 없습니다." 발리넌 선장이 애써 고소함을 숨기며 안심시켰다. "당신의 충고와 정보에 진심으로 감사하는 바입니다." 선장은 닻을 올리라는 명령을 내렸다. 바로 그때, 리자렌은 이제는 식량을 가득 실은 채 견인 밧줄에 매달려 있는 카누의 존재를 처음으로 알아차렸다.

"전에는 저걸 보지 못했었군. 그랬다면 당신들이 남쪽에서 왔다는 이야기를 의심하지 않았을 텐데. 어떻게 저걸 원주민들로부터 얻었지?" 통역관이 물었다.

발리넌 선장은 이 질문에 답할 때 통역관을 상대하면서 처음으로 중대한 실수를 저질렀다.

"아, 고향에서 가지고 왔습니다. 종종 여분의 보급품을 싣는데 사용하곤 합니다. 당신도 알아차렸겠지만, 저런 형태여서 끌고 다니기 수월하거든요." 발리넌 선장은 카누를 얻고 얼마 뒤 찰스로부터 유선형에 대한 기초적인 지식을 얻은 바 있었다.

"저 물건을 너희 나라에서도 만든다고?" 통역관은 호기심에서 차서 물었다. "그거 흥미롭군. 난 한 번도 남쪽에서 저런 물건을 본 적이 없는데. 좀 살펴봐도 될까, 아니면 바삐 가야 하나? 우리는 한 번도 저것들을 이용해본 적이 없어서 말이지."

발리넌 선장은 잠시 망설였다. 이 마지막 말이 자신이 지금까지 사용한 바로 그런 종류의 술책이 아닐까 하는 의심이 들었다. 그러나 리자렌의 희망을 들어준다고 위험할 것 같지는 같았다. 그 위치에서 보나 가까이서 살피나 리자렌은 아무것도 더 알아내지 못할 것이기 때문이었다. 결국 중요한 것은 카누의 형태였다. 형태는 누구라도 볼 수 있었다. 발리넌 선장은 브리호를 해안 쪽으로 더 가까이 갖다 대고, 카누에 매인 견인 밧줄을 잡아당겨, 기다리고 있는 섬사람에게로 밀어주었다. 리자렌은 만의 물속으로 뛰어들더니, 7, 8센티미터 깊이의 물 위에서 흔들리고 있는 카누로 헤엄쳐 왔다. 그는 카누 안을 조사하려고 몸의 앞부분을 위로 쳐들었다. 강력한 집게손이 카누의 옆면을 붙들었다. 카누는 보통의 나무로 만들어져 있었기 때문에 이 압력을 견디지 못하고 용수철처럼 움푹 들어가버렸다. 그러자 리자렌은 경보를 나타내는 신호를 삑 하고 울렸다. 그와 동시에 브리호 부근을 날고 있던 글라이더 네 대가 가까이 접근하고 해변에 있던 군대는 비상 태세에 돌입했다.

"스파이!" 리자렌은 비명을 질렀다. "즉시 배를 돌려라, 발리넌 선장. 그게 진짜 너의 이름이라면! 대단한 거짓말쟁이로군. 하지만 이번에는 단단히 걸렸어!"

14
카누에 문제가 생기다

성장하는 동안 발리넌 선장은 입조심을 하지 않으면 언젠가 진퇴양난에 빠질 만큼 심각한 곤경에 처하리라는 말을 수도 없이 들으며 자랐다. 그 뒤, 이 분야에서 일하면서 그 예언이 놀라울 정도로 실현되는 순간을 여러 번 경험했다. 그때마다 다음번에는 좀 더 입조심을 해야겠다고 다짐하곤 했었다. 도대체 이번에는 무슨 말을 잘못했기 때문에 거짓말이 탄로 났는지 아직 모른다는 사실에서 입은 상처받은 감정과 더불어, 그는 다시 한번 과거에 느꼈던 후회에 휩싸였다. 그러나 발리넌 선장은 의문에 대한 해답을 생각할 시간 여유가 없었다. 지금은 행동이 필요했다. 그 행동은 빠르면 빠를수록 좋았다. 리자렌은 이미 글라이더의 승무원들에게, 만일 브리호가 공해 쪽으로 움직이면 창을 던져 배의 바닥을 뚫어 바다에 고정하라고, 해안에 있는 발사대는 더 많은 비행 기계를 날려 공중에 있는 부대에 합류하라고 소리소리 지르는 중이었다. 바다에서 불어 가는 바람은 협만의 절벽 면에 부딪혀 비행 기계를 들어 올리기에 적당한 각도로 불고 있었다. 따라서 글라이더는 얼마든지 필요한 만큼 공중에 떠 있을 수 있었다. 발리넌 선장은 지구인들로부터 글라이더는 효과적인 탄도 공격을 감행할 정도로 아주 높이까지 올라갈 수는 없을 것이라는 이야기를 들어 알고 있었다. 적어도 파도에서 얻는 상승 기류의 추력을 가지고는 그랬다. 그러나 발리넌 선장의 현재 위치는 글라이더가 파도에 의한 상승 추력에만 의존하는 공해상이 아니었다. 그는 이미 글라이더들이 얼마나 정확히 공격할 수 있는지도 충분히 경험했다. 그래서 배를 몰아 탈출하려는 생각은 일찌감치 버렸다.

종종 그랬듯이, 발리넌 선장이 혼자 최선의 방책을 강구하는 사이에, 부하 한 명이 나서서 필요한 행동을 취했다. 돈드래그머가 리자렌에게서 얻은 석궁을 재빨리 집어 들고는 화살을 시위에 걸었다. 그러고는 어찌 자기가 항상 도르래 프로젝트에만 매달려 있었을까 보냐는 듯이 재빨리 발사 준비를 마쳤다. 일등항해사는 무기를 해안 쪽으로 돌려 지지대 위에 올려놓고는, 통역관을 겨냥했다.

"꼼짝 마라, 리자렌. 네가 가는 방향은 잘못되었다!"

리자렌은 물에서 나와 막 해안으로 올라가려는 참이었다. 그는 액체를 주르르 흘리며 몸 앞쪽 부분만 뒤로 돌려 일등항해사의 말이 무슨 뜻인지 알아보려고 했다. 통역관은 석궁을 든 돈드래그머를 아주 또렷이 보았다. 하지만 잠시 다음 행동을 취하지 못하고 망설였다.

"내가 이 무기를 한 번도 사용한 적이 없다고 해서 빗맞힐 거라고 생각한다면, 계속 가던 대로 가보시지. 나도 직접 알아보고 싶어졌으니까. 당장 이쪽으로 오지 않는다면, 탈출을 꾀하는 것으로 간주하겠다. 빨리 움직여!"

마지막 말을 포효처럼 버럭 내뱉자 통역관의 우유부단함이 꺾였다. 일등항해사의 서투른 기술을 시험하고 싶은 생각이 통역관에게는 없었던 모양이었다. 그는 몸을 돌리고 다시 물속으로 들어와 브리호까지 헤엄쳐 왔다. 혹 중간에 잠수해 숨어버리려고 생각했을지 몰라도, 행동으로 감행할 용기는 부족했다. 그도 잘 알다시피, 브리호의 현 위치에서도 메탄 바닷물의 수심은 7, 8센티미터에 불과했다. 얕은 물 속에 숨어봤자 7g의 중력에서 약 40미터를 날아와 나무에 8센티미터 이상 박힐 정도로 강력한 화살로부터 자신을 보호하기는 어려울 것이다. 물론 통역관이 그런 생각을 모두 다 한 것은 아니었다. 그러나 화살이 어떤 일을 할 수 있는지는 아주 잘 알고 있었다.

리자렌은 분노와 두려움에 몸을 떨며 배 위로 기어 올라왔다.

"이런다고 무사할 것 같나? 너희는 상황을 악화시킬 뿐이야. 너희가 움직이려고 하면 언제라도 글라이더에서 창이 날아와 박힌다. 내가 배 위에 있든 없든 상관없이 말이야."

"부하들에게 그러지 말라고 명령을 내려."

"내가 너희에게 잡혀 있는 한, 그들은 내게서 어떤 명령도 듣지 않을 것이다. 너희에게도 군대가 있다면 그 정도는 알 텐데."

"글쎄, 난 군대와는 별로 인연을 맺어본 적이 없어서." 발리 넌 선장이 대답했다. 일의 향방이 어느 쪽이든 확실해지면 항상 그렇듯이 선장은 주도권을 회복했다. "하지만 당분간은 그 말을 믿기로 하지. 왜 우리를 다시 상륙시켜야 한다고 여기는지, 그 말도 안 되는 생각을 이해할 때까지 당신을 여기에 붙들어두어 야겠어. 당신네 글라이더를 처리할 때까지는 말이야. 이 촌구석 에 더 현대적인 무기를 가져오지 않은 게 유감이야."

"이제 엉터리 같은 소리는 집어치우시지." 포로가 된 리자렌 이 응수했다. "너흰 남쪽에 사는 다른 야만인과 마찬가지로 똑 같이 미개해. 잠시 날 바보로 만든 것은 인정하지. 하지만 조금 전, 너는 스스로 꼬리를 드러냈다."

"그래? 내가 무슨 말을 했다는 거지?"

"내가 왜 가르쳐주어야 하나? 아직도 이유를 모른다는 바로 그 사실이 내 믿음을 더욱 뒷받침해주는군. 그렇게까지 완벽하 게 날 속이지만 않았어도 너희에겐 훨씬 나았을 것이다. 그랬더 라면 우린 비밀 정보를 주의 깊게 감추었을 것이고, 굳이 너희 를 제거할 필요까지는 없었을 테니까."

"네가 그 마지막 말만 하지 않았어도, 항복을 빌면 목숨을 구 걸할 수도 있었겠지." 돈드래그머가 끼어들었다. "물론 별 소용 은 없었겠지만. 선장님, 무슨 말을 실수했는가 하는 것은 틀림 없이 제가 지금까지 계속 그 배에 대해 말씀드린 것과 관련이 있을 겁니다. 하지만 지금은 왈가왈부하기에 너무 늦었습니다.

저 귀찮은 글라이더를 어떻게 떼어내버릴까 하는 것이 문제이지요. 제가 보기에 땅에는 탈것이 없는 것 같습니다. 해변에 있는 녀석들은 땅 위에 있는 글라이더에서 얻은 석궁을 가지고 있을 뿐입니다. 그나마 곧 비행체들에게 주어버릴 것으로 보입니다." 돈드래그머는 이번에는 지구어로 말했다. "날것이 해준 이야기 중에 저 귀찮은 비행 기계를 떼어내버릴 만한 게 없었습니까?"

발리넌 선장은 공해상에서는 아마도 글라이더가 고도에 제한을 받으리라는 것을 말해주었다. 그러나 두 사람 다 그 사실이 지금 상황에 어떤 도움이 될 수 있을지 알 수가 없었다.

"석궁을 사용할 수도 있을 거야." 발리넌 선장이 그 자신의 언어로 제안했다. 그러자 리자렌은 공공연히 콧방귀를 뀌었다.

하지만 다른 선원들과 마찬가지로 그들의 대화에 열심히 귀를 기울이던 군수 담당 크렌도라닉은 그보다는 호의적인 반응을 보였다.

"이렇게 하죠." 크렌도라닉이 날카롭게 끼어들었다. "강 마을에 있을 때부터 해보고 싶었던 일이 하나 있습니다."

"그게 뭐지?"

"손님이 듣는 데서 그런 이야기를 할 순 없지요. 대신에 그 자식에게 직접 보여줍시다."

발리넌 선장은 잠시 망설였다. 그리고 동의했다.

발리넌 선장은 크렌도라닉이 화염 물질 보관 상자를 여는 걸 보고 약간 걱정스러워졌다. 그러나 군수 장교는 자신이 하려는 일을 잘 알고 있었다. 그는 빛이 통하지 않는 물질로 꼭꼭 싸놓은 작은 묶음 하나를 꺼냈다. 그들이 강가의 원주민 마을을 떠난 이후 며칠 밤 동안 그가 어떤 조처를 해두었음이 분명했다.

그 뭉치는 대략 구형을 띠었다. 손으로 던질 수 있게 설계된 것이 분명했다. 다른 모든 선원과 마찬가지로, 크렌도라닉 역시 '던진다'는 새로운 기술의 가능성에 강한 자극을 받았다. 이제 그는 그 생각을 더욱 확장하고 있었다.

크렌도라닉은 뭉치를 집어 석궁용 화살의 끝에 묶었다. 즉 뭉치와 화살의 날 주위로 천을 한 겹 감고, 뭉치의 양 끝을 가능한 한 안전하게 묶어놓았다. 그런 다음 석궁에 활을 매겼다. 임무 탓이긴 했지만, 크렌도라닉은 브리호가 시내를 타고 내려와 해안에서 재조립되는 동안 그 병기에 상당히 익숙해져 있었다. 그래서 적당한 거리의 정지한 물체를 맞히는 데는 아무 문제가 없었다. 움직이는 물체는 좀 자신이 없었으나, 글라이더는 빠른 선회라고 해 봐야 방향을 빠르게 돌린다는 것을 의미할 뿐이어서, 그 정도라면 충분히 맞힐 수 있을 것 같았다.

군수 장교의 명령에 따라, 화염방사기를 담당했던 선원 하나가 점화 장치를 가지고 크렌도라닉 옆에 다가와 대기했다. 크렌도라닉은 가장 가까이에 있는 무전기에 기어가, 석궁의 받침다리를 그 위에 올려놓았다. 그리고 그 자신과 무기를 위쪽으로 고정했다. 지켜보던 지구인들은 엄청나게 분개했다. 그 바람에 진행 중인 상황을 구경하지 못하도록 시야가 차단되어버린 것이다. 그 무전기는 배 중앙에서 렌즈가 바깥쪽으로 향하게 놓여 있었고,

나머지 다른 무전기들은 방향이 잘 맞지 않았다.

준비가 끝났다. 그때 글라이더들은 여전히 만으로부터 약 15미터 떨어진 비교적 낮은 상공을 통과하고 있었다. 그들이 브리호 바로 위쪽을 나는 바로 그 순간 폭탄을 발사할 것이다. 크렌도라닉보다 훨씬 경험이 없는 포수라도 그런 목표를 놓치기는 어려웠다. 크렌도라닉은 비행 기계 하나가 접근해 오자 조수에게 날카롭게 명령을 내렸다. 그리고 활을 조준하기 시작했다. 목표물을 확실히 잡았다고 느낀 순간, 점화 명령을 내렸다. 조수는 위쪽으로 향한 화살촉의 뭉치에 점화기를 천천히 갖다 대었다. 불이 붙자 크렌도라닉의 집게손이 시위를 팽팽히 당겼고, 화살이 미사일처럼 시위를 떠나자 한 줄기 연기가 미사일의 꼬리를 그렸다.

크렌도라닉과 조수는 우당탕 나가떨어져 갑판에 부딪혔다. 그들은 발사 때 분출된 연기를 피하려고 바람을 등지는 쪽으로 몸을 굴렸다. 연기가 나온 지점으로부터 바람이 가는 쪽에 있던 선원들은 서둘러 반대쪽으로 훌쩍 뛰었다. 그들이 이제 안전하다고 느낄 즈음에는 연기는 거의 다 바람에 실려 가고 없었다.

화살은 목표물을 아슬아슬하게 스칠 뻔했다. 사수가 목표물의 속도를 과소평가했던 것이다. 미사일은 비행체의 주 꼬리 날개 제일 끝 부분을 맞췄다. 화염 가루 뭉치가 즉시 격렬하게 타올랐다. 화염이 글라이더의 후미 부분까지 퍼지면서 지나간 자리에 연기구름을 남겼다. 다음에 따라서 오던 기계는 그것을 피할 틈도 없었다. 목표로 삼았던 기계의 승무원들은 다행히 연기는 피했으나, 타고 있던 글라이더의 꼬리 부분이 몇 초 이내에 다 타버렸다. 글라이더는 기수를 아래로 향하면서 해변 위로 펄럭거리며 떨어졌다. 연기 속으로 날아 들어온 비행 기계 두 대 역시, 유독한 염화수소 가스 때문에 승무원들이 조종 능력을 상실하는 바람에 두 대 모두 만 위로 추락했다. 어쩌면 그것은 메스클린 역사를 통틀어 가장 위대한 대공 공격일지도 몰랐다.

발리넌 선장은 다음번 제물이 될 자들이 마지막 남은 하나까지 떼 지어 덤벼들 것을 기다리고 있지는 않았다. 즉시 항해 준비를 하라고 지시했다. 바람은 상당히 적대적인 방향이었지만, 수심은 하수용골이 닿지 않을 만큼 충분히 깊었다. 그래서 협만으로부터 배를 돌리기 시작했다. 잠시, 해변에 있던 군사들이 배 쪽을 향해 석궁을 겨누려고 했다. 그러나 크렌도라닉이 또 하나의 가공할 미사일을 장전하여 해변 쪽으로 돌리자, 그들은 그러한 움직임만 보고도 안전한 곳을 찾아 도망치고 있었다. 바람을 등진 쪽으로. 대체로 현명한 자들이었다.

리자렌은 비록 몸으로는 망연자실한 기색이 역력했지만, 입도 뻥긋 않고 모든 것을 지켜보고 있었다. 글라이더는 여전히 공중에 떠 있었다. 몇몇은 더 높은 고도에서 공격을 감행할 요량인지 위쪽으로 솟아올랐다. 리자렌은 비록 그 공격수들이 매우 우수하지만 그런 식의 공격으로는 브리호에 전혀 해를 입힐 수는 없다는 것을 잘 알고 있었다. 글라이더 하나가 약 백 미터 높이에서 접근 공격을 시도했으나, 또 하나의 연기 꼬리가 횡하고 지나가는 바람에 목표하는 바를 이루지 못했다. 더 이상의 공격은 없었다. 브리호가 협만에서 바다를 향해 천천히 나아가는 동안, 비행 기계들은 사정거리 안에 들지 않도록 배 주위로 큰 원을 그리며 날았다.

"도대체, 일이 어떻게 돌아가는 건가요, 발리넌 선장님?" 더 이상은 자신을 억제할 수 없었던 찰스가 해변에 있는 군중들이 저 멀리 떨어져 조그맣게 되자 이제는 말을 해도 안전하겠다고 판단했다. "무전기 때문에 당신들의 계획을 망칠까 봐 지금까지는 끼어들지 않았지만, 제발 부탁이니, 무슨 일이 있었는지 가르쳐 주세요."

발리넌 선장은 지난 몇백 일 동안 있었던 사건들에 대해 요약해서 들려주었다. 그중에서도 지구인 친구들이 알아들을 수 없었던 대화 부분을 중점적으로 이야기했다. 그의 설명은 밤새 계속되었다. 해가 다시 뜨자 브리호는 협만의 입구에 거의 당도했다. 통역관은 선장과 무전기 사이의 대화를 충격과 경악이 가득한 표정으로 듣고 있었다. 당연한 일이지만, 그는 선장이 상관에게 스파이 임무에 대한 결과를 보고한다고 추측했다. 비록 어떻게 그것이 가능한지는 이해하지 못했지만 말이다. 일출이 다가오자 그는 해안에 내려달라고, 지금까지 사용했던 것과는 전혀 다른 말투로 요청했다. 아마도 일생에 단 한 번도 다른 부족에게 목숨을 구걸해본 적이 없었을 그 존재에게 동정을 느낀 발리넌 선장은 해변에서 50미터 떨어진 지점에서 이동 중인 배 밖으로 나가도록 허락했다. 찰스는 약간 안도하며 섬사람이 바다로 뛰어드는 것을 지켜보았다.

"발리넌 선장님." 찰스는 잠시 멈추었다가 말을 이었다. "다음 몇 주 동안은 아무 문제도 없을까요? 여기 있는 우리의 신경과 소화 기관이 다시 회복될 때까지는 말입니다. 브리호가 꼼짝 못 할 때마다, 여기 달 위에서는 다들 수명이 10년씩 줄어드는 것 같아요."

"이런 곤경에 처한 게 누구 때문인데요?" 메스클린인이 응수했다. "폭풍이 다가오니 피난처를 찾으라는 충고를 듣지만 않았어도 글라이더 제작자들을 만나지 않았을 겁니다. 그 폭풍은 공해상에서 맞는 것이 훨씬 나았단 말입니다. 물론 그들을 만난 것을 유감으로 여기지는 않습니다. 그리고 당신 친구 중의 몇몇은 우리가 겪은 일을 한 장면도 놓치기 싫었으리라는 것도 알고 있습니다. 내 관점으로 보자면, 이 여행은 지금까지는 상당히 순조로운 편이었습니다. 몇 안 되는 타 부족과의 만남은 모두 별 피해 없이 마무리되었고, 상당한 이익까지 얻었습니다."

"당신은 어느 쪽을 선호합니까? 모험인가요, 아니면 이익인가요?"

"글쎄, 잘 모르겠습니다. 항상 나는 흥미롭다는 이유만으로 어떤 일에 덤벼들곤 합니다. 하지만 마침내 그 일에서 벗어나면 훨씬 행복해하지요."

"그럼, 제발 부탁이니 이 임무에서 빨리 벗어날 수 있도록 신경을 써주세요. 혹시 도움이 된다면, 당신이 거기서 빼앗긴 향신료를 몇백 척, 아니 몇천 척이라도 모아서 브리호가 겨울을 지낸 곳에 보관해두겠습니다. 우리의 소중한 정보를 가져다준다면, 그것조차 부족할 만큼 당신에게 빚을 지는 셈이거든요."

"고맙습니다. 막대한 이익을 얻을 생각에 가슴이 뛰는군요. 하지만 당신은 내 인생의 즐거움을 모두 빼앗아 가버렸습니다."

"그런 식으로 생각할까 봐 걱정했어요. 좋아요. 당신에게 명령을 할 수는 없습니다. 하지만 제발 부탁이니 이 일이 우리에게 얼마나 중요한지를 기억해주십시오."

발리넌 선장은 제법 진지하게 동의했다. 그리고 배를 다시 남쪽으로 돌렸다. 며칠 동안은 떠나온 그 섬이 계속 보였다. 그들은 또 다른 섬을 만나지 않으려고 종종 항로를 변경해야만 했다. 한 섬에서 다른 섬으로, 그 사이에 놓인 바다의 파도 위를 스치듯 미끄러지는 글라이더도 여러 번 보았다. 그러나 글라이더들은 항상 브리호와 충분한 거리를 유지했다. 부족 사이에 소문이 빨리 퍼진 것이 분명했다. 마침내 마지막으로 시야에 남아 있던 땅 한 조각이 수평선 너머로 천천히 사라졌다. 높은 곳의 인간들이 앞쪽에 더 이상 육지가 없다는 것을 알려주었다. 이제 날씨가 맑았기 때문에 다시 한 번 좋은 사진을 찍을 수 있었던 것이다.

중력이 40g 정도 되는 위도에서, 그들은 항로를 약간 더 남동쪽으로 돌렸다. 브리호 앞쪽에는 리자렌이 말한 동쪽으로 길게 뻗은 육지 덩어리가 있었다. 그들은 그것을 피해야 했다. 사실 브리호는 두 대양 사이에 놓인 비교적 좁은 지협을 따라가고 있었지만, 브리호의 선원들이 그 점을 알아차리기에는 지협이 너무 넓었다.

새로운 바다에 들어온 지 상당한 시간이 지난 후, 작은 사고가 발생했다. 약 60g 되는 위도상이었는데, 견인 밧줄에 매달려 착실히 따라오고 있던 카누가 눈에 띌 정도로 바닷속에 잠기기 시작했다. 돈드래그머가 '그러게 내가 뭐랬습니까?'라는 표정을 한껏 지으며 아무 말도 하지 않는 동안, 선원들은 작은 배를 브리호의 선미까지 끌어당겨 조사했다. 메탄이 아주 소량 바닥에 고여 있었다. 짐을 모두 내리고 갑판 위로 배를 끌어 올린 다음 자세히 조사해보았으나 구멍이 나지는 않았다. 고인 액체가 바다 자체의 메탄보다 훨씬 더 맑기는 했지만, 발리넌 선장은 물보라가 날려 들어간 것이라고 결론지었다. 다시 바다에 카누를 띄우고 짐을 실었다. 그러나 한 선원에게 임무를 주어, 며칠에 한 번씩 빠뜨리지 않고 감시할 것과, 필요할 경우 메탄을 퍼내라고 지시했다. 이 조치는 여러 날 동안 꽤 효과가 있었다. 고여 있던 메탄을 비우자 카누는 바다 위로 높이 몸체를 내밀었다. 그러나 메탄이 새는 속도가 꾸준히 증가했다. 두 번이나 더 브리호 위로 끌어올려 조사했지만, 아무 이상을 찾아낼 수 없었다. 무전기를 통해 조언을 해주던 찰스도 설명할 수가 없었다. 그는 나무가 다공성이라 물이 침투하는 성질이 있는 게 아닐까 얘기해보았다. 그러나 그렇다면 처음부터 그런 일이 있었어야 했다.

중력이 약 200g인 위도에 도착하자 상황은 극단으로 치달았다. 이제 그들 뒤로 바다 여행의 3분의 1 이상이 지나갔다. 봄이 깊어갈수록 낮은 더 길어졌다. 그리고 브리호는 태양으로부터 훨씬 더 멀리 이동했다. 그래서인지 선원들은 긴장을 풀고 있었다. 카누에서 메탄을 퍼내는 일을 맡은 선원이, 카누를 선미 뗏목으로 끌어당겨 안에 올라탔을 때 크게 주의를 기울이지 않은 것도 그 때문이었다. 그는 즉시 깜짝 놀랐다. 물론 카누는 그가 들어갔을 때 약간 가라앉았다. 그렇게 되자, 카누의 양 배면을 막고 있던 탄성 있는 나무가 약간 짜부라졌다. 나무가 짜부라지자 카누는 좀 더 가라앉았다. 그리고 좀 더 짜부라지더니 또다시 더 가라앉았다.

일종의 피드백 반응처럼, 이것도 놀라울 정도로 빨리 진행되었다. 담당 선원이 안쪽으로 압박하고 있는 카누의 양 배면을 느낄 새도 없이 선체 전체가 '수면' 아래로 가라앉았고, 외부에서 가해지던 압력은 그제야 약해졌다. 카누의 침몰을 막기에는 상당수의 화물이 메탄보다 밀도가 컸다. 그리고 선원은 카누 안에서 허우적거리고 있었다. 카누 자체는 견인 밧줄에 매달려 계속 가라앉았고, 순간적으로 브리호가 삐걱하며 속도가 떨어졌다. 그러자 전체 선원들이 다시금 긴장 상태에 들어갔다.

카누 담당 선원은 브리호로 기어 올라가 무슨 일이 있었는지 설명했다. 당장 다른 임무에 매달리지 않아도 되는 선원들이 모두 선미로 몰려들었다. 그리고 이내 침몰한 카누 끝에 매달린 밧줄이 팽팽하게 당겨진 것을 보았다. 얼마간 애를 쓴 끝에, 카누와 카누 속에 적절히 묶여 있던 화물을 배 위로 끌어 올릴 수 있었다. 그것을 볼 수 있도록 통신기의 방향을 조정했다. 카누를 봐서는 쓸 만한 정보를 얻을 수 없었다. 목재의 엄청난 탄성 때문에 납작해진 옆면이 완전히 복구되어 있었다. 따라서 카누는 원래 형태를 다시 회복했다. 여전히 구멍 하나 없었다. 다시 한 번 화물을 내린 후에 이 사실을 분명히 확인했다.

카누를 살펴보던 찰스는 머리를 설레설레 흔들면서 아무 설명도 하지 못했다. "무슨 일이 일어났는지 말해주십시오. 뭔가를 본 사람이면 어떤 거라도 좋습니다."

메스클린인들은 그 말에 순순히 응했고, 발리넌 선장이 그 사건에 관련된 선원과, 조금이라도 그 사건을 자세히 보았던 몇 안 되는 자들의 이야기를 통역해주었다. 조금이라도 중요한 정보가 제공된 것은 그때가 처음이었다.

"맙소사!" 찰스가 반쯤 고함을 지르듯 투덜거렸다. "필요할 때 기억해낼 수 없다면 고등학교는 왜 다닌 거야? 액체 속에서 물체가 받는 압력은 바로 위에 있는 액체의 무게에 비례하지. 메탄이라도 200g의 중력에서는 수직 1센티미터당 무게가 상당할 거야. 카누는 종잇장만큼이나 얇게 남기고 속을 파냈으니, 그렇게 오래 버틴 게 오히려 신기한 일이라고."

발리넌 선장이 의미를 알 수 없는 독백을 중단시키고 설명을 요구했다. "당신은 이제 무슨 일이 일어났는지 알게 된 것 같군요. 부탁이니 알아듣게 설명해주겠습니까?"

찰스는 나름대로 최선을 다했지만, 부분적으로만 이해시켰을 뿐이었다. 정량적 압력 개념은 모든 고등학교에서 상당수의 학생이 이해하지 못하고 나가떨어지는 문제였다.

발리넌 선장은 물체가 바닷속으로 깊이 들어갈수록 누르는 힘을 크게 받는 것을 이해했다. 그러나 그 힘을 바람이나, 혹은 심지어 수영할 때 너무 빨리 잠수하면 경험하는 기분 나쁜 느낌과는 연결하지 못했다.

요점은 물 위에 떠 있는 물체는 그게 어떤 물체라도 일정 부분 물속에 잠길 수밖에 없고, 만일 물체의 속이 비어 있다면 빠르든 늦든 간에 그 부분은 짜부라지게 되리라는 것이었다. 발리넌 선장은 찰스와의 대화로 이런 결론에 도달하게 되자, 돈드래그머와 눈이 마주치는 것을 피했다. 바로 이것이 그가 리자렌에게 이야기했을 때 거짓이 탄로 난 원인이 분명하다고 일등항해사가 아픈 곳을 찌르자 더욱 마음이 불편했다. 리자렌의 부족은 속이 빈 보트를 사용해본 것이 분명했다. 그렇다! 그들은 오래전에 먼 남쪽에서 카누의 무익함을 알아냈을 것이다.

카누 속에 있던 장비는 갑판 위로 끌어냈다. 그리고 다시 여행이 계속되었다. 이제는 브리호의 여유 공간을 차지하기만 하고 쓸모도 없어졌지만 발리넌 선장은 그 작은 배를 버리고 갈 수가 없었다. 그는 양 옆면에 무언가를 받치지 않으면 높이 쌓아 두기 어려운 식량들을 그 안에 가득 채워 조금이나마 카누의 무용함을 가려보려 했다. 돈드래그머는 카누 때문에 뗏목 두 대의 길이가 늘어나는 바람에 배의 유연성이 떨어졌다고 지적했으나, 선장은 그 정도 가지고는 끄떡도 하지 않았다.

전과 마찬가지로 시간은 계속 흘러 몇백 일이 지나갔고 그다음에는 수천 일이 바람처럼 흘러갔다. 수명이 긴 메스클린인들에게 그 시간은 아무 의미도 없었다. 그러나 지구인들에게 여행은 점점 더 지루해졌다. 부분적으로는 단조로움 때문이었다. 행성의 수평선이 길어지는 동안, 인간들은 지켜보면서 선장과 이야기를 나누었다. 발리넌 선장이 현 위치와 최선의 항로를 알려달라고 요청하면 그 즉시 계산하고 측정했다. 그들은 때때로 따분해하는 선원들에게 지구어를 가르치거나, 메스클린 말을 배우려고 애써보기도 했다. 간단히 말해, 지구로 치면 넉 달, 메스클린에서는 9천4백 일 남짓 되는 기간이 지나는 동안 그들은 그저 기다렸다. 필요한 때는 뭔가 일을 했지만, 나머지 대부분의 시간은 그냥 보냈다. 카누가 가라앉았던 곳은 중력이 200g 남짓이었지만 이제는 400g로 증가했다. 브리호의 위도 측정기인 용수철 저울도 중력이 계속 증가하는 것을 알려주었다. 낮이 점점 길어졌고, 밤은 점점 짧아졌으며, 마침내 태양이 수평선을 건드리지 않고 완전히 하늘을 한 바퀴 도는 시기가 왔다. 비록 남쪽 수평선 위로 기울어지긴 했지만 말이다. 메스클린이 근일점을 통과했던 짧은 시기 동안에 익숙해 있었던 지구인들에게는 태양이 쪼그라든 것처럼 보였다. 브리호의 갑판으로부터 탐지기를 통해 바라보는 수평선은 발리넌 선장이 몇 달 전 그렇게나 열성적으로 찰스에게 설명해주었듯이 배 주위의 모든 방향에서 브리호보다 '높은' 곳에 있었다. 그때 인간들이 발리넌 선장에게 착시에 의한 환영(幻影)일 뿐이라고 설명하는 동안 발리넌 선장은 참을성 있게 들어주었다. 마침내 그들 앞쪽에 나타난 육지 역시 분명히 그들 위에 있었다. 어떻게 환영이 실제로 나타날 수 있단 말인가? 육지는 정말로 저곳에 있잖은가? 그들이 육지에 당도했을 때 그 사실은 명확히 증명되었다. 이제 브리호는 입구가 넓은 커다란 만의 입구에 도달했다. 만은 입구에서 3천 킬로미터 정도 남쪽으로 뻗어 있으며, 그것은 로켓까지 남은 거리의 절반에 해당했다. 그들은 만을 향해 들어갔고, 만이 마침내 하구 정도로 좁아지자 좀 더 천천히 나아갔다. 그들은 날것의 도움을 받아 더 적당한 바람을 찾는 대신 그냥 바람에 배를 맡겼다. 마침내 만의 끝에 도달했고 강을 향해 진입해 들어갔다. 강을 따라 올라가면서, 그들은 간혹 상황이 우호적일 때를 제외하면 더 이상 돛을 쓰지 않고 나아갔다. 강은 여전히 폭이 넓긴 했지만, 뗏목에 부딪히는 물살의 흐름은 돛이 감당할 수 있는 수준을 넘어섰기 때문이다. 그래서 끌고 가는 전략을 취했다. 선원 한 명씩 당직을 정해 밧줄을 가지고 기슭에 올라가 잡아당겼다. 이 중력에서는 한 명의 메스클린인이라 할지라도 상당히 쓸 만한 견인기 역할을 할 수 있었다. 여러 주가 지나는 동안, 지구인들은 따분함을 떨쳐버렸다. 이제 투리 기지에서는 긴장이 고조되고 있었다. 고지가 바로 저기였다. 희망이 부풀어 올랐다.

그러나 그들에게는 몇 달 전 찰스의 탱크가 여행을 중단했을 때와 마찬가지로 어처구니가 없는 상황이 기다리고 있었다. 이유는 상당히 비슷했다. 이번에는 브리호와 선원들이 절벽의 꼭대기가 아니라 맨 아래에 있다는 점이 달랐다. 이번의 절벽은 약 백 미터 높이로, 지난번 20미터의 다섯 배 높이였다. 게다가 700g에 가까운 중력장에서는 기어오르거나, 뛰어오르거나, 기타 멀리 '가장자리'에서 그토록 자유롭게 선택할 수 있었던 온갖 이동 방법들이 완전히 불가능했다. 아무리 작고 강력하고 항해 전문인 이 괴물들일지라도 그랬다.

로켓은 직선거리로 80킬로미터 떨어진 곳에 있었다. 그러나 수직으로 그들 앞에 놓인 백 미터의 장벽은 인간의 처지로 보면 깎아지른 바위벽 55킬로미터를 등반해야 하는 것과 비슷한 상황이었다.

15
고원

    브리호의 선원들에게 일어났던 마음의 변화는 일시적인 변덕은 아니었던 모양이다. 태어났을 때부터 커져온, 높이에 대한 비이성적이고 조건반사적 공포는 저만치 사라지고 없었다. 그러나 여전히 보통 수준의 이성적 판단력은 남아 있었다. 그들의 신체기관은 단단했지만 그래도 행성의 이 지역에서 몸길이의 절반 정도 높이에서만 떨어져도 치명적인 부상을 입을 것이 분명했다. 두려움이 다소 옅어지긴 했어도 선원 대부분은 추락한 로켓으로 접근하는 걸 막는 하늘 높이 솟은 절벽에서 몇 미터 떨어진 강둑에 브리호를 정박시키면서 불편한 감정을 느꼈다.

    지구인들은 침묵 속에서 지켜보며 장벽을 넘을 방도를 짜내려고 머리를 굴렸지만 허사였다. 원정대가 보유한 로켓 중에서 극지방 중력을 단 몇 분의 일이라도 이겨내고 공중으로 뜬 로켓은 없었다. 그렇게 할 수 있도록 제작한 유일한 로켓은 이미 그곳에 내려앉아 있었다. 게다가 로켓이 있다 해도, 인간이나 훈련받은 비인간형 조종사는 그 근방에서는 누구도 살 수 없었다. 그런데 거기 살 수 있는 유일한 존재는 정글에서 곧장 데려온 부시맨만큼이나 로켓 날리는 일을 배울 능력이 없었다.

"여행은 생각했던 것만큼 쉽게 끝나지 않을 모양이군." 스크린 룸에 들른 로스텐 박사는 상황을 재빨리 이해했다. "정상으로 올라갈 다른 방도나, 더 완만한 경사를 가진 곳을 찾아야 할 거야. 어느 쪽이든 있긴 있을 테지. 발리넌 선장과 선원들이 지금 상태에서는 올라갈 방법이 없는 것은 사실지만, 우회해 돌아가지 못할 이유도 없지 않은가."

찰스는 이 제안을 선장에게 중계해주었다.

"사실입니다." 메스클린인이 대답했다. "그러나 상당히 많은 난점이 있습니다. 이미 강에서 식량을 얻는 것이 점점 어려워지고 있습니다. 바다에서 아주 멀리 왔으니까요. 앞으로 얼마나 더 여행해야 할지도 모르니, 필요한 식량이나 그 밖의 다른 제반 사항에 대한 계획을 세울 수가 없습니다. 우리가 지성인답게 여행 계획을 세울 수 있도록 자세한 지도를 이미 준비해놓았거나 준비할 수 있습니까?" 메스클린인이 물었다.

"좋은 지적이에요. 가능한지 알아볼게요." 마이크로폰으로부터 몸을 돌린 찰스는 걱정 가득한 주름을 잔뜩 잡은 얼굴과 마주쳤다. "무슨 일입니까? 적도 지역처럼 사진 지도를 만들지 못할 이유라도 있습니까?"

"물론 만들 수 있어. 지도야 만들 수 있지. 그것도 아주 자세한 지도를. 하지만 쉽지는 않을 거야. 적도에서는 로켓이 단 1천 킬로미터 상공, 즉 고리의 내부 가장자리 근처에서 원궤도 속도를 유지하면서 일정한 지점 위에 계속 떠 있을 수 있었네. 그러나 저곳에서는 원궤도 속도를 이용할 수 있다고 하더라도 그 속도가 충분치 않아. 천문학적인 연료를 소비하지 않으면서 근거리 촬영을 하려면 일종의 쌍곡선 궤도를 타야 할 거야! 말인즉, 로켓은 표면에 대해 초속 8백에서 1천 킬로미터의 상대 속력을 갖게 된다는 거야. 그렇게 해서 얻어진 사진이 어떤 식일지는 자네도 짐작하겠지. 마치 원거리 초점 렌즈로 극단적으로 오랫동안 노출시켜 찍은 사진처럼 보일 거야. 그래도 그런 사진에 나타난 세부 사항이 어떻게든 발리넌 선장의 필요를 충족시킬 수 있기만을 바랄 따름이지." 로스텐 박사가 대답했다.

"그 점을 생각지 못했군요." 찰스가 인정했다. "하지만 우린 할 수 있어요. 또 이 상황에서 다른 대안은 아무것도 생각나지 않습니다. 물론 발리넌 선장이 장님처럼 더듬어 가며 탐험을 계속할 수도 있겠지만, 그렇게 해달라고 부탁하는 것은 너무 지나친 요구일 거예요."

"그렇군. 로켓 하나를 띄워 작업에 들어가도록 해."

찰스는 이 대화의 골자를 발리넌 선장에게 전해주었다. 발리넌 선장은 원하는 정보가 도착할 때까지 현재 위치에 머물겠다고 응답했다.

"절벽을 따라 오른쪽으로 해서 강 상류 쪽으로 계속 나아가거나, 배를 두고 강을 떠나서 왼쪽으로 갈 수도 있습니다. 어느 쪽이 거리상으로 더 나을지 알지 못하니, 그냥 기다리겠습니다. 물론 강을 따라 상류 쪽으로 가는 편에 더 끌립니다. 다른 쪽으로 가기엔, 식량과 무전기를 운반하는 것이 예삿일이 아닐 테니까요."

"좋습니다. 식량 사정은 어떤가요? 바다가 멀어 식량을 얻기 어려워졌다고 한 것 같은데."

"식량으로 삼을 만한 생물이 드물어졌습니다. 하지만 이곳이 사막은 아닙니다. 또, 당분간은 최소한의 식량만으로 버틸 수 있습니다. 그러나 만일 육로를 택해야 한다면, 당신과 당신의 대포가 아쉬울 것 같군요. 이 석궁들은 이 여행의 10분의 9 정도 동안은 박물관의 전시품이나 마찬가지였습니다."

"그럼 왜 가지고 온 겁니까?"

"바로 그 이유 때문입니다. 훌륭한 박물관 전시품이 될 테니까. 그리고 박물관들은 물건값을 상당히 높게 쳐주지요. 고향에서는 던져서 사용하는 무기가 없습니다. 심지어 꿈을 꾸어본 적도 없어요. 당신의 총 하나를 줄 수는 없을 테지요. 안 그렇습니까? 그런 목적을 위해서라면 굳이 작동돼야 할 필요도 없는데."

찰스가 웃음을 터뜨렸다. "안됐지만 줄 수 없어요. 우리도 각자 한 자루씩밖에 없거든요. 우리에게 꼭 필요한 물건은 아니지만, 당신에게 준 것을 내가 상관에게 어떻게 변명하겠어요?"

발리넌 선장은 이해의 끄덕임에 해당하는 의미를 지닌 행동을 취해 보였다. 그리고 자신의 임무로 돌아갔다. 그에게는 지

263

구본 역할을 하는 '사발 지도'에 표시할 최신 정보가 아주 많았다. 여행하는 내내, 브리호 사방의 모든 방향에 있는 육지들의 방위와 거리를 지구인들이 가르쳐주었다. 따라서 그는 오목 지도 위를 가로지르는 두 대양의 해안선에 대해 대부분의 정보를 얻을 수 있었다.

식량 문제도 신경을 써야 했다. 찰스에게 말한 대로 식량 문제가 정말로 다급한 건 아니었지만, 지금부터 그물을 가지고 좀 더 많은 작업을 할 필요는 있을 것이다. 이제는 강폭이 2백 미터 정도로 변한 그 강에는 아직 필요한 양의 물고기가 충분할 것 같았지만, 육지는 그보다 훨씬 덜 희망적이었다. 돌투성이에 황량하기 짝이 없었고, 강의 한쪽 강둑에서는 2, 3미터쯤 가면 갑자기 끊어지며 절벽이 나왔다. 반대쪽 강둑에는, 낮은 언덕들이 몇 킬로미터마다 하나씩 펼쳐져 있었는데, 아마도 저 멀리 지평선 너머까지 뻗어 있는 것 같았다. 절벽 사면은 지구에서도 단층의 가장자리 바위 위에 때때로 그렇듯이, 부드러운 풀 같은 것으로 덮여 있었다. 지구에서조차, 그런 바위벽을 등반하려면 온갖 장비와 파리처럼 가벼운 몸무게는 필수적이었다. 하지만 이곳에서는 파리조차 너무 무거웠다. 메스클린에도 식물군이 존재하긴 했지만, 그리 많지는 않았다. 첫 50일 동안 브리호의 어떤 선원도 육지 동물의 흔적을 보지 못했다. 때때로 누군가가 어떤 움직임을 보았다고도 생각했지만, 그때마다 그것은 주기적인 운동을 하면서 절벽 너머로 가끔 사라지는 태양이 던진 그림자였음이 밝혀졌다. 그들은 남극점에 너무 가까이 있었기 때문에, 온종일 태양의 고도에는 눈으로 식별할 수 있을 만한 어떤 변화도 없었다.

그 시기에 지구인들은 메스클린인들보다 약간 더 바빴다. 찰스를 포함한 네 명의 원정대원이 로켓을 타고, 빠른 속도로 공전하는 달에서 떠나 행성 쪽으로 내려갔다. 그들의 이륙 지점에서 보면, 행성은 중앙 부분이 약간 튀어나온 파이 모양과 상당히 유사했다. 고리는 단순히 빛의 선에 불과했다. 그러나 그것은 별이 점점이 박힌 암흑의 공간을 배경으로 두드러져 보였고, 거대한 행성의 편평함을 한층 강조했다.

로켓이 동력을 내뿜어 달의 궤도 공전에 따른 속도를 감속하고 메스클린의 적도 면을 벗어난 곳으로 향하자 행성의 모습은 달라졌다. 고리가 완연하게 제 모습을 드러냈다. 그러나 고리가 두 개로 분리되어 있는데도 메스클린 행성계는 토성과 전혀 닮지 않았다. 메스클린 행성은 다른 어떤 천체와도 닮았다고 하기 어려울 정도로 편평도가 너무나 엄청났다. 적도 지름이 약 7만 7천 킬로미터 정도 되는 데 비해, 극 지름이 3만 킬로미터도 안 되는 행성은 당연히 그만한 편평도를 보여야 했다. 이제는 자주 보아 익숙해질 만도 했지만, 모든 원정대원에게 그것은 여전히 매혹적인 모습이었다.

위성의 궤도에서 하강한 탐사 로켓은 덕분에 아주 높은 속도를 낼 수 있었다. 그러나 로스텐 박사가 말했듯이 충분히 높은 속도는 아니었다. 속도를 더 높이기 위해 동력을 추가로 사용했다. 극지방을 가로지르는 실제 항로가 표면에서 수천 킬로미터 상공이었지만 촬영 기사는 여전히 바빠 작업을 진행해야 했다. 로켓은 세 번 공전했고, 공전 때마다 사진 기사가 행성 둘레를 돌아 다시 원하는 위치를 찾는 데는 훨씬 긴 시간이 소요되었다. 절벽의 높이를 여러 측면에서의 음영 측정으로 점검할 수 있도록, 매번 찍을 때마다 행성 표면이 태양을 향해 다른 얼굴을 드러내게 했다. 그런 다음, 이미 찍은 사진들을 지도판 위에 올려놓았다. 그들은 로켓을 투리의 궤도와 만나는 넓은 원주의 쌍곡선을 그리게 해놓고는, 투리에 접근할 때 급히 감속하지 않아도 되도록 미리 속도를 줄이는 연료를 쓰기 시작했다. 그런 조작에 소비할 시간 여유는 있었다. 그리고 지도화 작업은 여행하는 동안 진행하면 된다.

메스클린과 관련된 일이 보통 그렇듯이, 지도 작업의 결과는 놀랍기도 하고 흥미롭기도 했다. 놀라운 것은, 균일하게 위쪽으로 튀어나온 듯 보이는 땅 조각의 크기였다. 그 땅은 마치 길이 약 5천6백 킬로미터 정도 되는 그린란드 같은 쐐기 모양이었으며, 뾰족한 끝은 브리호가 이미 지나온 바다 쪽으로 향하고 있었다. 강은 완만하게 구불거리며 그 땅 주위를 넓게 돌다가, 거의 반대편 중간 부분에서 땅의 가장자리와 다시 만났다. 가장자리의 높이는 믿을 수 없을 정도로 균일했다. 음영 측정 결과, 곳 부분에서는 브리호의 현재 위치에서보다 약간 더 높을 것 같기는 했지만, 그것마저도 미미한 차이에 불과했다.

한 지점을 제외하면 말이다. 한 사진에(그리고 그 사진뿐이었다) 경사가 완만하다는 것을 의미하는 음영이 흐릿해진 곳이 보였다. 그것은 쐐기의 반대편 넓은 사면 가운데쯤에 위치했다. 아마도 브리호의 현재 위치에서 직선거리로 약 1천3백 킬로미터 정도 떨어진 곳인 것 같았다. 금상첨화로 강 상류에 닿아 있기까지 했다. 그뿐만 아니라 강은 절벽의 발치 부분을 계속 감싸고돌며 이어졌다. 강은 그림자가 희미해진 지점으로부터 바깥쪽으로 원을 그리며 돌았다. 사실 아주 희망적으로 보이는 그 붕괴 사면의 잡석 더미 주위를 우회하는 것처럼 보였다. 그것은 현 지점에서 80킬로미터 거리에 있는 최종 목적지에 닿기 위해서 발리넌 선장이 대략 2천5백 킬로미터를 돌아가야 하는 것을 의미했다. 물론 그중 절반은 육로였다. 육로 부분이 그리 어려워 보이지는 않았다. 찰스가 그렇게 말하자, 동료에게서 작은 친구들이 여행할 지표면 부분에 대해 좀 신중한 분석이 필요할 거라는 충고를 들었다. 그러나 기지에 가면 더 나은 장비가 있으므로 그 일은 착륙 뒤에 하기로 미루었다.

　기지에 도착해, 지도 제작 전문가들이 현미경과 밀도계로 분석한 결과 육로 지역에 대해서 덜 고무적인 분석 결과가 나왔다. 고원 자체의 표면이 상당히 거친 것으로 나타났기 때문이다. 찰스가 찾아낸 절벽 면의 붕괴 원인이 될 만한 강 같은 것이 있다는 증거를 찾을 수 없었다. 그러나 붕괴 자체는 확실히 존재하는 것으로 결론지었다. 밀도계에 따르면 고원의 중심부는 가장자리 부분보다 고도가 낮았다. 따라서 고원은 속이 움푹 파인 거대한 국그릇이라고 할 수 있었다. 그러나 깊이가 정확히 어느 정도인지는 확정할 수 없었다. 고원 내부에 전체를 가로지르는 그림자를 만들 만한 큰 지형이 없기 때문이었다. 그러나 분석가들은 고원의 가장 깊은 부분이 아마도 절벽 너머의 땅보다는 훨씬 더 위쪽일 거라고 자신 있게 말했다.

로스텐 박사는 작업의 최종 결과를 훑어본 후에 콧방귀를 뀌었다.

"아무래도 이게 우리가 발리넌 선장에게 해줄 수 있는 최선인 것 같군." 박사가 마침내 입을 열었다. "개인적으로, 내가 설령 그 지역에서 살 능력이 있다고 해도, 그 땅의 안전에 대해서는 그다지 신뢰하지 않겠어. 찰스, 자넨 그들을 정신적으로 응원할 방도를 찾아보기나 해. 누구도 물리적 도움을 줄 수 있을 것 같지 않으니까."

"저는 지금까지 최선을 다해왔습니다. 고지가 이렇게나 가까운데, 또다시 문제를 겪게 되니 정말 맥 빠지는군요. 다만 발리넌 선장이 여기까지 와서 우리가 일을 제대로 못한다고 포기하지 않기를 바랄 뿐이죠. 아시겠지만, 그는 여전히 우리가 하는 말을 완전히 신뢰하지는 않습니다. 누군가가 수평선이 높게 보이는 착시 현상에 대해 발리넌 선장이나 내가 만족할 만큼 설명해주면 좋으련만. 그러면 이 행성이 국그릇 모양이라는, 그리고 다른 행성에서 온 우리의 주장이 최소한 50퍼센트는 미친 소리라는 생각에서 그가 깨어날 테니까요."

"그 말은, 왜 수평선이 더 높게 보이는지 자네는 모른다는 말인가?" 기상학자 한 명이 충격을 받았다는 말투로 소리쳤다.

"완전히는 이해 못 하겠어. 공기 밀도가 관련되어 있다는 것은 알겠지만."

"하지만 그건 정말이지 간단한…."

"나에겐 아니야."

"누구에게나 간단한 거야. 햇빛이 쨍쨍 비치는 날 도로 바로 위의 뜨거운 공기층에서는 빛이 약간 위로 꺾이는 것을 알지 않나. 뜨거운 공기는 밀도가 조금 낮고, 빛은 밀도가 낮은 매질 속에서 더 빨리 이동하기 때문이지. 지구에서도 때때로 훨씬 광범위한 크기의 신기루 현상을 보았을 거야. 그 현상들은 기본적으로 모두 원인이 같아. 즉, 더 뜨겁거나 차가운 공기층으로 된 '렌즈'나 '프리즘'에서 빛이 굴절하는 것이지. 이번에는 그게 온도가 아니라 중력에 기인하는 점이 다르단 거야. 심지어 수소의 밀도조차 행성 표면에서 위로 올라갈수록 급격하게 감소해. 물론 온도가 낮으니 밀도가 감소하는 속도가 조금은 줄겠지만."

"자네가 그렇다면 그렇겠지. 나야 뭐…." 찰스는 말을 끝낼 기회를 빼앗겼다. 로스텐 박사가 무뚝뚝한 목소리로 갑자기 끼어들었기 때문이다.

"고도에 따라 그 밀도 감소 현상이 얼마나 빨리 일어나지?"

기상학자는 주머니에서 계산자를 꺼내 아무 말 없이 잠시 그것을 조작했다. "행성의 평균 기온이 영하 70도라고 가정하면, 5백 미터 높이에서는 지표면 대기 밀도의 1퍼센트 정도로 떨어집니다."

그 말이 끝나자 방 전체에 충격에 찬 침묵이 감돌았다.

"그럼, 음…. 백 미터 높이라면?" 로스텐 박사는 마침내 겨우 질문을 입 밖에 냈다. 그 질문에 대한 답은 마치 암산을 하듯 기상학자가 입술을 약간 우물우물하더니 나왔다.

"이번에도 대략적인 계산이지만 20에서 30퍼센트 정도, 아마 그보다 훨씬 더 작을 겁니다."

로스텐 박사는 1, 2분 동안 손가락으로 탁자를 톡톡 두드렸고, 그의 두 눈도 손가락의 운동을 따라 했다. 그런 다음 박사는 주변의 다른 얼굴들을 둘러보았다. 모두 조용히 그를 마주 쳐다보고 있었다.

"아무래도 이번 문제를 해결할 현명한 방안이 생각날 것 같지 않군. 혹시 발리넌 선장과 부하들이 보통 기압과 비교해, 우리에게는 약 1만2천에서 1만5천 미터에 해당하는 고도의 대기 속에서 살아남거나 작업을 수행할 수 있다고 생각하나?"

"글쎄요." 찰스가 뭔가를 떠올리려 애쓰며 얼굴을 찡그렸다. 그러자 로스텐 박사가 얼굴이 약간 밝아졌다. "오래전에 물속에서, 아니 메탄 속에서 꽤 오랫동안 머물 수 있고, 꽤 먼 거리를 헤엄칠 수 있다는 말을 들은 것 같습니다. 강 주민들이 바로 그렇게 해서 브리호를 이동시켰던 거고요. 그게 지구의 고래처럼 호흡을 멈추거나 저장해두는 기관을 가졌기 때문이라면, 이 상황에는 별로 도움이 되지 않습니다. 하지만 메스클린의 강이나 바다에 녹아 있는 수소에서 필요한 수소를 직접 얻을 능력이 있다면, 희망이 있을 것도 같습니다."

로스텐 박사는 좀 더 오래 생각에 잠겼다.

"좋아, 자네의 작은 친구를 부르게. 그가 어떤 능력을 가지고 있는지 알아보도록 하지. 릭, 가서 섭씨 영하 145도에서 185도, 8기압 조건에서 수소의 메탄 용해도를 알아와. 데이브, 자넨 계산자를 치우고 서둘러 컴퓨터로 달려가게! 물리, 화학, 수학, 그리고 기상 예보 수호신이 허락하는 모든 방법을 동원해 절벽 꼭대기에서의 정확한 수소 밀도치를 구해내도록 해. 참, 자네는 적도에서 어떤 태풍의 중심부에서는 3기압까지 기압이 떨어졌다고 하지 않았나? 찰스, 자네는 발리넌 선장의 종족이 기압이 낮아지는 것을 느끼는지, 느낀다면 얼마나 민감하게 느끼는지 알아내도록 해. 모두 빨리 움직여!"

회의가 끝나자 대원들은 각자 맡은 일을 수행하러 뿔뿔이 흩어졌다. 로스텐 박사는 찰스와 함께 스크린 룸에 남아, 먼 아래쪽의 메스클린인들과 나누는 대화에 귀를 기울였다.

발리넌 선장은 별 어려움 없이 오랜 시간 동안 수면 아래에서 잠수할 수 있다고 했다. 그러나 어떻게 그렇게 할 수 있는지는 모르겠다고 했다. 어쨌든 숨을 쉬지는 않았다. 그리고 인간이 잠수할 때 느끼곤 하는, 짓눌리는 듯한 느낌을 받은 적도 없었다. 만일 너무 오랫동안 메탄 속에 머무르거나, 그 속에서 지나치게 활발한 운동을 했을 경우에 생기는 결과는 졸음과(그가 묘사할 수 있는 한, 이것이 가장 유사한 현상이었다) 상당히 비슷했다. 끝내 곯아떨어진다 하더라도 의식을 잃는 것이 전부였다. 밖으로 끌어내면 그사이에 허기가 지지 않는 한 상당히 오랜 시간이 흐른 뒤 다시 깨어날 수 있었다. 분명 메스클린의 바닷속에는 그들이 생명을 잃지 않을 만큼의 수소가 충분히 용해되어 있었다.

그러나 정상적인 신체 활동을 영위할 정도는 아니었다. 로스텐 박사는 눈에 띄게 표정이 밝아졌다.

"지금까지 경험한 최악의 폭풍 중심에서도 당신이 말한 것처럼 곤란한 점은 없었습니다." 선장이 말을 계속했다. "글라이더의 섬에 우리를 내동댕이쳤던 폭풍 속에 들어갔을 때 힘이 빠져서 아무 일도 할 수 없게 된 선원은 하나도 없었던 것은 분명합니다. 물론 폭풍 중심부에 있었던 시간은 2, 3분에 불과했지만요. 왜 그럽니까? 무슨 이유로 그런 것을 묻는지 이해가 가지 않습니다."

찰스는 허락을 구하듯 상관을 쳐다보았다. 로스텐 박사는 조용히 고개를 끄덕여 허락했다.

"우리는 로켓이 있는 절벽 꼭대기에서는 바닥보다 공기가 훨씬 더 희박하리라는 사실을 깨달았어요. 그 때문에 당신들이 계속 나아갈 수 있을지 심히 걱정됩니다."

"하지만 겨우 백 미터 높이 아닌가요? 그렇게 낮은 고도에서 왜 그렇게 심한 변화가 생긴단 말입니까?"

"행성의 중력 때문에요. 이유를 다 설명하려면 이야기가 너무 길어질 것 같군요. 아무튼, 어떤 행성에서든 위로 올라갈수록 공기가 희박해집니다. 중력이 클수록 변화는 급격하지요. 이 행성에서는 그 조건이 약간 극단적입니다."

"하지만 이 행성에서 당신이 '정상적'이라고 부르는 대기는 어디를 말합니까?"

"우린 그걸 해수면으로 생각하고 있어요. 보통 모든 대기를 해수면을 기준으로 측정하니까요."

발리넌 선장은 잠시 생각에 잠겼다. "바보 같은 소립니다. 내가 보기에 당신들은 고정된 고도를 측정 기준으로 잡는 것이 좋겠습니다. 우리의 바다는 해마다 수십 미터씩 올라갔다 내려갔다 합니다. 그런데도 대기에 어떤 특별한 변화도 느껴본 적이 없습니다."

"당신이 그런 걸 느끼지 못한 데에는 여러 이유가 있을 듯하군요. 가장 큰 원인은, 당신은 브리호를 타고 있는 한 항상 해수면 위에 존재합니다. 따라서 어떤 경우든 대기의 가장 낮은 지점에 위치하는 거지요. 당신 위쪽에 있는 공기의 무게와 아래쪽에 있는 공기의 무게를 생각하면 이해하는 데 도움이 될 겁니다."

"문제는 더 있습니다." 선장이 대답했다. "우리 도시들은 바다가 내려간다고 따라 내려가지 않습니다. 도시들은 보통 봄에는 해안가에 위치하지만, 가을 무렵에는 어느 도시나 바닷물이 빠져서 3백에서 3천 킬로미터 떨어진 내륙에 위치하게 됩니다. 물론 해안선과의 사이에 있는 땅의 경사는 아주 완만합니다. 그러나 그 무렵이면 도시는 해수면 위로 족히 백 미터는 높아질 겁니다."

찰스와 로스텐 박사는 잠시 서로를 조용히 마주 보았다. 그런 다음 로스텐 박사 쪽이 입을 열었다.

"하지만 당신이 있는 곳은 남극점에서 제법 떨어진 곳이니, 아니 이건 무의미한 변명이군요. 설령 그곳의 중력이 정상 중력의 3분의 1에 불과하다고 해도 고도에 따라 엄청난 압력 변화를 경험하게 될 겁니다. 하지만 아무래도 우리가 쓸데없는 걱정을 하고 있었나 봅니다. 적색 왜성에게 신성을 조심하라고 경고하는 형국이랄까."

로스텐 박사가 잠시 말을 멈췄다. 그러나 메스클린인은 아무 대답도 하지 않았다.

"발리넌 선장님, 고원에 기꺼이 올라갈 의향이 있습니까? 그 일이 당신들의 신체 구조에 비추어 너무 부담된다면 우리는 계속 전진하라고 고집하지는 않으려고 합니다. 하지만 우리에게 이 일이 얼마나 중요한 것인지는 이미 알고 있을 테지요."

"물론 난 할 겁니다. 우린 이렇게나 멀리까지 왔습니다. 그리고 지금까지 겪었던 일보다 나쁜 일이 닥칠 것이라고 미리부터 걱정해야 할 논리적인 이유도 없다고 봅니다. 또한 내가 바라는 것은…." 발리넌 선장은 잠시 말을 멈추더니, 다른 문장으로 계속 이어갔다. "그곳으로 올라갈 방법을 찾아낸 겁니까? 아니면, 방금 질문은 가설에 불과한 겁니까?"

그 질문에는 찰스가 대답했다.

"현재 위치로부터 상류 쪽으로 약 1천3백 킬로미터 거리에서 고원 위로 올라가는 길처럼 보이는 통로를 발견했어요. 당신이 그곳을 등반할 수 있을지는 잘 모르겠습니다. 그 길은 아주 경사가 완만한 자갈길 같습니다. 만일 그곳으로도 올라갈 수 없다면, 안됐지만 다른 우회로는 전혀 없습니다. 절벽은 그 한 지점만을 제외하면 고원 주위를 빙 돌아 수직으로 깎아지른 듯 솟아 있어요."

"아주 좋습니다. 강을 따라가면 되는 거군요. 이 지역에서는 조그만 바위조차 기어 올라가고 싶지 않습니다. 하지만 최선을 다해보겠습니다. 탐지기를 통해 그 길을 비추면 당신이 뭔가 조언을 해줄 수 있겠지요."

"거기까지 도착하는 데도 상당히 걸리겠군요."

"그렇게 오래는 아닐 겁니다. 무슨 이유에서인지, 가려는 방향 쪽으로 절벽을 따라 계속 바람이 불고 있습니다. 수십 일 전에 여기 도착한 이래로 바람의 방향이나 강도는 거의 바뀌지 않았습니다. 보통의 바닷바람만큼 세지는 않지만, 강의 흐름을 거슬러 브리호를 끌고 갈 정도는 됩니다. 중간에 유속이 너무 빨라지지 않을 때의 말이지만요."

"그 강은 심하게 강폭이 줄어드는 일은 없어요. 적어도 당신이 진행하는 여정 동안에는요. 혹시 유속이 증가한다면, 수심이 점점 얕아지는 원인밖에 다른 이유는 없을 거예요. 우리가 그 강에 대해 확실히 말할 수 있는 것은, 어떤 사진에도 급류나 여울을 나타내는 징후는 없다는 것입니다."

"아주 좋군요, 찰스. 사냥조가 모두 귀환하면 즉시 출발하겠습니다."

사냥조가 하나둘 배로 돌아왔다. 모두 식량을 조금씩 구해 왔지만, 특별히 관심을 가질 만한 보고사항은 없었다. 모든 방향으로 울퉁불퉁한 땅이 펼쳐져 있었다. 동물들은 몸집이 작았고 시냇물은 드물었다. 몇 안 되는 시냇물 주변을 제외하면 식물들은 거의 눈에 띄지 않았다. 돌아온 사냥조의 사기가 좀 떨어지긴 했지만, 브리호가 곧 다시 항해를 시작할 거라는 소식을 듣고는 기운을 냈다. 브리호는 배에서 내렸던 몇 안 되는 장비를 서둘러 뗏목에 싣고 강의 흐름 속으로 들어갔다. 돛을 올리는 동안 브리호는 잠시 바다 쪽으로 떠내려갔다. 그런 다음 돛은 이상할 정도로 일정한 바람을 가득 받았고, 브리호는 강의 흐름을 느리게, 그러나 꾸준히 거스르며, 지금까지 인간이 탐사를 시도한 행성 중 가장 대단한 행성의 미지의 영역을 향해 착실히 나아갔다.

16
바람의 계곡

발리넌 선장은 배가 강을 거슬러 올라갈수록 주변 식물군이
더 황량해질 것으로 생각했다. 그러나 그 반대였다. 얼기설기
퍼지는 문어 같은 형태의 식물 덩어리가, 강물이 절벽에 너무
가까이 접근해서 식물이 자랄 공간이 없는 구간을 제외하고는
지면을 온통 뒤덮고 있었다. 정박했던 지점에서 처음 백 킬로미
터를 지나자, 여러 지류가 주된 강줄기로 흘러들어오는 것이
보였다. 많은 선원이 식물들 사이에서 살금살금 움직이는 동물
을 보았다고 주장했다. 선장은 사냥조 하나를 상륙시켜서 그들
이 돌아올 때까지 기다리고 싶은 유혹을 느꼈다. 그러나 두 가
지 사실이 유혹에 굴복하는 것을 막았다. 하나는 바람이었다. 바
람은 여전히 그가 가고 싶은 쪽으로 일정하게 불고 있었다. 다
른 하나는 얼른 여행의 목적지에 도달해, 날것이 메스클린 극지

의 황무지에서 잃어버린 신비로운 기계를 조사하고 싶은 욕망이었다.

여행이 계속됨에 따라, 발리넌 선장은 바람이 점점 더 놀랍게 느껴졌다. 그는 바람이 어떤 방향으로든 2백 일 이상 같은 방향으로 일정하게 부는 것을 한 번도 본 적이 없었다. 게다가 방향을 일정하게 유지하는 것뿐만이 아니라, 절벽의 곡선을 따라 꺾어지기까지 했다. 바람은 계속 배의 정후방에서 불어 왔다. 발리넌 선장은 갑판의 보초 당직이 완전히 긴장을 푸는 것은 허락하지 않았지만, 하루 정도는 삭구 장치를 소홀히 챙겨도 눈감아 주었다. 그 자신도 바람에 맞추어 돛을 조종하는 것이 필요하던 때 이후로 날짜 세는 것을 잊어버렸다.

날것이 예측한 대로, 강은 일정한 폭을 유지했다. 또, 넌지시 그럴 가능성이 있다고 암시했던 대로, 강은 점점 더 수심이 얕아지고 물살이 빨라졌다. 브리호는 속도가 떨어졌지만 생각했던 만큼은 아니었다. 바람 또한 속도가 빨라졌기 때문이다. 1킬로미터, 또 1킬로미터를 나아감에 따라 하루하루 지나갔다. 그리고 기상학자들은 점점 더 미칠 지경이었다. 태양은 하늘에서 원을 그리며, 느껴지지 않을 정도로 미세하게 조금씩 고도가 올라갔다. 그 움직임이 너무나 느렸기 때문에 과학자들은 그것이 풍력 증가의 원인이라고는 볼 수가 없었다. 근방의 지형에 관련된 무언가가 원인일 것이라는 것이, 지구인들에게나 메스클린인들에게나 명백하게 여겨졌다. 마침내, 발리넌 선장은 잠시 길을 멈추고 사냥 및 탐사대를 하나쯤 상륙시켜도 재출발할 때까지 바람이 계속 불어주리라는 자신을 갖게 되었다.

예상은 옳았다. 또다시 브리호의 뗏목 아래로 수 킬로미터가 지나갔다. 지금까지 약 1천3백 킬로미터를 지나왔다고 날것이 알려주었다. 조금 더 거슬러 올라가자, 마침내 예상했던 그 붕괴 지역이 저 멀리 앞쪽에, 바위의 절벽 틈에서 모습을 드러냈다.

잠시 강이 그곳으로부터 직선 방향으로 흘렀기 때문에, 그들은 옆모습으로만 붕괴 장면을 볼 수 있었다. 그것은 절벽 하단부에서 15미터 위에서부터 약 20도 경사각을 이루며 거의 직선으로 올라가는 사면(斜面)이었다. 가까이 다가가자 강의 방향이 마침내 절벽 면에서 바깥쪽으로 꺾였다. 그들은 사면이 50미터가 채 안 되는 갈라진 틈으로부터 방사상으로 퍼져 나오는 부채꼴 방수로 모양인 것을 알 수 있었다. 사면은 중앙의 갈라진 틈 부분으로 갈수록 급해졌으나 등반하지 못할 정도는 아닌 것 같았다. 물론 그것은 아무도 알 수 없는 일이었다. 어떤 종류의 파편이 방수로 자체를 덮고 있는지 보일 만큼 가까이 접근할 때까지 확신은 금물이었다. 첫 번째 근접 관찰 결과는 고무적이었다. 강이 사면의 맨 아랫부분에 닿는 위치에서 쳐다보니, 방수로는 선원들의 개인적인 기준으로 판단해도 충분히 작은 조약돌로 이루어진 것을 알 수 있었다. 그 돌들이 너무 푸석푸석하지만 않으면 등반은 쉬울 것이 틀림없었다.

이제 배는 방수로 균열의 바로 앞쪽 지점으로 나아가고 있었다. 그렇게 되자, 마침내 바람이 방향을 바꾸었다. 바람은 절벽과 직각을 이루는 바깥쪽으로 각도를 틀었다. 풍속이 믿을 수 없을 정도로 증가했다. 지난 며칠 동안 선원들이나 지구인들에게 희미한 중얼거림 정도로 들렸던 소리는 이제는 포효처럼 날카롭게 소리의 강도를 높였다. 브리호가 균열 지점의 바로 맞은편에 들어서자, 소리의 원인은 명확해졌다.

한줄기 돌풍이, 튼튼하기 짝이 없는 천으로 만들어진 브리호의 돛을 찢어버리기라도 할 듯 선박을 때리더니, 절벽 바깥쪽으로 강줄기를 가로질러 지나갔다. 그 순간 바람 소리는 거의 폭발음에 가까울 정도로 엄청났다. 1분도 채 안 되어, 브리호는 적도를 떠난 이후 만났던 어떤 폭풍과도 비교할 수 없는 강풍 속에서 고전하고 있었다. 돌풍이 지속된 시간은 짧았다. 그러나 돛은 이미 바람을 정통으로 받게 되어 있었다. 그리고 바람을 가득 받은 돛이 최악의 바람이 향하는 쪽으로 배를 밀자 브리호는 물살 방향을 비스듬히 거슬러 올라가다가 얕은 강바닥에 좌초하고 말았다. 일단 폭풍이 지나가자 발리넌 선장은 서둘러 배를 우현으로 돌렸고, 정신을 마저 가다듬으면서 강기슭까지 남은 짧은 거리를 나아갔다. 간신히 정박한 후, 발리넌 선장은 낯선 상황에서 습관처럼 굳어버린 일을 했다. 즉 지구인을 호출해 설명을 요구했다. 지구인들은 발리넌 선장을 실망시키지 않았다. 기상 예보 담당자가 약간 톤이 높고 떨리는 음성으로 즉시 대답해왔다. 인간이 기쁨을 느낄 때면 저런 목소리를 내는 것을 발리넌 선장은 알고 있었다.

"이제 알겠습니다, 발리넌 선장! 고원의 국그릇 모양 말입니다! 당신은 우리가 예상한 것보다 훨씬 쉽게 그 위에서 지낼 수 있겠어요. 왜 그전에는 그걸 생각하지 못했는지!"

"뭘 생각해야 했단 말입니까?" 발리넌 선장은 으르렁거리지는 않았다. 그러나 옆에서 듣고 있던 선원들은 그가 당혹해 하는 것을 분명히 알 수 있었다.

"그곳의 중력과 기후, 그리고 대기에서라면 그런 장소가 어떤 특성을 가지게 될지 생각해봐요. 당신도 알다시피, 메스클린 행성의 일부 지역, 즉 남반구의 겨울은 행성이 태양에 가장 가까이 다가갔을 때입니다. 그때 북쪽은 여름이라 만년설이 끓어오르게 되지요. 당신이 그 계절에 끊임없이 계속되는 끔찍한 폭풍을 겪은 것도 다 그 때문입니다. 우린 이미 그것을 알고 있었죠. 그때 남반구에서는 수증기가(메탄 증기라고 부르든 아니든 간에) 응결하여 열을 내놓고 주변 공기를 데웁니다. 온도는 아마도 거의 메탄의 끓는점까지 올라가게 될 겁니다. 비록 서너 달 동안 태양을 보지 못한다 하더라도 말입니다. 당신네 지표의 대기압 조건에서는 섭씨 영하 60도 정도 되겠지요. 그렇지 않습니까? 겨울에 훨씬 더 따뜻하지요?"

"그렇습니다." 발리넌 선장이 인정했다.

"아주 좋습니다. 지표 온도가 높다는 것은 공기가 고도에 따라 그렇게 빨리 희박해지지는 않으리라는 것을 의미합니다. 달리 말하자면 전체 대기가 팽창하는 거지요. 대기가 팽창하여, 국그릇 속에 물을 붓듯이 가장자리를 넘어 당신 옆에 있는 고원 속으로 퍼부어지는 것입니다. 그러다가 춘분점을 지나면 폭풍이 잦아들지요. 그리고 메스클린 행성은 태양으로부터 멀어지는 쪽으로 움직이기 시작합니다. 그럼 추워지지요, 맞습니까? 그럼 대기는 다시 수축합니다. 그러나 국그릇은 여전히 많은 공기를 안에 붙들어두고 있습니다. 따라서 이제 국그릇 안의 표면 대기압은 그릇 바깥의 같은 높이에서보다 높아지게 됩니다. 물론 새어 나가는 공기는 상당히 많습니다. 그래서 절벽의 맨 아랫부분에서는 공기가 절벽으로부터 흘러나가는 양상을 보이게 됩니다. 하지만 그 흐름은 행성의 자전 때문에 왼쪽으로 치우치지요. 그게 바로 당신들을 계속 도와준 바람입니다. 그런데 방금 경험한 돌풍은, 새어 나온 또 다른 공기의 흐름입니다. 빠져나올 수 있는 유일한 장소를 통해 쏟아져 나온 거예요. 그러면서 갈라진 틈의 양쪽 면에 부분적 진공을 만듭니다. 따라서 균열의 양쪽 면으로부터 균열 안쪽을 향하여 바람이 몰아쳐 들어가는 양상을 띠게 되는 겁니다. 간단하지요!"

"내가 바람의 장막을 통과하는 동안 그 모든 생각을 다 해냈습니까?" 발리넌 선장이 담담하게 물었다.

"물론입니다. 번쩍하고 떠올랐습니다. 위쪽에 있는 공기가 우리가 기대했던 것보다 밀도가 높을 것이라고 확신하는 이유도 그겁니다. 이해가 됐습니까?"

"솔직히 말해서, 아니요. 그러나 내가 이해해서 기분이 좋아진다면 지금은 그렇다고 해두겠습니다. 나는 당신들의 지식에 점점 신뢰가 생기는 중입니다. 그러나 이론이야 어떻든 그것이 우리에게 실제로 어떤 의미가 있는 겁니까? 바람이 흉포하게 달려드는 사면을 등반하려면 만만치 않을 텐데요."

"안타깝지만 당신은 해야 할 겁니다. 바람도 결국에는 점점 잦아들 겁니다. 하지만 내 추측으로는, 그릇이 다 비는 데는 몇 달은 걸릴 것 같습니다. 지구로 따지면 2년은 걸리겠지요. 발리넌 선장님, 가능하다면 더 지체하지 않고 등반을 시도하는 것이 좋겠습니다."

발리넌 선장은 생각해보았다. 물론 '가장자리'에서라면 그런 태풍은 메스클린인 하나쯤은 통째로 들어 올려 순식간에 보이지 않는 곳으로 날려버릴 것이다. 그러나 '가장자리'에서는 그런 바람은 결코 형성될 수가 없었다. 국그릇 속에 담긴 공기는 '가장자리'에서라면 현재 무게의 몇 분의 일밖에 되지 않을 것이다. 그 정도는 이제 발리넌 선장조차 명확하게 알고 있었다.

"지금 출발하겠습니다." 발리넌 선장은 무전기에 대고 불쑥 말했다. 그리고 선원들에게 명령을 내리기 위해 몸을 돌렸다.

브리호는 강을 가로질렀다. 원래 발리넌 선장은 고원 건너편 강둑 위에 배를 정박시켰다. 강을 건넌 다음에는 브리호를 뭍으로 끌어 올려 밧줄로 말뚝에 붙들어 맸다. 그곳에는 그런 일을 견딜 만한 식물이 없었기 때문이다. 배에 남아 있도록 선원 다섯 명을 선발했다. 나머지는 각자 벨트를 맸고, 짐 끄는 줄을 벨트에 단단히 고정했다. 그러고는 즉시 사면을 향해 출발했다.

당분간은 바람으로 고생하지 않았다. 발리넌 선장이 자갈 경사의 부챗살 중 한쪽 면으로 제대로 접근을 했기 때문이다. 이미 보았듯이, 부챗살의 가장자리 부분은 비교적 가는 입자들로 이루어져 있었다. 모래처럼 아주 작은 자갈 말이다. 올라갈수록 바위 입자는 계속 커졌다. 이것에 대해서는 모든 대원이 이유를 금방 이해했다. 바람은 가장 작은 입자를 가장 먼 곳까지 운반하니까. 그리고 갈라진 틈 속을 올라갈 때 만나게 될 바위 크기에 대해서 모두가 약간씩은 걱정하기 시작했다.

균열의 한쪽 면에 도달하는 데는 며칠밖에 걸리지 않았다. 여기 바람은 조금 더 강했다. 2, 3미터 정도 더 위쪽으로 가자, 가까이 접근할수록 대화조차 어렵게 하는 포효 소리가 모퉁이 너머에서 들려왔다. 곧 다가올 강풍의 맛보기라는 듯이 때때로 회오리바람도 덮쳤다. 그러나 발리넌 선장은 잠깐 걸음을 멈추었을 뿐이었다. 짐이 뒤쪽 그의 벨트에 안전하게 붙어 있는 것을 확인하고는, 다시 자신을 다잡고 잔뜩 기세를 올린 강풍 속으로 기어갔다. 다른 선원들도 아무 주저 없이 선장의 뒤를 따랐다.

가장 걱정했던 문제는 발생하지 않았다. 바위 하나하나를 기어 올라갈 필요는 없었다. 사실 거대한 바위들도 존재하기는 했다. 그러나 끝없이 불어오는 바람이 비교적 덜 닿는 비탈길 각 사면에는 훨씬 고운 입자가 쌓여 있었다. 갈라진 틈 양쪽의 경사로들은 서로 잘 연결되어 있어, 몇몇 겹치는 곳에서는 한쪽에서 다른 쪽으로 바람을 가로질러 여행하는 것도 가능했다. 그래서 그들은 다소 구불구불하기는 했지만, 천천히 등반하고 있었다.

하지만 바람이 별로 위험하지 않다는 원래의 생각을 수정해야 하는 사건이 발생했다. 한 선원이 허기가 져서 그가 은신처라고 생각했던 곳에 걸음을 멈추었다. 그러고는 짐 속에서 먹을 것을 한 조각 끄집어내려고 했다. 그때 은신용 바위 주위로 소용돌이가 일어나더니(바로 그의 존재가 몇 달, 몇 년 동안 꾸준히 불어오는 바람의 평형 상태를 깨뜨린 탓일 게다) 열린 보관통을 낚아챘다. 보관통은 마치 낙하산처럼, 불운한 주인을 은신처로부터 홱 끌어내 경사면의 아래쪽으로 끌고 갔다. 그러는 동안 그는 새로이 혼란스럽게 일어난 모래 구름에 가려 보이지 않게 되었다. 동료들은 고개를 돌려버렸다. 이 중력 조건에서는 15센티미터 높이에서 추락해도 사망이었다. 동료가 바닥에 닿을 때까지는 그런 추락이 몇 번이라도 있을 것이다. 혹 그런 일이 일어나지 않는다 해도, 수백 킬로그램의 몸무게 때문에 충분히 강하게 그리고 빨리 바위에 긁혔을 테니 결국 결과는 같았을 것이다. 생존자들은 발을 땅속에 더 깊이 파 넣고, 정상에 도달할 때까지는 식사할 생각은 하지도 못했다.

시간이 지날수록, 태양은 균열 부분을 밝게 비추며 그들 앞쪽으로 머리 위를 가로질렀다. 시간이 더 지나자, 태양은 뒤쪽에서 나타나 반대쪽으로부터 균열을 이글이글 내리쬐었다. 대원들 주위의 바위에 햇빛이 닿아 밝게 빛날 때마다, 그들은 긴 언덕 위로 약간씩 더 올라가 있었다. 마침내 바람이 그들의 긴 몸을 두드리며 지나갈 때 아주 약간이지만 그 강도가 약해졌다고 느껴지기 시작했다. 균열은 눈에 띄게 넓어졌고, 경사는 완만해졌다. 이제 그들은 절벽의 균열이 앞으로, 그리고 양옆으로 퍼진 것을 볼 수 있었다. 마침내 그들 앞에 남은 길은 실질적으로 평지가 되었고, 앞쪽으로는 상부 고원의 넓은 평원이 내려다보였다.

바람은 아직도 강했지만, 생명을 위협할 정도는 아니었다. 발리
년 선장이 남은 길을 계속 기어가자, 바람은 훨씬 더 가라앉았
다. 그것은 아래에서와는 달리 명확히 설명되지 않았다. 바람은
모든 방향에서 균열을 향해 불어닥쳤다. 그러나 균열의 틈에서
벗어나자 바람은 빠른 속도로 약해졌다. 마침내 걸음을 멈추어
도 안전하다고 느끼게 되었고, 모든 대원이 즉시 짐을 풀어헤치
고 약 3백 일 만에 처음으로 식사를 즐겼다. 3백 일 만에 식사를
하는 것은 메스클린인들에게조차 너무 긴 시간이었다.

발리년 선장은 허기를 채우면서 앞쪽에 펼쳐진 땅을 바라보
았다. 그는 대원들을 균열의 한쪽 옆면에 멈추도록 한 상태였
다. 그곳은 거의 고원의 가장자리 부분이었고, 지면은 그로부터
아래 방향으로 경사가 져 있었다. 고원 내부는 상당히 힘든 길
로 보였다. 바위는 더 컸는데, 아마 바위마다 하나하나 둘러서
지나가야 할 것 같았다. 그것 중 어느 하나를 타고 올라간다는
것은 생각도 할 수 없는 일이었다. 그러나 그 바위들 사이에서
계속 한 방향을 유지해 나아가기도 쉽지 않을 것 같았다. 일단
그 바위투성이 땅속에 들어서면 어떤 방향으로든 2, 3미터 이상
은 전방이 보이지 않을 것이다. 그리고 태양은 길잡이로는 완전
히 무용지물이었다. 아무래도 고원의 가장자리 부분을 따라 이
동하는 것이 좋을 것 같았다. 너무 가까이는 말고. 발리년 선장
은 생각만 해도 소름이 끼쳤지만 겨우 억눌렀다. 로켓을 찾는
문제는, 로켓에서 가장 가까운 가장자리 부분에 도착한 시점부
터 풀어나가야 할 것이다.

그다음 문젯거리는 식량이었다. 짐 속에는 오랫동안 버틸 수 있는 식량이 있었다. 아마도 브리호가 정박했었던 곳 바로 위쪽인 1천3백 킬로미터를 돌아갈 수 있을 정도로는. 그러나 재보급을 받을 수단이 있어야 했다. 식량은 왕복 여행을 하거나, 일정 시간 로켓 주위에 머물 수 있을 만큼은 지속되지 않을 것이다. 잠시, 발리넌 선장에게는 이 문제를 해결할 방도가 도무지 생각나지 않았다. 그러나 서서히 한 가지 답이 떠오르기 시작했다. 그는 그 생각을 모든 각도에서 곰곰이 따져본 다음, 마침내 그 방법이 최선이라는 결론을 내렸다. 일단 세부 사항이 정해지자, 선장은 돈드래그머를 불렀다.

일등항해사는 힘든 등반을 하는 동안, 다른 대원들이 일으킨 모래 세례가 바람에 날려 자기 쪽으로 무자비하게 쏟아져도 조금도 불평하지 않고 후위를 지켰다. 사실 돈드래그머보다 그런 일을 잘할 수 있는 자는 아무도 없었다. 하스보다 힘은 세지 않다고 할지라도, 참을성이라면 하스에게 뒤지지 않았다. 이제 돈드래그머는 아무런 감정을 내비치는 일 없이 선장의 명령에 묵묵히 귀를 기울였다. 비록 그 명령이 최소한 한 가지 면에서는 그를 깊이 실망시킨 것이 분명했지만 말이다. 자신의 임무가 분명히 정해지자, 돈드래그머는 자기가 지휘하는 대원들을 불러 모았고, 선장의 지휘하에 있던 선원 중 절반도 추가로 불렀다. 짐이 재배치되었다. 모든 식량은 발리넌 선장과 함께 남은 작은 집단에 주어졌다. 돈드래그머가 맡은 집단은 전원을 벨트로 연결할 만큼의 길이만 남기고, 밧줄까지 모두 발리넌 선장 쪽으로 넘겼다. 그들은 이미 반복하고 싶지 않은 경험으로부터 배웠다.

사전 준비가 다 끝나자, 일등항해사는 시간을 낭비하지 않았다. 돈드래그머는 몸을 돌리고, 방금까지 그토록 힘들게 올라온 바로 그 사면으로 부하들을 이끌었다. 그리고 금세, 밧줄로 함께 연결된 행렬의 꼬리마저 균열로 이어지는 내리받이 경사 아래로 사라져버렸다.

"지금부터는 식량을 엄격하게 절약해야 한다. 여행 속도는 빠르지 않을 것이다. 그게 우리에게 좋을 것이 없을 테니까. 브리호는 우리가 떠나왔던 옛 정박 지점으로 돌아갈 것이다. 그리고 우리를 돕기 위한 준비를 몇 가지 해놓을 것이다. 무전기를 가진 자네들 둘! 무전기에 절대 사고가 생겨서는 안 된다. 언제 배에 가까이 접근했는지 우리에게 알려줄 유일한 물건이다. 혹 누군가가 자주 절벽 아래를 내려다보겠다면 이야기는 달라지겠지만. 말이 났으니 하는 얘긴데, 그 일이 필요하기는 할 것이다. 그러나 그런 경우가 오면 그 일은 내가 하겠다."

"지금 당장 출발합니까, 선장님?"

"아니다. 돈드래그머 무리가 브리호에 무사히 도착한 것을 알게 될 때까지 여기서 기다린다. 만일 돈드래그머에게 문제가 생기면 우리는 뭔가 다른 계획을 세워야 하니까. 아마 다시 하산해야 할지도 모른다. 그런 경우, 아무리 짧은 거리라도 여기서 여행을 계속하는 것은 시간과 노력의 낭비가 될 것이다. 그리고 분명 상당히 중요한 문제인, 다시 돌아가는 데 걸리는 시간도 길어질 것이다."

그러는 동안 돈드래그머와 선원들은 아무 어려움 없이 사면 입구에 다다랐다. 그들은 밧줄 사이에 규칙적인 간격을 두고 모든 벨트가 안전하게 매여 있는 것을 일등항해사가 확인하는 데 필요한 시간만큼만 정지했다. 그리고 돈드래그머는 다시 아래로 진군하라는 명령을 내렸다.

밧줄로 서로를 한데 묶는다는 아이디어는 상당히 좋은 것이었음이 증명되었다. 많은 다리를 가진 메스클린인들조차 지면과의 마찰을 유지하는 것은 올라갈 때보다 내려갈 때가 힘들었다. 바람은 이번에는 누구도 위로 들어 올려 낚아채 갈 기미가 없었다. 바람이 붙들 만한 접촉점이 별로 없었기 때문이다. 그러나 내려가는 일은 여전히 위험했다. 전과 마찬가지로, 모든 대원은 날짜 세는 것을 까맣게 잊었다. 마침내 그들 앞으로 길이 열리고, 바람이 불어 다니는 길 바깥으로 방향을 틀 수 있게 되었을 때 모두가 안도했다. 여전히 아래를 '내려다보는' 위치에 있었고, 그것은 메스클린인들의 신경을 극도로 긴장시키는 일이었으나 하산 과정에서 가장 힘든 부분은 끝났다. 나머지 길을 마저 내려가 기다리고 있는 브리호에 당도하는 데는 사나흘밖에 걸리지 않았다. 배에 남아 있던 선원들은 나머지 선원들을 본 지 벌써 오래되었다. 그동안 그들은 수많은 이론을 세우고 있었다. 대부분은 돌아오지 않은 나머지 집단이 비극적 운명에 희생된 것을 포함하는 것이었다. 기다리던 자들은 이내 안도의 숨을 내쉬었으며, 일등항해사는 도착 사실을 투리에 있는 지구인들에게 알려, 지구인들이 그 정보를 고원 위에 있는 발리넌 선장에게 전달할 수 있도록 조치했다. 그런 다음 배를 다시 강 위로 끌어넣었다. 선원의 4분의 1이 빠졌을 뿐 아니라, 온 힘을 다해 강둑에 뗏목들을 묶어두려는 극지방의 중력 때문에, 정말이지 힘든 작업이었다. 그러나 마침내 해냈다. 두 번이나 작은 자갈에 걸렸지만, 배가 나아가는 것을 막지는 못했다. 차동 도르래가 효과적으로 사용되었다. 브리호가 다시 한 번 물 위에 뜨게 되자, 돈드래그머는 강을 따라 하류로 내려가는 동안, 대부분의 시간을 도르래를 연구하는 데 소비했다. 그는 이미 도움을 받지 않고도 혼자서 도르래를 만들 수 있을 만큼 구조를 파악했다. 그러나 왜 그것이 그런 위력을 가지는지는 이해하지 못했다. 여러 지구인이 재미있다는 듯이 그를 지켜보았지만, 누구도 그 사실을 공공연히 드러낼 만큼 무례하지는 않았다. 또한 이 메스클린인이 그 문제를 스스로 해결할 기회를 망치고 싶은 생각은 추호도 없었다. 발리넌 선장에게 상당한 호감을 느끼는 것은 사실이었지만, 찰스조차도 일등항해사가 일반적인 지능에서는 선장보다 상당히 뛰어나다는 결론을 오래전에 내린 바 있었다. 그리고 브리호가 이전의 정박지에 도착하기 전에 일등항해사가 그 기계의 작동 원리를 찾아내어 그들을 기쁘게 해주리라고 기대했다. 아쉽게도 기대는 실현되지 않았다.

고원에 착륙한 로켓의 위치는 상당히 정확히 알려져 있었다. 오차는 10킬로미터도 되지 않을 것이다. 로켓의 원거리 송신기들은 이륙 신호에 응답하는 데 실패한 이후로도 지구 시간으로 1년 이상(모든 기기가 영구 기록형은 아니었다) 작동을 계속했다.

그래서 그때쯤에는, 천문학적인 수의 위치 표지가 현 지점에서 포착되어 있었다. 메스클린의 대기는 무전기의 송수신을 그다지 방해하지 않았다.

브리호의 위치 표지 역시 무전기를 통해 포착할 수 있었다. 발리넌 선장이 이끄는 부대도 마찬가지였다. 그 두 집단을 함께 유도하고, 마침내 추락한 연구용 로켓으로 인도하는 것은 지구인들의 책임이었다. 어려운 점은 투리에서 위치 표지를 포착하는 일이었다. 그 세 표적은 모두 달에서 보면 납작한 원판의 '가장자리'에 위치하기 때문이었다. 설상가상으로, 행성의 납작한 모양 때문에, 신호 방향 결정에서의 사소한 실수는 행성 표면에서는 무려 수천 킬로미터의 오차를 낳을 수도 있었다. 이 점을 해결하기 위해, 행성을 그렇게나 많이 찍고 다녔던 로켓이 다시 한 번 발진했다. 그리고 규칙적인 간격으로 극지방을 교차하는 원형 궤도 속으로 들어갔다.

일단 궤도에 정확히 들어서자, 메스클린인들이 가지고 다니는 작은 송신기에서 충분히 정확하게 위치 표지를 포착할 수 있었다.

마침내 돈드래그머가 브리호를 몰고 정박지에 도착해 캠프를 설치하자, 문제는 훨씬 더 간단해졌다. 이제 행성에는 고정된 송신기가 하나 더 늘어난 것이다. 그래서 발리넌 선장이 물어올 때마다 언제든지 1, 2분 이내에 그가 얼마나 더 많이 가야 하는지를 가르쳐줄 수 있게 되었다. 여행은 다시 한 번 일상적으로 재개되었다. 고원 위에서.

17
승강기

발리넌 선장에게는 전혀 일상적이지 않은 일이었다. 고원은 처음부터 그러리라고 생각했던 그대로였다. 건조하고 돌투성이에 생명이라고는 없는 불모지인데다 혼란스러운 곳. 가장자리로부터 멀리 떨어져 고원 안쪽으로 들어갈 엄두도 나지 않았다. 일단 그 바위무더기 속으로 들어서면 완전히 방향을 상실할 터였다. 그곳에는 이정표로 삼을 만한 언덕도 없었다. 적어도 지면 위에서 보일 만한 위치에는 없었다. 여기저기 흩어진 큰 바위들에 2, 3미터 이상 떨어져 있는 것은 모두 가려졌다. 절벽의 가장자리 쪽을 제외하면 모든 방향으로 시야가 차단되었다.

여행 자체는 그리 어렵지 않았다. 돌이 많은 것만 제외하면 지면은 평평했다. 그리고 돌은 단지 피해 가기만 하면 되었다. 1천3백 킬로미터는 인간에게도 좀 오랜 행군이겠지만, 애벌레처럼 앞으로 구불구불 나아가면서 '걸어야' 하는 40센티미터 길이의 생물에게는 훨씬 긴 행군이었다. 끝도 없을 듯한 우회 때문에 실제로는 1천3백 킬로미터보다 훨씬 더 길었다. 발리넌 선장의 대원들은 상당한 속도로 이동했다. 그 모든 한계를 고려한다면 말이다.

사실 선장은 여행이 끝나기 전에 식량에 대해 다소 걱정하기 시작했다. 처음 이 계획을 세웠을 때는, 식량을 상당히 여유 있게 책정했다고 여겼다. 그러나 이제 그 생각을 과감히 수정해야만 했다. 때때로 발리넌 선장은 멀리 위쪽에 있는 인간들에게 갈 길이 얼마나 더 남았느냐고 걱정스럽게 묻곤 했다. 때로는 그 대답을 들었다. 항상 비관적인 것이었지만. 또 때로는 로켓이 행성의 반대쪽에 있어서 위치 표지를 잡아야 하니까 잠시 기다려달라는 대답이 투리로부터 내려왔다. 투리 기지는 중계 기능을 수행하고 있었지만, 발리넌 선장이 무전기로 방향을 읽는 일을 수행하는 데는 별 도움이 되지 못했다.

긴 행군이 끝날 즈음에야 발리넌 선장은 결국 바위들 사이를 가로질러 올 수도 있었겠구나 하는 생각이 떠올랐다. 물론 태양은 나침반 역할을 해줄 수 없었다. 태양은 18분도 채 되지 않아 지평선을 완전히 한 바퀴 돌았고, 혹 태양의 분명한 방향을 알아냈다 해도 실제 필요한 항로를 계산해내기 위해서는 아주 정밀한 시계가 필요할 터였다. 그러나 로켓에 타고 있는 관찰자들이 언제든지 선장에게 태양이 앞쪽에 있다든지, 뒤쪽에 있다든지, 혹은 희망하는 행군 방향에 대해 어떤 방향에 있다든지 하는 것을 알려줄 수 있었다. 이런 생각이 누구에게나 들었을 즈음에는, 맨눈으로 절벽의 가장자리를 살핀다면 남은 거리를 쉽게 알아낼 수 있을 범위에 벌써 도착한 후였다. 절벽은 발리넌 선장의 현 위치와 브리호와의 랑데부 지점 사이에 거의 수직으로 솟아 있었다.

마침내 지구인들이 두 무전기 사이의 위치에서 어떤 큰 차이도 발견할 수 없는 지점에 발리넌 선장이 당도했을 때, 다행히 식량은 조금은 남은 상태였다. 그리 많이는 아니었다. 이론적으로, 제일 먼저 할 일은 식량을 보충하기 위해서 선장이 세운 계획의 다음 단계를 진행시키는 것이어야 했다. 그러나 사실은 첫 번째로 행해야 할 더욱 중대한 단계가 있었다. 선장은 행군이 시작되기 전에 그 점을 이미 언급했었다. 그러나 그 문제를 걱정할 정도로까지 진지하게 고려한 사람은 아무도 없었다. 이제 그것은 코앞에 닥친 문제가 되었다.

지구인들은 발리넌 선장 일행이 이제 손에 잡을 정도로까지 브리호에 접근해 있다고 했다. 그렇다면 식량은 단지 백 미터 아래에 있다는 얘기였다. 그러나 식량을 얻으려면, 먼저 누군가가(그리고 아마도 여러 대원이) 가장자리에서 아래를 '내려다보아야' 했다. 자신들과 배가 어떤 위치 관계에 있는지 '육안'으로 확인할 필요가 있었다. 식량을 위로 올리기 위해서는 상승 기중기를 만들어야 하니까. 간단히 말해, 그들은 백 미터 바로 아래를 내려다보아야 했다. 그리고 그들은 지나치게 뛰어난 고도 지각력을 보유하고 있었다.

그러나 반드시 해야만 하는 일이었다. 그리고 마침내 그 일이 수행되었다. 지위에 맞게 발리넌 선장이 본보기로 나섰다.

발리넌 선장은 절벽 경계선에 1미터까지 다가갔다. 아주 빠르지는 않았다. 그것은 인정해야 할 것이다. 발리넌 선장은 눈들을 나지막한 언덕들 위로 우선 맞추었다. 그다음은 자신과 멀리 지평선 사이에 있는, 눈에 띄는 다른 지형물에 맞추었다. 천천히 시선을 아래쪽으로 두리번거리면서, 가까이 더 가까이에 있는 물체로 시선을 이동했다. 그러고는 마침내 그 시선은 바로 앞에 있는 가장자리에 의해 차단되었다. 그는 서두르지 않고, 시선을 이리저리 옮기며, 이미 자신보다 아래쪽에 있다는 것을 인식한 사물들을 보는 것에 익숙해져갔다. 그런 다음 거의 자신도 모르게, 절벽의 맨 아래쪽에 있는 경관을 좀 더 보기 위해 조금씩, 조금씩 앞으로 나아갔다. 상당히 오랫동안 경관은 똑같이 보였다. 그러나 그는 지금 하고 있는 이 무서운 행동 자체보다는, 볼 수 있는 새로운 세부 경관에 더 주의를 집중할 수 있었다. 마침내 강이 시야에 들어왔다. 그러자 매우 빠르다고 할 수 있을 속도로 앞쪽으로 움직였다. 건너편 강둑이 보였다. 대부분의 사냥조들이 수영해 건너가 상륙한 바로 그 지점이었다. 위에서 보니, 갈라졌다가 또다시 가지 치며 갈라지는 그들이 남긴 발자국까지도 보였다. 그는 그런 것들이 위쪽에서 그토록 뚜렷이 보이리라고는 생각도 하지 못했었다.

이제 가까운 쪽의 강둑이 보였다. 브리호가 전에 배를 대었던 바로 그 지점이었다. 그리고 약간 더 떨어진 곳에 브리호가 있었다. 조금도 바뀌지 않은 채. 선원들은 뗏목 위에 몸을 뻗고 있거나, 근처의 강둑 주위에서 천천히 움직이고 있었다. 바로 그 순간, 발리넌 선장은 높이에 대해 까맣게 잊어버리고, 그들을 부르려고 몸길이만큼 더 앞으로 나아갔다. 결국 그는 머리를 가장자리에 걸쳐놓게 되었다.

그리고 절벽 아래를 똑바로 내려다보았다.

발리넌 선장은 지금까지 겪은 일 중 처음으로 탱크의 지붕 위에 들어 올려졌을 때를 가장 무서운 경험이라 생각했었다. 이제 절벽 쪽과 비교해 어느 쪽이 더 무서운 경험인지 분간이 가지 않았다. 선장은 자신이 어떻게 절벽으로부터 다시 돌아 나왔는지를 알지 못했다. 부하들에게 자신이 도움이 필요했었느냐고도 물어보지 않았다. 정신을 차렸을 때는, 비록 불안으로 떨고 있긴 했지만, 절벽의 가장자리에서 2미터 떨어진 곳에 아무 상처도 없이 안전하게 들어와 있었다. 발리넌 선장이 작업을 다시 진행할 수 있을 정도로 정상적인 성격과 사고 능력을 회복하는 데는 며칠이 더 걸렸다.

마침내 선장이 무슨 일이 가능한지, 그리고 무슨 일을 해야만 하는지를 결정했다. 단지 배를 보기만 할 때까지는 아무 일 없었다. 문제는 그의 눈들이 당시 그의 위치와 멀리 낮은 지대 사이로 실제 시선을 옮겨 갔을 때 생겼다. 지구인들이 의견을 제시했고, 생각을 좀 해본 다음 발리넌 선장도 동의했다. 그것은 필요한 모든 일을 다 할 수 있는 것을 의미했다. 그들은 아래에 있는 선원들에게 신호를 보낼 수 있었다. 필요하면 밧줄 잡아당기는 일도 할 수 있었다. 절벽 아래를 직접 내려다보지만 않으면 되었다. 절벽의 가장자리 바깥으로 5센티미터 이상 머리를 내밀지 않는 것이 정상적인 심리 상태를 유지하는 확실한 열쇠였다. 그리고 생명도.

돈드래그머는 선장이 절벽 위로 잠깐 나타났을 때, 그의 얼굴을 본 것은 아니었다. 그러나 다른 부대가 절벽 꼭대기에 도착한 것은 알고 있었다. 그 또한 날것에게서 다른 쪽 부대의 행군 상황을 계속 통보받고 있었기 때문이다. 이제 돈드래그머와 선원들은, 절벽 위의 동료들이 가장자리 위로 짐 하나를 이리저리 밀어 이동시키는 동안, 잔뜩 긴장한 채로 절벽 위쪽 모서리를 바라보았다. 짐은 브리호의 바로 위쪽에 있다고 아래에서 판단했다. 발리넌 선장은 그때 현기증이 일어나기 전에 자신들이 올바른 지점 위에 정확히 위치해 있지 않은 것을 알아차렸었다. 그 약간의 오차가 지금 교정되는 중이었다.

"좋습니다. 이제 바로 위쪽입니다." 돈드래그머는 그 통신을 지구어로 했다. 그것은 로켓에 있는 사람 중 하나에 의해 중계되었다.

위쪽에 있던 선원들은 감사하는 마음으로, 텅 빈 짐통을 이리저리 흔들던 것을 멈췄다. 그런 다음, 여전히 아래에서도 볼 수 있도록 그것을 가장자리 너머로 약간 밀어 걸쳐놓고 자신들은 안전한 거리로 물러났다. 그러고 나서 여행 동안 계속 운반해 온 밧줄을 꺼냈다. 발리넌 선장은 엄청나게 공을 들여 밧줄의 한쪽 끝을 조그만 바위에 칭칭 감았다. 만일 그 밧줄을 잃어버린다면 고원 위에 있는 모든 대원은 굶어 죽을 것이 분명했다.

마침내 이런저런 문제를 만족스럽게 해결하고 나자, 발리넌 선장은 밧줄의 반대쪽 끝을 절벽의 가장자리로 가져갔다. 그리고 선원 둘이 조심조심 밧줄을 아래로 풀어 내리기 시작했다. 돈드래그머는 그 일의 진전 상황을 계속 듣고 있었다. 그러나 그는 아래쪽의 누구도 밧줄이 바닥에 닿기 전까지는 다가가지 못하게 했다. 만일 누군가가 위쪽에서 미끄러져 떨어지거나, 밧줄이 전부 다 떨어져버릴 경우, 비록 밧줄이 가볍기는 해도 정확한 추락 지점에 위치하는 것은 상당히 위험한 일이었다. 그는 발리넌 선장이 밧줄이 완전히 다 풀렸다고 연락할 때까지 기다렸다. 그런 다음, 돈드래그머와 나머지 선원들이 밧줄 끝을 잡으러 절벽 아래로 다가갔다.

여분 길이의 밧줄이 딱딱한 지면 위에 단단히 뭉쳐진 채 떨어져 있었다. 돈드래그머의 첫 번째 행동은 그 여분의 길이를 잘라 내는 일이었다. 그러고는 잘라 낸 것을 바로 펴서 길이를 쟀다. 그는 절벽의 높이를 정확히 알고 있었다. 선장 일행을 오래 기다리는 동안, 그림자의 길이를 주의 깊게 측정할 시간이 충분했기 때문이다. 잘라낸 밧줄은 절벽 높이에 이르기에는 불충분하다는 것이 곧 드러났다. 일등항해사는 브리호로 가서 새로 밧줄을 가져와 그것이 충분한 길이임을 다시 한 번 확인한 다음, 꼭대기에서 늘어뜨린 밧줄의 끝에 묶었다. 그러고 나서 지구인들에게 발리넌 선장이 이제 끌어올려도 된다고 알려달라고 했다.

물론 쉽지 않은 작업이었다. 그러나 위쪽에 있는 막강한 존재들에게 그렇게까지 힘든 일은 아니었다. 비교적 짧은 시간 안에, 두 번째 밧줄이 꼭대기에 닿았다. 선장이 가장 두려워했던 일은 일어나지 않았다. 이제 만일 밧줄 하나가 작업 중에 떨어져버린다 해도, 그에게는 또 하나의 여유분이 있는 셈이었다.

들어 올리는 일에 관한 한, 두 번째 화물은 문제가 좀 달랐다. 그것은 식량 꾸러미 하나로 대략 선원 한 사람만큼의 무게였다. 일반적으로 메스클린인 한 사람은 행성의 현재 위도에서는 그런 무게를 들어 올릴 수 없었다. 그러나 발리넌 선장의 작은 원정대 규모라면 그 작업을 수행할 수 있었다. 그들은 밧줄을 근처의 바위 하나에 걸어두고, 자주 휴식을 취해 가면서, 마침내 짐을 절벽 꼭대기까지 그리고 그 위로 끌어 올릴 수 있었다. 그런데 밧줄은 단 한 번의 수송을 완료했을 뿐인데도 절벽 중간의 튀어나온 바위와 절벽 모서리 부분에 긁혀서 생긴 상처가 전체 길이에 걸쳐 생겨 있었다. 뭔가 조치가 필요했다. 대원들이 엄격한 비상식량 정책이 끝난 것을 축하하는 동안, 발리넌 선장은 어떻게 할 것인지 결정했다. 자축 파티가 끝나자 선장은 일등항해사에게 필요한 명령을 전달했다.

발리넌 선장의 지시에 따라 다음에 이어진 화물은, 돛대 여러 개, 활대, 더 많은 밧줄 그리고 전에 멀리 적도 근처에 있는 절벽 너머로 브리호를 내리는 데 사용했던 종류의 기중기 등이었다. 이 물건들은 강에 박힌 말뚝을 빼내는 데 사용한 것과 비슷한 배열의 삼각대와 도르래를 건조하는 데 사용되었다. 각 부분품을 적당한 높이로 묶어야 했으므로, 그들은 아주 신중하게 작업을 진행했다. 단단한 물체 아래에 있기 싫어하는 고질적인 선입관은 고스란히 그대로 남아 있었기 때문이다. 어쨌든 이 위도에서는 메스클린인들이 지면 위로 높이 몸을 올릴 수가 없으므로, 대부분의 묶기 작업은 먼저 바닥에서 이루어졌다. 다음에 남은 활대를 지렛대로 하고, 힘들여 굴려 온 바윗돌을 지레 받침으로 하여 완성된 조립체를 원하는 지점으로 들어 올렸다. 비슷한 수의 인간 집단이 비슷한 종류의 작업을 지구식 자연조건에서 했다면 아마 1시간 정도 걸렸을 일이었다. 메스클린인들은 그보다 몇 배는 더 걸렸지만, 지켜보고 있던 지구인 중 누구도 그들을 탓할 수는 없었다.

삼각대가 조립되어 가장자리 근방에 높이 세워졌다. 그런 다음 다룰 수 있을 정도의 지점만큼만 절벽 가까이 힘들여 옮겨졌고, 삼각대의 받침다리들은 지켜보고 있던 인간들이 마음속으로 자갈이라고 분류한 조그만 바윗돌 위에 올려놓았다. 가장 무거운 도르래는 가장 단단한 돛대의 한쪽 끝에 고정되었고, 그 도르래를 지나 밧줄을 늘어뜨렸다. 돛대는 지렛대로 올린 후, 도르래가 달린 부분을 바깥으로 한 채 지지하는 삼각대를 지나 길이의 약 4분의 1 정도를 심연 위로 내밀었다. 반대쪽 끝은 작은 돌들을 그 위에 쌓아 고정했다. 이 작업에는 상당히 많은 시간이 소비되었다. 그러나 그럴 가치가 있었음이 곧 드러났다. 처음에는 단일 도르래 하나만을 사용했기 때문에, 도르래의 줄을 당기는 선원들이 짐의 무게를 고스란히 감당해야 했다. 그래도 밧줄의 마찰은 현저히 줄어들었다. 그리고 쐐기 하나를 돛대

안쪽 끝에 부착하여 선원들이 작업 도중에 쉬는 동안 밧줄이 미끄러지던 문제를 간단히 해결했다.

보급품을 실은 짐들이 하나하나 위로 올라왔다. 절벽 아래의 선원들은 식량 공급을 위해 사냥과 낚시를 계속했다. 도르래가 설치된 주변 지역은 제대로 자리 잡은 듯한 안정된 모습을 갖춰 가기 시작했다. 절벽 위의 선원 대부분은 밧줄 작업 사이의 교대 시간을 자신들이 선택한 구역 주위에 자갈로 된 2센티미터 정도 높이의 벽을 쌓는 데 사용했다. 따라서 그 근방은 점차 그들 고향에 있는 도시의 모습과 상당히 유사해 보였다. 지붕으로 쓸 만한 천은 없었다. 사실 발리넌 선장은 아래쪽에서 천을 실어 올리는 불필요한 수고는 하지 않았다. 그 점만 제외하면 그 울타리들은 거의 집이나 다름없는 안정감을 주었다.

손에 넣은 보급품은 이미 각 대원이 무리 없이 운반할 수 있는 양을 넘어섰다. 발리넌 선장은 로켓을 찾아가는 길 주위에 보급품 보관소를 만들 계획을 세웠다. 로켓까지의 여행은 균열 지점에서 현 위치까지의 거리만큼 오래 걸릴 것 같지 않았다. 그러나 그들이 고장 난 기계가 있는 곳에서 머무를 시간은 길 것이었으므로 안전을 위해 할 수 있는 준비는 다해두어야 했다. 사실 발리넌 선장은 절벽 위에 대원이 몇 명 더 있었으면 하고 바랐다. 그러면 몇 명은 도르래 주위에 남기고, 나머지는 그와 함께 로켓을 찾아 떠날 수 있을 것이다. 그러나 그 문제는 해결하기 어려웠다. 또 다른 대원 그룹이 균열 지점까지 브리호를 타고 다시 1천3백 킬로미터를 가서 등반 끝에 현 위치까지 오게 하는 것은 너무 시간이 오래 걸리는 일이었다. 아무도 나머지 하나의 방법은 생각조차 하고 싶어 하지 않았다. 물론 발리넌 선장은 달랐지만, 얼마 전에 한 선원이 했던 실험 때문에 그 방법을 입 밖에 내기가 껄끄러웠다.

그 실험이란, 한 대원이 선장의 승인을 받은 뒤(나중에 발리넌 선장은 승인한 것을 후회했다) 아래쪽에 있는 대원들에게 멀리 떨어져 있으라는 경고를 보낸 다음, 총알 크기의 자갈 하나를 절벽 가장자리로 떨어뜨려본 것이었다. 결과는 메스클린인과 지구인 모두에게 흥미로운 것이었다. 지구인들은 아무것도 볼 수 없었다. 절벽 아래쪽에 있는 유일한 탐지기가 아직도 브리호 선상에 있었으므로 충돌 지점으로부터 너무 거리가 멀어 명확한 영상을 얻을 수가 없었기 때문이다. 그러나 원주민들과 마찬가지로 '소리'는 들었다. 사실 그들이 본 것이나 메스클린인들이 본 것이나 큰 차이는 없었다. 메스클린인들의 시야에서도 그 조약돌은 눈 깜짝할 사이에 사라져버렸기 때문이다. 조약돌이 공중을 가로지를 때 바이올린 줄이 끊어지는 것 같은 짧은소리가 들렸고, 이어 0.5초도 되지 않아서 지면을 때리는 날카로운 소리가 울렸다.

다행히 조약돌은 다른 돌 위가 아니라 단단하지만 약간 축축한 맨땅에 착륙했다. 만일 전자였다면, 분명 부서져 날아온 파편에 누군가가 맞아 죽었을 가능성이 컸다. 대략 초속 1.5킬로미터 정도로 부딪친 충돌은 그 파장으로 땅이 파이고 바깥으로 흙이 튀는 결과를 초래했다. 추락 속도는 조약돌이 공중에서 움직이는 동안 시선으로 좇기에는 너무나 빨랐다. 하지만 몇 분의 1초 정도밖에 안 되는 시간이 흐르자 그 시선들은 충격으로 얼어붙었고, 지면의 충돌 지점에는 미사일 같은 자갈이 땅을 뚫고 들어간 구멍 주위로 엉성한 분화구 하나를 남겨놓았다. 선원들은 느릿느릿 구멍 주위로 몰려들어 구멍 아래로 완만하게 흐르는 흙을 지켜보았다. 그런 다음 그들은 하나같이 서둘러 2, 3미터 뒤로 물러났다. 실험이 불러온 침울한 분위기를 털어내는 데는 상당한 시간이 걸렸다.

그런데도 발리넌 선장은 선원 몇 명이 더 꼭대기에 있기를 원했다. 그는 잘되지 않을 것이라는 두려움 때문에 어떤 계획을 미리부터 포기해버리는 종류의 사람이 아니었다. 하루는 선장이 승강기를 만들자고 제안했고, 기대한 대로 단호한 침묵에 부딪혔다. 그러나 작업이 진행되는 동안 주기적으로 그 주제를 꺼내기를 반복했다. 찰스가 오래전에 알아차렸듯이, 선장의 설득력은 보통이 아니었다. 그 설득 작업이 원주민 언어로 이루어지고 있는 것은 유감스러운 일이었다. 발리넌 선장의 놀라울 정도로 다양하고 독창적인 언변과, 그 언변으로 청중들의 적대적이고 완강한 거부로부터 결국 내키지 않는 듯한 동의를 얻어내는 그 과정이 인간들에겐 몹시 즐거웠을 텐데 말이다. 부하들이 그 아이디어에 열광한 건 절대로 아니었다. 어쨌거나 발리넌 선장 역시 기적을 기대하지 않았다. 사실 발리넌 선장의 성공은 온전히 자신의 노력 덕분만도 아니었다. 돈드래그머는 일행이 로켓에 다다랐을 때 그 자리에 함께 있기를 간절히 원했다. 상관의 명령에 대해 왈가왈부하는 것을 극도로 혐오하는 성격 탓에 감정을 겉으로 드러내지 않았지만, 브리호로 돌아가라는 명령을 받았을 때는 이루 말할 수 없이 참담한 기분이었다. 이제 다시 활동적인 집단에 합류할 기회가 생긴 것 같았다. 그리고 돈드래그머는 계속 그렇게 되길 고대해왔었다. 돈드래그머는 밧줄 끝에 매달려 절벽 위로 끌어 올려지는 것이 정말로 그렇게 나쁘지는 않다고 남에게 설득을 당하는 것보다, 스스로를 설득하는 것이 훨씬 쉽다는 것을 깨달았다. 설사 밧줄이 끊어진다 해도 자신은 결코 그 사실을 알지도 못할 것이라는 생각을 했다. 따라서 일등항해사는 절벽의 아래쪽에 있는 선원 중에서 선장의 논리를 신봉하는 자가 되었다. 그리고 돈드래그머에게 먼저 올라갈 의향이 있으며, 사실 '가고 싶어 한다'는 것을 부하들이 알아차리자, 거래할 때면 흔히 드러나는 본능적 저항감이 많이 수그러졌다. 게다가 그때쯤엔 무전기 통신의 자동 중계가 이미 완료되어 있었다. 그래서 발리넌 선장은 절벽 아래의 집단에 직접 이야기할 수 있었고, 그의 개성이 지닌 장점이 온전히 발휘되었다.

결국 돈드래그머의 제안대로, 작은 나무판에 낮고 튼튼한 난간을 만들어 일단 그 안에 올라타면 누구든 아래쪽을 볼 수 없게 하자는 것으로 결론이 났다. 나무판은 수평으로 유지해줄 밧줄로 지지하기로 했다. 이전에 적도 근방에서 사용한 것과 같은 이치였다.

나무판에 매달 밧줄과 매듭은 대원들이 힘껏 당겨보는 등 철저한 점검을 거쳤다. 그 장면을 보고 있던 지구인들은 큰 흥미를 느꼈다. 그런 다음 나무판을 도르래로 끌어 올려 주 밧줄에 연결했다. 일등항해사의 요청으로 이 마지막 매듭까지 다른 매듭과 마찬가지 방식으로 시험되었다. 모든 것이 안전하게 이루어진 데 만족한 돈드래그머는 즉시 나무판 위로 올라가 자신이 들어온 난간 부분을 제자리에 단단히 맞추고 나서, 들어 올리라는 신호를 보냈다. 무전기는 이미 브리호에서 끌어 내려져 있었다. 발리넌 선장은 들어 올리라는 일등항해사의 말을 직접 들었다. 그는 부하들과 함께 밧줄을 붙들었다.

나무판은 흔들리지 않았다. 돈드래그머는 그런 장치에 탔던 경험이 얼마나 불편했는지 또렷이 기억하고 있었다. 이곳의 바람은 여전히 절벽을 따라 꾸준히 불어대기는 했지만 알아차릴 수 있을 만큼 세게 그와 나무판을 흔들지는 않았다. 밧줄 자체가 너무 가늘어 바람의 흐름에 아무 장애도 될 수 없었고, 끝에 달린 추는 무게가 너무 엄청나서 바람의 흐름에 쉽게 영향을 받지 않았기 때문이다. 만일 흔들림이 시작된다면 그것은 단지 편리하거나 불편한 정도의 문제가 아닐 터이므로, 그러지 않았다는 것은 다행스럽기 짝이 없는 일이었다. 어떤 이유에서든 한 번만이라도 흔들림이 일어나면, 그 추의 주기는 처음에는 0.5초 정도에 불과하겠지만, 그 뒤 주기가 계속 줄어들고 동시에 진동수는 거의 음파에 필적할 때까지 늘어나 결국 나무판에 타고 있는 물체를 떨어낼 때까지 진동할 것이었다.

돈드래그머는 본디 직선적이고 실용적인 지성을 가진 인물이었다. 그는 올라가는 동안 호기심에 주변을 둘러본다든지 하는 시도는 일절 하지 않았다. 반면 눈을 꼭 감고 있었고, 그렇게 하는 것을 창피해하지도 않았다. 물론 여행은 끝이 없는 것 같았다. 실제 그 여행은 6일 정도 걸렸다. 발리넌 선장은 정기적으로 작업을 멈추고, 도르래나 고정 상태 등에 문제는 없는지 꼼꼼히 조사했다. 언제나 모든 것에 아무 이상이 없었다.

마침내, 나무판이 절벽 가장자리 위로 모습을 드러냈다. 판을 지탱하는 밧줄이 도르래에 닿았다. 그 이상 상승은 불가능했다. 승강기의 가장자리는 절벽에서 단 2센티미터 정도 떨어진 곳에 있었다. 승강기의 모양은 메스클린인의 몸체에 맞게 길고도 좁았다. 활대로 판의 한쪽 면을 밀자, 판은 절벽 뒤로 흔들렸고 다시 돌아오는 운동에 의해 절벽 끝의 단단한 지면 위로 옮겨졌다. 동료들의 목소리를 듣고 이미 눈을 뜨고 있던 돈드래그머는 고맙다는 듯 기어 나와 가장자리에서 멀찍이 물러났다.

계속 진행 상황을 보고 있던 찰스는 발리넌 선장이 아래에서 기다리는 선원들에게 그 소식을 직접 알릴 기회도 주지 않고 돈드래그머가 무사하다고 발표했다. 지구어를 약간은 알고 있던 선원이 다른 동료들에게 얼른 통역해주었다. 그들은 그 말을 듣고 안심했다. 나무판이 위에 도착하는 것은 보았지만, 그 안에 타고 있는 승객의 상태에 대해서는 알 수가 없었다. 발리넌 선장은 선원들의 그런 감정에 편승해 얼른 엘리베이터를 다시 내려보내서 다음 승객을 들어 올리기 시작했다.

모든 일이 아무런 사고 없이 무사히 끝났다. 도합 열 번을 왕복했다. 발리넌 선장은 더 이상 아래에서 선원을 끌어 올리면 식량을 공급받기 어려울 것으로 판단하고 승강기의 왕복을 중단했다.

이제 모든 긴장 상황은 끝났다. 다시 한 번 지구인들과 원주민들은 다 같이 이 임무가 마지막 단계에 들어섰다고 느꼈다.

"2분만 기다려주세요, 발리넌 선장님." 컴퓨터가 내놓은 정보를 찰스가 중계했다. "그러면 태양이 당신이 가야 할 방향 바로 위에 오게 됩니다. 이미 당신에게 로켓의 위치를 10킬로미터 이상은 더 정확히 알 수 없다고 말했었죠. 우린 당신을 고원 중심부까지 인도하겠습니다. 그곳에 로켓이 있다고 확신하고 있거든요. 그곳부터는 스스로 수색해야 할 겁니다. 만일 그곳의 지표도 지금 있는 곳과 별 차이가 없다면 아마도 상당히 힘든 작업이 되리라 생각하지만 말이에요."

"아마 그렇겠지요, 찰스. 우린 그런 문제에는 전혀 경험이 없습니다. 그러나 해결 방안을 반드시 찾아낼 수 있을 겁니다. 지금까지도 잘해왔으니까요. 물론 종종 당신네의 도움을 받기는 했지만 말입니다. 아직 태양이 제자리에 오지 않았습니까?"

"잠깐만…, 바로 지금이에요! 태양이 다시 한 바퀴 돌아올 때까지 진로를 고정해줄 만한 이정표가 있나요?"

"안됐지만, 없습니다. 할 수 있는 한 최선을 다해보겠습니다. 당신들이 매일 교정을 해주십시오."

"미지의 장소를 눈감고 가는 것과 비슷할 거예요. 하지만 꼭 해야 하는 일입니다. 우리 쪽에서 위치 표지를 잡을 때마다 방향을 계산해 교정할게요. 그럼 행운을 빕니다!"

18
언덕을 쌓는 자들

문제는 방향이었다. 관련된 사람들 모두가 즉시 그것을 알아
차렸다. 진로를 일직선으로 유지하는 것이 사실상 물리적으로
불가능했다. 2, 3미터마다 원정대는, 너무 높아서 그 너머를 보
거나 타고 올라갈 수도 없는 돌덩이 주위를 빙 둘러 나아가야
했다. 메스클린인들의 신체 구조 때문에 상황은 더욱더 악화되
었다. 그도 그럴 것이, 그들의 눈은 지면에 너무 가까이 붙어 있
었다. 발리넌 선장은 다른 방향으로 우회할 때마다 자신이 방향
을 얼마나 틀었는지 도무지 확인할 방도가 없었다. 공중에 떠
있는 로켓이 방향을 확인한 결과, 그들이 원 궤도에서 20에서
30도가량 벗어났다고 알리지 않은 경우가 드물었다.

50일마다, 송신기의 위치를 기준으로 궤도를 점검했다. 그리
고 그때마다 방향을 새로 계산했다. 이제 움직이는 송신기는 하

308

나밖에 없었다. 다른 무전기는 도르래가 있는 곳에 남겨 두고 왔다. 계산 작업에는 고도의 정밀성이 요구되었다. 그리고 종종 계산된 위치 표지 값의 정확성에 대한 의문이 지구인들 사이에 제기되었다. 그런 일이 있을 때마다 발리넌 선장은 그런 사실에 대한 경고를 미리 들었고, 판단은 그에게 맡겨졌다. 때때로 지구인들이 자기네 계산 결과에 대해 너무 회의적이지만 않으면, 그는 계속 전진했다. 나머지 경우에는, 더 정확히 계산할 수 있도록 며칠 더 기다려주었다. 기다리는 동안 발리넌 선장은 짐을 재분배하고, 필요하다고 판단한 경우엔 식량 배급도 조절하는 등 지휘관으로서의 임무를 게을리하지 않았다. 사실 발리넌 선장은 출발하기 직전에 희미하게 어떤 아이디어가 떠올랐었다. 그래서 절벽 가장자리에서 여기까지 오는 동안 길 양옆으로 조약돌로 직선을 만들며 행로를 표시했었다. 발리넌 선장은 결국에는 길 위에 있는 돌을 모두 치우고 길 양옆에 쌓아 두자는 생각을 하게 되었다. 그렇게 되면 제대로 된 도로가 만들어지는 셈이었다. 그러나 그 생각은 뒤에, 로켓과 보급기지 사이를 왕복하는 여행이 정기적으로 있을 때나 고민해도 충분했다.

메스클린인들의 다리 아래로 80킬로미터가 천천히 지나갔다. 그리고 마침내 행군이 끝났다. 찰스가 말했듯이, 인간들은 할 수 있는 일은 다 했다. 인간들이 측정을 위해 그토록 최선을 다했으니, 발리넌 선장은 지금쯤 길 잃은 기계 근처에 있어야 했다. 그러나 탐지기도, 보고하는 발리넌 선장의 목소리도 그런 일은 전혀 일어나지 않았다는 것을 찰스에게 알려주었다. 사실 찰스는 놀라지도 않았다.

"그게 우리가 할 수 있는 최선이에요, 발리넌 선장님. 수학자 친구들의 능력을 아니까 하는 말인데, 당신은 그 기계로부터 10킬로미터 이내, 아니 그보다 훨씬 가까이 있을 겁니다. 수색이라면 당신이 나보다 부하들을 잘 배치할 수 있을 거예요. 우리가 할 수 있는 일이 있다면, 뭐든 할게요. 하지만 이 시점에서 우리가 뭘 하면 좋을지 아무 생각도 나지 않네요. 당신은 이제 어떻게 할 생각이죠?"

발리넌 선장은 대답하기 전에 잠시 생각해보았다. 반경 10킬로미터의 원이라면, 시계(視界)가 평균 3, 4미터밖에 되지 않는 상황이라도 수색하기에 그다지 넓은 면적은 아니었다. 물론 부하들을 분산시키면 최대한 신속하게 그 주변을 수색할 수 있을 것 같았다. 발리넌 선장은 찰스에게 자신의 그런 생각을 이야기해주었다.

그러자 찰스가 말을 이었다. "로켓은 약 6미터 높이입니다. 따라서 사실상 시계는 당신이 생각하는 것보다 넓다고 할 수 있습니다. 당신이 큰 돌멩이 하나 위로 올라갈 수만 있다면 현 위치에서도 로켓이 보일 겁니다. 이 상황에서 가장 답답한 것은 그 점입니다."

"물론입니다. 하지만 우린 그렇게는 할 수 없습니다. 커다란 바위의 높이는 당신들의 단위로 2미터가 넘습니다. 혹 바위의 수직면을 타고 올라간다고 해도, 난 절대로 다시는 수직 벽에서 아래쪽을 내려다보고 싶은 생각이 없습니다. 내 부하들에게도 그런 위험을 무릅쓰게 하지는 않을 거고요."

"하지만 고원 위로 균열을 타고 올라간 적도 있잖습니까?"

"그건 다른 이야기지요. 우린 급경사 지역은 얼씬도 하지 않았어요."

"그럼 비슷한 경사라면, 지면에서 높이 올라가는 것은 괜찮습니까?"

"그렇습니다. 하지만…, 흠. 당신 생각을 알 것 같군요. 잠깐만 기다리세요." 선장은 주위를 좀 더 주의 깊게 살펴보았다. 커다란 바윗돌 여러 개가 근처에 있었다. 찰스에게 말했듯이, 가장 커다란 바위는 지면에서 약 2미터 높이였다. 바위들 사이에는 전체 고원 지역을 고르게 덮고 있는 듯한 작은 조약돌들이 깔려 있었다. 발리넌 선장이 입체 기하에 대한 지식이 조금이라도 있었다면, 그런 결정은 절대로 내리지 않았을 것이었다. 그러나 발리넌 선장은 자신이 쓰려고 생각하는 건축 재료의 부피에 대해서는 아무 개념이 없었고, 따라서 찰스의 생각에 일리가 있다고 판단해버렸다.

"그러지요, 찰스. 이곳엔 어떤 크기라도 쌓을 만큼 자갈과 흙이 충분합니다." 발리넌 선장은 무전기에서 몸을 돌려 부하들에게 개요를 설명했다. 혹 돈드래그머가 그 계획의 실효성에 대해 약간 회의를 품었다고 하더라도 그것을 겉으로 드러내지는 않았다. 이내 모든 대원이 돌 굴리는 작업에 돌입했다. 선택한 바위에 가장 가까운 자갈부터 바위 쪽을 향해 이동시켰다. 그리고 좀 더 멀리 떨어진 곳에 있던 자갈들은 이미 옮겨진 자갈들을 향해 옮겼다. 작업 지역 주위로 맨땅으로 된 부분이 바깥으로 점점 퍼져나가기 시작했다. 그들은 또한 상당량의 단단한 흙을 더 단단한 자신들의 집게손으로 부순 다음, 이미 쌓아 올려놓은 자갈층 위에 층층이 깔아주었다. 그게 더 나르기도 쉽고 공간을 채우기도 쉬웠다. 다음 돌의 층이 아래로 흙들을 눌러주었다.

느리기는 했지만, 작업은 꾸준히 계속되었다. 중간에 때때로 일부 그룹이 식량을 더 가지러, 이곳으로 올 때 땅에 남겼던 끌리는 듯한 모양 자국을 따라 절벽 가장자리로 돌아가야 했다는 사실에서 이 작업이 얼마나 시간이 오래 걸렸는지를 알 수 있을 것이다. 균열 면에서 1천3백 킬로미터를 가로질러 왔을 때도 그 정도로 긴 거리는 아니었었다. 그러나 마침내, 바윗덩어리의 비교적 평평한 꼭대기 면이 발치에 느껴지는 때가 왔다. 메스클린 행성의 내부 에너지가 고원을 밀어 올려 현재의 융기 상태로 된 이래로 아마 이번이 처음일 것이었다. 바위 꼭대기까지 완만한 경사로가 만들어진 것이다. 아무도 꼭대기에서 경사로가 있는 방향 이외로는 가까이 접근하지 않았다. 바위 꼭대기에서 그 밖의 방향은 여전히 깎아지른 절벽이었다.

새로운 전망대에서 관측한 결과, 찰스의 예측이 맞았다는 것이 밝혀졌다. 온갖 위험을 다 겪으며 몇 달 동안 여행한 끝에 마침내 최종 목적물이 시야에 들어왔다. 발리넌 선장은 무전기를 경사로 쪽으로 돌려놓았기 때문에 지구인도 그것을 볼 수 있었다. 아마도 지구식으로 1년도 더 넘은 시간 만에 처음으로 로스텐 박사의 얼굴에서 침울한 표정이 사라졌다. 볼 것이 많지는 않았다. 금속으로 씌운 피라미드 같은 것이 바위들 사이로 다소 뭉툭한 원뿔 모양으로 솟아올라 있었다. 발리넌 선장이 전에 보았던 로켓과는 닮지 않았다. 사실 지구에서 20광년 이내에 있는 어떤 로켓과도 다른 모양이었다. 그러나 분명 메스클린 행성의 자연적인 경관에는 속하지 않는 사물이었고, 이 괴물 같은 행성의 표면에서 몇 달 보내지 않은 지구인들조차도 어깨를 짓누르는 무게가 덜어지는 것 같은 풍경이었다.

발리넌 선장도 기쁘긴 했지만, 투리에 있는 집단의 환희에 찬 광란에는 동참하지 않았다. 그는 탐지기에만 시야를 의존하는 그들보다, 자신과 로켓 사이를 가른 장벽을 더 잘 볼 수 있었다. 앞에 놓인 길은 이미 지나왔던 길보다 더 어려울 것 같지 않았지만, 더 쉬울 것이 없다는 것도 분명했다. 또한 더 이상 지구인들의 길 안내를 받을 수도 없었다. 심지어 전망대에 올라 있는데도, 발리넌 선장은 어떻게 해야 대원들이 일직선을 유지하며 2.5킬로미터를 이동할 수 있을지 도무지 알 수가 없었다. 인간들은 이제 발리넌 선장이 있는 현 위치에서 로켓으로 인도해줄 방향을 알지 못했다. 따라서 인간들이 지금까지 써온 방식은 이제는 적용할 수 없을 것이었다. 아니, 할 수 있을까? 발리넌 선장은 인간들에게 태양이 언제 원하는 방향에 놓이게 되는지 '말할 수' 있었다. 그러면 인간들은 태양이 같은 위치에 통과할 시간마다 그에게 알려줄 수 있다. 그런 식이라면, 대원 한 명이 이곳에 남아 날것을 귀찮게 하는 일 없이 같은 일을 해낼 수도 있을 것 같았다. 그러나 잠깐. 발리넌 선장은 이제 무전기가 하나

뿐이었다. 따라서 무전기 하나가 동시에 두 장소에 있을 수는 없었다. 처음으로 발리넌 선장은 강 주민들에게 건네준 그 무전기가 정말로 아쉬웠다.

잠시 뒤, 발리넌 선장은 무전기 하나가 꼭 더 필요하지는 않을 거라는 생각이 떠올랐다. 사실 여기에서는 공기가 소리를 그리 잘 전달하지 않았다. 선원들도 모두 알아차렸지만, 대기층이 얇았기 때문이다. 그러나 찰스가 언급한 바 있듯이, 메스클린인의 목소리는 믿을 수 없을 정도로 컸다. 선장은 결정을 내렸다. 그는 한 대원을 여기 이 전망대 위에 남겨두고, 태양이 번쩍이는 원뿔 정중앙 위를 지날 때마다 호흡관 주위의 모든 근육을 수축해 온 힘을 다해 소리를 지르게 하기로 했다. 소리의 끌림은 다른 곳에서와 마찬가지로 여기서도 울려 퍼질 것이며, 따라서 다른 신호가 도착할 때까지는 그 시점의 태양이 있는 방향을 따라갈 수 있었다.

발리넌 선장은 이 생각을 대원들에게 설명했다. 돈드래그머는 그동안의 경험으로 봐서 여정 중에 길을 잘못 들었을 경우 지구인들처럼 방향을 수정할 방법이 없을 것이기 때문에, 그들은 잘못된 방향으로 너무 멀리 갈 수도 있다는 점을 지적했다. 메아리투성이의 바위 지역인지라 전망 감시대원의 목소리가 항상 태양에 대해 정확히 반대편, 즉 그들 뒤편에서 들리지 않으리라는 문제도 있었다. 그러나 돈드래그머는 그게 지금으로서는 최선의 방법이라는 것을 인정했고, 그들을 로켓이 보이는 곳으로 데려다줄 가능성이 상당히 크다는 것도 수긍했다. 따라서 전망대에 남겨질 대원 한 명이 곧 선택되었고 여행은 새로운 방향을 향해 재개되었다.

짧은 거리 동안은, 전망대 자체가 뒤쪽으로 보였다. 그 선원의 목소리가 들릴 때마다 항로에 생긴 오차가 어느 정도인지 판단하는 것도 가능했다. 그러나 이내 그가 서 있던 전망 바위가 똑같은 크기의 다른 바위들 뒤로 사라졌고, 고함이 귀에 들어올 때마다 태양 쪽을 향해 다시 방향을 돌리는 것으로 낙착되었다. 고함은 날이 지날수록 점점 더 약해졌다. 그러나 아무 생명체도 없는 고원 위라 다른 어떤 소리가 있을 리 없으므로 그들이 듣고 있는 소리가 바로 기다리던 소리라는 데는 의심의 여지가 없었다.

지나온 거리가 얼마인가를 정확히 감지할 수 있을 만큼 육로 여행의 경험을 충분히 쌓았다고 생각하는 자는 선원 중에 아무도 없었다. 애초 희망한 것보다 훨씬 더 오래 걸려 도착하는 일에도 익숙해 있었다. 따라서 마침내 그토록 빨리 바위 사막의 단조로움이 깨지게 되자 대원들은 모두 즐겁고도 놀라운 감정을 경험했다. 경관의 변화가 기대했던 그대로는 아니었다. 그러나 어떤 변화라도 대원들의 주의를 끌기에는 충분했다.

그것은 거의 바로 앞에 있었다. 그리고 한순간 대원 중 몇몇은, 무슨 이유인지는 몰라도 그들이 같은 자리를 빙글빙글 돌고 있지 않나 의심했다. 흙과 자갈로 된 긴 경사로가 바위들 사이로 보였다. 그것은 그들이 건설한 전망대만큼이나 높이 솟아 있었다. 그러나 좀 더 다가가자, 경사로가 각 사면으로 훨씬 더 멀리 확장된 것을 볼 수 있었다. 사실 각 경사면은 바다의 파도가 도중에 움직임을 멈추고 얼어붙은 것 같은 모양으로 커다란 바위들 주위에 철썩이듯 겹쳐져 있었다. 폭발이나 운석이 만든 분화구에 대해 전혀 알지 못하는 메스클린인들조차 경사로 밖의 흙과 자갈들이 경사로 너머에 있는 어떤 지점으로부터 밀려 나온 것이라는 것을 알 수 있었다. 투리에서 온 로켓이 착륙하는 것을 본 경험이 있는 발리넌 선장은 그 원인을 알 것 같았다. 또한 대원들이 경사로를 따라 올라가 정상에 서기도 전에 아래에서 무엇을 보게 될지도 알 수 있었다. 그리고 발리넌 선장의 예상은 정확하지는 않아도 대체로 옳았다.

로켓은 제트 엔진의 강력한 분출로 파헤쳐진 국그릇 모양 땅의 중심부에 서 있었다. 발리넌 선장은 화물용 로켓이 찰스의 '언덕' 부근에 착륙할 때 눈이 바깥으로 휘날려 퍼졌던 것을 기억했다. 이 위도라면 비록 로켓이 조그맣긴 하지만 자신의 무게를 이기기 위해 부상력이 훨씬 더 강력했어야 했을 것이라는 사실도 이해했다. 바위 몇 개가 국그릇 모양의 경사면에 우뚝 서 있기는 했지만, 로켓 근방에 커다란 바윗돌은 하나도 없었다. 그릇 안쪽의 땅에는 자갈도 별로 없었다. 땅은 움푹 파였고, 로켓의 6미터 높이 중 약 1.5미터만이 바깥 평지를 뒤덮은 바위들이 배열된 높이 위로 우뚝 솟아 있었다.

로켓 바닥면의 지름은 대략 로켓의 높이 정도였고, 위쪽으로 3분의 1 정도가 계속 같은 지름을 유지하는 것 같았다. 움푹 파인 분화구의 안쪽을 볼 수 있게 탐지기를 옮겨 왔을 때 찰스가 설명해주었듯이, 그것은 분사 연료가 들어 있는 부분이었다.

기계의 나머지 상부는 뭉툭한 꼭짓점까지 급속하게 좁아졌다. 그 부분에 그토록 많은 행성에서 시간, 두뇌 그리고 자본을 엄청나게 투자한 기기들이 내장되어 있었다. 거기에 입구도 여러 개 위치했다. 입구들 안의 각 선실은 공기가 완전히 밀폐되어 있지는 않았다. 기계 작동에 진공이나 특수한 대기(大氣)를 요구하는 기기들은 개별적으로 봉인되어 있었다.

"당신은 전에 탱크가 폭발했을 때, 그런 종류의 일이 여기에서도 일어난 게 틀림없다고 한 적이 있습니다." 발리넌 선장이 입을 열었다. "그러나 여기에는 폭발의 징후가 전혀 보이지 않습니다. 또한 저 틈들이 로켓이 착륙할 때도 열려 있었다면, 어떻게 폭발을 일으킬 만큼 많은 산소가 저 안에 여전히 남아 있었겠습니까? 전에 행성 바깥에는 공기가 없다고 한 적이 있지요? 따라서 구멍이 있으면 공기가 다 빠져나간다고 했잖습니까?"

찰스를 제치고 로스텐 박사가 대답했다. 로스텐 박사와 나머지 대원들은 스크린 상으로 로켓을 점검하는 참이었다.

"당신 말이 맞습니다. 원인이 무엇이었든 산소 폭발은 아니군요. 뭔지는 잘 모르겠습니다. 조만간 로켓 안에 들어가 문제를 찾아낼 때만 기다릴밖에요. 그때까지는 그것은 그리 중요하지 않습니다. 그런 로켓을 또 만들고 싶어 하는 사람들을 제외하면 말입니다. 작업을 시작했으면 좋겠습니다. 어서 빨리 그 로켓에 담긴 정보를 얻고 싶어서 안달하는 물리학자가 떼로 기다리고 있습니다. 회수 책임자로 생물학자를 팀에 넣어서 다행이군요.

이 시점부터 로켓에 참을성 있게 접근할 수 있는 물리학자는 없을 테니까요."

"당신네 과학자들은 좀 더 참아야 할 겁니다." 발리넌 선장이 끼어들었다. "뭔가를 간과하신 것 같군요."

"그게 뭔가요?"

"일단은 우리와 탐지기가 지면에서 2미터 위로 올라가야 합니다. 또 하나는 기기들이 모두 금속 벽 안에 있습니다. 그 벽들은 겉은 매끈해 보이지만, 아무리 우리라도 그걸 제거하기에는 너무 단단할 것 같습니다."

"빌어먹을! 물론 당신 말이 옳습니다. 그러나 금속벽을 제거하는 것은 그리 어렵지 않습니다. 금속판은 고속 제거 방식으로 되어 있습니다. 제거하는 방법은 가르쳐주겠습니다. 나머지 문제는…. 흠, 당신들에게 사다리 같은 것은 없지요. 혹 있다 하더라도 사용할 수도 없을 것이고. 당신들의 승강기는 올라가려는 높이 지점에 선원이 최소 한 사람 먼저 존재해야 하는 난점이 있습니다. 이거 아무래도 난관에 부딪힌 것 같군요. 하지만 뭔가 생각이 날 것입니다. 지금 와서 멈추기에는 너무 먼 길을 왔습니다."

"전망 바위에 있는 우리 선원이 이곳에 도착할 때까지 생각해보시지요. 만일 그때까지 더 좋은 생각이 없으면 우리 생각대로 작업을 실행할까 합니다."

"뭐요? 생각해둔 게 있습니까?"

"물론입니다. 우린 당신네 로켓을 보려고, 바위 꼭대기에 올라갔습니다. 같은 일을 여기서 하면 안 될 이유가 있습니까?"

로스텐 박사는 족히 30초 동안 입을 열지 않았다. 찰스는 로스텐 박사가 머릿속으로 스스로를 걷어차고 있으리라고 추측했다.

"그런 사정이 있다면, 한 가지를 지적해야겠군요." 마침내 로스텐 박사가 입을 열었다. "우선 전보다 훨씬 방대한 공사가 필요합니다. 로켓은 그 바위보다 세 배 이상 높아요. 또 하나, 로켓을 사방으로 빙 둘러 가며 쌓아 올려야 합니다."

"왜 가장 낮은 입구 높이까지 한 면으로만 만들면 안 됩니까? 다른 로켓처럼 내부에서 남은 길을 올라가면 될 텐데요."

"두 가지 이유 때문입니다. 우선, 로켓 안에서는 위로 올라갈 방도가 없습니다. 그 로켓은 승무원을 태워 나를 목적으로 제작된 것이 아니므로 각 선실 사이에는 연결 통로가 전혀 없습니다. 모든 기기는 동체 바깥에서 각 선실의 입구를 통해 접근해야 합니다. 다른 한 가지 이유는, 당신들이 가장 낮은 데 있는 입구에서부터 작업을 시작할 수는 없다는 것입니다. 입구까지 도착한다고 해도, 일을 다 마친 다음 뜯어낸 입구들을 다시 봉합할 수 있을지 의문입니다. 즉 다음 단계의 높이까지 언덕을 쌓아 올리려면 먼저 동체를 한 바퀴 돌아가며 적절한 높이에 있는 덮개들을 하나하나 떼어 가며 작업을 계속해야 하는데, 그렇게 되면 로켓 위쪽 부분을 지지할 만큼 아래쪽 금속 벽이 충분히 남을지 심히 의심스럽습니다. 원뿔 꼭대기가 붕괴할지도 몰라요. 입구를 이루는 금속판들은 로켓 외벽 전체에서 상당한 면적을 차지할 뿐 아니라, 두껍기도 해서 수직 방향 무게 부담이 상당합니다. 아마 그건 설계가 제대로 되지 않은 탓일 겁니다. 하지만 무중력 상태에서 로켓 입구를 여는 것으로 가정하고 제작했으니 어쩔 수 없겠지요.

안타깝지만, 가장 높은 높이까지 로켓을 완전히 파묻은 다음, 한 단계씩 파 내려가는 수밖에 없습니다. 각 단계에서 작업이 끝나면 선실에 있는 기기들을 밖으로 들어내는 것을 추천합니다. 그렇게 하면 운반할 짐이 최소한으로 줄어듭니다. 금속판들을 모두 떼어내고 나면, 결국 상당히 허약해 보이는 골격만 남게 될 겁니다. 그리고 거의 700g나 되는 중력 속에서 기기 전체가 그 안에 들어 있다가 혹시 일어날 수 있는 문제에 대해서는 생각도 하기 싫습니다."

"알겠습니다." 발리넌 선장이 한동안 조용히 생각에 잠겼다가 마침내 입을 열었다. "다른 대안이 없겠습니까? 방금 지적한 대로 그 일에는 엄청난 노력이 필요합니다."

"아직은 없습니다. 당신 말대로 남은 선원 한 명이 돌아올 때까지 생각해보겠습니다. 하지만 별 기대는 하지 마세요. 딱히 쓸 만한 해결책이 생각날지 모르겠군요. 우리가 당신들에게 건설 장비를 가져다줄 수 있는 처지도 아니니 말입니다."

"그 점은 이미 오래전부터 알고 있습니다."

태양은 1분에 20도 이상 원을 그리며 하늘을 계속 돌았다. 전망대에 있던 보초에게는 그의 임무가 이제 끝났다고 오래전에 그곳을 향해 고함을 쳤었다. 그는 아마도 이리로 오는 중일 것이다. 선원들은 휴식하는 일 이외에는 아무 일도 하지 않았다. 때때로 로켓이 추력을 내뿜느라 파놓은 구덩이의 완만한 경사를 따라 가까이에서 로켓을 구경하러 내려가보기도 했다. 물론 그들은 로켓이 마법으로 작동한다고 믿을 만큼 무지하지는 않았다. 그러나 그들은 로켓에 외경심을 느꼈다. 그들은 로켓의 작동 원리에 대해서는 하나도 이해하지 못했다. 그렇다 해도 만일 찰스가, 호흡 기관도 없는 종족이 어떻게 그렇게 큰 소리로 말할 수 있는지를 곰곰이 생각해본다면, 메스클린인들은 태생적으로 로켓의 원리를 쉽게 이해할 수 있는 자들임을 알게 될 것이었다. 메스클린인들은 지구의 두족류와 비슷한 아주 잘 발달된 흡입관을 가지고 있었다. 두족류의 양서류 조상들은 그것을 고속 수영에 사용했었다. 메스클린인은 흡입관을 성대 기관을 위한 바람통으로 사용했지만, 여전히 원래의 기능을 수행할 수도 있었다. 메스클린인들은 타고난 신체 특성상 로켓의 원리를 이해하기에 아주 적합했다.

선원들은 단지 로켓의 원리를 이해하지 못하기 때문에 외경심을 느끼는 것이 아니었다. 그들은 많은 도시를 건설했고, 스스로를 훌륭한 공학자로 여기고 있었다. 그러나 그들이 지금까지 건축한 가장 높은 담조차 지면으로부터 약 8센티미터 정도에 불과했다. 다층 건물은커녕 한 장 이상으로 된 천으로 덮인 지붕조차도 머리 위에 단단한 물체를 두기 싫은, 거의 본능적인 공포심을 자극하기 때문이었다. 물론 이 선원들의 경우, 무게에 대한 비이성적 공포는 이제 그간의 경험을 통해 무게를 이해하는 데서 오는 합리적 두려움으로 변화해 있었다. 그렇지만 습관이란 무시하기 힘들었다. 로켓은 그들 종족이 지금까지 만들었던 어떤 인공적 구조물보다 약 80배나 높았다. 그런 물체를 보는 것만으로도 외경심이 생기는 것은 어쩔 수 없이 자연스러운 현상이었다.

전망 보초가 도착하자 발리넌 선장은 다시 무전기로 다가갔다. 그러나 더 나은 아이디어는 듣지 못했다. 선장은 전혀 놀라지 않았다. 발리넌 선장은 로스텐 박사의 장황한 사과의 말을 무시해버리고 부하들과 함께 작업에 착수했다. 심지어 그때까지도 멀리 위쪽에 있는 관찰자들은 이 대리 탐사자가 로켓에 대해 자신만의 생각을 가지고 있으리라고는 누구 하나 의심하지 않았다. 그런 의심이 들었어도 이미 너무 늦었을 것이다. 그들이 어떻게 할 도리가 없으니 말이다.

이상하게도 작업은 모든 사람이 걱정했던 것만큼 어렵지도 오래 걸리지도 않았다. 이유는 간단했다. 제트 분사 때문에 밀려 나간 바위와 흙들이 비교적 부드러웠다. 고원의 옅은 대기 탓에 흙과 돌들을 꽉꽉 다져줄 기상 현상이 없는 것이 그 이유였다. 물론 인간이라면, 비록 과학자들이 로켓 안에 감춰진 소중한 정보를 이용해 발명하고 싶어 하는 중력 차단 장치를 달았다 하더라도 그 흙 속에 삽 하나도 밀어 넣지 못했을 것이다. 중력 자체만으로도 지면을 다지는 효과는 뛰어났기 때문이다. 그러나 메스클린인의 기준에서 보면 지면은 푸석푸석했다. 흙은 구덩이의 완만한 경사를 따라 아래로 내려가 분사 연료 튜브 주위로 차곡차곡 쌓여갔다. 자갈들은 땅속에서 파내 같은 식으로 아래로 굴렸다. 물론 이 경우에는 미리 경고의 고함을 질러야 했다. 경고는 꼭 필요했다. 자갈이 경사를 따라 굴러가기 시작하면, 어찌나 빨리 움직이는지 인간의 눈으로는 따라갈 수도 없을 정도였다. 내려간 자갈은 보통 금방 새로 이동시켜놓은 흙더미 속에 완전히 박혔다.

투리에서 보고 있던 가장 비관적인 관찰자조차 이제 장애물은 없을 것이라고 느끼기 시작했다. 메스클린인들이 로켓 안에 내장된 기기들을 분리해 밖으로 들고나오기까지는 상당한 시간이 걸리겠지만 말이다. 이제 지구인들은 반들거리는 금속으로 된 연구용 로켓이 바위와 흙더미 속에 점점 파묻혀 마침내 기계류가 내장된 가장 높은 지점을 나타내는 30센티미터 높이의 원뿔만 남기고 완전히 모습을 감추는 것을 환희에 차서 지켜보고 있었다.

이 시점에서 메스클린인들은 작업을 중단했다. 그리고 인공으로 만든 산 위에서 대부분 물러났다. 탐지기는 이미 산 위로 옮겨졌다. 이제 탐지기는 출입구임이 분명한 얇은 선이 그려진 금속판 앞에서 뾰족탑을 마주 보고 있었다. 발리넌 선장은 금속판을 여는 방법에 대한 설명을 기다리며 입구 앞에 혼자 엎드려 있었다. 그리고 모든 다른 인간들과 마찬가지로 바짝 긴장해서 그 순간을 기다리고 있던 로스텐 박사가 발리넌 선장에게 설명해주었다. 판 위에는 네 개의 고속 분리 나사가 있었고, 각 나사는 사다리꼴 모양의 금속판 네 귀퉁이에 하나씩 위치했다. 위쪽

에 있는 두 개는 발리넌 선장의 눈과 거의 같은 높이에 위치했
고, 나머지 두 개는 산의 현재 높이보다 약 15센티미터 정도 낮
은 곳에 파묻혀 있었다. 나사는 날이 넓은 스크루드라이버로
4분의 1 정도 돌려야 느슨해지게 되어 있었다. 메스클린인의 집
게손은 같은 역할을 수행할 수 있을 것 같았다. 금속판 쪽으로
몸을 돌린 발리넌 선장은 실제로 그의 집게손이 그렇게 할 수
있단 것을 알았다. 넓고 긴 홈이 있는 나사 머리는 힘을 거의 들
이지 않았는데도 돌아가더니 앞으로 튀어나왔다. 그러나 금속
판은 전혀 움직이지 않았다.

"나사 머리 한두 개에 밧줄을 감아두는 것이 좋겠습니다. 그
러면 나머지 나사 네 개를 전부 파내어 풀고 나서 안전거리를
유지한 다음 금속판을 잡아당기면 될 겁니다." 로스텐 박사가
충고했다. "딱딱한 금속판이 누군가의 머리 위로 떨어지는 건
바라지 않을 겁니다. 금속판은 두께가 5밀리미터나 되니까요.
게다가 아래쪽에 있는 금속판들은 더 두껍습니다."

그 제안은 그대로 수행되었다. 발리넌 선장은 사다리꼴 금속
판의 밑변이 드러날 때까지 재빨리 흙을 긁어 내려갔다. 아래쪽
나사 역시 위쪽과 마찬가지로 아무 말썽 없이 순순히 풀렸고,
얼마 뒤 밧줄을 힘껏 잡아당기자 금속판이 로켓 표면에서 떨어
져 나왔다. 빠져나온 금속판은 산 바깥쪽으로 1센티미터의 몇
분의 일 정도가 움직이는 동안에는 분명 눈으로 보였다. 그러나
갑자기 시야에서 사라지더니, 구경꾼들의 귀에 총소리나 다름
없는 소리와 함께 벌써 땅 위에 평평하게 누운 채로 다시 나타

났다. 태양은 새로이 열린 동체 입구에 빛을 비추며 내부에 있는 기기 한 부분, 한 부분을 명확히 보여주었다. 그러자 스크린 룸과 정찰 로켓에 있는 인간들 사이에서 환호성이 터져 나왔다.

"잘했습니다, 발리넌 선장! 당신에게 말할 수 없이 큰 빚을 졌습니다. 뒤로 물러서서 우리가 현재 그대로의 사진을 일단 한 장 찍게 해주세요. 그러고 나면, 각 기기에 들어 있는 기록을 떼어내어 렌즈 앞에 갖다 놓는 과정을 자세히 설명하겠습니다."

발리넌 선장은 즉각 대답하지 않았다. 대답하기 전에 행동부터 했다.

선장은 탐지기의 '눈'으로부터 비켜서지 않았다. 대신에 '눈'으로 기어가, 더 이상 '눈'이 로켓의 내부를 보지 못하도록 기기를 돌려놓아버렸다.

"먼저 할 얘기가 있습니다." 발리넌 선장이 조용히 말했다.

19
새로운 거래

　스크린 룸에는 죽음 같은 침묵이 내려앉았다. 조그만 메스클린인 우두머리의 얼굴이 화면을 가득 채웠다. 완벽하게 비인간적인 '얼굴'에 담긴 표정을 아무도 읽어낼 수 없었다. 또 누구도할 말을 찾아내지 못했다. 발리넌 선장에게 그게 무슨 의미인지묻는 일이 시간 낭비인 것은 분명했다. 선장은 어쨌든 설명을해줄 생각이었기 때문이다. 발리넌 선장은 오랫동안 기다린 다음, 연설을 재개했다. 그는 찰스 측에서 생각한 것보다 훨씬 뛰어난 지구어를 구사하고 있었다.

　"로스텐 박사님, 좀 전에 당신은 우리에게 도저히 갚을 수 없는 빚을 졌다고 했습니다. 나는 그 말이 어떤 면에서는 진심이라는 건 알고 있습니다. 단 한 순간이라도 고맙다는 말의 진실성을 의심하지 않습니다. 그러나 어떤 면에서는 그 말은 미사여구에 불과합니다. 당신은 이미 주겠다고 합의한 것 이상은 어떤 것도 내줄 의도가 없으니까요. 즉, 기상 정보, 새로운 바다들의 항해 정보, 언젠가 찰스가 향신료 수집에 대해 언급했던 것과 같은 물질적인 도움뿐일 것입니다. 당신들의 도덕 기준으로 보자면 나는 더 이상을 원할 자격이 없으리라는 점 충분히 이해합니다. 계약했으니, 합의 사항을 지켜야 한다는 것도 알고 있습니다. 특히 당신들 쪽의 합의 사항이 거의 다 이행된 시점에서는 더욱 그럴 겁니다.

그러나 나는 더 많은 것을 원합니다. 난 당신들 중 최소한 몇 명의 의견을 가치 있게 여기게 되었기 때문에, 내가 왜 이러는지 설명하고 싶습니다. 가능하다면 나 자신을 정당화하고 싶은 것입니다. 그러나 말해두는데, 당신들의 공감을 얻든 말든, 내가 원래 계획했던 그대로 실행할 것입니다.

여러분도 잘 알다시피, 나는 상인입니다. 이익을 얻을 수 있는 상품에 대해 일차적으로 흥미를 보이는 존재라고 할 수 있습니다. 당신들은 내 도움에 대해 보답이 될 만한 것을 기꺼이 제공하겠다는 것으로 보아 그 사실을 이미 잘 아는 것 같습니다. 당신들이 주겠다는 어느 것도 나에게 소용되지 않은 것은 당신네 잘못은 아닙니다. 당신네 기계들은 우리 행성의 중력과 압력 조건에서는 제 기능을 하지 못할 거라고 했습니다. 당신네 금속은 내가 사용할 수 없으며, 혹 사용할 수 있다 하더라도 필요하지도 않을 것이라고 했습니다. 금속은 메스클린 행성에서는 거의 이용되지 않은 채 방치됩니다. 어떤 사람들은 장식용으로 쓰기도 합니다. 나는 찰스와의 대화에서, 거대한 기기나 최소한 우리가 쉽사리 만들 수 있는 것보다 더 많은 열이 없이는 금속을 복잡한 형태로 만들 수 없는 것을 알게 되었습니다. 사실 우리는 당신들이 '불'이라고 부르는 것을 이미 가지고 있습니다. '화염 구름'보다 훨씬 다루기 쉬운 불 말입니다. 그 문제로 찰스를 속여온 것을 미안하게 여기고 있습니다. 하지만 그때는 그게 최선인 것 같았습니다.

원래의 주제로 돌아가서, 나는 당신들이 기꺼이 주고자 하는 것 중 길 안내와 기상 정보를 제외한 모든 것을 거절하고자 합니다. 당신들 중 어떤 이들은 그 정보들을 완전히 신뢰하고 있지는 않다고 느꼈었습니다. 그렇지만 당신을 돕기 위하여 역사에 기록된 어떤 여행보다 훨씬 더 긴 여행에 동의했습니다. 당신들은 얼마나 절박하게 로켓에 담긴 지식이 필요한지 내게 말했습니다. 하지만 당신들 중 누구도 내가 같은 것을 원할지도 모른다는 생각은 하지 않는 것 같았습니다. 때때로 내가 당신네 기계들을 볼 때마다 기계 자체에 대해 질문했는데도 말입니다. 당신들은 그 질문들에 대답해주는 것을 거절했었습니다. 언제나 똑같은 구실을 붙이면서 말입니다. 따라서 나는 당신들이 소유한 지식을 조금이라도 얻을 수 있다면 어떤 수단이라도 정당화될 수 있다고 느끼게 되었습니다. 당신들은 때때로 '과학'이라는 것의 가치에 대해 자주 말했습니다. 그리고 우리 종족이 그것을 가지고 있지 않다고 항상 암시하더군요. 만일 '과학'이 당신네 종족에게 그토록 선하고 가치 있는 것이라면, 왜 우리 종족에게도 똑같이 가치 있는 것이 될 수 없겠습니까?

　이제 내가 무슨 말을 하는지 알았을 겁니다. 나는 당신들이 나를 보낼 때 품은 목적과 똑같은 목적을 품은 채 이 여행을 수행했습니다. 즉, 배우려고 온 것입니다. 당신들에게 그렇게 놀라운 일들을 가능하게 해주는 일들을 나도 배우고 싶습니다. 찰스, 당신은 원래는 도저히 1초도 살 수 없는 장소에서 한겨울 내내 살았습니다. 바로 과학의 도움으로 말입니다. '과학'은 우리 종족의 삶의 질도 그만큼이나 다르게 만들어줄 것입니다. 당신도 동의할 겁니다.

　따라서 당신들에게 새로운 거래를 제안하는 바입니다. 원래의 거래 조건을 지키지 않았으니, 나와 또 다른 계약을 체결하는 게 내키지 않으리라는 점은 이해합니다. 정말 안됐지만, 당신들에게 선택의 여지는 없습니다. 대놓고 지적하겠는데, 당신들은 이곳에 없습니다. 아니, 이곳에 올 수도 없습니다. 화가 나서 폭발물을 떨어뜨리고 싶어도, 내가 로켓에 가까이 있는 한은 그렇게 못할 겁니다. 거래 조건은 간단합니다. 지식 대 지식입니다. 나를 가르치십시오. 돈드래그머 혹은 사물에 대해 배울 능력과 시간이 있는 내 부하 중 누구라도 가르치십시오. 그동안 우리는 로켓 안에 있는 기계를 분해하여 그 내부에 들어 있는 지식을 당신들에게 전송하겠습니다."

　"여보세요, 당신은 뭘 잘 모르고…."

　"잠깐만요, 박사님." 찰스가 로스텐 박사의 말을 얼른 끊고 끼어들었다. "저는 박사님보다 발리넌 선장에 대해 잘 알고 있습니다."

찰스와 로스텐 박사는 각자의 스크린을 통해 서로를 볼 수 있었다. 탐사대의 통솔자는 잠시 말없이 찰스를 노려보았다. 그러나 결국 상황을 인정하고 물러섰다.

"좋네, 찰스. 자네가 말하게."

"발리넌 선장님, 기계에 관해 설명하지 않았다고 우리가 말한 변명 이야기를 할 때, 당신의 말투에서 비꼬는 투가 느껴졌습니다. 나를 믿어줘요. 당신을 속이려고 한 것이 아닙니다. 그 설명은 정말로 복잡한 것이었어요. 너무 복잡해서 기계를 설계하고 만든 사람들조차, 작동 원리와 실제 생산을 위한 기술을 먼저 배우는 데만 거의 반평생을 보냅니다. 당신 종족의 지적 능력을 경시하려는 의도가 아니었어요. 우리가 더 많이 알고 있는 것은 사실이지만, 그것은 배우기 위해 우리가 더 오랜 시간을 보냈기 때문이란 말입니다.

자, 내가 맞게 이해했다면, 당신은 로켓을 해체하는 동안 로켓에 들어 있는 기계들에 대해 배우고 싶은 것 같습니다. 발리넌 선장님, 부탁이니 내 말을 가장 참된 진실로 받아들여줘요. 나는 그 기계들에 대해서는 하나도 모르므로 나 혼자서는 그렇게 할 수가 없습니다. 당신이 이것을 이해해줄지 모르겠지만, 어떤 사람이라도 혼자서는 그렇게 할 수가 없어요. 내가 지금 당장 말할 수 있는 것은, 그 기계들은 볼 수도 들을 수도 느낄 수도 맛볼 수도 없는 어떤 것들을 측정하기 위한 장치라는 게 전부입니다. 당신이 그중에 어떤 것을 조금이라도 이해하려면 먼저 오랫동안 다른 식으로 작용현상을 관찰해야 해요. 모욕하려는 게 아닙니다. 내가 지금 하는 말은 적어도 나에게는 진실입니다. 나는 어릴 때부터 그런 힘에 둘러싸이고, 심지어 그런 힘들을 이용하며 성장해왔어요. 나도 그 힘들을 다 이해하지는 못합니다. 죽을 때까지 다 이해할 날이 올지 그것도 알 수 없고요. 내 말은, 우리가 가진 '과학'은 너무나 다양한 지식을 포함하므로 한 인간이 모든 것을 배우는 것은 불가능하단 말이죠. 자신이 알고 있는 분야에 만족해야만 하는 겁니다. 그리고 아마도 한 사람이 일생 조금씩 과학에 뭔가를 보태줄 수는 있을 거예요.

거래를 받아들일 수가 없습니다, 발리넌 선장님. 우리 쪽에서 계약 이행이 사실상 불가능하기 때문입니다."

발리넌 선장은 인간과 같은 미소를 지을 수는 없었다. 그는 자기 종족이 짓는 식의 웃음을 애써 자제했다. 그러고는 찰스만큼이나 엄숙하게 대답했다.

"당신은 할 수 있어요, 찰스. 잘 모른다고 해도 상관없습니다. 물론 내가 처음 이 여행을 시작했을 때는, 당신이 방금 말한 바로 그런 의도였습니다. 아니, 그 이상이었습니다. 이 로켓을 찾기만 하면, 당신들이 아무것도 보지 못하게 해 놓고 모든 기계를 하나하나 뜯어보며 모든 과학 지식을 배우겠다는 결의로 불타고 있었지요.

그러다가 당신이 한 변명이 모두 진실이었다는 것을 서서히 이해하게 되었습니다. 글라이더 종족이 비행에 사용하는 법칙과 기술을 그토록 빨리, 그리고 주의 깊게 우리에게 가르쳐주었을 때 당신이 고의로 지식을 숨기고 가르쳐주지 않은 게 아니라는 사실을 깨닫게 되었습니다. 돈드래그머가 차동 도르래를 만드는 것을 도왔을 때는, 그 점을 훨씬 더 확신하게 되었습니다. 그런 일들을 기억해보세요. 왜 못한다는 것입니까? 그것들은 다 좋은 지식이었습니다.

사실 내가 그 '과학'이라는 것이 얼마나 광대한 것인지를 조금이나마 깨닫기 시작한 것은 글라이더에 대해 배울 때였습니다. 너무나 단순해서 당신들은 이미 오래전에 사용을 중단한 장치를 이해하기 위해서, 우리 종족은 과거의 어떤 사람이 알았던 것보다 더 많은 법칙을 알아야 했습니다. 당신은 어떤 설명을 하다가, 그런 종류의 글라이더는 당신네 종족이 사용하지 않은 지 2백 년도 더 되었기 때문에 정확한 정보가 부족하다고 사과했었습니다. 그렇다면 지금 당신들은 얼마나 더 많이 알고 있을지 감히 추측만 해볼 따름입니다. 즉, 나는 이제 내가 무엇을 알수 없는지 이해하게 되었습니다.

하지만 당신들은 여전히 내가 원하는 것을 줄 수 있습니다. 이미 어느 정도는 그렇게 했습니다. 차동 도르래를 보여줌으로써 말입니다. 나는 그 도르래의 원리를 이해하지 못합니다. 그 도르래를 붙들고 상당한 시간을 씨름했던 돈드래그머도 마찬가지입니다. 그러나 그게 우리도 익숙한 지렛대의 원리와 무언가 관련이 있는 것은 확신합니다. 우리는 '처음부터' 시작하고 싶습니다. 평생이 걸려도 당신네 지식을 다 배울 수는 없다는 걸 이해하는 것부터 말입니다. 당신들이 어떻게 그런 원리들을 알아냈는지 배우고 싶습니다. 단순한 추측만으로 그런 원리를 알아내지는 않았을 겁니다. 메스클린이 국그릇 모양이라고 가르친 우리 종족의 교육사들처럼, 철학적 사고로 읽은 것도 아닐 겁니다. 이 시점에서, 당신들이 옳았다는 것을 깨끗이 인정하려고 합니다. 그러나 당신네 행성에서는 어떻게 그 사실을 알아냈는지 알았으면 합니다. 당신들은 행성의 표면을 벗어나 바깥에서 보기도 전에 이미 그 사실을 알고 있었을 것이라고 난 확신합니다. 나는 왜 브리호가 바다 위에 뜨는지 알고 싶습니다. 왜 카누도 잠깐이지만 브리호와 마찬가지로 물에 떴는지, 무엇이 카누를 짜부라뜨렸는지, 바람은 왜 항상 고원 균열 지대의 아래 방향으로 불어 내리는지 알고 싶습니다. 참, 나는 그 설명을 이해하지 못했었군요. 또한 왜 가장 오랫동안 태양을 볼 수 없는 겨울에 가장 따뜻한지, 불꽃이 왜 타오르는지, 화염의 먼지는 왜 사람을 죽이는지 알고 싶습니다. 내 아이들이 혹은 내 아이들의 아이들이, 만일 내가 아이를 낳는다면 말이지만, 무엇이 무전기를 작동하도록 만드는지, 로켓이 어떻게 작동하는지를 언젠가는 알기를 원합니다. 나는 많은 것을 알고 싶습니다. 내가 배울 수 있는 것보다 더 많이! 만일 내 힘으로 우리 종족이 스스로 배우는 일을 시작할 수 있다면, 당신네 종족이 그랬듯이 말입니다. 음, 만일 그럴 수만 있다면, 나는 그 지식을 사람들에게 기꺼이 무상으로 제공하려고 합니다."

찰스도 로스텐 박사도 오랫동안 아무 말도 하지 않았다. 그러다 마침내 로스텐 박사가 침묵을 깼다.

"발리넌 선장님, 만일 당신이 원하는 것을 배운다면, 그리고 당신네 종족을 가르치기 시작한다면, 그들에게 지식을 어디서 얻었는지 말할 작정입니까? 그들이 아는 것이 좋을 거라고 생각합니까?"

"어떤 사람들에게는 그렇겠죠. 다른 행성과, 다른 행성에서 온, 자신들이 이제 막 배우기 시작하는 지식을 공유하는 외계인에 대해 알고 싶은 이들도 있을 것입니다. 다른 사람들은 글쎄요, 우리 종족에는 남이 자기 짐을 대신 끌어주기를 원하는 사람들도 더러 있습니다. 만일 그들이 사실을 안다면 스스로 배워보려는 어떤 노력도 하지 않겠죠. 그들은 알고 싶은 특정한 것에 대해 단지 묻기만 하겠지요. 내가 처음에 그랬듯이 말입니다. 그리고 설명해줄 수가 없으므로 알려주지 않는다는 것을 그들은 결코 이해하지 못할 것입니다. 당신들이 속이고 있다고 생각할 것입니다. 만일 내가 누군가에게 당신들의 존재에 대해 말한다면, 빠르든 늦든 곧 온 사방에 알려질 겁니다. 그래서 음, 그들이 나를 천재로 생각하도록 하는 편이 나을 것 같다는 생각입니다. 아니면 사람들이 돈드래그머를 천재로 믿는 것이 더 그럴듯하겠군요."

로스텐 박사의 대답은 짧으면서도 명료했다.

"거래에 응하겠습니다."

20
브리호의 비행

　반짝이는 금속의 골격이 바위와 흙으로 이루어진 평평한 언덕 위 2.5미터 높이로 모습을 드러냈다. 메스클린인들은 방금 상부 나사를 풀어낸 또 하나의 금속판에 달라붙어 바쁘게 일하는 중이었다. 다른 대원들은 방금 파낸 흙과 자갈들을 언덕의 가장자리 쪽으로 밀어냈다. 또 어떤 대원들은 사막 쪽으로 이어진 잘 표시된 도로를 따라 왔다 갔다 움직이고 있었다. 다가오는 자들은 보급품을 가득 실은 바퀴 달린 짐마차를 '굴리고' 있었고, 멀어져가는 자들은 보통 비슷한 모양의 텅 빈 짐마차를 '굴리고' 갔다. 그 장면은 활기 그 자체였다. 실제로 모든 대원이 뭔가 분명한 목적지가 있는 것 같았다. 이제 그곳에는 두 대의 무전기가 있었다. 하나는 언덕 위에 위치해, 먼 전망대에 있는 한 지구인으로부터 해체 작업을 지시받는 데 쓰였고, 다른 하나는 언덕에서 약간 떨어진 거리에 위치해 있었다.

돈드래그머는 아주 먼 곳에 있는, 자신은 볼 수 없는 어떤 존재와 활발한 토론에 몰두한 채 두 번째 무전기 앞에 엎드려 있었다. 태양은 여전히 끝도 없이 원을 그리며 돌았으나, 이제는 아주 점점 아래로 처지는 중이었다. 그리고 아주, 아주 천천히 부풀어가고 있었다.

"아쉽게도 빛이 꺾이는 것을 이쪽에서 실험으로 관찰하기는 어려울 것 같습니다. 반사는 이해할 수 있어요. 당신네 로켓의 금속판으로 만든 거울이 아주 분명히 보여주었지요. 렌즈를 얻을 수 있었던 그 장치가 작업 도중에 떨어져버려 정말 유감입니다. 우리에겐 당신네가 사용하는 유리 같은 것은 하나도 없습니다."

"적당한 크기라면 조각난 렌즈라도 괜찮아요, 돈드래그머." 목소리가 스피커로부터 울려 나왔다. 찰스의 목소리는 아니었다. 찰스가 찾아낸 전문 교사였다. 찰스는 때때로 전문가에게 마이크로폰을 넘기곤 했다. "어떤 조각이라도 빛을 굴절시킬 수 있습니다. 심지어는 어떤 이미지를 만들기도 하지요. 하지만 기다려요. 그 이야기는 다음에 합시다. 돈드래그머, 만일 당신네 행성의 중력 때문에 추락할 때 그 유리가 완전히 가루가 나지만 않았다면 남은 유리 조각을 찾아봐요."

돈드래그머는 그러겠다는 말을 남기고 무전기로부터 돌아섰다. 그리고 또 하나의 문제를 생각해내고는 무전기로 돌아갔다.

"이 '유리'가 무엇으로 만들어졌는지 말해주시면 어떨까요?

만들려면 얼마나 높은 열이 필요한지도요. 아시다시피, 우리는 뜨거운 불을 가지고 있습니다. 또한 행성 위를 넓게 덮고 있는 물질도 있지요. 얼음요. 찰스가 이렇게 불렀던 것 같은데요. 얼음도 렌즈가 될까요?"

"그래요. 난 당신들의 불에 대해 알고 있습니다. 하지만 어떻게 수소 대기 속에서 식물이 타는지, 또한 불 속에 던져 넣은 고기 조각이 무슨 역할을 하는지 알 수가 없어서 머리에 쥐가 날 것 같아요. 마지막 질문에 대해서는, 분명히 얼음은 빛을 굴절시킬 겁니다. 구할 수만 있다면 말이지만요. 강가의 모래가 무엇으로 만들어져 있는지 모르겠지만, 당신들이 가진 가장 뜨거운 불에 녹여볼 수는 있어요. 그리고 결과를 보도록 해요. 하지만 나로서는 확실히 말하기가 좀 그렇군요. 지구와 다른 행성들에서는, 보통의 모래로 유리를 만들 수 있습니다. 물론 유리는 다른 첨가물을 넣어야 질이 좋아집니다. 첨가물들이 어떤 것인지 또 어디서 찾을 수 있는지를 가르치기는 어려울 것 같습니다."

"어쨌든 고맙습니다. 누군가에게 불을 피우라고 하겠습니다. 그동안 저는 렌즈 조각을 찾아보도록 하지요. 하지만 추락했을 때 거의 박살이 났을 겁니다. 그 장치를 언덕 가장자리 근처에 두어서는 안 되었던 거지요. 당신이 '원통'이라고 부르는 물건은 너무 쉽게 굴러가 버리더군요."

다시 한 번 일등항해사가 무전기를 떠났다. 그리고 즉시 발리넌 선장과 마주쳤다.

"자네가 금속판 작업을 위해 언덕 위에 올라갈 시간이야. 나는 강으로 내려가려고 해. 뭐 필요한 게 있어?" 선장이 말했다.

돈드래그머는 모래를 갖다달라고 했다. "조금만 가져다주십시오. 그러면 불을 너무 많이 때지 않아도 될 겁니다. 아니면 다른 물건들을 가득 채워 오실 계획이 있으십니까?"

"별 계획 없어. 이건 즐기려고 하는 여행이지. 이제 봄바람이 잦아들었고, 모든 방향에서 부드러운 미풍을 받고 있으니까, 항행 연습을 좀 해보는 것도 좋겠지. 자기 배도 조종하지 않는 선장을 어디에 쓰겠어?"

"그렇고말고요. 날것은 선장님께 기계들이 다 무엇을 위한 것인지 가르쳐주었습니까?"

"아주 자세히 말해주더군. 하지만 '공간 구부리기'라는 것을 좀 더 이해한다면, 더 쉽게 믿을 수도 있을 텐데. 인간들은 '공간 구부리기'를 말만으로는 충분히 설명할 수가 없다더군. 그런데 두 태양을 걸고 하는 말이네만, 도대체 말이 아니면 뭐로 설명한단 말인가?"

"글쎄요. 제 생각에, '수학'이라고 부르는 수량 법칙이 가지는 또 다른 측면인 것 같습니다. 저 자신은 수학을 제일 좋아합니다. 수학은 아주 조금만 배워도 뭔가를 할 수 있지요."

돈드래그머는 짐마차 하나를 향해 한쪽 팔을 흔들었다. 그리고 차동 도르래가 놓인 장소로 또 다른 팔을 흔들었다.

"분명 그렇게 보이는군. 우린 많은 것을 가지고 고향으로 돌아가게 될 거야. 음, 아무래도 몇 가지는 너무 서둘러 퍼뜨리지 않는 것이 나을 것 같아." 발리넌 선장은 자신이 의미하는 바를 몸짓으로 가리켰고, 일등항해사는 진지하게 동의했다. "이제 그 무엇도 우리가 저것을 즐기는 걸 막을 수 없어."

발리넌 선장은 자신의 길을 갔다. 돈드래그머는 진지함과 즐거움이 뒤섞인 감정을 품고 선장의 뒷모습을 응시했다. 돈드래그머는 리자렌이 근처에 있었으면 했다. 돈드래그머는 그 섬사람을 결코 좋아하지 않았다. 하지만 어쩌면 지금이라면 리자렌은 브리호의 선원들이 순전히 거짓말쟁이라는 생각을 약간은 버릴 것이다.

그러나 그런 생각은 시간 낭비였다. 그는 해야 할 일이 있었다. 금속 괴물에서 금속판을 뜯어내는 일은 수업을 들으면서 실험을 어떻게 할지 궁리하는 것보다 훨씬 재미가 없었다. 그래도 합의 사항은 이행해야 했다. 돈드래그머는 언덕 위를 올려다보고 나서 부관에게 그를 따라 올라오라고 불렀다.

발리넌 선장은 브리호를 향해 다가갔다. 배는 이미 여행 준비가 되어 있었다. 배 위에는 선원이 둘 있었으며, 배의 불은 뜨거웠다. 희미하게 비치는, 거의 투명할 정도로 얇은 거대한 천이 그를 즐겁게 했다. 일등항해사처럼, 그 역시 리자렌을 생각하고 있었다. 그러나 이 경우는, 만일 통역관이 자신이 주었던 피륙이 무엇에 사용되었나를 본다면 어떤 반응을 보일까 하는 쪽이었다. 기워진 바느질 자국을 믿을 수는 없지, 아무렴! 발리넌 선장의 부하들은 이것저것 가르쳐주는 친절한 날것 없이도, 한두 가지 정도는 스스로도 알고 있었다. 발리넌 선장은 잡혀 있었던 군도로부터 1만 킬로미터도 오기 전에 벌써 그 천을 기워 돛을

만들어놓았다. 발리넌 선장식의 꿰맨 자국은 바람의 계곡 앞에
서도 끄떡없었다.

발리넌 선장은 배 난간의 입구를 통해 브리호 위로 미끄러져
들어가, 뒤쪽에서 문이 안전하게 닫힌 것을 확인했다. 그런 다
음, 날것이 가져도 좋다고 허락한 콘덴서에서 떼어낸 얇은 금속
판으로 가장자리를 두른 아궁이 쪽을 흘끗 쳐다보았다. 그는 선
원들에게 고개를 끄덕였다. 한 선원이 아궁이 속에 있는 백열처
럼 달아오른 불꽃 없는 불 위에 또 다른 나뭇가지 몇 개를 얹어
놓았다. 다른 선원은 계류 장치를 풀었다.

천으로 만든 지름 12미터짜리 열기구는 안에 뜨거운 공기
가 채워지자 부드럽게 부풀어 올랐다. 그리고 새로운 브리호가
고원 위로 두둥실 떠올라 가벼운 미풍을 타고 강을 향해 날아
갔다.

〈끝〉

회전하는 세계

내게 SF는 하나의 재밋거리지, 일이라고 볼 수는 없다. 만약 일이라면, 물리 교과서의 한 장(章)을 차지할 법한 이 글을 쓰고 있지도 않을 것이다. 그런 교과서는 전혀 쓸 생각이 없다. 즉 만일 이 주제가 가르칠 만한 것이라면 곧 경쟁을 유발할 것이고, 만일 가르칠 만한 것이 아니라면 시간이나 낭비하는 꼴이 된다.

내 책이 '재밋거리'라는 것은 전체를 하나의 게임으로 여기는 데 있다. 나는 어릴 적부터 게임을 즐겼고, 따라서 게임의 규칙은 아주 단순해야 한다는 것을 알고 있다. 그리고 실제로 간단하다. 말인즉슨, 그 규칙이란 SF 독자에게는, 저자의 표현이나 암시 중 현대과학의 법칙에 어긋나는 요소를 가능한 한 많이 찾아내는 것이다. 저자에게 요구되는 규칙은 가능한 한 그런 실수를 적게 하는 것이다.

물론 양측 모두에게 일정한 예외는 인정될 수 있다. 예를 들면, 이야기의 배경에 항성간 여행이 필요하다면, 아인슈타인의 상대성 이론 중 어떤 부분은 무시해도 공정한 게임이라고 일반적으로 받아들인다. 저자는 때로 살짝 지나가는 말로 '초공간'을 여행하기도 하지만, 본질적으로 빛의 속도에 대한 법칙은 무시한다. 아직은 그런 것에 대해 잘 모르고 있기 때문이다. 저자는 그 문제에 대한(혹은 현재의 지식수준을 넘어서는 영역에 있는 다른 문제들까지 포함하여) 해답이 있는 것으로 미리 가정하고 그곳에서부터 이야기를 출발하기도 한다. 물론 그런 경우 공정한 게임이 되려면, 이야기의 초반부에서 그 모든 점을 짚어주어야 할 것이다. 그래야만 독자가 새로운 배경 속에서 상상력을 펼칠 기회를 가질 수 있기 때문이다.

난 항상 소설 속에서 제기된 문제가 마지막 장에 이르러서야 반중력이나 시간여행, 혹은 죽은 자의 부활 같은 방식으로 해결되는 것을 볼 때마다 속은 듯한 기분을 느끼곤 했다. 적어도 그런 문제들은 충분한 전개 과정을 거쳐야 하며, 독자가 이야기 전개에 맞추어 결말을 예측하려 하기 전에 알려주어야 한다. 내 생각이 틀릴 수도 있겠지만, 항상 다른 사람들도 나처럼 느낄 것이라고 생각해왔다. 그래서 나는 항상 제대로 써보려고 노력하는 사람이다.

《중력의 임무》에서, 나는 이 게임을 가능한 한 최선을 다해 공정하게 운영하려고 노력했다.

물론 저자는 한 가지 불이익을 감수해야 한다. 선수(先手)를 두어야 하기 때문이다. 일단 소설이 출판되면, 독자는 저자의 실수를 찾아낼 수 있는 세상의 모든 시간을 독점할 수 있다. 독자가 게임을 진지하게 운영하는 사람이라면, 도서관에서 참고 자료를 뒤질 수도 있을 것이고, 대학에 문의 편지를 보낼 수도 있을 것이다. 빠르든 늦든 저자에게 실수가 있다면 그것은 반드시 모습을 드러낸다. 그 실수들을 만회할 기회가 저자에게는 더이상 없다. 이제 손을 떠난 상태인 것이다. 나는 실수를 하지 않으려고 최선을 다했지만, 당신은 여전히 승리할 커다란 기회를 움켜쥐고 있다. 그러나 이미 말했듯이, 내가 SF를 쓰는 것은 재밌거리지 일은 아니다.

이 이야기의 기본적인 아이디어는 약 10년 전에 나왔다. 1943년, 케이 아 스트랜드 박사는, 백조자리 61 쌍성의 궤도에 대한 어떤 믿을 수 없을 정도로(물론 천문학자에게는 아니겠지만) 힘들었을 작업의 결과를 발표했다. 백조자리 61 쌍성은 연주 시차가 알려진, 따라서 태양에서의 거리가 알려진 첫 번째 항성으로, 어느 정도 유명한 별이었다. 쌍성의 궤도 문제를 해결하려면, 일반적으로 쌍성의 분명한 방향과 두 별 사이의 거리 측정이 필요하다. 만일 두 별이 실제 서로의 주위를 돌고 있고, 공전하는 영역을 충분히 관찰할 수 있다면, 물론 쉽지는 않겠지만 그 쌍성계의 실제 상대 궤도를 계산하는 일도 어느 정도 가능하다고 할 수 있다. 상대 궤도란 한쪽 별이 고정되어 있다고 가정한다는 의미이다. 스트랜드 박사의 작업은 사진 관측을 통해 측정치를 얻었다는 점에서 이런 형태의 훨씬 더 일반적인 타 관련

연구들과는 달랐다. 사진 관측 방법은 눈으로 관찰하는 데서 생기곤 하는 몇 가지 난점은 해결하지만, 그 대신 그만큼의 다른 문제를 낳는다. 하지만 스트랜드 박사는 이전의 어떤 다른 연구에서보다 정확하게 궤도 관련 데이터를 구해냈을 뿐 아니라, 그 궤도 운동이 불규칙하다는 것까지 알아냈다는 점에서 전체적인 정확도에서는 한발 더 나아가 있었다.

백조자리 61 쌍성의 두 별 중 희미한 쪽 별은, 케플러의 법칙을 곧바로 적용해 예측할 수 있는 완만한 타원형 궤도로 더 밝은 쪽 주위를 돌고 있지는 않은 것 같았다. 대신에 희미한 쪽 별은 '보이지 않는 점'에 대해 케플러식 궤도로 운동하고, 그 '보이지 않는 점'은 밝은 쪽 별에 대해 일반적인 양식으로 움직이고 있었다.

이 발견은 본질적으로 그다지 놀랄 만한 것이 아니었다. 암시하고 있는 바가 상당히 단순하기 때문이었다. 두 별 중 한쪽은 (더 밝은 쪽 별은 고정되어 있다고 가정하고 측정을 했기 때문에, 둘 중 어느 쪽이라고 말하는 것은 불가능하다) 실제로 또 하나의 보이지 않는 천체를 동반한다고 할 수 있었다. 일반적인 행성과 항성에 관련된 법칙을 준수하는 이 '보이지 않는 점'이란 그 미지의 천체의 무게 중심점이다. 이런 건 결코 특이한 상황이라고 볼 수 없다.

두 별 중 어느 쪽이 이 미지의 천체와 행동을 같이하는지를 알아내기 위해서는 실제로 서로 떨어진 존재라고 할 수 없는 하나 혹은 그 이상의 별들로 이루어진 항성계에 대해 더 많은 관찰이 필요할 것이다. 어떤 별들은 그런 관찰을 하기에 충분히 가까운 거리에 서로 위치하기도 하지만, 만일 그런 별들을 측정하여 학술지에 발표되었다고 해도, 나는 그런 사실을 아직 아는 바가 없다. 그래서 나는 그 보이지 않는 천체가 밝은 쪽 별 주위를 돈다고 가정하기로 했다. 이렇게 되니, 만일 진위가 밝혀질 경우 나는 게임에서 한 점을 잃게 될지도 모르겠다. 하지만 비록 그렇게 된다 하더라도 너무 상심하지는 않으려 한다.

여전히 이 '천체'가 무엇인가 하는 의문이 존재한다. 다른 경우들, 즉 알골(Algol) 항성계에서처럼, 중력이나 식(eclipse)에 의해 그 존재를 드러내는 '보이지 않는 천체'의 경우에는 우리는 그것이 다소 일반적인 타입의 항성이라는 것을 밝혀내는 데 큰 어려움을 느끼지 않는다. 예를 들면 알골 항성계의 경우, 식을 일으키는 '숨겨진' 천체는 우리의 태양보다 더 크고 더 밝은 태양이다. 우리는 상당한 정확도와 신뢰도를 가지고 그것의 크기, 질량, 광도, 그리고 표면 온도 등을 알 수가 있다.

백조자리 61 항성계의 경우, 이 일반적인 방법이 적용되었으나, 즉시 일치하지 않는 점이 대두되었다. 즉, 상당히 잘 알려진 질량을 가진 그 가시 항성들(백조자리 A, 백조자리 B)의 궤도 주기와 궤도 크기로 볼 때 '숨겨진 천체'의 질량은 태양의 16/1000 정도밖에 안 되는 것으로 나타났던 것이다. 이제까지 알려진 어떤 항성보다 작은 질량이다. 그러나 우리가 아는 가장 큰 행성인 목성보다는 16배가량 무겁다. 어느 쪽일까? 행성인가, 아니면 항성인가? 항성과 행성의 경계선에 아주 가까이 접근해 있는 한 천체를 어느 쪽으로 분류할까 결정하기 전에, 먼저 그 경계선이 어디인지를 결정해야 한다는 것은 두말할 필요도 없다.

일반적인 목적으로 보자면, 우리가 고등학교에서 배운 기준이 여기에서 도움이 될 것이다. 항성이란 스스로 빛을 내지만, 행성은 그렇게 할 정도로 충분히 뜨겁지 못하며 다른 광원으로부터 반사된 빛에 의해서만 보인다는 이야기 말이다. 만일 그 용어 '빛'이라는 것을 우리가 볼 수 있는 광선(가시광선)만을 의미하도록 의미를 제한한다면, 적어도 정의에서만은 논쟁의 여지가 없을 것이다. 만일 누군가가 세페우스자리 VV 혹은 마차부자리의 엡실론2급 등을 들먹인다면 난 화를 낼 것이다. 여전히 남아 있는 문제는, 이 백조자리에 있는 천체가 빛나는 것이, 우리가 전혀 그 반짝이는 것을 '볼 수' 없을 때조차도, 본질적인 특성 때문인지, 아니면 반사체라서 그런 것인지를 결정하는 데 몇 가지 고충을 겪을 수도 있다는 점이다. 교육받은 추측 작업은 이런 때 필요한 법이다.

적어도 주계열 항성에 대해서는 경험적 연관 관계가 존재하고 있다. 이 연관성을 백조자리 61C 같은(백조자리 61 항성계 내에서 세 번째로 밝은 천체이다) 천체에 대해서도 적용하는 것이 정당한가에 대해서는 상당한 의문의 여지가 있지만, 적어도 하나의 대안은 될 수 있을 것 같다. 그리하여 경험상의 연관 관계를 이 백조자리 61C에 적용한다면, 하나의 항성으로서의 그 별의 광도는 20등급 내외의 밝기일 것이다. 이것은 그 물체가 더 밝은 다른 광원에 너무 가까이 접근해 있지 않는 한, 충분히 오랜 시간 노출시켜 사진을 찍는다면 현대 천문 장비의 측정 범위에 속하는 밝기이다. 불행히도, 61C는 주성(主星)으로부터 1.5초 각도 이상은 멀어지지 않는다. 20등급의 별을 관측하기에 충분한 노출을 시키자면 사진 건판에 1.5초보다 훨씬 더 멀리 있는 61A와 61B의 이미지까지 태워버리게 된다. 더 밝은 항성의 빛을 선택적으로 제거해주는 회전 섹터 혹은 그 비슷한 장치가 도움될 수도 있겠으나 아주 특별한 주의를 가지고 작업을 진행해야 할 것이다. 만일 누군가가 그런 작업을 시도했다 하더라도 나는 아직 그 발표된 결과를 읽은 적이 없다.

그 천체, 즉 백조자리 61C를 행성이라고 가정해보자. 만일 61C가 목성의 경우와 똑같은 반사력을 가진 고리와 목성의 세 배나 되는 반지름을 가진다면, 백조자리 61C 천체의 위치로 볼 때 광도가 25 혹은 26등급 정도 될 것이다. 현재의 측정 장비를 가지고 그것을 관측해보려는 노력은 아무 소용이 없다. 따라서 그것이 행성인지 항성인지를 확인할 길은 어디에도 없어 보인다. 그래서 나는 게임에서 몇 점 잃게 될 것을 무릅쓰고 백조자리 61C를 내 마음대로 불러 사용할 수 있게 되었다.

나는 그것을 행성이라고 가정하고 있는데, 이야기 전개상 그것이 편리하기 때문이 아니라, 난 정말로 그렇게 작은 천체가 중심부에 핵융합 반응을 일으키기에 충분할 만큼의 온도와 압력을 유지할 수 있을지 심각하게 의심하고 있다. 그런 핵융합 반응 없이는, 어떤 천체도 몇백만 년 이상의 기간 동안 의미가 있을 정도의 복사 비율을 유지할 수 없을 것이다. 그리고 비록 행성이라 할지라도, 이 천체는 SF 작가라면 누구나 군침을 흘릴 만한 재미있는 특성을 지니고 있다.

백조자리 61C가 비록 목성 질량의 16배이기는 하지만, 부피도 16배인 것은 아니다. 우리는 목성이 '차가운' 천체 중에서는 가장 부피가 크다는 것을 확신할 수 있을 만큼 물질의 구조에 대해 잘 알고 있다. 질량이 목성 수준을 넘어서면 중심부의 압력은 몇몇 중심부의 물질이, 우리가 백색 왜성에서 처음 알게 된, 극단적으로 밀도가 높아진 상태로 변하게 된다. 백색 왜성의 경우, 원자 바깥쪽 전자껍질들이 더 이상 유지되지 못하고, 원자핵은 정상적인 ('우리에게' 정상적이라는 의미다) 조건에서 가능한 것보다 훨씬 더 가까이 압축된다. 목성 기준을 넘어서면, 질량이 증가할수록 천체 반경은 줄어든다. 즉, 밀도가 엄청나게 증가한다. 이 효과가 없다면, 다시 말해 만일 천체가 그런 질량을 가지고도 목성 수준의 밀도를 유지한다면, 61C의 지름은 344,000킬로미터가량 될 것이다. 그리고 표면 중력은 지구의 약 7배일 것으로 보인다. 그러나 실제로는 천왕성이나 해왕성 정도의 지름을 가질 것 같고, 표면 중력은 우리가 현재 익숙해 있는 중력의 3백 배가 될 것으로 보인다.

지구의 3백 배나 되는 중력이라, SF 작가라면 그 정도 난관은 누구나 극복할 수 있다. 간단히 중력 가리개를 발명하면 된다. 에너지 보존의 법칙이라든가, 시각적 신호 외에 더 구체적인 물리량은 무엇도 교환할 수 없게 하는 가리개 사이의 위치에너지 차이 따위의 사소한 세부 사항은 아무도 신경 쓰지 않을 것이다.

아무도! 내 말은 〈어스타운딩〉지의 독자는 제외하고. 그리고 내 양심 문제도 있다. 만일 좋은 소설이 되기 위해서 그게 꼭 필요하다든지, 그것을 사용하지 않고서는 도무지 빠져나갈 구멍이 없다면 혹 '중력 가리개'를 사용하게 될지도 모르겠다. 하지만 현재는, 그 무거운 중력을 줄일 수 있는(적어도 표면에서만이라도) 완벽하게 건전하고도 옳은 방법이 존재하고 있다. 아인슈타인이 말했듯이, 중력 효과는 관성 효과와 분리될 수 없다. 원심력의 방향은 적도 면에 대해 바깥쪽이 된다. 따라서 나는 내 행성을 적도에서만이라도, 등장인물이 내 마음 내키는 정도의 가벼운 느낌을 받을 수 있을 정도로 빨리 회전시켜보려고 한다.

물론 만일 그렇게 된다면 나의 이 멋진 신세계는 토성이 명함도 못 내밀 정도로 납작하게 짜부라질 것이다. 아마 독자 중에는 내가 너무 심하게 밀어붙이는 것이 아니냐고 눈썹을 추켜올릴, 적어도 한 명 이상의 천문학자가 있을 것이다. 질량과 자전 속도와 극편평도 사이에는 분명히 상관관계가 있고….

이 문제는 잠시 접어두자. 신경을 써야 할 다른 일들 때문에 사실 난 그 문제에 대해서는 그다지 집중하지는 않았다. 하지만 졸업한 지 오래되었어도 수학 실력이 별로 녹슬지 않은 친구를 만날 때마다 그 문제를 친구에게 떠넘겼다. 나 자신의 계산 능력은 오래전에 녹슬어버렸다. 나는 마침내 해답을(혹은 해답 하나를) 아직도 내가 소장하고 있는 오래된 대학 1학년 시절 천문학 교과서에서 찾아냈다. 나는 행성 질량의 내부 분포에 대해서도 설명해야 한다는 것을 어쩔 수 없이 생각해내게 되었다.

말하자면, 내부가 균일한 밀도냐, 아니면 중심부의 내핵에 거의 모든 질량이 뭉쳐 있느냐 하는 것 말이다. 나는 이 행성의 중심부가 거대한 밀도를 가지게 된다는 후자 쪽을 선택했다. 압력이 덜한 외부 껍질층이 아마도 보통 물질들로 구성되리라는 사실 때문이었다.

나는 적도에 지구의 세 배가 되는 실중력을 남기기로 결정했다. 방정식에서 값 하나는 결정한 셈이다. 나는 61C의 질량 값에 대해서는 꽤 잘 알고 있었고, 부피에 대해서는 대강의 조사치만을 정했다. 그거면 충분했다. 약간은 느슨한 규칙에 따른 그 작업으로 나는 앞으로 다가올 수년 동안 이야깃거리를 만들어줄, 행성에 대한 일련의 특성들을 계산해냈다. 아마도 이것을 나 자신이 사용하지는 않을 것이다. 물론 반드시 약속하는 바는 아니다. 그리고 나는 누구라도 내 계산치를 이용해 그 행성에 대해 소설을 쓰고 싶은 사람이 있다면, 그래도 좋다고 엄숙하게 허락하는 바이다. 단지 그 사람이 합리적인 과학적 기준을 유지하려고 노력하라고 요구할 뿐이다. 그것은 과학 소설 분야에서는 당연한 요구라고 할 수 있다.

이 행성은 여러 면에서 상당히 놀라운 곳이다. 적도 면의 지름은 76,800킬로미터이다. 자전축을 따라 극에서 극까지는 31,584킬로미터이다. 행성은 1분에 20도 이상 자전축을 따라 회전하고 하루의 길이는 약 17.75분이다. 적도에서는 내가 직접 정한 실중력 값에 따르면, 내 체중은 약 218킬로그램 가량 나갈 것이다. 그러나 극지방에서는 아마도 60톤은 될 것이다. 솔직히 말해, 적도 중력값이 정확히 얼마일지 난 잘 모르겠다. 이 행성은 너무나 찌그러져 있어서, 구(球)에 적용되는 일반적인 법칙은 잘 들어맞지 않는다. 표면 중력 계산을 위해 중심에 모든 질량을 집중시킨 것은 그런 이유도 있다. 만약 이 행성이 균일한 밀도를 가지고 있다면 좋은 근사치가 나오기 어려울 것이다. 따라서 내부에 그 정도로 질량을 집중시킨 것은 상당히 큰 도움이 되며, 소설 속에서처럼 지구의 7백 배 정도의 중력하에서 생활하는 것도 그리 지나친 잘못이라고는 생각하지 않는다. 하지만 반대하는 사람은 누구라도 충분한 근거만 제시한다면 환영하겠다.

나는 행성계의 형성에 대한 현존하는 이론에 근거하여 그럭저럭 아쉬운 대로 이런 행성 하나를 정당화할 수 있었다. 이 이론들을 사용하여, 나는 초기의 원시 행성을 형성하는 핵이 혜성과 같은 이심적(離心的) 궤도를 가졌다고 가정한다. 이 궤도는 태양 가까이에서 거의 모든 재료를 끌어모으는 과정 동안 몇 번의 충돌 때문에 완전한 원 궤도를 이루지 않은 것이다. 행성의 '대기'가 아마도 수백만 킬로미터의 우주에 퍼져 있었을 형성 단계 동안, 행성 자신보다 일반적으로 더 원형 궤도상에 있는 물질을 흡수함으로 인해서 행성의 궤도 형성에 스핀을 가하는 경향이 있었을 것이다. 어떤 순간에든 행성의 위치 바깥에 있는 물체가 안에 있는 물체보다 더 낮은 속도를 갖게 되기 때문이다. 따라서 행성이 진화하고 덩어리가 줄어듦에 따라 각 운동량 보존에 의해 증가된 회전은 행성의 궤도 운동에 대한 반대 방향으로 가해졌을 것이다. 하지만 나는 그 문제를 가지고 고민하지는 않았다.

지금 기억하는 바로는 소설 속에 그 문제를 언급하지도 않았다.

행성의 자전 속도는 물질이 적도에서 실제로 떨어져 나가는 정도까지 증가할 것으로 기대되므로, 나는 이 행성이 일련의 고리들과 꽤 커다란 달 두 개를 갖도록 만들었다. 그 위성들의 궤도에 대해 고리의 크기를 점검해본 결과 안쪽에 있는 위성은 토성의 고리에서의 경우와 유사한, 고리 내의 갈라진 틈을 만들어 내는 것을 발견했다. 이 점은 이 소설에서 전혀 중요한 요소가 아니었지만, 나에게는 숨 쉬는 공기만큼이나 가치 있는 것이었다. 왜냐하면 나는 모든 가능한 사건과 대화를 일관성 있게 하려고, 마음속에 명확한 그림이 서야 했기 때문이다. 안쪽 위성은 행성 중심으로부터 144,000킬로미터 거리에 있으며 2시간 8분이 약간 못 되는 공전 주기를 갖는다. 쿼터(4분의 1개월)와 서드(3분의 1개월) 주기 갭은 별 표면으로부터 각각 19,200킬로미터와 30,400킬로미터 거리에 있다. 하프(2분의 1개월) 주기 갭은 약 52,800킬로미터 바깥에 있게 되는데, 그곳은 로슈 한계(Roche's Limit)에 의해 어쨌든 고리의 최가장자리로 정해진 곳이라고 할 수 있다. 그 한계 역시 밀도 분포에 의존하기 때문에 대강 어림잡아 말하고 있다.

전체적으로 보아, 나는 상당히 기묘하게 생긴 천체 하나를 만들어낸 셈이다. 내가 가지고 있는 모형도는 지름 15센티미터고 두께는 6.4센티미터도 안 되는 행성이다. 만일 고리를 더한다면, 이 모델은, 플라스틱 우드로 만들어진 회전 타원체 주위에 지름 약 36센티미터 정도 되는 종이 디스크가 아주아주 가까이 끼워진 형태일 것이다. 모델은 그 위에 지도를 그릴 수 있게 되어 있다. 나는 일관성을 좋아하니 말이다. 지도는 소설을 쓰기 전에 무작위로 작성했다. 그리고 나서 지도상에 나타난 지형에 어긋나지 않도록 노력했다. 나는 잠시 이 모델을 보고 나서, 소설 제목을 '하늘의 팬케이크'라고 붙이고 싶은 유혹을 받았다. 하지만 아이작 아시모프가 폭력으로 위협했다. 어쨌든, 달걀 프라이와 더 닮긴 했으니까.

크기 이외의 다른 많은 특성들도 소설을 쓰기 전에 미리 해결해야 했다. 나는 단순한 생명체를 원했기 때문에, 그런 것이 존재할 수 있으려면 어떤 조건이 필요할지에 대해 우선 이해해야만 했다. 온도나 중력 같은 조건들은 할 수 없이 강요된 것들이었지만, 아마도 다른 조건들은 내 마음대로 주무를 수 있을 터였다. 한번 살펴보자.

온도는, 한 행성이 태양으로부터 열을 얼마나 받고 또 얼마나 그것을 보존할 수 있는가에 거의 전적으로 달려 있다. 백조자리 61은 쌍성계이다. 그러나 이 두 별은 너무나 멀리 떨어져 있기 때문에, 나는 이 행성의 온도에 대한 영향자로 한쪽 별은 고려할 필요가 없다. 그리고 이 행성이 실제로 공전하는 항성이 둘 중 어느 쪽일지 예측하는 것은 아주 쉽다. 몇 년 전, 나는 반은 재미로 반은 이와 같은 일이 있을 것을 예상하고 정보를 얻을 수 있는 5파섹 이내에 있는 모든 항성에 대한 몇 가지 흥미 있는 정보를 계산해놓았었다. 지구형 행성이 지구, 금성, 그리고 화성의 현재 온도를 가지려면 문제의 항성으로부터 얼마나 떨어져 공전해야 하는가라든지, 각 궤도에서 문제의 항성 주위를 행성이 한 바퀴 돌려면 어느 정도의 시간이 걸릴 것인가 하는 등의 내용이 포함되어 있었다. 백조자리 61A의 경우, 지구, 금성, 화성의 거리는 각각 45×10^6킬로미터, 62×10^6킬로미터, 110×10^6킬로미터였다. 앞서 살펴보았듯이, 61C의 궤도는 상당히 잘 알려져 있다. 따라서 주성이 61A라고 가정하면, 행성은 태양에 가장 가까운 위치에서 섭씨 영하 50도 정도로는 충분히 데워질 수 있다. 행성의 공전 궤도는 상당히 이심적인 궤도이므로 반대쪽에서는, 적어도 지구에서라면 약 섭씨 영하 180도 정도로 얼어붙을 것이어서, 우리가 토론하고 있는 이 행성이 입사광선으로부터 많은 에너지를 얻을 수 있을까 심히 의심스럽다. 게다가 온도 변화가 상당히 큰 편에 속한다. 타원 궤도의 이심률도 온도 유지를 어렵게 하는 요소이다. 케플러의 법칙에 따르면, 행성은 태양에 가까운 지역에서는 상대적으로 적은 시간을 보낸다. 1년의 5분의 4가량은 섭씨 영하 150도의 등온선 바깥 지역에서 보내며, 1년 1천8백 일(물론 지구일이다) 중 섭씨 영하 100도 이상으로 데워지는 기간은 겨우 약 130일 정도에 불과하다. 자전 속도를 고려하여 행성 기준의 하루로 따지면 1년에 14만5천 일을 낭비하고 있는 셈이다. 그래서 실제 대부분의 기간은 섭씨 영하 170도 이하로 유지되는 셈이 된다. 1년의 나머지 기간에 대해서는 잠시 후에 고민하기로 하자.

우리와 유사한 신체 기능을 가진 생명체라면, 아마도 자기 고향 행성에의 온도 범위 내에서는 액체로 존재할 수 있는 어떤 물질로 몸의 대부분을 형성하고 있어야 할 것이다. 모든 가능성을 고려해볼 때, 문제의 물질은 행성의 주요 액체상(phase)을 형성할 정도로 흔하기도 해야 할 것이다. 이상이 모두 맞는 이야기라면, 어떤 물질이 우리의 요구 조건에 적합할까?

아이작 아시모프와 나는 그 적합한 물질을 찾으려고 애쓰며 즐거운 하루 저녁을 보냈다. 우리는 그 물질이 행성의 온도 한계 내에서 액체로 존재할 뿐 아니라, 액체에 용해되어 있는 극성 분자의 이온 분리를 일으킬 수 있을 정도로 좋은 용매가 될 수도 있어야 한다고 생각했다. 물론 물은 아니다. 이 행성에서는 물은 엄밀히 말해 하나의 무기물에 불과하다. 암모니아는 가장 온도가 높은 계절에만 해동되므로 적합하다고 볼 수 없다. 우리는 주기율표를 보며 암모니아와 유사한 분자인 포스핀(인화수소), 아르신, 스티빈, 차산화탄소, 불화수소, 염소와 불소 기를 가진 다양한 정도의 포화 혹은 불포화 탄화수소, 심지어는 실리콘까지 점검했다. 그중 몇몇은 녹는점과 끓는점까지는 조건을 충족했다. 어떤 물질은 심지어 극성까지 띠고 있었다. 그러나 마침내 아주 간단한 화합물 하나로 귀결되었다.

그 물질은 가장 있을 법하지 않은 대기압을 가정한다고 해도, 인간에게는 불편하기 짝이 없을 정도로 낮은 온도에서 끓는다. 탄화수소의 일종이며, 상당히 많은 유기 물질을 용해시키긴 하지만 극성을 기대할 수는 없다. 그러나 내 관점으로 볼 때, 이 물질은 아주 큰 장점이 있었다. 엄청난 양으로 행성 위에 존재할 수 있다는 것이 거의 확실한 것이다. 그 물질은 바로 메탄이다.

이 행성도 목성처럼 (우리 관점으로 볼 때) 엄청난 양의 수소를 포함하는 '코스믹' 구성으로부터 형성되기 시작했음이 분명하다. 현존하는 산소가 수소와 결합해 물을 만들었을 테고, 질소는 암모니아를, 탄소는 메탄을, 아마도 더 복잡한 탄화수소를 만들었을 것이다. 수소는 충분히 존재했을 것이고 여분의 양도 상당할 것이다. 수소가 가볍기는 하지만, 일단 영하 이하로 식혀질 경우에는 지구 질량의 5천 배나 되는 천체에서 탈출하기는 어려울 테니 말이다. 물론 처음에는 그랬다는 의미이다. 그 후에는, 자전 속도가 증가해 불안정한 상태를 유발시킬 정도까지 되면, 이야기는 달라질 수도 있다. 그러나 그 문제는 잠시 후에 고려하기로 하자. 어쨌든 우리는 이 행성에 메탄의 바다가 있어야 할 좋은 근거를 가지고 있다. 그런 바다라면 조직 내에서 그 액체를 이용하는 생명체의 출현과 진화를 기대하는 것도 논리적이리라.

하지만 잠깐만. 나는 조금 전 메탄이 소설에서 원하는 것보다 훨씬 더 낮은 온도에서 끓는다는 것을 인정한 바 있다. 그렇다면 그건 너무 낮은 것일까? 대기압을 증가시키면 끓는점을 충분히 상승시킬 수 있을까? 한번 살펴보자. 화학 편람에 따르면, 메탄의 임계 온도는 약 섭씨 영하 82도라고 한다. 그 온도보다 높으면 압력과는 상관없이 언제나 기체 상태로만 존재하게 된다. 그리고 메탄의 끓는점을 임계점 근처까지 끌어 올리려면, 약 46기압이 필요하다. 음, 우리는 행성 초기 기체의 상당 부분을 그대로 가지고 있는 커다란 행성을 가지고 있다. 따라서 행성의 대기압은 지구의 백 배 혹은 심지어 천 배나 되어야 한다. 아, 참! 뭔가를 잊어버렸다. 적도에서의 실중력(즉, '중력-원심력')은 지구 평균 중력의 세 배이다. 우리는 이 점과 상기(上記)의 온도, 그리고 대기 구성을 가지고 대기 밀도가 고도에 따라 감소하는 비율을 계산할 수 있다. 계산 결과, 거의 순수한 수소 대기, 3g의 중력 가속도, 섭씨 영하 150도 온도일 경우, 표면 압력이 40기압으로 시작한다고 해도 고도 960킬로미터에서도 여전히 상당량의 대기가 존재한다. 그리고 이 행성은 적도 상공 960킬로미터에서, 자전 때문에 생기는 원심력과 중력이 평형을 이룬다! 만일 그 고도에 상당량의 대기가 존재해왔다면, 그것들은 이미 오래전에 우주로 달아나버렸을 것이다. 따라서 분명히 우리는 46기압 정도의 표면 대기압을 가질 수는 없다. 어떤 상당히 느슨한 규칙에 따라, 나는 표면 대기압을 최소 8기압으로 하자고 제안한다. 이때 연평균이 아니라 여름 온도를 이용했다.

그 대기압에서 메탄은 섭씨 영하 143도 정도에서 끓는다. 그리고 약 3백 지구일(地球日) 동안, 혹은 다른 말로 한 해의 6분의 1 기간 동안, 행성은 태양이 바다를 끓일 정도의 지점을 돌고 있을 것이다. 이 문제를 어떻게 해결하면 좋을까? 자, 지구의 평균 온도는 빙점 이상이다. 하지만 우리 지구의 상당 부분은 영구적인 얼음으로 덮여 있다. 내가 61C 행성에서 이 효과를 써먹지 못할 이유가 없다. 자전축은 적도 면과 궤도 면이 일치하지 않는다는 관찰 사실도 있다. 나는 이야기의 목적을 위해, 자전축을 28도 정도로 기울이기로 했다. 그 각도에서라면, 북반구의 하지는 행성이 태양에 가장 가까이 접근했을 때가 된다. 이 말은, 북반구의 대부분이 한 해의 4분의 3 기간 동안 전혀 태양빛을 쬐지 못한다는 것이다. 그 결과 북반구에 있는 대양은 상당히 어엿한 메탄 얼음 모자를 쓰게 될 것이다. 행성이 태양에 가까이 가도 남반구는 위험한 열로부터 보호된다. 따라서 생물이 살 만한 곳이 되는 것이다. 태양 에너지는 북극 빙하 모자를 녹이는 데 쓰인다. 거대한 폭풍이 대기와 메탄 증기를 운반하면서 적도를 가로지를 것이다. 메탄 증기는 끓는점보다 약간 높은 온도를 유지하게 될 것이다. 그리고 남반구가 겨울 동안 그 증기에 데워진다 해도 신체 조직 속에 액체 메탄을 가지고 있는 생물체가 견딜 수 없을 정도로까지 끓어오르지는 않을 것이다.

물론 자전축의 각도 변화는 꽤 빠르다. 행성 질량의 대부분이 내핵에 존재한다 하더라도 적도 지역이 거대하게 돌출한 탓에 태양의 중력에 상당히 영향을 받을 것이기 때문이다. 나는 그 주기를 계산할 의도는 없으나, 만일 누구든 생물이 살 만한 반구에 몇천 년에 한 번씩 자전축 변화가 일어난다면, 고도의 문명이 건설되는 것이 자연스럽지 않다고 말하고 싶다면 굳이 반론을 제기하지는 않겠다. 물론 또한 우리 자신의 빙하기가 때때로 인류의 현재 지능 발달에 끼친 공적으로 칭찬받아왔듯이, 이 행성에서의 지성 발달에 대한 공적을 주기적인 기후 변화에 부여하기를 원하는 사람에게도 마찬가지로 반론을 제기하지 않을 것이다. 원하는 대로 선택하시라. 나는 양쪽 가능성이 다 근거가 있어 보인다는 사실에 만족한다.

행성의 조건은 기본적으로 아주 잘 정의되었다. 그러나 여전히 상당히 정교한 작업이 많이 필요했다. 나는 행성의 조건을 견딜 수 있는(더 정확히 말하자면, 그 조건들을 이상적으로 여기는) 생명체를 설계해야만 했다. 그러나 엄청나게 세부적인 데까지 생명 활동 과정을 묘사할 필요는 없으므로 그리 어려운 일은 아니었다. 내가 그렇게 해야 한다고 생각하는 분이 있다면, 누군가 다른 사람이 우리 자신의 생명체를 가지고도 그렇게 할 수 있을 때까지 기다려주기 바란다. 태양 에너지를 이용하여 더 고차의 불포화 탄화수소를 생성하는 식물군과, 대기 중에 있는 수소를 이용해 그 탄화수소들을 환원시켜 에너지를 얻는 동물군 정도면 나에게는 충분히 논리적인 것으로 느껴졌다. 소설 속에서 나는 고기 한두 조각을 연료에 던져 넣으면 수소 대기 중에서의 식물 조직 연소를 돕는다는 언급을 하면서, 환원을 도와주는 효소(촉매)의 존재를 간접적이나마 암시했었다.

　　그 밖의 세부 작업 부분은 이 게임에서 두어야 할 내게 주어진 숙제들이었다. 즉, 지구에서는 당연히 적용되나, 이 행성에서는 맞아떨어지지 않는 일들을 찾아내는 것 말이다. 최소한 고위도 지역에서는 물건을 던지거나, 점프하거나, 나는 것 따위는 불가능하다는 것, 같은 지역에서는 높이에 따라 대기 밀도가 엄청나게 급격히 감소하여 수평선(혹은 지평선)이 올라가 있는 것처럼 보이게 하는 신기루 효과, 생성 중인 폭풍을 상대적으로 더 작은 일련의 폭풍 집합으로 분산시키는 가공할 정도의 코리올리 효과 등. 생각해보라, 이곳에서는 대포술(大砲述)이 흥미로운 과학 분야가 될 수 있을 것이다. 메탄 증기가 수소보다 밀도가 높아, 태풍 같은 천둥 폭풍을 생성시키는 주요 원인을 없애 버린다는 점, 압력 비율이 바다의 수면 아래로 갈수록 증가하여 결국 항해 기술에 미치는 영향(빙산이 떠다니지 않을 것이므로 대양의 심층부 상당 부분까지 얼음 메탄으로 되어 있으리라는 점), 메탄이 무기 염류보다는 지방 같은 유기 물질을 더 잘 녹이기 때문에 바다의 물질 구성에 끼치는 영향 등등. 흠! 결국은 아마도 빙산은 부유하게 될 것 같다.

문제는 내가 이 모든 것들을 미리 생각해둘 수는 없었다는 사실이다. 때때로 갑자기 일이 그런 식으로 일어날 수는 없다는 사실을 깨닫고 이야기 일부를 다시 써야만 했다. 물론 세세한 사항을 더 많이 놓쳤으리라는 것을 두말할 나위가 없다. 당신이 이 게임에서 이길 기회가 있는 곳이 바로 그런 부분이다. 나는 뭔가 모순되는 점이 없는지 메스클린의 거대한 영역 위로 상상의 날개를 펼치며 몇 달 동안의 시간을 보냈다. 이제 그 시간은 당신의 것이다. 나는 이 게임에서 더 이상 수를 둘 수 없다. 그리고 당신에게는 내 상상의 결과물에서 어떤 실수든 원하는 만큼 밝혀낼 세상의 모든 시간이 있다.

자, 행운을 빈다. 그리고 그대가 이기든 지든, 즐겁기를!

〈어스타운딩 사이언스 픽션즈〉 1953년 6월호

옮긴이 **안정희**

경남 사천 출생. 한국과학기술대학 생물공학과를 졸업했다. 과학 소설 번역 모임인 '멋진 신세계' 회장을 지냈으며 현재 전문 번역가로 일하고 있다. 번역서로 《라마》, 《은하를 넘어서》, 《얼굴》, 《접골사의 딸》, 《아이도루》, 《죽음의 향연》, 《독감》 등이 있다.

중력의 임무

개정판 1쇄 인쇄	2021년 2월 15일
개정판 1쇄 발행	2021년 2월 20일

지은이	할 클레멘트
옮긴이	안정희
펴낸이	박은주
편집장	최재천
기획	김아린
편집	최지혜
디자인	김선예, 서예린
마케팅	박동준

발행처	(주)아작
등록	2015년 9월 9일(제2020-000038호)
주소	04389 서울특별시 용산구 한강대로 26 한강트럼프월드3차 102동 1801호
대표전화	02.324.3945　**팩스**　02.324.3947
이메일	decomma@gmail.com
홈페이지	www.arzak.co.kr
ISBN	979-11-6668-010-6　04840 979-11-6668-009-0　04840 (세트)